海外小説 永遠の本棚

ケイレブ・ウィリアムズ

ウィリアム・ゴドウィン

岡照雄＝訳

白水uブックス

CALEB WILLIAMS

by

William Godwin

1794

ケイレブ・ウィリアムズ＊目次

本文挿絵＝ヘンリー・フレンチ
『イラストレイテッド・ロンドン・ノヴェリスト』（一八七二年頃）より

ケイレブ・ウィリアムズ

序文

以下の物語は見た目に映るよりもより普遍的かつ重要な目的を果すために書かれた。「世の中の現状」について世間で今問題となっている事柄は、人間精神にとって最も重要なものである。現在、改革と改良を説く一派があると思えば、他方では現存の社会機構を熱心に称賛する一派もある（フランス革命に対する英国での意見の対立をいう）。この社会機構がどのような実際的結果をもたらすかを忠実にたどってみれば、問題の解決にいくらか役立つのではないかと思われる。今読者に提供されるのは頭だけで考えた抽象論ではなくて、道徳の世界で現に起っていることの考察と叙述である。政治の原理の大きな重要性が認識されるようになったのはごく最近のことである。一国の政治の精神と性格は社会のあらゆる階層の中へ侵入する、ということは今日の思想家なら誰でも知っている。しかし、思想や学問の書物を読む機会のない人々にこの真理を伝えるのはまことに意義深いことである。その意味で、人が人を破滅させるという、これまで誰も書いたことのない一家の中での専制の実状を、ひとつの物語が進行する間に広く眺めてみようというのが、これからお目にかける作品の趣旨である。この種の作品の特色である興味と興奮とを損なうことなく、価値ある教訓を読者に伝えることができたとすれば、作者としてはよい教訓の手段を得たことになり、それは私の喜びとするところである。

一七九四年五月十二日

この序文は書店の不安を考慮して初版から削除された。ケイレブ・ウィリアムズは英国人の自由に対する血なまぐさい陰謀が突発したその同じ月に初めてこの世に現われた。この陰謀は幸いにもその年の暮れに最初の犠牲者となる筈だった人々の釈放と共に終結した。当時は恐怖時代であって、一小説家でも売国奴とされる恐れがあったのである。

一七九五年十月二十九日

第一巻

第一章

思えばこの数年の間、私の生活は様々の苦難の舞台であった。暴君の鋭い目が絶えず私を監視していて、逃れることもかなわず、前途の美しい希望もすべて打ち砕かれてしまった。敵はいかなる懇願にも耳を貸さずに、ひたすら私を迫害し続けた。私の幸福も名誉も彼の犠牲に供され、私のことを知る者はすべて、苦しむ私に救いの手を差し伸べることを拒否し、悪《あ》しざまに罵《ののし》るばかり。私にはそのような扱いをされるいわれはないのだ。私の良心は無実を叫ぶけれども、世間の人々はその証言を信じてはくれない。しかも、今となっては私を取り囲む苦痛から逃れる見込みも殆んどなくなってしまった。こうして自分のこれまでの物語を記す気持になったのも、今の悲しむべき苦境をしばらくでも忘れたいという願いと、今はかなわぬことだが、後世の人々が私の立場を正しく見極めてくれはしないかとのはかない望みからにすぎない。少なくともこの物語で、真実のみが持つあの首尾一貫性は読み取ってもらえると信じている。

私はイングランドの田舎の貧しい家に生まれた。両親の仕事はただの農民の身の上に与えられるような労働で、彼らが私に遺してくれたものは、世間によくある悪徳の誘惑に染まらぬ教育とまっすぐな男という評判だけであった（この評判という遺産も、私という腑甲斐《ふがい》無い息子によってはるか昔に失われてしまった）。教えられたのは読み書き算術だけ、他の学科は初歩さえも習わなかったが、生まれつき好奇心が強くて、機会あるごとに人々との対話や書物から知識を集めることを怠らなかった。こうして、私のような身分の者としては珍しいほどの物知りになった。

私のその後の生活に関係あることで、他にここで言っておかねばならぬ事柄がある。私の身長は並よりもやや高く、体格は特に逞《たくま》しいとか大きいというのでもないが、目立って元気で活発だった。関節が柔らかで若者が好んでするような運動が得意だった。しかし、子供っぽい虚栄心に対しては多少反抗するようなところもあったように思う。村の若い連中の陽気な馬鹿騒ぎは大嫌いで、そんな遊びにはなるべく出ないようにして他人《ひと》に誉められたいという気があった。しかしながら、今言ったような長所は私の考えにも影響するようになる。私は体を使う離れ業《わざ》の話を読むのが好きで、特に、体を器用に使ったり体力を発揮して人も驚く仕事をして困難を克服する話に興味を覚えたものである。また、器具を用いる仕事を学び、新しい器具の工夫に長い時を過ごすこともあった。

私のこれまでの生活の特徴をなす行動原理は何といっても好奇心である。物事の仕組みを知りたがる性質もこの好奇心から生じたものだ。私は或る原因から生じる様々の結果をたどっていくのが好きだったが、そのせいで私はいつの間にか一種の科学者《ナチユラルフイロソフアー》になっていた。宇宙の諸現象を説明するのに考えられた色々の解釈を調べてみないことには安心できないのである。最後には、物語とかロマンスに熱中して離れられなくなった。冒険物語の成行きを息をはずませて読みふけり、まるで将来の幸、不幸がその結果如何にかかっているかのように心配するまでになっていた。この種の本をひたすら耽読するようになり、やがてそれが私の魂を支配し、その影響が私の外見や健康に現われるまでになった。とはいうものの、私の好奇心が全く下等なものだったわけではない。村の噂話やスキャンダルなど少しも面白いとは思わなかった。想像力を刺戟するような話でないと満足せず、そうでなければ私の好奇心は活動しないのだ。

私の住居は、かなりの金持の地主ファーディナンド・フォークランド氏の領地の中にあった。まだ幼い頃、私は時々父を訪ねて来るフォークランド氏の執事コリンズ氏のお目に止まることになった。彼は私の成長の有様を眺めて満足し、主人に私の勤勉ぶりや才能を好意的に報告してくれた。

――年の夏のこと、フォークランド氏は数カ月ぶりに我々の州にある領地の視察にやって来たが、その時我が家は不運に見舞われていた。私は十八歳、父は小作人小屋で亡くなったところであった。その数年前に母を亡くして寄るべない身の上の私は、父の葬式を済ませた翌日の朝、地主屋敷に来るようにとの伝言を聞いてびっくりした。

書物では知っていたが、私は世間の人は知らぬも同然という有様であった。まして、このような高い身分の人と言葉を交したことはなく、この伝言を聞いて少なからぬ不安と怖れを感じた。フォークランド氏は小柄で、その姿にはこの上ない優雅さがあった。それまで見慣れてきた人相の悪い頑固な顔付きとは異なり、彼の顔の筋肉や小さい線の一つ一つに深い意味が隠されているようで、その態度物腰はやさしく丁寧で、温かい。眼は生き生きとしているが、彼の様子には重々しくて謹厳な、勿体《もったい》ぶったところもあって、私は、その時は経験もなかったので、偉い人は代々こんなもので、下層の者との隔たりを保つにはこうするのだろうと思った。彼の視線は落ち着かず、しばしば憂鬱や、不安の様子を見せていた。

私に対する応対は申し分なく丁寧で愛想がよかった。フォークランド氏は、私が学んだ事柄、世間のことについての意見をあれこれ質問し、威張った様子もなく頷《うなず》きながら、私の答えをじっと聞いていた。この優しさに私はいつもの落ち着きを取り戻した。彼の上品で最初と変らぬ威厳ある様子にはまだ気圧《けお》されていたけれども。質問を終ると彼は言葉を続けて、私は秘書を求めているがお前がその仕事に適しているようだ、と言う。父親の死で今までと事情が変ったこの機会に、もし希望するなら採用して一緒に住まわせてもよいが、と彼は切り出した。

私はこの話を聞いて大へん嬉しく、是非そうして頂きたいと熱心に頼んだ。そこで、父が遺してくれた僅かの物をコリンズ氏の助けで急ぎ処分してしまうと、私は好意や援助を直《じか》に求めることのできる親類はひとりもない身の上になってしまった。しかし、この天涯孤独の境遇を怖れるどころか、私は今得た地位の将来を金色に描き始めていて、それまでの人生の明るく軽やかな気分が永遠に私から去り、以後は悲惨と恐怖しかない生活が待っていようとは思いもしなかった。

私の仕事は容易《やす》く楽しかった。書類を筆写、整理したり、実務上の手紙や、文学作品についての短かい批評を、主人の口述に従って書いたりするのが私の役目である。後者は主として、様々の文学作品の筋を分析、概観し、作中のヒントから推論し考察して作家の誤りを発見したり、彼らの発見から進んで考えたりすることである。こういう書き物はすべて、文学をよく知り、並々ならぬ闊達《かったつ》さと見識を備え、深味と気品に満ちた主人の知性の刻印をはっきりと表現していた。

私は以上のような秘書としての仕事と共に図書整理も引き受けていたので、邸内での私の仕事場は図書室にあてられた所にあった。ここは父の小屋に住んでいた頃とは全く違った環境と言ってもよいほどであって、その違いさえなければ平穏無事な毎日だっただろう。それまでは、読書と思索に熱中し、人々との交際も稀で短かかったのに、屋敷に移ると、ことあるごとに好奇心や目新しさにそそのかされて、主人の性格を観察するようになり、あれこれと想像し、臆測をめぐらして飽きることがなかった。

彼はまるで世捨て人も同然の孤独な生活を送っていた。歓楽や陽気な遊びを好まず、人の集まる所を嫌ったが、かといって親しい友達と打ち解けて語り合うわけでもない。要するに、世間で楽しみと呼ばれるもの一切に無縁なのである。表情がなごんでにっこりすることもなく、いつも物思いに耽《ふけ》る様《さま》であった。といって、むっつりして気難かしいとか人間嫌いとかいうわけではなかった。いつも毅然として慎み深いが、思いやりがあって他人のことを慮《おもんぱか》る人である。彼の外見や行動を見たら誰もが大へんよい印象を受けただろうが、応対ぶりの冷たさ、何を考えているのか判らぬところがあって、彼と親しくしようとしても先へ進めなくなってしまう。

フォークランド氏はそういう感じの人であるが、彼の気分はまた極端に変りやすかった。いつも憂鬱そうで不機嫌だが、それが時には発作的に爆発を起す。時に気がせいて怒りっぽくなり、どなりちらすことがあったが、それも思いやりがないからというよりも心の悩みから発するもので、落ち着きを取り戻すと、自分の不幸の重みをすべて自ら引き受け堪えようとする様子が見えた。また時には自制心を全くなくし、狂気のような振舞いに及ぶことがある。額を打ち顔をしかめ、引きつった表情で歯を食いしばる。こんな症状が起りそうだと感じると、彼は突然立ち上り、何であれ手許の仕事を投げ出して、独りになれる場所へ行ってしまうのだが、そんな時の主人に近付ける者は誰もなかった。

特に言っておきたいのだが、今まで記したような有様すべてが周囲の人たちの目に止まったわけではない。私とても長い時間をかけて徐々にこういう事情が判ってきたのである。並みの使用人が主人の顔を見ることは滅多になかった。秘書である私と、長い間勤めていて人柄も立派なコリンズ氏を例外として、ほかの使用人がフォークランド氏の前に出るのは、定められた時にほんの僅かの間だけのことだった。だから、彼の慈悲深い行為や、いつもの彼の行動原理たる一貫した誠実さだけを見て、それが主人と思っているのである。彼らは主人の奇怪な行動についていろいろ取沙汰することはあっても、概して彼のことをすぐれた人物と思い尊敬していた。

勤め始めて三カ月ばかり経った或る日のこと、私は、天井近くに小さな明り取り窓がある狭い回廊で、図書室に通じる物置の小部屋へ入ってみた。そこには誰もいないようなので、少し整理でもしてみようと思っただけのことだった。ドアを開けた途端に、堪え難い苦悶を示す深い呻《うめ》き声を私は耳にした。ドアの開く音に中にいる人物はぎょっとした様子で、櫃《ひつ》の蓋を慌てて閉じる音、錠をおろすような音が聞えた。私はフォークランド氏がいると思い、すぐに出ようとしたちょうどその時、ひどく震える声が、誰だそこにいるのは、と叫んだ。それは紛れもなくフォークランド氏で、私の体の芯《しん》までぎくりとさせる声だった。答えようとしても声にならず、思わず室内に入るほかはなかった。彼は坐るか跪《ひざまず》くかしていた床《ゆか》から立ち上ったばかりで、顔にはひどく取り乱した様子が見える。それでも必死の努力でそれを抑えると、すぐに怒りのために火を吹かんばかりの表情に変った。馬鹿者、何の用があってこんな所に来たのか。やっとの思いで私がしどろもどろに答えようとすると、黙れ馬鹿者、とフォークランド氏は我慢できずに遮《さえぎ》った。お前はこの私を破滅させる気か。私の行動を監視しようというのだな。その思い上りを今に後悔するような目にあわせてやるぞ。私は弁解しようとするけれども彼は聴かずに、出て行け、こいつめ、すぐ出ないと踏みつぶすぞ、とどなりながら私の方に向かって来た。私はもうすっかり脅えて、すぐに逃げ出してしまった。後でドアを激しく閉める音がしてこの異常なシーンは終った。

夕方にまた私は彼に会ったが、その時は彼はもうかなり冷静になっていた。いつもやさしい彼の物腰は、今度は私を宥《なだ》めるかのように前より丁寧になっていた。何か言いたいことがあるが伝えるべき適当な言葉が見付からぬ、という風である。私は気の毒に思い、かつ不安な気持で彼を見た。彼は二度何か言いかけては首を振り、それから五ギニーの金を私の手に握らせて、いろいろな想いでいっぱいで何も言えない心を伝えようとするように、じっと私の手を押えたが、その気持がどういうものかは私には知る由もない。そのあとすぐ彼は気を取り直し、いつもの冷静で重々しい態度の中に逃げ込んだようだ。

あのことを他人《ひと》に漏らすな、というのが彼の気持であることは私にも容易に判ったし、私の方でもその日見たり聞いたりしたことに思いをめぐらせていて、無闇に他人に話す余裕などとてもなかった。ただコリンズ氏には別だった。彼はいろんな用事で出歩くことが多く、滅多に夕食を共にすることもなかったが、たまたまその晩は珍しく一緒に食事をした。いつもに似ぬ私の憂鬱で不安げな顔付きが彼の注意を惹かぬ筈もなく、どうしたのかとコリンズ氏はやさしく訊ねてくれた。何とか質問を逸らそうとはしたものの、若くて世慣れぬ私は防ぎきれなくなった。その上、私はかねてからコリンズ氏が好きだったし、彼の立場からして事情を打ち明けても大した不都合はあるまいと考えた。そこで私は昼間の出来事を細大洩らさず語り、主人の我儘《わがまま》にひどい目にあったが、それをとやかく言っているのではなく、どんな困ったことや危険に出会おうと卑怯な行動は決してしないつもりだ、あれほどの幸福な境遇に恵まれ、またそれにふさわしいあの旦那様が不当な苦しみを味わっておられるのをお気の毒に思うばかりです、と最後にはっきりとコリンズ氏に言ってやった。

それを聞いたコリンズ氏も、実はそれと似たことを自分も経験したことがあり、考え合わせると、我々の御主人は可哀そうに時々頭がおかしくなるのに違いない、と言った。ああ残念なことだ、昔はこうじゃなかった。ファーディナンド・フォークランド様は本当に陽気な方だった。それも、世間の讃美よりは嘲笑を買う類《たぐい》の陽気さ、美点というより軽率の証拠でしかないはしたなさだけの愚かな陽気さとはまったく別物で、あの方の陽気さにはいつも威厳が備わっていた。立派な人柄、学問ある人の陽気さ、思索と物のあわれを知る心で磨かれた陽気さで、よい趣味と思いやりを忘れることはなかった。そればかりか、この性格は本当に明るい心の証《あかし》で、その交友、座談にこの上ない活気を添え、その頃旦那様が進んで出かけたいろいろな仲間うちで人気者になられたのもそのおかげだ。しかしごらんウィリアムズ、今の旦那様にはその頃の面影はない。今では、賢者たちから交際を求められ、美しい女性たちに慕われた昔のフォークランド様の亡骸《なきがら》が残っているだけだよ。前途有望に始まったあの若さも今は影が薄く、あの心のやさしさも、彼にとって不愉快極まりない出来事のために萎《しぼ》み衰えている。心には彼が勝手に思い込んだ名誉心が入り乱れて溢れそうになっている。彼の自尊心が受けた傷に耐えて残ったのは、その分別の最も下卑た部分、かつてのフォークランド様の形骸にすぎぬ、と。

コリンズ氏のこういう話が私の好奇心を煽り立て、さらに詳しい話をしてくれるようにと私は頼んだ。この求めに彼は進んで応じてくれたが、それも、普通の場合なら慎重でなければいけないが、私が相手なら隠すのもおかしいし、フォークランド氏も、あれほど心乱れ興奮していなかったら本人自らそれを語る気になっていたとも考えられる、とコリンズ氏が判断したからだった。事の成行きをできるだけ分りやすくするため、以下の話では、コリンズ氏の物語に、その後他の方面から私が得た話も織りまぜて記すことにしようと思う。混乱を避けるためコリンズ氏の視点を離れ、私が主人の物語の語り手となることにしたい。読者にとっては、フォークランド氏の前歴は一見私の話に関わりがないと思えるかもしれないが、ああ、自分の苦しい経験からして実はそうではないことを私はよく知っている。彼の数々の不幸を思う時、あたかもそれが我が事であるかのように、心も張り裂ける思いがするし、またそうならざるを得ない、というのは私の一生の運命が彼の物語と一体になっているからだ。彼の身の上が惨めであったが故に、私の幸福、私の名誉、私の命さえも取り返しのつかぬ打撃を受けたのであった。

第二章

彼が若い頃愛読した作家の中にイタリアの英雄詩の作者たちがあって、そんな詩人を読んで彼は騎士道とロマンスを好むようになった。勿論、十分に分別ある人だから、シャルマーニュ大帝やアーサー王の時代の再現を本気になって願うほどではない。しかし、彼の想像力は哲学をいささか学ぶことであく抜きをされてはいたものの、彼はこれらの世評高い詩人の描く英雄の生き方には避けるべきことと同時にまた見習い学ぶべきこともある、と思っていた。人を優雅にし、騎士にふさわしく勇敢に、かつ心やさしくするには、家柄と誇りを忘れぬ心がけにまさるものはない、というのが彼の信念だった。彼はこの考え方を行動の上でも十分に実証した。つまり、その空想がつくりあげた立派な騎士の理想像にかなった行動をすべく努力を重ねたのである。やがて大陸旅行《グランド・ツアー》をする年齢になり、そういう考えを抱いて旅立ったが、彼の考え方は大陸で出会った様々の出来事《アヴァンチュール》でますます強くなりこそすれ、弱まることはまずなかった。彼の好みからイタリアに一番長く滞在し、その関心やら生き方に彼が共鳴する数人の若い貴族と付き合うようになった。彼らはフォークランドとの交際を進んで求め、最大の敬意をもって彼を遇した。イタリア貴族の面々も最も紳士らしく立派な外国人と交際することを喜びとしていたからである。男性のみならず女性からも同様に彼は好意を得、称讃された。背は低いが、並々ならぬ威厳があり、それに率直で悪意がなく物怖《ものお》じせぬ様子、熱意溢れる性格も加わってますますその威厳を引き立てるという風であった。(そんな要素もやがて後に消えてなくなってしまったが。)イタリアで彼ほどに偶像視された英国人はないだろう。

騎士道精神にたっぷり浸った彼がやがて自分の名誉を守るための決闘事件に巻き込まれたのも当然のことで、その度に彼は昔の有名な騎士ドゥ・バイヤールにもふさわしいくらいに見事な決着をつけた。イタリアでは身分のある青年は二種類に分けられる。一方は昔ながらの騎士道を守り、他方は前者と同様に厳しく自らの名誉を守るが、恥辱を受けた場合には刺客を雇ってでも復讐を遂げようとする人たちである。とはいえ、両者の相違は、一般に受け容れられた区別を現実の場でどうつけるか、という大変曖昧なところにあった。名誉を守るための決闘でも、相手によっては決闘を申し込んだ方がかえって不名誉になる、そんな相手もいるという考えがイタリアにはあって、どんなに心の広い人もそう信じている。その心の広い人でも受けた恥辱は相手の血によって報復するほかはないと思い、恥辱への償いとしては人の命など取るに足らぬと信じている。そういうわけで、時と場合によっては暗殺をも辞さないというのが普通だ。中に気概のある者などは、教育で詰め込まれた先入観にもかかわらず、人を使っての報復は下劣だと心密かに信じ、できるだけ自分で果し状をつきつけるようにしたいと願った。或いはまた、本当に傲慢なのか傲慢を装っているのかは知らぬが、自分以外の男はすべて下等な奴とみて相手にせず、我が身に危険の及ばぬような形で復讐心を満足させようと計る連中もあった。フォークランド氏もこういう対決をすることがあったが、その大胆さと不屈の意志によってこの種の危険な果し合いでも決定的に有利な立場を得ることができた。この誇り高く血気盛んな若者たちの間での彼の身の処し方の実例をひとつここで述べておこう。この物語の主人公はフォークランド氏であり、私がはじめて彼を知った時の気力衰え人生の秋にさしかかった彼を理解してもらうためには、まだ若さに溢れ逆境を知らず、苦悩と後悔に苛《さいな》まれることもない昔の彼の話をしておかねばなるまい。

　ローマで彼はピサニ侯爵に特に歓待されたが、侯爵にはその莫大な財産の相続人たる一人娘があって、ローマ中の青年貴族の憧れの的となっていた。そのレディ・ルクレティア・ピサニは背高く姿に品位があり、類《たぐい》稀な美人だった。やさしさに欠けるというのではないが高慢なところがあり、他人《ひと》を見くだしたような態度をとることも少なくない。自分の美しさを本人も意識し、身分が高い上に日頃誰からも崇められるので、高慢さはますますひどくなった。

　ルクレティアを恋慕う数多の人々のうちでマルヴェージ伯爵というのがピサニ侯の一番のお気に入りで、彼の求婚には彼女も気がある素振りを見せる。マルヴェージ伯は教養深く誠実かつ心やさしい人であるが、彼女を愛する気持が激しすぎて、いつも穏やかにしていることができない。多くの男に求愛されるのは彼女にとって悪い気はしないのだが、マルヴェージにはそんな男たちが気になる。この女王然とした美女を得るのにすべてを賭ける彼には、ほんの些細なことでも彼のせっかく築いた立場を脅かすものに見えるのだが、なかでも気になるのはイギリス紳士フォークランドだった。長年フランスに住んだことのあるピサニ侯は、娘のことで疑心暗鬼、いつも警戒しているイタリアの父親たちとは反対に、ルクレティアをかなり自由にさせていた。しかるべき制限はあったが、男性は自由に彼の邸を訪問し娘にも会える。特にフォークランド氏は外国人ではあり、ルクレティアに野心を持つとも思えないので格別の親しさで迎えられた。彼女のほうでも特別の気持はないし細かいことは気にせず他人に疑われる心配もなしに親しく率直に振舞っていた。

フォークランドはローマに数週間滞在したのちナポリへ向かったが、その間に予定されたピサニ侯の一人娘の婚礼を遅らせるような事件が生じた。フォークランドがローマに戻ってみると、マルヴェージ伯はいなかった。レディ・ルクレティアはフォークランドと話をしてみて大へん楽しかったし、以前から知識欲盛んな女性でもあったので、彼がナポリに行っている間に英語を学ぼうという気になっていた。これには、彼がイギリスの一流詩人を熱心に推賞するのを聞くうちに彼女も自分で読んでみたくなったという事情もある。そこで彼女は必要な資料を取り寄せて、彼の不在中に既に勉強を始めていた。ところが、彼がローマに戻ると、ルクレティアは、今逃せば二度と得られぬこの機会を捕えて、文学を深く解するイギリス人と共に英詩の精髄を読んでみたいと大層熱心であった。

そういうことになると、ふたりの会う機会が増えるのも当然である。マルヴェージ伯がローマに帰った時にはフォークランド氏はピサニ邸の住人同様に腰を落ち着けていたので、マルヴェージが事の重大さに愕然としたのも無理はない。おそらく彼は心中秘かにこのイギリス人の方が自分よりよい条件を備えていることを知り、本人同士が気付かないうちにすでに愛しあうようになっているのではないかと、不安におののいた。この縁組みはあらゆる点でフォークランド氏の野心をこよなく満足させるにちがいないと彼は信じ、深く愛するこの女性をアルプスの彼方の未開国からやって来た成上り者に奪われるかと思えば気も狂わんばかりに心の痛みを覚えるのだった。

しかし彼にもいくらかの分別は残っていて、まずルクレティアにこれはどうしたことかと問うてみたが、もともと陽気な女性で彼の心配を一笑に付してしまった。彼はとうとう我慢ができなくなり、彼女にはとても堪えられぬ言葉で咎めるまでになった。ルクレティアは尊敬され服従されるのに慣れている。尊大な態度で詰問された時の驚きがまず治まると、今度はひどく腹立たしくなった。そんな無礼な質問には答えたくもないと言い、彼の疑惑に油を注ぐようなことを遠まわしに言ってみたりもした。しばらくは彼の愚かさや思い上りを軽蔑しきって冷笑するような言葉で言いたて、次に口調を変えて、二度とこんな失礼な扱いはされたくないから今後はほんのちょっとした知り合いというだけなら会ってもいいとさえ断言した。求婚者がとうとう本性を現わしたのはかえって好都合で、再びこういう危険に出会わぬようにするためにも今のこの経験を教訓としよう、と彼女は考えた。両者とも激しく興奮して口論したので、レディ・ルクレティアは彼女の求婚者マルヴェージをかくも激昂させてどういう結果になるかを考える余裕はとてもなかった。

マルヴェージ伯は苦痛のあまり逆上の体《てい》で立ち去った。これは成立したも同然の婚約を破棄する口実を得んがために仕組まれた芝居だと彼は思い込んだのである。いや、彼の心は限りない臆測に苛まれ、悪いのは彼女だとするかと思えば、いや俺が悪かったとまた考え直し、ルクレティアを責め、自らを責め、次には世間すべてを非難するという有様だった。こういう気分で彼はかのイギリス紳士が泊まる宿へと急いだ。議論をしている時は過ぎた、私の想像が当っていたのだから私が彼女にあんな態度を取ったのも当然だ、と彼はどうしても思いたくなっていたのだ。

フォークランドはちょうど宿にいたが、伯爵はすぐさまルクレティアとのことでの偽善を責め、決闘を申し込んだ。フォークランドは彼を心から尊敬していた。というのはマルヴェージは実はたいへん立派な人物であり、はじめ北イタリアのミラノで彼と知り会って、イタリア人の知人のうちでは一番早くからの知人でもあったからである。その上に、今ここで決闘をしたらどんな結果になるかということがまず第一にフォークランドの頭に浮かぶ。ルクレティアを恋しているというのではないが、彼は彼女を心から敬愛している。彼女は誇り高い女だからそれを隠そうとしているが、実はマルヴェージ伯を憎からず思っているらしいことはフォークランドにも判っている。自分がここで早まった行動に出たら、似合いのふたりの将来を駄目にしてしまう、それはとても堪えられぬ。こう考えて、彼はマルヴェージを説得しようとしたのだが、どう言ってみても効果はなかった。相手は怒り狂って、その怒りを宥《なだ》めるような言葉には一切耳を貸そうとしない。部屋中をよろめくように歩きまわり、苦悶と憤激に泡を吹くほどだった。フォークランド氏は何をしても無駄だと見て、もし明日、今と同じ時刻にここへ来てくれるなら、どこなりと希望の決闘の場にお伴《とも》しよう、と言い切った。

それからすぐ彼はピサニ邸に赴く。ここでレディ・ルクレティアの怒りを静めるのに手こずった。彼の騎士道的な自尊心《オナー》からすれば、決闘申し込みを受けたことを彼女に打ち明けることでその怒りを静めるということは許されない。そうでなかったら、この事実を打ち明けるのがこの誇り高き女性をすぐに動かす最も強力な手段となる筈である。勿論彼女は決闘を怖れ嫌っているが、ただ漠然と決闘になるかもしれぬということでは、すぐに彼女を動かして激しい怒りを解かせることはできない。しかしフォークランドは巧みにマルヴェージ伯の乱れる心の様《さま》を物語って彼女の心を惹いておいて、彼が突然あのような態度に出たのも彼女を恋い慕うあまりのこと、というふうに話を持っていき、そのほか言葉を尽して説いたので、とうとう彼女の怒りを和らげることができた。こうして目的を達したあとで彼はルクレティアにすべてのいきさつを打ち明けた。

翌日約束の時間きっかりにマルヴェージ伯が宿に現われる。フォークランド氏は玄関で彼を迎え、用事があるので三分間中で待ってもらえないかと言った。そこでふたりは特別室《パーラー》に入る。ここでフォークランドは出て行き、ほかならぬ美しく装ったレディ・ルクレティアの手を引いて戻って来た。しかもその美しさは、進んで快く相手の無礼を許してやるという意識でますます際立っている。びっくりして立つ彼の前にフォークランド氏が彼女を導くと、彼女はその手をやさしく恋人の腕に置き、いとも優雅に語りかけて、心にもなく軽はずみに失礼なことを申しましたが無かったことにして頂けませんか、と言う。喜びのあまりマルヴェージ伯は我が耳を信じられず、彼女の足下に跪いて、軽率だったのはこちらの方で私こそ赦《ゆる》しを乞わねばなりません、おふたりに赦して頂けるとしても、あなたと御立派なイギリス紳士を冒瀆《ぼうとく》したこの私自身を到底赦すことはできません、と途切れ途切れに語るのだった。最初の喜びの嵐が静まると、フォークランド氏はこう言った。

マルヴェージ伯爵、こうして穏やかな形であなたのお怒りを和らげ、あなたの御満足が得られたのは何より嬉しいことです。しかし実を申せば私としても大変辛いことでした。私もあなた同様に気性が激しく、いつもこうして自制できるというのでもありません。ただ、考えてみればもともと悪いのは私の方。あなたが怪しまれたのは根拠のないことでしたが、無理からぬ点もありました。我々は危険をもてあそびすぎたようだ。人間は弱いものだし、世間の常識から言っても、私はこの美しい女性《かた》に親しくし過ぎたのでしょう。お目にかかる機会も多く、相談相手でもあったので、自分でも気付かぬうちに動きがとれなくなり、あとになっては抑えきれないような望みを抱くようになったとしても不思議ではない。そんな不謹慎に対して、私こそお詫びしなければなりません。

しかし、騎士道の名誉にはきびしい掟《おきて》があって、心ならずもあなたを殺すような破目になったかもしれない。幸い、私が卑怯者でないことは人にも知られているので、この際あなたの決闘申し込みをお断わりしても臆病者呼ばわりされる心配はありません。さらに有難いことには、昨日あなたに会った時は我々ふたりだけ、ほかに誰も居合わせなかったので、私がこの問題を自分だけで処理できたわけです。もしこの和解が世間に知れても、事件の発端と解決が同時に知れるわけで、それで私は満足です。しかし、もし決闘の申し込みが公《おおやけ》になっていたら、勇気ある者として多少は知られた私としては今のように穏やかに出るわけにもいかなかったでしょうし、対決を避けたいと思っても不可能だったでしょう。これからはお互いに軽率、不謹慎にならぬようにしようではありませんか、血を見るようなことになってはいけないから。あなたがまことにふさわしい伴侶を得られ、幸福になってくだされば私としても何より嬉しいことです、と。

前にも言ったことだが、大陸旅行中にフォークランド氏が雄々しく立派な紳士として見事な振舞いを見せたのはこの時だけではない。こうして彼は数年にわたり外国に滞在したが、その年ごとに彼の名声は高まり、また不名誉、汚名を憎む気持も強くなった。かくして遂にフォークランド氏は、先祖代々の邸宅に住むべく英国に帰る決心をした。

第三章

おそらくは義務を果そうという純粋な気持で帰国の決心を実行に移し始めたその時から、彼の不運もまた始まった。これから語る彼の一生は悪意に満ちた運命による絶えざる迫害、様々の偶然から生じながらもすべてひとつの結末に向かう一連の事件の物語である。この事件が、その種のことに一番弱い彼をひどく苦しめ、苦しみは彼を超えて他の人間にまで洪水のように押し寄せ、私はその最も不幸な犠牲となった。

その災いの根元は、フォークランド氏と同じ程度の領地を持つ隣の地主で、その名をバーナバス・ティレルという。一見したところこの人物は、受けた教育によっても日頃の習慣によっても、フォークランド氏ほどの才能豊かな人の心の楽しみを乱すような人物とは思えなかった。それどころかイギリス地主の模範といっても通るくらいだった。幼い頃は他に兄弟姉妹もなかった。才能乏しい母親のもとで教育を受けた。家族の中では、ティレル氏の父方の叔母の娘で、孤児となったエミリー・メルヴィル嬢のことだけは言っておかねばなるまい。この女性は屋敷に同居し、この一家の世話になっている。母親のティレル夫人は有為の息子バーナバスより大事なものはないと思いこんでいる様子だった。一家の誰でもただひたすらにバーナバスの命令に服従しなくてはならぬ。どんな風にであれ教育などして彼を苛立たせたり、束縛したりするようなことがあってはならぬ。そんなわけで、彼の読み書きの能力さえすこぶる怪しいものだった。生まれつき筋骨逞しく、そのくせ母親のそばにばかりいたので、まるで野蛮人ならその愛人にペットとして与えそうなライオンの子という恰好であった。しかし、そのうち彼はこのような束縛を破って馬丁や森番とつき合うようになった。それまでは彼の家庭教師を務める知ったかぶりの男の言うことはちっとも聞かなかったくせに、この連中の薫陶よろしく、すぐにいろいろなことを覚えた。彼が文芸方面で進歩しないのは決して頭が悪いせいではないことが今や明らかになった。馬に関する知識ではなかなか大したもので頭も働くし、銃猟、魚釣り、狩猟では見事な腕前であることも判った。それに加えて、ボクシング、棒術や槍術《クオータ・スタフ》の理論と実践にまで手を伸ばし、こういう運動でますます体が頑丈で活発になった。成長すると身長は一八〇センチを超え、その体格は雄牛を拳《こぶし》でなぐり倒し食卓で飽食したあの古代の英雄の画のモデルにしてもおかしくないほどである。自分でもその力を恃《たの》んで、どうにもならぬくらいに横柄になり、目下の者に威張りちらし、同輩には生意気な態度をとる。精神の働きといえば、本当に役立つ立派な事柄には向かわずに、図体ばかり大きい下郎のやる下品なわるさに発揮されるだけだった。この点でも彼は人並み外れて優れ、彼のわるさにある情容赦のない冷たさを抜きにすれば、誰もその着想のよさ、やり遂げる時の乱暴で意地の悪い才知に感心しない者はなかった。

　ティレル氏はこの優れた才能をみすみす錆《さ》びて忘れられるままにしておく人ではない。近くの市《いち》の立つ町で毎週開かれる集会があって、そこに近在の紳士が集まった。彼ほどの裕福な者はなく、大抵は紳士と称してはいるものの財産という一番大事な点では彼にはるかに劣っているので、彼がその仲間の中心人物としてずっと羽振りをきかせてきた。他の仲間に比べると確かにティレル氏の頭はよいので、若い紳士たちは小さくなってこの傲慢で威張った男に敬意を示し、本人も高圧的な態度でその地位を保つ術《すべ》を心得ている。成る程彼が顔色を和らげて、一時的に愛想よく親しげな態度を取ることも多いが、そのいかにも鷹揚《おうよう》な様子に力を得て、ティレル氏が当然として要求するうやうやしい態度をうっかり忘れる者があれば、すぐに自分の出過ぎを後悔する目にあうのであって、誰でもこのことを経験によって知ていた。鼠をもてあそぶのは虎の気分次第であって、鼠にしてみればいつ何時、残忍な遊び相手の牙に噛み殺されるか知れないというわけだ。ティレル氏はよくしゃべり、とりとめはなくとも豊かな想像力を持っているので、彼の話に耳を傾ける人が必ず何人かいた。近くに住む人たちは彼を取り巻き、半ばは彼の機嫌をとるつもりで、また半ばは本当に感心して、すぐに笑い声をあげる。しかし、上機嫌で話をしている最中に、ティレル氏が彼らしく手のこんだ暴君ぶりを思いつくことがよくあった。彼が気安そうに語るのでその臣下たちがつい気を許すと、急に彼は気紛れを起し、額《ひたい》のあたりが突然曇って今までの楽しげな声が恐ろしい声に変り、彼の気に入らぬ顔をしている者を見つけては難癖をつける。そういうわけで、心の赴くままに彼が勢いよく語る話は面白いが、聴き手の方は急に不安と恐怖を感じないではいられなくなる。こんな暴君でも最後の勝利を得るまでには、はじめのうち反対者がきっとあったにちがいないと人は思うだろう。勿論それはあったが、抵抗はすべてこの田舎のアンティウス（ギリシャ神話中の巨人。ヘラクレスに殺される）とも称すべき男に弾圧されてしまった。彼の財産と地元での名声が高まるにつれて、彼に盾突く者はこの財産と名声というティレルの武器で戦わねばならぬ立場に追い込まれ、敗北して、自分が力量以上の企てをしたことを骨の髄まで思い知らされる破目になった。ティレル氏が地位と武勇によって得た権力を彼の弁舌がいつも助ける、というのでなかったら、人はあれほどおとなしく彼の独裁を我慢してはいなかっただろう。

　女性に関しては、この地主は男性に対するよりもさらに羨《うらや》むべき立場にあった。母親たちはすべてその娘にティレル氏を射止めることを最高の目標とするように教え、娘も彼の運動で鍛えた体と世間周知の武勇を好もしげに眺める。運動で鍛えあげた体は均整がとれているものだし、また、女性は若い頃から男性には保護者の資格を求めねばならぬと言い聞かされているものだ。彼と優位を競うほどの度胸のある男がいないのと同時に、この地方では彼の求婚を退けて他の男を選ぼうという娘はまずなかっただろう。彼の威勢のよい気の利いた話しぶりは特に娘たちに人気があり、このヘラクレスのように逞しい男が男仲間や運動を捨てて女に求愛する有様を想像することくらい、その虚栄心をくすぐるものはなかった。そうなれば、どんな大胆な者でも考えるだに震えるこの野獣の牙を何の危険もなしにもてあそぶことができるだろう、と思うだけで女にとっては心地よかった。

　申し分ない紳士フォークランドに気紛れな運命の女神が競争相手《ライバル》として与えたのはこういう人物であった。判断力がないではないがまだ野性を残すこの獣のようなティレル氏は、幸福な生活を楽しみ、人にも分つ能力を十分に備えた紳士の将来を破壊する力を持っていた。両人の間に生じた不和が、同時に生じたいくつかの事情により悪化し、例を見ぬほどにふくれ上ってしまった。このふたりがお互いを烈しく憎み合ったがために、この私が恐るべき悲惨な目にあうことになったのだ。

フォークランド氏の到来は、村の仲間やその他様々の人の集まる場所でのティレル氏の権威を揺《ゆる》がすショックになった。フォークランド氏は社交の楽しみの場が決して嫌いではなく、彼とその競争相手はいわば同時に天上に現われるわけにはいかぬ二つの星のようなものであった。両者を比べると、フォークランド氏が有利なことは明らかである。そうでなくても、ティレル氏に仕える人々は彼の無慈悲な支配に反逆したい気持になっている。これまで黙っていたのも、彼を好きだからではなくて、怖れているからのことで、反乱を起さなかったのは指導者がいないだけのことである。婦人たちまでがフォークランド氏に特別の好意を持った。彼の研《みが》きのかかった応対ぶりが女性の細やかさにぴったり調和するのである。口をついてでる機知は、内容の豊かさと活気の点でティレル氏のそれにははるかに勝る。その上に、自然に流れ出る機知が教養があって賢明な精神にうまく導かれ抑制されている。容貌の美しさが優雅な身のこなしによってますます引き立ち、心のやさしさ、広さがいつもはっきり感じられる。フォークランド氏と同席する時、ティレル氏には当惑したりおどおどする様子はまず見られぬが、これは、独りよがりの図々しさ、盾突く者に反論する時のいつもの騒々しく尊大な弁舌のおかげであった。一方フォークランド氏の心は素早く公平率直で、世間を広く知り機略にすぐれているので、自分に最も適した行動をすぐに選ぶことができた。

ティレル氏はライバルが日毎に名声を高めるのを不安と嫌悪をもって眺め、親しい知人には、どうしてこうなるのか判らぬとよく言っていた。彼の意見によれば、フォークランドは軽蔑にも値せぬ動物のようなものである。ティレル氏に言わせれば、フォークランドは自分が小人《こびと》のように小さいものだから、その情ない恰好に合った新しい人間の基準を作ろうと考えているのだ――人類は椅子に釘付けにされて眼をこらして本を読むように出来ている、と彼は主張するつもりらしい――元気よく運動をして楽しみ体を強くするのは止《や》めにして、頭をかきむしっては韻《いん》を考え出し、指折り数《かぞ》えて下手な詩行をひねり出す方がよい、というのが奴の考えだ――そうなれば猿のほうがましだ――そんな動物国の奴らが国を挙げて攻めて来ても、牛肉やソーセージ好きの生粋《きっすい》のイギリス人たった一連隊で蹴散らせるだろう――学問をすれば誰だって必ずにやけて生意気になるもので、まともな人なら、馬鹿なことをして世間を害するあんな亡国の輩《やから》は気でも狂えばよいと思うに違いない――外国かぶれ、外国製の英国人というおかしな奴らを本当に好きになる人間がいるなんて考えられぬが、実際それがいるんだからなあ――俺に厭がらせをするための下手な芝居としか思えない――今に見ていろ、きっと仕返しをしてやる――。

ティレル氏がこう考えていたとすれば、彼は隣人たちが語る言葉を聞いて腹立たしい思いを我慢せねばならぬことが多かっただろう。彼にとってはフォークランド氏は軽蔑の的にすぎないのに、人々はただ彼を誉めちぎるばかりである。威厳があってしかもやさしい、いつも皆のことを心にかけて、気持も言葉も上品な人。学があるのにそれを自慢することがない、洗練されていてしかも気障《きざ》ではない、上品なのに弱々しくはない。家柄がいいのを表面《おもて》に出さぬよう気を付けるので、ますます本物に見え、相手は妬《ねた》むどころか感心してしまう、と人々は言った。言うまでもなく、この田舎の人々の心変りは、人間の心の著しい特徴のひとつを表わしている。つまりたとえ粗野な者でも、多少の教養が見えれば、最初は人々も称賛を惜しまぬが、もっと上品な教養の持主が現われると、一体どうしてあのように簡単に満足してしまったのか、と思うものだ。ティレル氏は、フォークランド氏の名声はいつまでも続き、共通の知人たちもひれ伏して彼を崇拝するようになるだろうと思った。フォークランド氏に対するほんのちょっとした誉め言葉でも彼にひどい苦痛を与える。彼は悶《もだ》え苦しみ顔も歪《ゆが》み、見る者に恐怖を与えるようになった。これほどの苦痛を経験すれば、どんなに心やさしい人でも意地悪くなっただろうが、もともと気性激しく、冷酷で無愛想なティレル氏の場合、その結果はどうだったであろうか。

目新しさは減っても、フォークランド氏の強みは決して減りはしないようだった。ティレル氏の圧制に苦しむことになった者は必ずその敵手フォークランド氏のもとに走る。婦人たちにしても、この若い田舎者ティレル氏から男性よりはやさしく扱ってもらったが、それでも時には彼の気まぐれ、横柄ぶりの犠牲になることがある。そうなれば、嫌でもこのふたりの騎士道のリーダーの対照が目に付く。一方は自分のことしか考えない男であり、他方は大へん機嫌がよくてやさしい。ティレル氏が自分の性格の無愛想なところを抑えようとしても無駄だった。行動はせっかちで、陰気であり、婦人にやさしくしようとすればまるで象のように無器用になる。無理をして本来の気質を抑えて不機嫌になるよりは、思うままに行動する方がまだましなほどだった。すでに述べた村の仲間のうち、ハーディンガム嬢が特にティレル氏の関心を惹くように見えた。彼女は、まだ彼の敵方についてはいない少数派のひとりだが、それは、一番古い知り合いのこの紳士の方が好きだったからか、あるいはこうすれば彼と結婚できそうだと計算していたからであろう。その彼女も、恐らくちょっと試してみるつもりだったであろうが、もしティレル氏がきっかけを与えれば敵方にまわることもあるという姿勢を示しておくのも悪くないと考えた。そこで、彼女は巧みに立ちまわって或る晩のダンスパーティでフォークランド氏のパートナーに指名されるようお膳立てをしていた。もっともフォークランド氏は村の噂話や縁談などには全く無知なので、隣人のティレル氏の感情を害するつもりなど毛頭ない。人に対する時の彼の態度は謙譲と慇懃《いんぎん》を旨としていたが、ひとり家に引きこもっている時の彼は気高い思索に耽《ふけ》ることが多くて、そこにはスキャンダル、教区委員会での口論、選挙区の政治問題などの入る余地はなかった。

ダンスの始まる少し前にティレル氏はこの美しい愛人の前に歩み寄り、手を取ってダンスを始めるまでの僅かの時間を過ごすために語りかけた。自分にダンスを申し込まれて断わる女はあるまいと思い込んでいたので、彼は前以って相手の承諾を求めるという礼儀を無視することにしていた。そうでなくても、彼のハーディンガム嬢への好意は知れわたっているから、今はこの形式をふむまでもないと考えていたのだろう。

さてこういう話になっているところに、フォークランド氏がやって来る。ティレル氏は彼を反感と憎悪の目で眺めたが、彼は上品に気取りもなくふたりの会話にうまく加わって、その生き生きして率直な話しぶりを見れば、悪魔でもその悪意を忘れるほどだった。敵が、ハーディンガム嬢にこうして話しかけたのは、単なる礼儀上のことにすぎない、すぐにでも引きさがるだろう、とティレル氏は思っていたのだろう。

一座の人たちはいよいよダンスの位置につこうとし、フォークランド氏もハーディンガム嬢に目くばせする。そこに突然ティレル氏が割って入り、君、この御婦人は私のパートナーの筈だが、と言った。――いや、そんなことはないでしょう、この方は私の申し込みを受けて下さったのだが。――いや、それは違う。ハーディンガム嬢のお気持については私も言いたいことがある。邪魔をしないでもらいたいな。──お気持がどうだというような話じゃないでしょう、今は。──議論は無用だ、さあ、そこをどいてもらいたい。そこでフォークランド氏は、穏やかにではあるがきっぱりと相手をはねつけた。ティレル君、とやや厳しく彼は言う。このことについて言い合うのは止めよう。我々で決着がつかないなら、今晩の世話役にお委せしよう。お互いに御婦人方の前で勇気を見せようというのではないのだから、いさぎよく世話役の決定に従うのがいい。──馬鹿な、もし君が──。まあ静かに、ティレル君、悪気で言ったのではない。しかし、言わねばならぬことは誰が何と言おうと私はちゃんと言う。

フォークランド氏は落ち着きはらってこう言った。しっかりした口振りだが、荒々しさや腹立たしげなところはない。そこには人を居すくませるものがあって、彼の兇暴な相手も退いて無力になった。ハーディンガム嬢は彼女の試みを後悔し始めていたが、最初の驚きは新たなパートナーの威厳ある平静さを前にしてすぐに静まった。ティレル氏は一言も言わずに立ち去る。行きがけに彼は捨てぜりふを呟《つぶや》いたが、紳士の掟ではフォークランド氏はそれを聞く必要もなく、正確に聞き取ろうとしても難しかっただろう。ティレル氏はよく考えてみて、いかに復讐したくともこの場はまずいと思った。さもなければこうすぐに彼の主張を撤回することはなかっただろう。しかし、自分の権威に対する反逆に人前で対抗することはできなかったが、憎しみに満ちた心の奥底でこれを深く思いつめた。いつかは目に物見せてやる、とその時のための材料を彼が集めていたことは明らかである。

第四章

　この事件は、ティレル氏がフォークランド氏のおかげで受けねばならなかった屈辱のほんの序の口にすぎず、そういった例は日毎にふえていく気配だった。そんな時はいつもフォークランド氏は苦もなくその場に応じ立派に行動し、名声が一層高まった。ティレル氏が自らの不運と悪戦苦闘すればするだけ、その不運が目立ち、かつ根強くなる。彼の運命《ほし》は、事あるごとにフォークランド氏を彼に屈辱をもたらす道具に使って意地悪い快感を覚えているように思えて、彼は幾度もその運命を呪った。腹立たしい出来事が続くなかで苦い思いをしながら、彼は自分が競争するつもりが少しもないような事柄においても相手に差をつけられていることを痛感しているようだった。その実例が今ひとつ生じたのである。

　この国に不滅の名誉をもたらした詩人のクレア氏が崇高この上ない天才的な仕事に一生を過ごしたのち、最近この地方に引退し、質素な生活で貯えたものと名声を享受しつつ暮していた。そういう人物なので、彼は地方紳士から崇拝とも言えるほどの尊敬を受けている。村人は英国の誇りである詩人が近くに住んでいることを光栄に思い、また志を立てて村を出て年老いて名誉と富を得て村に帰った彼への感謝に欠けることはなかった。読者は彼の詩を御存知で愛読されたこともおありだろうから、そのよさをここで述べるまでもあるまい。しかし、読者はクレア氏の性格までは、たとえば、作品に劣らずその座談も素晴らしいことなどは御存知あるまい。一座の中で彼の名声を知らぬのは本人の彼だけである。彼の著作は人間精神が達成し得る最高のものの実例として永くこの世に残るだろうが、彼ほど自らの欠点を鋭く自覚し、推敲の余地があることに気付いている者はない。その作品を高所から偏見なしに判断できるのは彼だけだと思われた。彼の目立った特徴のひとつは、態度物腰のもの柔らかさ、度量の広さであり、そのために人の誤りに少しも立腹することのない彼に敵意を感じるのは不可能だった。人の間違いを彼は率直に遠慮せず指摘する。彼に忠告されると人は驚き、成る程と思うが、といって嫌な気持には決してならぬ。不品行を正すのに使われるメスを肌に感じても、それが治すべき傷をいためることはない。これが彼の生き方の特色だった。彼の教養は主に静かで穏やかな熱意、素早い着想として現われ、その着想は自然に口をついて流れ出るという風なので、人はあとになってはじめて彼の思想の驚くべき豊かさに気付くのであった。

こういう田舎では、クレア氏がその思想や楽しみを共にする友を得るのは難しい。偉大な人物の弱みとして、自分と同様な力強く広い心の仲間と交際するよりも孤独を求め森や林を相手とすることが多い。フォークランド氏がこの地方に来て以来クレア氏は彼を特に大事にした。クレア氏のように鋭敏な天才にとっては、会った人の長所や欠点を見抜くのに長い経験とか慎重な観察とかを要しない。彼の判断の材料はすでに長期間にわたって蓄積されていたので、かくも立派な一生の終りに近い今では人の性格を一目で見抜くことができたと言ってもよい。その彼が自分といくらか気の合った人物に興味を持ったとしても不思議ではない。しかし、ティレル氏の病的な想像力は、彼の隣人フォークランド氏が丁重に扱われると必ずそれを自分に対するあからさまな侮辱と受け取った。一方クレア氏は穏やかでやさしい人なので、彼が人に訓戒を与えても相手が立腹することはなかった。それに人を惜しまず誉めて、立派な人が正当に評価されるようにするためには、自分に与えられている世間の尊敬も進んで役立てた。

フォークランド、ティレル両氏が居合わせた或る会合で多くのグループに分れて話がはずむうち、フォークランド氏の詩才に話題が及んだことがあった。そこにいた頭のよい一婦人が、自分は彼の「騎士道精神によせる頌詩《オウド》」と題する最近作を読む機会を得たが大へん立派なものだった、と話した。一座の人々が是非拝見したいと言いだすと、その婦人は、今ここに持ち合わせているがもし作者に御異存がなければお目にかけてもいい、と言う。そこで皆がフォークランド氏に是非承諾してもらいたいと頼み、居合わせたクレア氏もそうしてほしいと口添えする。クレア氏にとっては、その詩がすぐれた知性の産物であることを証明し、それにふさわしい称賛の言葉を述べることほど嬉しいものはない。フォークランド氏は口先だけの謙遜とか気取りのない人で、すぐに求めに応じた。

ティレル氏はたまたまこの一座の端に坐っていたが、この成行きが面白かろう筈がない。この場を外《はず》したい様子だったが、何か目に見えぬ力が彼を虜《とりこ》にして動けなくし、嫉妬が調合した苦い薬を余さず飲ませることになってしまった。

その詩は他の教養に劣らず朗読法《エロキユーシヨン》も上手なクレア氏によって朗読された。彼の朗読にはいつも素朴さ、変化や力強さがあって、幸いにもその晩これを聞くことのできた人々にこの上ない洗練された楽しみを与えたことは想像に難くない。フォークランドの詩もそのおかげで引き立って聞え、作者の強い感情が次々と聞き手に伝わってくる。激しくも厳粛な雰囲気がそれにふさわしい感情をこめて、しかも流れるように自然な調子で読まれる。詩人の想像力が創り出すイメージが余すところなく表現されて、或る時は神秘的な怖れで人の心を圧倒し、また或る時は溢れるばかりの美しさでうっとりさせた。

その場で耳を傾けたのがどんな人々だったかはすでに述べた。その大部分は素朴で格別の学も教養もない。詩を読むことがあっても、それはただ漠然と他人《ひと》が読むから読むというだけでその楽しさは殆んど解しない。ところがこの詩に限っては、独自の燃えるような感動があると彼らにも思われた。詩そのものだけならそれほどの感動を与えはしなかっただろうが、クレア氏の朗読の抑揚や口調には心に迫るものがあった。やがて朗読が終ると、それまで詩の伝える感情に共感した表情を見せていた聴衆は、競って賛辞を呈する。彼らは今まで殆んど知らなかった情緒を感じていた。一人が口を切ると、すぐに次の者が感動してあとに続く。飾り気なしに途切れ途切れに述べられるところからしても、その賛辞が並々ならぬものであることが知れた。しかしティレル氏が一番我慢できなかったのはクレア氏の態度だった。彼は原稿を持主の婦人に返し、それからフォークランド氏に力強く感情をこめてこう言った。本当に申し分のない作だ、まさにこれです。これまで知ったかぶりが無理やり書いた堅苦しい論文や、訳の分らぬ牧歌《パストラル》のようなものばかり読まされて閉口していました。あなたのような方にこそ書いて頂きたいのです。ただ、詩歌《ミューズ》は無益なことに熱中するためではなくて、最も高く貴重な目的のためにあることをどうかお忘れになりませんように。あなたの偉大な運命にふさわしく今後も行動してください。

こう言ってすぐクレア氏は席を立ち、フォークランド氏や二、三の人々と共に立ち去った。するとすぐにティレル氏はそっと人々の輪の中に入り込む。彼は長い間黙って坐っていたので、苦々しさと憤激に今にも破裂せんばかりになっていた。特に誰かに語りかけるのではなく、半ば独り言のように彼は言った。大層御立派な詩だ、結構なもんだ、全く。ちえっ、あんな物は船一杯あっても何の役にも立たん。するとあの頌詩《オウド》を紹介した婦人が、そうおっしゃいますけれど、詩は気持よくて優雅な楽しみになることはお認めになるでしょうね、と言う。優雅《エレガント》、とか言われましたな。このフォークランドとは一体何者です――取るに足らぬ男じゃありませんか。詩を書くよりもっとましなことのできる奴だとでもお考えですかね。

会話はそれだけでは済まなかった。この婦人が反論し、感動醒めやらぬ数人も加わる。ティレル氏はますます激しく悪口雑言して溜飲を下げる。言いつのる彼をいくらかでも制することのできる人はその場を避けており、話に加わっている者も、彼に反対するのを恐れてか、彼の激しさに対抗するのを面倒がってか、次々に黙り込んだ。そうなると、彼の以前の権威が回復されたようにも見えるが、それは見かけだけの不安定なものであることに本人も気付き、不興げに嫌な顔をした。

会からの帰途、彼と一緒になった若い男があった。この青年は生活態度もティレル氏に似ていて最も親しい仲であり、家も近くて途中まで道も同じだった。ティレル氏が先程の対話で言いたいことは言ってもうさっぱりしていると思ったら大間違い、彼は我慢したその口惜しさが忘れられないのだった。フォークランドめ、と彼は叫ぶ。奴がいるおかげでこんな騒ぎになった。しかし女と馬鹿ばかりはいくら言ってもちっとも分らぬ、どうにも手がつけられぬ。連中をけしかけた者が一番悪い、特にクレアの奴め。いい年齢《とし》をして世間知らず、見かけばっかりの連中に騙《だま》されるとはな。あんな奴とは知らなかった。くだらぬ犬同然の奴らの鳴き声に自分までワンワン吠えたてようとはな。しかし人間なんて皆同じようなものだ。ちょっとましに見える奴でも要するにずるいだけ、別々の道を行くようで結局考えは皆同じだ。あれにはしばらく騙されていたが、もう万事露見というわけだ。こんなのが悪事を働くのだ。馬鹿者がつまらんことをしても、注意してやるべき人間がけしかけさえしなければ大したことにはならんのに。

この事件の数日後、ティレル氏はフォークランド氏の訪問を受けて驚いた。フォークランド氏は挨拶もそこそこに訪問の目的を述べる。

ティレル君、実はあなたから穏やかに釈明を頂きたいと思って伺ったのです。

釈明だと！　一体私がどんな悪いことをしたと言うのかね。

何も悪いことはありません。だからこそ、今がお互いに誤解を解く一番いい機会だと思ったわけです。

ひどく急《せ》いておられるようだな。そう急くと誤解を解くどころか、かえって面倒なことになりはすまいかな。

いや、そんなことはない。私の気持に不純なものは一切ありません。私の考えを聞かれたなら、きっと御同意下さる筈です。

いや、フォークランド君、そうとばかりは言えないね。人それぞれ考えも違う。今までも君に面白くない目にあわされているんだからな。

それはそうかもしれぬ。だが、私は特に君を怒らせるようなことをした覚えはない。

君には私に無礼なことを言う権利はない。手出しをして私がどんな相手か試してみようなどと考えてやって来たのなら、その手は食わんぞ。

喧嘩するのはたやすいことだ。もしお望みだとしても、そうはさせない。

私を脅《おど》しに来たんだな、それに違いない。

ティレル君、口を慎んだ方がいい。

何だと、脅迫するのか。君は一体何だ、何しに来たのだ。

ティレル氏の激しい言葉でフォークランド氏は我に返った。

私が悪かった。それは認めよう。今日は仲直りに来たのだった。そう考えて失礼を顧みずやって来たのだ。他《ほか》の時ならともかく、今日は自分の気持を抑えねばならぬ。

ほう、それでまだ何か言いたいことでもあるのかね。

ティレル君、とフォークランドは続けた。大事な用件で来たことは十分にお判りだろう。そうでなければお邪魔はしない。私がお伺いしたのは、今から申すことの重大さを深く感じている証拠でもある。我々は重大な場に立たされている。いわば渦巻のすぐそばにいるようなもので、もし巻き込まれればこれ以上話し合っても無駄になる。残念ながら、嫉妬がいつとはなしに我々の間に入り込んだ。何とかしてそれを除きたいと思い、君の協力を求めに来たのだ。我々は二人とも気はいいが燃えやすくかっと腹を立てる方だ。ここでよく考えてみても我々にとって不名誉ではない筈。もっと早く考えればよかった、もう遅すぎる、ということにならぬとも限らぬ。どうして敵《かたき》同士にならねばならんのだろうか。趣味も違うのだから、邪魔し合う必要はない筈だ。ふたりとも、幸福な生活をするだけのものは十分に持っている。皆の尊敬を受けて、静かに生を楽しみつつ長生きすることだってできぬことはない。それを捨てていがみ合うことはないではないか。我々のような性格と弱点を持つ者が争うと、思うだけでぞっとするような結果になる。一方が死に、生き残った者には不幸と後悔だけ、ということになりそうな気がする。

君は変な人だな、本当に。何でうるさく予言や予感めいたことを言うのかね。

君の幸福に必要だから言うのだ。こうして静かに話合いを続けるのは、私の名誉が許さんという破目になるまでほうっておくよりは、むしろ今の我々の危険を君に言っておくべきだ、と思えばこそ。大抵の人なら、こうなればすぐ喧嘩を始めるだろう。我々も喧嘩すればそんな人たちと同じことになる。そんなのは止めよう。つまらぬ誤解など気にしないという心の広さを見せようじゃないか。そうすれば我々の面目も十分に立つ。喧嘩などすれば、世間の物笑いになるだけだよ。

君はそう思うのか。成る程もっともなところもある。私も他人《ひと》の笑いものには絶対なりたくないからな。

その通り、ティレル君。皆から尊敬されるように行動しよう。ふたりともこれまでの行き方は変えたくない。お互いに相手が自分の道を進むのを妨害しないことにしようじゃないか。そういう約束にして、お互いに我慢し合って仲良くするようにしたいな。

こう言ってフォークランド氏は友情の印としてティレル氏に手を差し伸べた。しかし、相手の出方の意味をティレル氏は測りかねた。この我儘な田舎紳士は、一時は不意を突かれてフォークランド氏の態度にやや動かされた様子を見せたが、また手をひっこめた。フォークランド氏はまたまた冷たくあしらわれたのでかっとしたが、じっと自制する。

一体これはどういうことなんだ、とティレル氏は叫んだ。どうしてこう出しゃばるのだ。まさかずるい計略で私を出し抜くのじゃなかろうな。

計略ではなくて、偽りなしの目的で来たのだ。よく考えた上で両方の利益も等しく考慮した提案を君は何故断わるのか。

ティレル氏は一息つく余裕を得て、また元の性質に立ち返る。

成る程確かに率直なところもあるようだ。となると、私もそれ相応のことはするつもりだ。何しろ私は気が荒くて他人《ひと》に指図されるのが嫌いでね。君はそれを弱点と思うかも知れんが今更直す気はない。君がこの土地に来るまでは万事よかった。近所の人たちは私の気に入ったし、連中も私に調子を合わせてくれた。しかし今はすっかり変った。どこへ行っても君が直接間接に関わる事柄で腹立たしい目にあう以上、憎いと思わずにはいられない。どこへでもいい、この土地、この国から君が出て行ってくれて、こっちは君の噂を聞くこともないというのなら、絶対に喧嘩はしないと約束しよう。君の作った詩だろうがわけの判らぬ絵だろうが、洒落でも謎々でも、何もかも御立派ということにして文句は言うまい。

ティレル君、無茶を言ってはいけない。そんなら私も同様に君にどこかへ去ってくれと言えるじゃないか。君は私の主人じゃなくて対等の相手だ。男同志の付き合いなら、楽しむこともあれば我慢すべきこともある。世間は自分だけのためにあると考えてはいけない。物事をあるがままに見てそれに合わせるようにすべきだろう。

御説の通り、立派なお言葉だな。しかし、僕は考えを変える気はない。人間は神の造り給うたまま、どうにもなりはしない。僕は哲学者でも詩人でもないから、お見かけ通りの僕とは違った者になろうなどという、できもせぬことを始める気はないね。その結果がどうなろうと知ったことじゃない。なるようにしかならぬ。これから先のことは気にしないで出たとこ勝負でぶつかるだけだ。ただこれだけは言っておこう。君が僕の前にその面《つら》を突き出す限りは大嫌いだ、とな。今日のように招かれもせぬのに世界一賢いような顔をして得意げにやって来ると、ますます嫌いになる。

ティレル君、もう判った。結果は前から判っていたが、今日は友人として来たつもりだ。お互いに話し合えば了解できる、とそう願っていた。失望したよ。あとで冷静に考えれば君も私の意図だけは理解してくれるだろうし、私の提案も無理なものではないと思ってくれるだろう。

こう言ってフォークランド氏は去った。この会見の間彼は特に立派に振舞ったが、それでもその激しい気質を完全には抑えきれなかった。その上に、いかに申し分ない人物だったとしても、彼の態度には幾分高ぶったところが見えてそれが相手を刺戟することになり、見事に激情を殺して応対したことも間接にティレル氏への嘲《あざけ》りと受け取られた。この会見は高潔な動機から始まったのだが、埋める筈の裂け目をかえって拡げたことは間違いない。

ティレル氏は、いつもの通り動揺する気持を親しい友達に打ち明けた。あいつは自分を偉物《えらぶつ》と思い込んでいて、今度のもそれを証明して見せようとの新手《あらて》の策略だ、と彼は叫んだ。あいつの口達者は十分に判っていたんだ。実際、この世の中が言葉だけで思う通りになるものだったらやつの天下というわけだ。そうさ、やつの思う通りになるだろうよ。しかし、おしゃべりが何だ。物事はそんな風にはいかぬ。何であの時蹴っとばしてやらなかったんだろう。でも、いずれそうしてやる。あいつが借金をまた一つふやしたようなもので、いつかたっぷり払わしてやるさ。このフォークランドの奴はまるで悪魔のように俺に付いて離れない。目が覚めるとすぐあの男のことを考えてしまう。眠れば眠ったで夢に見る。俺の楽しみを全部つぶしてしまう。ばらばらに引き裂いて心臓を嚙み砕いてやりたい。あれを破滅させせぬことには俺の楽しみはない。多少は見どころもある奴だろうが、俺にとっては絶え間のない苦しみの種だ。考えるだけで気が重くなるのだから、払い除けるのは当然の権利だろう。俺が黙って辛抱するとでも思っているのだろうか。

ティレル氏が苦々しい気持でいたのは事実だが、それでも相手について見るべき所は多少とも見ていたようだ。彼はますますフォークランド氏を嫌うようになり、今や彼をただの軽蔑すべき敵とばかりは思わなくなっていた。ティレル氏は彼と会うのを避けた。やたらに敵対するのはやめて、じっと機会を待ち、致命的な一撃のための毒を蓄積することにしたように見えた。

第五章

それから間もなく、この地方に性質《たち》の悪い伝染病が急速に拡がり、多くの住民があっという間に死んだ。クレア氏も最初の犠牲者のひとりだった。この事件がもたらした悲しみと驚きは想像に難くない。クレア氏は何か普通の人間以上の存在のように思われていた。彼の落ちついた気取らぬ態度、溢れる思いやりとやさしさがその才能や穏やかな機智や広い知性と結びついて、彼を崇拝の的にしていた。田舎に引退してからの彼には少なくとも敵と言える人はなく、皆が彼の命を脅かす危険な病気を悲しんだ。彼は長生きして天寿を全うし、人々に尊敬されて永い眠りにつく人と思われていたが、この期待も空《むな》しいものであったようだ。彼のこれまでの知的活動は時にあまりに激しく休みないものだったので、健康に対する慎重な配慮が足りぬことがあり、それが今度の病気の種を蒔くことになったのだろう。しかし、楽観的な人は彼が規則正しい生活をして知的活動を続け、明るい気性の人だから、病の進行が急激でなければ今しばらくは死をはねつけ、病の攻撃に打ち勝つだろうと予想していた。そのために今度のようなことになった時の人々の心痛も一通りではなかった。

なかでも特に心配したのがフォークランド氏である。今こうして危険にさらされている生命の貴重さを彼ほどよく知っている者はなかった。彼は早速駆けつけたが、面会を許してはもらえなかった。クレア氏はその病気が伝染性のものと知っていてなるべく人を近付けぬように命じていたので、フォークランド氏が面会を求めてもその命令の例外にはしてもらえない。しかし彼はそれですぐ引き下る人ではなく、執拗に頑張って、伝染防止に有効とされる注意をよく守るとの条件付きでやっと面会を許された。

クレア氏は病室にいたが床についてはいないで、ガウンを着て窓側の机《ビューロー》に坐っている。見たところ冷静で明るい様子だが、死相がその顔に現われていた。フォークランド君、誰よりも君に会うのが一番嬉しいが、こんな形で会いたくはなかったよ。しかしよく考えてみると、こういう危険に出会ってうまく切り抜けられそうな人といえば、まず君をおいてはなさそうな気もしてきた。少なくとも君の場合には、司令官が裏切ったがために要塞が占領されるというようなことはないと思ったわけだ。君に賢明であれと説くこの私が先にこうして病気になったのはどういうわけか私には判らない。しかし私のことでがっかりしてはいけないよ。私は危険に気付かなかったので、気付いていたらもっとうまくやっていたよ。

フォークランド氏は一旦病室に入るとどうしても立ち去ろうとしなかった。クレア氏は、清潔な空気から汚染された空気へと、いわば極端から極端へ何度も出入りするよりこの方が危険が少ないと思い、あえて逆らわない。そしてこう言った。フォークランド君、君が入って来た時、ちょうど、遺言状を書き終えたところだった。以前に書いたのが気に入らなくなっていたが、今の状態で弁護士を呼ぶのも嫌でね。実際、本気で遺言状を作る時、普通の分別ある人なら弁護士なしでも独力でその仕事はできる筈だよ。

クレア氏は健康な時と同様に落ち着いて屈託のない様子で話を続ける。明るい口振りやしっかりした態度から見れば死を前にした人とはとても思えず、完全な冷静さをもって歩き、論じかつ冗談まで言うのだった。しかし時が経つとともに彼の様子は目に見えて悪化し、フォークランド氏は心配と感嘆の気持でじっと彼を見守っていた。

しばらく考えに沈んでいた彼はさらに言葉を続ける。フォークランド君、私はもう長くはないようだ。何か変な気がするよ。昨日はいかにも元気そうに見えたのに、明日は冷たい骸《むくろ》になる。生身《なまみ》の人間にとって生と死を分つ境い目とは何と不思議なものだろう。今、動きまわり、陽気で、鋭い洞察力があり、知識を思うまま駆使して他人《ひと》を喜ばせ、教えまた元気づける、と思うと次の瞬間には生命のない醜い姿となって地上の邪魔物となる。それが大方の人の一生で、私とて同じことだ。

まだこの世ですべきことが沢山残っているような気がするが、もうそれもかなうまい。今までしてきたことで満足せねばならぬ。力を振り絞ったところで無駄だ。敵は強くて情容赦ないから、息をつく余裕もくれんだろう。こういう事柄はまだ人間の力の及ぶところではなく、絶えず流転してゆく中での一齣《こま》にすぎない。人々の幸福や宇宙の大きな働きというものは私が手を貸さずとも進み続けるだろう。その仕事は若い者、フォークランド君、君や君のような人たちに委ねられるのだよ。我々が生きてその恩恵を受けるかどうかは別として、人類の将来の進歩は申し分ない喜びをもたらす筈で、もしそうでなければ人間なんて軽蔑すべき存在だろう。すべての人が後半生で私が授かったあの静かな生活を楽しむことができるようになれば、人類はもう後世を羨むことはない。

クレア氏はその一日ずっと病床を離れ、じっと横になっているよりも体によいと思われるような、楽で気の紛れる仕事を楽しんだ。時々痛みを感じることがあっても、彼はすぐにそれを克服するようで、病苦が彼を制し得ぬ様《さま》を笑っていた。苦痛は彼の肉体を亡《ほろ》ぼし得ても彼の心を乱すことはできなかった。三、四回彼の体中に汗が流れることがあったが、そのあとすぐすっかり乾いて皮膚が焼けるように熱くなる。その次には一面に青黒い発疹が出る。それから悪寒《おかん》が始まったが彼は気力でそれを追い払った。そのうち静かに落ち着いて、間もなく日も暮れて床につくことにした。フォークランド君、と彼は相手の手を握って言う、死ぬことは人が思うほど難しくはないよ。死の淵から振り返って眺めると、これほどの安い代価でかくも完全な消滅が得られるものかと驚くくらいだ。

彼が横になってしばらくしてしんとなったので、もう眠ったのかとフォークランドはほっとしたが、それは彼の思い違いだった。クレア氏はベッドのカーテンを開けてその友フォークランド氏の顔をじっと見る。眠れない、と彼は言った。それもその筈だ、眠れたら治ったのと同じことになるからね。私はこの戦いでは敗北することに決まっているのだ。

私はずっと君のことを考えていたんだよ、フォークランド君。他の誰よりも君がこれから世のために働いてくれるものと期待している。だから体を大事にしてくれよ、君の長所をこの世のために生かしてもらわねばならんのだからね。私は君の長所も弱点も知っている。君は気性が激しくて、すぐに自分の面目に傷がついたと思い込んで我慢できなくなる。だから、一度悪い方に向かうと君のような有為な人物も世に大きな害をなすかもしれぬ。この欠点を直すよう本気で考えてもらいたいのだ。

しかし、この有様ではゆっくり話をすることもできないし、今すぐその効果を期待するのが無理だとすれば、少なくとも一つだけ私にできることがある。それは、今君の目前に迫っている不幸に気を付け給え、ということだ。ティレル氏に気を付けなさい。弱い敵だと馬鹿にすること、この誤ちだけは犯さぬように。些細なことから大きな災いが起るものだ。ティレル氏は乱暴で粗野だし、冷酷な人だ、それに対し君はかっとなって、無礼を許せぬ人だ。もし君よりはるかに劣り比較にもならぬ男が君の生涯を悲惨と罪に陥れるとしたら、これほど不幸なことはない。そのあたりから何か恐ろしい事件が君にふりかかりそうな予感がして本当に心配なのだ。このことをよく考えてくれないか。どうしても約束しなさいというのではない。迷信で君を束縛する気はない。どうか理性をもって正しく行動されるよう望んでいるよ。

フォークランド氏はこの教訓に深く感動した。クレア氏が死に臨んでかくも自分のことを案じてくれたのかと思えば感謝の言葉もない。途切れがちに言葉を探すようにして彼は答えた、これからは慎重に行動します。心配しないで下さい。御忠告は決して無駄にはしません。

クレア氏はそこで別の話題に移った。私は君を遺言執行人に選んだが、友人として引き受けてくれるだろうね。知合いになってからまだ長くないが、その短かい間に君を十分に見て人柄も判ったつもりだ。どうか私の心からの願いをかなえてくれないか。私はいくらかの遺産を残しておいた。私が都会で暮していた頃の昔の親類たちは、少なくとも親しくしていた者たちは、誰も皆懐かしいいい連中だ。今ここにその人たちを呼び集める時間もないし、そうしたいとも思わない。こんな場合普通に思い付くような事柄よりも、私の形見の方が役に立つと思う。

クレア氏はこうして心の思いを吐露してから数時間黙っていた。明け方フォークランド氏がカーテンを開けて臨終を前にした人を見ると、彼の眼は開いていてフォークランド氏の方に静かに向いた。顔は落ち窪み死相がありありと見える。御気分はよくなりましたか、と半ば囁《ささや》くように彼は言ってみた。クレア氏が片手を布団から離して前に伸ばすので、彼は進んでそれを取る。ずっとよくなった、と口の中だけで殆んど聞きとれぬ声で病人は答えた。もう闘いは終ったよ、すべきことはしてしまった、さようなら、忘れずに。これが彼の最後の言葉だった。それから二、三時間は息があり唇が時々動くようだったが、やがて呻《うめ》き声ひとつたてずに息を引き取った。

フォークランド氏はこの場面を深い憂慮をもって見つめていた。クレア氏が危機を超えて快方に向かってくれればよいがと念じ、また、彼の臨終の時を乱してはいけないとも思い、フォークランド氏はただ黙っているだけだった。ただ最後の半時間だけは病人をじっと見守りながら立ちつくしていたので、死の直前の喘《あえ》ぎ、体の微かな震えも見とどけた。そのあとも彼は見つめていたが、時にクレア氏が生き返ったような気がした。とうとう自分を欺くこともできなくなって、狂ったような口調で、これですべては終ったのか、と彼は叫んだ。彼は遺骸《なきがら》に身を投げかけんばかりだったが、居合わせた召使たちが彼を制し、無理やりに別室に連れ出そうとする。だが彼はそれを振りほどき、去り難いようにベッドの上に身を乗り出す。これが天才、美徳と卓越の人の最期なのか。この世の光明はもう永遠に消え去ったのか。ああ、昨日までは生きていたこの人が。クレア先生、代って私が死ねばよかったのだ。何と恐ろしいことだろう。償うことのできぬ損失だ、心が円熟し活気に溢れた今亡くなられるとは。これから今までの何万倍もこの世のために尽すことのできる方だったのに。賢者でさえも教えを乞うべき人、この世の道徳の指導者と仰がるべき人だった。その人が今はこの遺骸《なきがら》だけになってしまうなんて。この唇の雄弁もなく、いつも活動していた心も今は静かだ。またとない人が亡くなったのに世間の人々は自分の損失にも気付いていないのだ。

一方ティレル氏は、それとはまた異なる感情をもってクレア氏の死の知らせを聞いた。彼は、フォークランド氏を偏愛するクレア氏は今も赦せないし、彼のことを思い出すといい気持はしない、と公言した。たとえクレアのこれまでの不当な仕打ちは忘れることができても、この腹立たしさは忘れはしないぞとわざわざ何か画策しているような気配もある。フォークランドが彼の臨終に立ち会ったそうだが、他に信頼できる人がないと言わんばかりだ。なかでも癪《しゃく》にさわるのは彼を遺言執行人にしたこと、これだ。この勝手なクレアの奴は何事につけても俺を無視する。男らしいところはちっともないじゃないか。いつも目上の者を踏みつけにする奴だ。誰もかれも外見にとらわれて、実質は見ないで枝葉末節に惑わされ、本当の人間を見抜けないのだ。おまけに死ぬ時だってそうだ。（ここでティレル氏はいつもの乱暴な言い方でキリスト教を冒瀆するような言葉を吐いた。）死ぬ前になって弱気になったんだろう。要するに気力がなかったからだ。おかげで癪にさわってゆっくり眠れなくなった。これからの成行きがどうなろうと、すべてあいつのせいだ。

クレア氏が死んで、互いに争う両人の敵意をうまく和《やわ》らげる人がいなくなると、ティレル氏の乱暴を抑える有効な歯止めもまたなくなった。この田舎の暴君はクレアという知名の人の卓越した知性に抑えられて、心ならずもおとなしくしていた。それに、乱暴な気質ではあったけれども、最近まではクレア氏を憎んでいるようにも見えなかった。クレア氏がこの地方に居を定めてからフォークランド氏が大陸から帰るまでの短期間は、ティレル氏の行状も次第によくなっていくかに思われていた。もっとも、彼がそれまで支配していた仲間に新たにフォークランド氏が入り込んだことについては面白くないと思っただろうが、クレア氏が彼のライバルになる筈もなく、その人柄に対してはティレル氏もおとなしく敬意を払っていた。この立派な人は、激烈な論争、行き過ぎた自尊心に巻き込まれても傷つくことはないように見えた。

ティレル氏に関する限り、フォークランド氏との競争心のために穏やかなクレア氏の感化も或る程度は制限されていたが、そのクレア氏が死んで彼の美徳の力が全くなくなると、ティレル氏の性格が前にも増して狂暴になる。フォークランド氏が近くに住んでいることからますますひどくなった憂鬱が彼のあらゆる人間関係にまで影響を及ぼし、不機嫌で横暴な行動が日毎につのって、これまでに次第に大きくなった不吉な対立をますます抜き差しならぬものにしていった。

第六章

その結果はすぐに現われた。そこで次に起った事件が破局の決定的なきっかけとなったのだ。これまで語ってきた事柄はいわばただの前置きに過ぎない。それらは重大な結果をもたらすような心境に両人を追いつめるものではあったが、一見したところ相互関係はなさそうであった。ところが、これ以後の進展は急速かつ恐るべきものとなる。致命的な災いが次第に速さを増して進んで来て、それを阻止しようとする人間の分別と力に挑戦するかのようであった。

次第にひどくなるティレル氏の悪行は特にその奉公人や同居者に向けられた。なかでも最大の被害を受けたのは前にも触れたことのある若い女性、彼の父の妹の娘に当る孤児である。エミリー・メルヴィル嬢の母は親戚の反対を押し切って無分別な、と言うよりも不幸な結婚をし、そのため親戚は一致して援助をしないことに決めた。ところがその夫は軽はずみな男で、実家との対立のせいで意外に少ないものになった妻の財産も使い尽し、妻は傷心のあまり死んでしまって、その乳飲み児の娘は一文無しで残された。この子をたまたま世話していた人が、今の地主ティレル氏の母親のティレル夫人に頼んでひとりぼっちの彼女を引き取ってもらったのである。本来ならばこの娘は母親が無分別から相続権を失った財産を相続する衡平法上の権利があるのだが、その分は家を代表する男子へ行って彼の身代を太らせていた。しかしそういう事情をティレル母子はちっとも考えてやらなかった。夫人はエミリーを引き取ってやったので大層立派な慈善行為をしたつもりでいたが、家でのエミリーは使用人ではなし、といって家族の一員でもない、曖昧な立場であった。

しかし彼女は最初そんな立場から生じる屈辱感を感じなかった。ティレル夫人は気位《きぐらい》が高く横柄だが意地悪くはない。家政婦は昔はいい暮しをしたこともあって正直な気のいい女で、自分が世話することになったエミリーを早くから可愛がっていた。それで、エミリーの方でも親切にしてくれるこのジェイクマン夫人になつき、夫人が教え得る僅かばかりの技芸を言われるままに習い覚えた。なかでも特にエミリーはジェイクマン夫人から明るくて素朴な気立てのよさを学んだが、この気質のせいでこの女性はどんな出来事にも明るく積極的に対処し、楽天的な気持を何の包み隠しもせずに人に伝えるのであった。ジェイクマン夫人から学ぶことも多かったが、エミリーは彼女の従兄の教育のためティレル邸に招かれた先生たちから教えを受けることも許された。また事実、この若紳士ティレルは先生方の授業を本気で聞く気はなかったから、運よくエミリー嬢が居合わせなかったら家庭教師の先生方もすることがなくて困っただろう。だから、その意味でもティレル夫人はエミリーの勉強を奨励したのだった。それに加えて、勉強ぶりの生きた実例を見せれば息子のバーナバスにとって間接の刺戟になりはしないかと夫人は考えていたのだが、夫人にとっては、エミリーに勉強させる正当な理由といえるものはせいぜいそれくらいが限度だった。力づくで勉強させるのは絶対反対だったし、文学や学問そのものが持つ刺戟というものは夫人には全く分らなかったからである。

エミリーは成長するにつれて稀に見る感受性を見せるようになったが、そこに心のやさしさと落ち着きがなかったなら、置かれた境遇から考えてもその感受性は絶え間のない不満の原因になっていたに違いない。彼女は決して美人と言えるような女性ではない。見たところ小柄で目立たず、顔の色は浅黒くて天然痘の跡があり、それが容貌を台無しにするとまではいかずともその整った上品さを傷つけている。とはいえ、彼女の顔は美しくはなくても大いに魅力があった。顔色は健康そのもので上品だし、長くて黒い眉は心の動きに応じていとも自然にその形を変える。表情は頭のよさと明るい飾り気のなさとを示している。彼女の受けた教育は全く不規則なものだったが、それでも彼女を無知から護るには役立った。

また生まれつきの野生的なものはそのまま残しておいたので、彼女が偽《いつわ》りを知らず他人に偽りがあろうなど疑うことも知らぬ女性だということは誰にもよく判った。彼女の言葉は聞く人の心を楽しくしたが、本人は自らの言葉の中にある洗練された良識に一向に気付いていないようだった。それどころか、周囲の人に誉められ甘やかされて得意になることもなく、従って自分の美点を鼻にかけることもない。物事を正しく理解し、そこから若い娘らしく生き生きと明るい話しぶりをし、注目されたいとか誉められたいとか願う様子は少しもなかった。

　伯母が亡くなってもエミリーの立場には殆んど変化はなかった。エミリー・メルヴィルをティレル一族の身内として扱うなどとんでもないことだと思っていたこの用心深い伯母は、遺言状の中では彼女を使用人の一人として扱い、たった百ポンドの遺贈をしただけである。もともとティレル夫人はエミリーをあまり親しく近付けたり、打ち解けて話をすることもなかったのである。母の死後エミリーの世話をするのは若地主のティレル氏だけになった時、彼はエミリーに対して母親よりもずっと気前よくなったように見えた。彼はエミリーの成長を目のあたりに見ており、年齢は六歳しか違わないが父親のような気持で彼女の幸福を願っていた。それで、いつの間にか彼女は彼にはなくてはならぬ存在となり、狩猟やトランプ遊びに飽きた時などエミリーがいないと淋しい気さえした。しかし、近い血縁であり美人でもないので、彼が何か欲望をもって彼女を眺めることはなかった。彼女の教養といっても型通りの表面だけのことで、ダンスと音楽を嗜《たしな》む程度である。近くで何か集まりでもあれば、彼は馬車の席に余裕を作ってダンスのできるエミリーを連れて行くこともある。彼女をどういう資格で扱ったにもせよ、彼は自分が然るべき紹介をすれば彼の邸の部屋付女中でも立派な社交界へ堂々と顔出しができると思っていた。エミリーの音楽の才能はしばしば彼の楽しみのため用いられ、狩猟で疲れた時など彼を眠りに誘うために演奏するという光栄を与えられる場合もある。彼は美しい音楽を多少は好きだったので、その音楽によって陰気な気質が起す心の乱れから解放され、心和《なご》むことも多かった。そういうわけで、概して言えばエミリーは彼のお気に入りだった。ティレル氏の借地人や使用人が彼の不興を招くと、彼らはエミリーに頼んでとりなしてもらうのが常となり、いわば彼女は吠え立てるライオンに危険なく近寄れる別格の仲間であった。彼女は恐れることなく彼と話をすることができる。彼がエミリーにものを頼む時はいつもやさしくし、彼女の願いを断わる時はいつもの厳しさは半減し、そんな願いをするという思い上りをも笑って赦すのだった。

こうしてエミリー・メルヴィル嬢は数年を過ごした。その立場は不安定だったが、それも彼女の気の荒い保護者ティレル氏の思いがけぬ寛容によってそれほどには感じられなくなっていた。しかし、もともと乱暴な彼はフォークランド氏が近くに居を定めてから次第にその狂暴さを増すばかりで、気のいい従妹に対する時のやさしさを忘れてしまうことが多くなった。彼女がちょっとした陽気な仕ぐさで彼の激情を和らげようとしても必ずしもうまくいかず、そんな罪のない小細工に対して彼がいらいらして睨みつけることがあり、彼女は思わず震えた。それでも、エミリーは物事に頓着せぬ気質のせいでそういう彼の印象もすぐに忘れ、またいつもの彼女に戻るのだった。

この頃に或る事柄が生じてティレル氏の荒々しい性格がさらにひどくなり、不幸な運命にもかかわらずメルヴィル嬢が恵まれていた生活に終止符を打つことになった。フォークランド氏が大陸から戻った時彼女はちょうど十七歳で、男性の美しさ、優雅さや美徳に特に感じやすい年頃であった。また、手管《てくだ》を用いることのできぬ女性だったので、かえって行動に慎重さを欠いたということもある。貧しくはあったが貧乏の痛みを本当に感じたことはそれまでなかったし、富裕な階級と貧しい階級の間には越え難い距離があるというこの世の習いについても本気で考えてみたことはない。フォークランド氏と席を同じくする機会があれば彼女は彼を敬服して眺め、自分の気持をはっきり分らぬままに思いつめ、もどかしく彼を眼で追い続けた。一座の他の人々は彼のことをこの地方最大の資産家に生まれどんな金持の娘とでも縁組することのできる青年、と思っていたが、エミリーはそう思っていない。様々のよさを備えどんな運命の変転があろうともそのよさを失うことのない人、と彼女は考えていた。要するにエミリーはフォークランド氏がいるとうっとりしていた。彼はいつも彼女の空想や夢の主人公だったが、今のところは彼のことを想うのが何より嬉しく楽しいというだけで、それ以上のことはなかった。

それほど彼を想っているエミリーにしてみれば、彼の方でも関心を見せてくれるというだけでもう嬉しかった。彼がエミリーに向ける視線には特に楽しげな様子が見える。或る集まりで彼がメルヴィル嬢は可愛らしくて心をひかれる、あのように財産もない境遇でお気の毒に思っている、ティレル氏が猜疑心が強いから彼女に迷惑をかけはしないかと思って控えているが、そうでなければ何かしてあげたいものだ、と言ったのをあとで居合わせた人の口からエミリーは聞いた。こういう立派で傲《おご》りのない態度に彼女は魅せられた。彼が持って生まれた資質についてあまり深くは考えなかったにせよ、彼女は彼の比類なき教養に深く感服していたのだった。こうしてエミリーは、フォークランド氏と自分とはとても比較にならぬほど身分が違うと口では言いながらも、心の中ではそう割切れず、まだ運命の胎内に宿っている何かの出来事が今は想像もできぬような結果をいつかは産むのではあるまいか、と密かに思っていたのかもしれない。そんな想いを秘めていると、あわただしいパーティなどの場で一、二度示された彼の思いやり、例えば彼女が落した扇子《ファン》を拾ってもらうとか、空《から》のティーカップを持ってまごついている所をうまく助けてもらうとかいうことがあると、彼女の心はときめき、次々と想像をめぐらせるうちに途方もない夢を描くようになった。

この頃一つの事件が起って、メルヴィル嬢の心の動揺にはっきりと結着をつけることになった。クレア氏が死んで間もない或る晩のこと、フォークランド氏はその遺言執行人として彼の家を訪ね、些細なことで予定より三、四時間も長く留まったことがあった。家路についた時はもう午前二時だった。田舎のことであたりは人ひとり住んでいないように静まりかえっている。明るい月夜で物はすべて様々の光と影に縁《ふち》取られ、周囲の光景に或る荘厳さを加えている。クレア家での用事は、フォークランド家なら日頃コリンズが引き受けているような種類のものだったので、この忠実な執事コリンズも主人に同行していた。フォークランド氏は堅苦しくて使用人もつい畏《かしこ》まるというような主人ではない。二人は話をしながら馬を進めたが、あたりがいかにも静かで厳《おごそ》かなのでフォークランド氏は突然黙り込み、その静けさに打たれているかのようになった。あまり進まぬうち遠くの方でごうごうと風が鳴りはじめ、波のざわめくような音が聞えてきた。続いて空の彼方に赤茶けた色が見え、道を曲がった途端にそれが真正面に現われる。進むにつれて様子がはっきりし、間もなくそれが火事だと判った。フォークランド氏が拍車をかけて急ぐとますます恐ろしい光景が見えてくる。火炎が激しく昇って空を覆い、数多《あまた》の小さな物を火花と共に空中に吹き上げてあたりを昼間のように照らし、火山の大爆発と見紛《みまが》うばかりである。

火の手は道に面する村から上っていた。既に十軒ばかりが燃えていて、残りの家にも危険が迫っている。村人はそれまで火事を知らなかったので驚き慌て、動かせる家財道具を必死に近くの畑に運び出していたが、いよいよ危険になるとどうしてよいか判らずに両手を握り合わせて立ちすくみ、絶望のあまりただ炎の猛威を見守るばかり。手を尽して得た水も燃えさかる炎の前にはただの一滴に等しく、やがて風が強まると炎は思うままに荒れ狂った。

どうすればよいか考えこむようにフォークランド氏はこの様子をじっと見つめたが、すぐに近くにいた村人に命じて燃える家の隣でまだ火を免れている家を破壊させようとした。村人たちはあえて家を壊せとの命令に驚き、また、そんなことを実行するのは危ない、と躊躇していた。それを見た彼は馬から下りて、あとに続けと言い放ってその家によじ登った。屋上に立った彼は火に包まれているように見えた。すぐ後から二、三人があり合わせの道具を持って続き、彼らの助けを得て彼は並んだ煙突の根元のあたりを壊して下の火の中へと投げ込む。屋根の上を歩きまわって人々に指示をすると、降りてまた別の場所を見てまわる。

ちょうどその時、燃えさかる家の中から年老いた女が飛び出した。その顔には極度に驚き慌てた表情があった。事態が容易ならぬことにやっと気付いた途端、彼女の心配の対象は全く別のものに移った。娘はどこに行ったの、私の娘は、と彼女は叫びつつ、不安のあまりまわりの群衆の間に突き刺すような視線を走らせた。あの娘《こ》がいない、火の中にいる、助けて、助けて、あの娘をどうかして、と彼女は悲痛な叫びをあげ、家の方に駆け出そうとする。それを押し止めようとする人々の手を振り切って入口から入り、焼け爛《ただ》れた家の内部を見てさらに燃えさかる階段へと突進した。これを見たフォークランド氏はすぐに追いかけて彼女の腕を摑んだ。女はジェイクマン夫人だった。止《や》めなさい、と彼は大声にだがやさしく、また威厳をもって言った。外にいなさい、私が探す、きっと助ける、と。夫人はその言葉に従った。彼はあたりの人たちに夫人を委せ、エミリーの部屋はどこかと訊ねる。夫人はエミリーを連れてこの村に住む姉を訪ねたところだった。フォークランド氏は隣家に登って、屋根の窓からエミリーのいる家の中へと入って行った。

入ってみるとエミリーは既に目を覚ましていた。危険を察してゆったりしたガウンを身にまとったところである。女性のたしなみとして本能的にそうしたのだが、周囲を見まわして絶望感に襲われた、まさにその時にフォークランド氏が飛び込んだのであった。彼を見た途端にエミリーは、羞《はず》かしさも何もかも忘れて駆け寄り彼に抱きつき離れない。彼女の気持は言いようもなかった。彼女は一瞬の間に一時代分の愛を経験したのである。すぐさまフォークランド氏は半ば裸身となった美しい彼女を抱えて通りへ脱出した。彼がいなければとても助かるまいと思われた彼女を死の手から奪い返して案じていた保護者に渡すと、彼は再びもとの消火活動へと立ち戻り、持ち前の冷静さ、心からの思いやりと休みない努力によってこの村の四分の三を破滅から救ったのであった。火の勢いが鎮まると彼はジェイクマン夫人とエミリーを探し求めたが、その時にはエミリーは火の中で失った衣類に代るものを既に着ていた。彼はエミリーのことをやさしく気遣い、コリンズにすぐに馬車をまわすよう指図する。それが到着するまでに一時間以上かかった。これまでメルヴィル嬢はフォークランド氏に会う機会もあまりなかったのだが、この短かい時間に彼が見せた男の気遣いとやさしさ、力強さ、立派さは彼女にとっては全く新しいもので、この上ない魅力だった。フォークランド氏が救助に駆けつけた時、彼女は何か無様《ぶざま》な行動なり姿なりを見せたかのようにうろたえたが、それが他のいろいろな感情と一緒になって、この出来事全体を危なくもあるがまた何となく彼女を酔わせるようなものにした。

エミリーが家に到着するとすぐにティレル氏が出迎えに走り出た。彼は村で起ったことを聞いたばかりで従妹のことを深く心配していた。人間なら誰でも感じる偽りのない気持を彼はその顔に表わしていた。真夜中のこの大事件で或いはエミリーが犠牲になったのではあるまいかと大いに心配していたので、彼女を腕に抱きしめた時のティレル氏の嬉しさはまた格別で、それまでの恐怖や不安はたちまち喜びと安心に変った。住み慣れた屋敷に入るとすぐにエミリーは元気を取り戻し、火事の際の危険と救助の様子をとめどなく話し続ける。これまでにも彼女が無邪気にフォークランド氏のことを誉め称えるのをティレル氏が苦々しい思いで聞くことがあったが、それも今エミリーの口から溢れ出る様々の雄弁な称賛の言葉に比べると物の数ではない。羞かしがってみせる術《すべ》を心得ていて、悪いことをしていると知りつつ気にしない女性の場合と、エミリー、特に今のエミリーの場合とでは、恋心の現われ方が異なる。彼女はフォークランドの活躍と機略、思い付きの素早いこと、それを実行する時の用心深くも大胆な頭の働きなどを詳しく語った。彼女の巧まざる話を聞いているとすべては夢の国の魔法のようで、この女《ひと》を救おうと事態を見定め掌握する守護神の姿なら想像できるが、その目的を実現したのが神ならぬ人間だったとはとても思えなかった。

しばらくはティレル氏もこの無邪気な気持の発露を黙って聞いていた。彼がこの際大いに恩義を感じなくてはならぬ男が誉められるのを我慢して聞きもした。しかし、同じ話が次第に大きくなるとそのうちやりきれぬ気持になり、語気をやや荒くして彼はその話を遮った。この話をあとから思い出すにつけても、実際に話を聞いていた時より一層腹立たしく我慢できないように彼には感じられた。感謝の気持は薄れても、大げさな誉め言葉だけは記憶に残り耳に響く気がする。エミリーまでが一緒になって私の心の平静をかき乱している、と彼は思った。エミリーはといえば、自分がティレル氏に不快な思いをさせていようとは少しも気付かずに、機会あるごとに優雅なマナーと真の知性の模範としてフォークランド氏のことを口にするようになった。彼女は偽り隠すということを知らないので、自分の敬愛する当の人物を他の誰でもが同じように好意をもって眺めるものだと思い込んでいる。こうして、彼女のあどけない愛情はますます高まっていった。フォークランドさんの方でも同じように私を愛していればこそ、あの危険を冒して私を火の中から救い出してくれたのだ、と彼女は時々思った。彼は間もなくその愛を私に告白するだろう、愛があれば彼は私が彼に比べて条件の悪い立場にあったとしても意に介しないだろう、と信じてもいた。

　はじめのうちティレル氏は、何とか穏やかにメルヴィル嬢の熱中ぶりを抑え、その話題が彼にとって愉快でないことを様々の手段で彼女に悟らせようとした。彼は常々エミリーをやさしく扱っていたし、彼女の方も進んで彼の言うことを聴いていたので、彼女を制するのは容易だった。しかし、次の機会に彼女の口をついて出ることといえば、あのいつもの話題である。彼女がティレル氏の意向に従うのは、率直でやさしい気持からなのであって、恐怖心で彼女を抑えつけるのはとても不可能だった。彼女は自分が虫一匹傷つけることさえできない性質《たち》なので、他人が彼女に対して悪意や恨みを抱いていようとは到底考えられない。そんな気質の女性なので、保護者たる人としつこく口争いをすることもない。ティレル氏がフォークランドの名を聞いただけでも嫌がる様子がはっきりするにつれて、メルヴィル嬢も次第に気を付けるようになり、彼を誉めようとしてふと言いかけた言葉を飲み込むということもよくあった。こんな事態はどうしても面白くない結果を招く。それがティレル氏の愚かさへの酷《きび》しい諷刺になるからである。そういう場合、彼女は時々わざと冗談のように彼に反論することもあった。まあ、どうしてそんなに意地悪なことをおっしゃいますの、フォークランドさんはあなたには好意を持っておいでなのに。しかし、彼のいらいらして腹立たしげな様子に気付くと、その言葉も続かなくなるのだった。

しまいには彼女も自分の不注意を知り言動に気を付けるようになったが、時既に遅しだった。ティレル氏は彼女がいつの間にか抱くようになった愛情を既に見抜いていた。苦悩の中で鋭くなった彼の想像力は、自分が不自然に抑えなければエミリーはフォークランドのことをこう誉めるのではあるまいか、ああ言うのではなかろうか、と思い描くようになった。そうなれば、この話題を彼女が避けたがっているのが以前のおしゃべりよりも一層耐え難く、この不幸な孤児エミリーへの彼のやさしい気持も次第に冷えはじめた。彼が嫌悪する男に彼女が好意を持っていること、これこそ意地悪い宿命の最後のいたずらだと彼には思われた。自分は今やあらゆる人間から捨てられるのだ、彼らは解き難い魔法にかけられて、歪《ゆが》んだ人工的なものだけをよしとし、自分のように粗野ながら嘘のない自然の子をこの上なく憎むのだ、と彼は思い込んだ。こういう暗い予感を信じた彼は、メルヴィル嬢を恨めしく厭《いと》わしい気持でしか見ることができなくなった。その上に、これまで自分の思い通りに振舞うのを常としてきた彼は、彼女にきっと思い知らせてやると決心した。

第七章

　ティレル氏はこの考えをどう実行すべきかを長年親しくしている友人に相談した。この友人はティレル氏と同様荒々しく傲慢な気性だったので、財産もなく美しくもない小娘にティレル氏ほどの地位の人物が何故にかくも心を悩ましているのか判らないと答えた。そこで今では冷たくなったティレル氏が最初に考えたのは、彼女を追放し自分で生きる道を探さねばならぬように仕向けることであった。だがこれは世間からかなりの非難を覚悟しなければならぬ。そこで考えた末に彼は、自分の評判を護りながらより確実に彼女に屈辱と罰を与えると思われる計画を立てた。

　そのために彼は、友人の地主の所有する小さい農地を耕作しているグライムズという者の息子で、二十歳になる若者に目をつけた。メルヴィル嬢は腹立たしいことにフォークランドに想いを寄せているから、結婚話を持ちかけても嫌そうな顔をするだろう。その彼女にこの男を押しつけてやろう、と彼は決心した。このグライムズ青年がフォークランド氏と正反対のタイプの男であることも好都合だ、と彼は思った。グライムズは悪人というわけではないが、大層ぶっきら棒で粗野である。顔色はこれでも人間かと思いたくなるほどで、容貌は下品だし、造作のひとつひとつがちぐはぐで調和がとれていない。唇は厚くて声は太く単調だ。脚といえば上から下まで同じ太さで、足は恰好悪くごつごつしている。意地悪いとか腹黒いというのではないが、心のやさしさとは無縁の男で、自分の方に洗練された気持がないものだから他人のそれはちっとも分らない。ボクシングが上手、というのも生来の性分からして荒っぽい娯楽が好きだからである。いつもちょっとした厭味《いやみ》を言うのがお得意で、それも本人は跡を残さないから無害だと思い込んでいた。要するに騒々しくて相手の気持にはおかまいなしに大声をあげ、強情で他人《ひと》に譲ることはない。それも、気性が邪険で乱暴だからではなくて、もっと穏やかな性格の人の生活の大きな部分を占めるあの洗練された感情というものが分らないからそうなるのだった。

陰険で意地悪いティレル氏が自らの目的にぴったりだと考えたのは、こういう粗野で半分は動物のような男である。世間には滅多にないことだが、エミリーはこれまで厳しい支配に縛られた経験はなかった。あまり身分の高くなかったことが幸いしたのだった。裕福な家庭の娘は細々《こまごま》したことで拘束されることが多いものだが、これまで誰も彼女についてうるさく言う者はなかった。生まれた森で思うままに囀《さえず》る鳥のように、彼女は野生の自由さと優美さを合わせ持つことができたのだ。

グライムズとの結婚話をティレル氏から聞いた時、彼女はあまり思いがけぬことなので驚いてしばらく物も言えなかった。しかし、やっと物が言えるようになるとすぐ、いいえ、結婚なんかしたくありません、と答える。そんな筈はない、と彼は言った。お前はいつも男を欲しがっている、結婚してもいい頃じゃないか。

グライムズさんなんて嫌です。結婚するとしてもあんな人なんか絶対嫌ですわ。

黙りなさい、どうしてそんな勝手なことが言えるんだ。

あの人となんかとても考えられません。大きなかわうそを連れて来て、絹のクッションをあてがってやって私の部屋に住まわせなさい、とおっしゃるようなものですわ。それに、グライムズはただの農夫よ。私たちの一族は立派な家柄だって伯母様はいつもおっしゃいました。

そんな馬鹿な！　私たちの一族なんて、お前は自分もそのひとりのつもりでいるんじゃなかろうな。図々しい話だ。

でも、あなたのお祖父様《じいさま》は私のお祖父様じゃありませんか。あなたも私も同じ一族でない訳はないわ。

訳ははっきりしてるよ。お前の親父《おやじ》はスコットランド人で、ルーシー叔母さんの財産を残らず使い果し、お前を乞食同然にした奴だからな。お前は今百ポンド持ってるが、グライムズも息子に百ポンドやると約束している。とすれば、お前は同じ身分の男を見下そうというわけかね。

別にお高くとまるわけじゃありません。本当に、本当にグライムズさんを好きになれないの。今のまで幸せなのに、どうして結婚しなくてはいけないのでしょう？

無駄口は止《や》めなさい。グライムズが午後に来るから、せいぜい行儀よくすることだな。そうしないと、あの男は憶えていて思いがけぬ時に仕返しするだろう。

ちょっと待って、まさか本気じゃないんでしょうね？

本気じゃないだって？　そのうち判るさ。お前の考えはちゃんと分っている。ただの農民の妻になるよりフォークランドの女になりたいんだろう。しかし、お前のことは私が面倒を見てやるさ。ああ、甘やかしたのがいけなかったんだ。自分の身分を弁《わきま》えてもらわんと困る。思い上った考えと現実との違いを知ることだよ。そう言われると少しは腹も立つだろうが気にすることはない。高慢には少々痛い目にあうのが一番いい薬だ。面目を失うようなことになっても、その責《せめ》は私が引き受けるだけの話さ。

ティレル氏の口調はメルヴィル嬢がこれまで聞き慣れたものと全く違うので、彼女はそれをどう解すべきか判らなかった。彼女には彼が本気で、考えるだけでも嫌な結婚を押しつけようとしているようにも見えた。また彼女はまさかそうではあるまい、これは彼の策略で本当は私を試すつもりだろうと思い直したりもした。それでも、はっきりさせようとしていつもの相談相手ジェイクマン夫人に一部始終を打ち明けてみた。ところが夫人はエミリーとは別の考え方から、可愛がっているエミリーの前途を案じておののいた。

どうしたの、ママ（このようにそのやさしい家政婦を呼ぶのが彼女の常だった）、まさかそんなことを考えてるんじゃないわね。でもいいわ、どんなことがあってもグライムズとは結婚しないから、とエミリーは叫ぶ。

でも、どうなさるの？　旦那様は承知なさいませんよ。

まあ、私を子供とでも思ってるの？　結婚するのは私で、ティレルさんじゃないのよ。他人《ひと》の選んだ相手と黙って結婚する私じゃないわ。

でもねエミリーさん。あなたには今の立場が分っていない。旦那様は乱暴な方だから、言うことを聴かないとあなたを追い出すとおっしゃいますわ。

ママ、そんなこと言わないでよ。時々ご機嫌が悪いけどティレルさんはいい人だわ。こんな場合は私の考えを大事にする方に違いないし、正しいことをしたからって罰を受けることはないのよ。

そりゃそうですけれど、世の中には横暴で悪い人もありますよ。

でも、従兄のティレルさんは別よ。

そうだといいですけれど。

悪い人だったとしても、どうだって言うの？　私だってあの方を怒らせるようなことはしたくないけどね。

どうなるかって。そりゃ、可哀そうにエミリーさんは乞食同然になりますわよ。そんなこと、私はとても我慢できませんわ。

そんなことないわ。私には百ポンドのお金があるってティレルさんから聞いたばかりよ。それに一文無しになったとしても、お金のない人は世間にたくさんいるわ。そんな人でも何とか陽気に暮しているんだから、私だってやっていけないことはないと思うの。ママ、心配しないで。グライムズと結婚するくらいなら、どんなことだってできる、本当よ。

この話のあとジェイクマン夫人は心配と不安でじっとしていられなくなり、すぐに地主のティレル氏に会って疑問の点を問いただしてみた。彼女の話の切り出しぶりで、彼女がこの縁談をどう思っているか彼にはよく判った。

そりゃ本当だよ、とティレル氏は答える。一度このことでお前にも言っておこうと思っていたところだ。あの娘《こ》は近頃変なことを考えだして、ほうっておくと身の破滅になる。どこからそんな考えを仕入れたのかお前から教えてもらいたいね。それはそれとして、そろそろ何とかしないといけない。最短の道が一番いいのだから、事態をこれ以上悪くしてはいけないと思う。要するに、エミリーをこの男と結婚させようと決めたのだ。あの男がいけないと言うつもりじゃあるまいな。エミリーもお前の言うことなら聴くようだし、彼女のためになることだからひとつよく言って聞かせてもらいたい。ぜひそうしてもらいたい。エミリーはひどく生意気になったな。私がこうして堕落せぬよう心配してやるからいいようなものの、ほうっておけば街の女にでもなってのたれ死にでもするだろうよ。せっかくまともな農家の主婦にしてやろうというのに、どうしても嫌だと言うとはな。

午後になると、約束通りにグライムズが来て、エミリーと二人だけで語り合うことになった。お嬢さん、地主様は私たちを夫婦にするおつもりのようですな。私としては思いがけぬことでしたが、あの方が話を持ち出されたからにはあなたさえ承知なら私はおっしゃる通りにします。だから一言そう言ってください。首をたてに振って下さりゃ結構ですよ。

エミリーはティレル氏が今度の話を切り出しただけでも口惜しい思いをしていた。事態の急変にとまどっているのに、このグライムズの予想以上の教養のなさ、無礼さに彼女の困惑は深まるばかりだったが、その様子をグライムズは羞恥と見た。

それ、そう羞かしがることはありませんよ。顔を上げなさい、どうということもないでしょう。私の最初の女はベット・バタフィールドだったが、そんなことはどうでもいいじゃないか。なるようにしかならんのだから。悲しんで腹がくちくなるというわけじゃなし。実を言うと、あの娘《こ》は元気な女だったよ。背は一メートル七〇センチもあって兵隊のように頑丈だったたね。よく働いたもんだ、朝早くから晩遅くまで。乳しぼりなら十頭はこなしたたな。マントを着て両わきに荷籠をつけて市《いち》に馬で行ったよ、雨が降ろうと日が照ろうと、大風が吹こうと雪が降ろうとね。霜焼けで赤い頬をしたあの顔を見せたかったたな。元気な娘だったよ。刈り入れ時には手伝いの男たちとはねまわって背中を叩いたり取っ組み合ったり、ふざけて冗談を飛ばしたり大騒ぎさ。ところが可哀そうに、洗礼式で階段から転げ落ちて首を折ってておしまい。あんな女はまたとないだろうな。でも、気にすることはないぜ、あんたもあれには負け

グライムズ、エミリー嬢に求婚する

ぬ娘らしいからな。見かけはおとなしそうだが、なかなかどうして本当のところは相当いたずら者《もん》らしいから。転がしてちょっと可愛がってやりゃすぐ判るさ。俺だって捨てたもんじゃないよ。何でも御見通しだぜ。そのうち言うことを聴いてくれるだろう、きっと餌に喰い付くこと間違いなし、仲好くやっていけるよ。

ここまで来るとエミリーも次第に元気を取り戻し、ためらいながらも、お誉めを頂いて有難いことですが一緒になるのは御免ですと言い返した。これ以上言って下さっても無駄です、と。彼が無作法で馬鹿に陽気な男でなければエミリーの抗議も利き目があっただろうが、何しろこういう男なので黙ってはいないし、相手の言葉もよく聞かずに都合のいいように解釈してしまった。ティレル氏はいらいらして、双方が十分に話し合わぬうちにこの場を打ち切りにして、これ以上お互いが相手の気持をよく理解しないようにと計らう始末であった。そこでグライムズはメルヴィル嬢が積極的でないのは若い娘の内気さ、世慣れぬ小娘のはにかみのせいだと思い込んだ。たとえとっくり話し合ったとしても結果は同じことだっただろう。女は男のなぐさみ物だと考え、女性も独自の考えを持つべきだという人々を散々にやっつけるのが彼の常だったからだ。

グライムズの訪問が重なって、彼を見る度にメルヴィル嬢の嫌悪感はますます強まる。家柄ある人々の中には、必要な物はすべて不自由なく持っているくせに、まだ何か足りない、と勝手に惨《みじ》めな気分になる人が多いものだが、彼女はそんな性格ではない。それでも彼女はこれまではまず思う通りに暮していたので、ティレル氏が段々と厳しい態度を取るようになってくると、脅えはじめた。今では牢獄になったこの家から逃げ出そうかと思うこともあるが、まだ年齢も若く世間知らずなので、現実のこととして考えればやはり二の足を踏む。ジェイクマン夫人も、グライムズをこの可愛いエミリーの婿にするなどとんでもないとは思うものの、持ち前の慎重さから、エミリーのこの極端な考えには大反対であった。ティレル様がこの無茶な迫害をいつまでも続けるとは思えないから、どうぞ今はじっと我慢なさいと言いながら、彼の強情さを非難するばかりである。夫人はエミリーの巧みな雄弁の力を固く信じていたが、暴君ティレル氏の心の内を知る由もなかった。

ミス・メルヴィルは彼女の「ママ」の説得に従った。或る朝、朝食のすぐあと彼女はハープシコードに向かい、ティレル氏の好きなメロディを二、三回続けて弾いた。ジェイクマン夫人は出て行き、召使たちもそれぞれの仕事についている。ティレル氏は音楽を楽しむ気分どころではなく、せっかくエミリーが弾いてもいつものように楽しくはないので自分も出て行きたいところだった。しかし、演奏する彼女の指は不断よりも美しい調べを奏でていた。今から彼に対して言おうとする考えのことを思えば常になく大胆になり決意も固いものになったのだろう、貧困生活を直視する勇気に欠ける者が感じる弱々しい震えなどエミリーには全くなかった。ティレル氏は部屋を出ることもできず、時々苛立って歩きまわり、彼のために弾いている可哀そうな娘エミリーのすぐそばに立ち止まってじっと見つめたりしていたが、とうとう向かい合う椅子に身を投げるように坐って彼女を眺めた。彼がどんな気持になっていったのかは容易に見てとれた。しかめていた顔が次第に和《やわ》らぎ、表情も明るくなって微笑さえ見える。彼女を見る時のいつものやさしさが心にまた生き返ったようだった。

エミリーは口を切る機会を窺っていた。そこで一曲を弾き終えるとすぐ立ち上ってティレル氏へと歩み寄る。

上手に弾けたでしょ。ご褒美が頂けますわね？

ご褒美だって、勿論だよ。さあこっちへおいで、キスをしてあげよう。

いいえ、それとは違うの。でも、近頃はちっともキスしてくださいませんね。前はよく私のことを好きだと言って、僕のエミリーと呼んでくださったのに。あまり好きでもなかったのですね、私はとても好きだったのに。昔のやさしい御気持をもうお忘れになったのね、と彼女は心配げに言った。

忘れたって。とんでもない、どうしてそんなことを言うのかね。今でも可愛いエミリーと思っているよ。

昔はほんとによかったわ、と彼女は少し悲しげに答えた。目が覚めてみたら、この一カ月——本当に一カ月だけでいい——は夢だった、というのだったらどんなに嬉しいか！

それはどういうことかね、とティレル氏は口調を改めて言った。言葉に気を付けなさい。私を怒らせるつもりじゃないだろうな。馬鹿なことを言ってはいけない。

いいえ、馬鹿なことではありません。私の一生の幸せにかかわる大事なことですわ。

何を言いたいのか判った。黙りなさい。しつこく言い張っても無駄なことぐらい分っているだろう。お前の言う通りにはならないよ。グライムズのことはもう決めたのだから、何と言われようと私は譲歩しない。

でも、どうぞ考え直して。グライムズは礼儀知らずの田舎者よ。昔のお話にあるオーソン（古いフランスのロマンスにある話。コンスタンチノープルの王子オーソンは熊にさらわれて育つ）そっくりですわ。自分に似た奥さんを探しているに違いない。私が相手じゃしっくりしなくて、どうしたらいいか判らないでしょう。私だって同じことですけれどね。どちらも嫌がっているのに、無理やり一緒にすることはないじゃありませんか。どうしてそんなことをお考えになったのか判りませんわ。お願いですからどうぞ止めてください。結婚は一生の大事です。どこから見てもお互いにふさわしくないのにふとした思い付きで一緒にするなんて、もう考えないで。一生後悔し、失望するわ。これから何年も、来る日も来る日も、愛さなくてはならぬ筈の人が死ぬのを待って暮すなんて！　まさか私をそんな苦しみにあわせようなんてお考えではないでしょうね？　あなたに憎まれるようなことを私したでしょうか？

　憎みなんかしない。お前を護ってやらねばと思っているくらいだ。たとえ憎んでいたとしても、お前を苦しめているのは私よりお前自身の方だよ。お前はいつもフォークランドを誉め称えているね。好きでたまらないんだろう。あれは私にはいくら憎んでも憎み足りない奴だ。あいつを見ないですむなら乞食になっても、二度と見られぬ姿になってもいい。かつては私も尊敬に値する者と思われていた。しかし人は今、あのフランスかぶれの悪党めにたぶらかされて、私のことを礼儀知らず、ふくれっ面《つら》の暴君と呼ぶ。たしかに私は気の利いたせりふは言えず、表面《うわべ》だけの誉め言葉でおべっかを言って本当の気持を抑えることもできない。奴はそこのところを知りぬいていて、いつも私を侮辱する。私のライバルで迫害者だ。その挙句、まだ足りぬというのか、私の一家に疫病を撒き散らす。駆け落ち結婚から生まれたお前を可哀そうだと思って引き取ってやったのに、そのお前が恩人に背《そむ》き、私に我慢し難い傷を与えるとは！　憎まれても当然じゃないか。私だったらとてもそんなことはできない。何という人間だろう、お前は。そんな人間五十人分の命でも、私の受けた苦しみ一時間分の償《つぐな》いにもなるまい。お前が二十年のあいだ拷問台にかけられても、私の気持は判らないだろう。それでも私はお前の味方だ。お前の心は判っている。お前をこの泥棒、我々を破滅させようとする偽善者から救ってやろうと決心しているのだ。この災いをほうっておけば事態は悪化するばかり、今すぐ救い出すつもりだ。

ティレル氏の怒りに震える反論を聞くうちに、メルヴィル嬢は今まで想像もしていなかった或ることに気付いた。かつて彼がこれほどあからさまに感情を告白したことはなかったが、今では、もはや荒れ狂う気持を制止できなくなっているのだ。フォークランド氏を知れば誰でも尊敬しないではいられないと彼女は思っていただけに、ティレル氏が彼を不倶戴天の敵とかくも憎み、また彼女にまで激しい怒りを抱いていることを知って驚いた。彼女はティレル氏の激情の前に思わずたじろぎ、こんな執念深い性格の持主からは何も期待はできぬと悟った。しかし、この驚きは、臆病ではなくて堅い決意の前触れでもあった。

いいえ、私はあなたの思うままにはなりません。今まではおっしゃる通りにしてきましたし、筋の通ることなら今後もそういたしましょう。しかし、今は少しひどすぎます。フォークランドさんと私のことについて何とおっしゃいましたか？　そんな疑いを招くようなことを私がしたでしょうか？　私は無実ですし、これからだってそうですわ。グライムズさんは立派な人で、ふさわしい相手もきっと見つかるでしょうが、私にふさわしい人ではなく、どう責めたてられようとあの人の妻にはなりません。

ティレル氏はエミリーの語気鋭い反論に少なからず驚いた。彼女の穏やかさを信じきっていたからである。そこで今度は自分のこれまでの厳しさを和らげようとつとめる。

こりゃ驚いた。お前でも文句を言うのかね。誰でも遠慮して言う通りになると思っているのか？　私の気持は、いやそれは言わなくても判っているだろう。グライムズの求婚を頭から拒んだりせず、不機嫌な顔を止めて彼の言い分も聞いてやりなさいと言っているのだ。それくらいはしてくれるね？　それでも我儘を押し通すのならもう終りだ。誰も結婚してくれる人はないだろうよ。どうしても欲しいというほどの娘じゃないんだ、お前は。身のほどを知っていれば、あの男が望んでいるうちにいい返事をする筈だがね。

彼の言葉に、メルヴィル嬢は今の苦しみが間もなく終りそうだと思って喜んだ。ジェイクマン夫人もそれを聞き、地主が良識と分別に立ち返りそうでよかったと言い、自分が勧めた説得の策がうまくいったので嬉しく思った。しかし、お互いに喜び合ったのも束の間のことだった。ティレル氏が夫人に、用事で遠方に行ってもらわねばならぬが数週間はかかりそうだと告げたからである。その用事は無理に考え出したもののようにも見えなかったが、夫人とエミリーは都合の悪い時期にこうして別れねばならぬのは、何かまずいことが起る前兆のような気がして不安になった。夫人は、ここが我慢のしどころでティレル氏もどうやら後悔しはじめた様子だし、勇気と良識をもって行動すれば道は開ける、とエミリーを励ました。エミリーはこの大事な時に保護者、助言者たる夫人と離れて暮すのを悲しく思うものの、ティレル氏をそれほどの悪意の人、嘘つきとは考えていないので、ひどく慌てるところまではいかない。むしろ、今の恐ろしい迫害から救われてよかったと思い、生まれて初めての危機を乗り切ったことだから今後もうまくいきそうな気もする。警戒と抵抗の姿勢から一転して、彼女は以前のようにフォークランド氏のことを夢のようにうっとりと想っていた。夢見るだけでいい。次々に変転する事態を見れば今のままの方がいい、はかないものかもしれないがそれなりの楽しさもないではないから、と彼女は思った。

第八章

ティレル氏は、計画をこれで打ち切りにしようなどとは少しも考えていない。夫人に邪魔される心配がなくなるとすぐに方針を変えて、メルヴィル嬢を彼女の部屋に閉じ込め、屋敷外の者に事情を伝える手段一切を奪ってしまった。その上彼は信頼できる女中を見張りに立てる。この女は彼がちょっと手を出したこともあって多少いい気になっていて、ティレル邸でエミリーが別扱いを受けるのを自分の当然の権利への侵害だと思っていた。地主はエミリーの名誉を傷つけるのに熱中し、使用人たちには、彼女がフォークランドのもとへ逃げて自ら破滅を招くようなことを防ぐためにはこういう警戒も必要なのだ、と言い聞かせた。

メルヴィル嬢がまる一日監禁されてもうそろそろ気力喪失している頃と見るや、今の扱いの理由を説明し、どうしたら自由の身になれるかを言ってやる時だと彼は考えた。彼を見るとすぐに彼女は、これまでになく決然と彼に向かってこう言い放つ。

ああ、あなたでしたか。お目にかかりたいと思っていました。あなたのご命令でこうして閉じ込められたようね。一体どういうことです？　こんなことをする権利があなたにおありになって？　何か私の方に借りがあるとでもおっしゃるの？　あなたのお母様から私は百ポンドの遺贈を頂きましたが、あなたは何もくださってはいません。くださるとおっしゃってもお断わりです。私は貧しい親の子、それなりにやっていけます。お金より自由が欲しいの。私が負けていないのでびっくりなさったのね。でも、踏みつけにされたら立ち上るのが当り前よ。ジェイクマンさんが止《と》めなかったら、それに、あなたがこんな人だと知っていたら、とうに出て行ってるわ。今度の仕打ちでもう判ったから、今すぐここを出ます、絶対に邪魔しないで！

こう言って彼女が立ち上りドアへ歩み寄ると、ティレル氏はその断乎とした態度に打たれて立ちすくむ。しかし、彼女が今にも彼の力の及ばぬ所へ行ってしまいそうなのを見て気を取り直し、彼女を引き戻した。

一体どういうことだ。厚かましくなりさえすればこの私に勝てるとでも思っているのか、馬鹿め。ぐずぐず言わずにそこに坐れ。私にどんな権利があってこうするか知りたいと言うんだな？ それは所有権というものだ。この邸は私のもの、お前は私の支配下にあるというわけだ。逃がしてくれるジェイクマンも、お前に味方して偉そうな口を利くフォークランドもいない。私はお前の計略の裏をかいて、こっぱ微塵《みじん》にしたというわけさ。反抗され、抵抗されて私が黙っているとでも思うのか？ 私に盾突く奴はきっと後悔する。小娘になんか負けてたまるか。私から財産をもらったことはないとか言ったな。誰に育ててもらったか考えてみるがいい。衣裳代、宿代の請求書でも作ろうか。借金して逃げる奴がいれば、それを捕えるのが債権者の当然の権利じゃないか。お前がどう思おうと勝手だが、グライムズと結婚するまではここを出すわけにはいかぬ。神様にできなくても、この私がお前の強情を叩き潰してみせるぞ！

何というひどい、情知らずなんでしょう！　私に味方がないのでご安心かもしれないけど、私はくじけませんわよ。私の体は縛《しば》れても、心まで拘束することはできないわ。グライムズと一緒にしようなんて、そんな手で都合のいいように私を動かそうというのね。こんなひどい扱いをして私を苦しめれば逆効果になるだけ。反抗してただで済んだ者はないとおっしゃいますが、いつ私が反抗しまして？　ほかならぬ私の身の上については、私がひとりで決めます。ご自分のことでは好き勝手になさっておいて、他人《ひと》には自由を許さないのね。あなたからは何も欲しくありません。人としての権利を奪うなんて、よくそんなことができますわね。私は貧乏でもいい、自由で正しく生きたいだけよ。誰からも尊敬され称賛されると自らおっしゃるあなたが、こんなことをしていいのですか！

エミリーの激しい言葉に最初は彼もびっくりし、頼む者もないこの無垢《むく》の娘の前に恥かしく思って圧倒されそうになった。しかし、彼がたじろいだのも相手の思わぬ出方によるものだった。はじめの驚きが過ぎると、彼女の反論に慌てたのをいまいましく思い、恐れ入るべき時に彼の怒りを無視して言葉を返すとは何事かと、前の十倍も立腹する。暴君さながらの情容赦ない性格が、彼を狂気に近い怒りに駆り立てた。また、彼には陰気で考え込むところもあって、それが嵩じると、彼女を懲《こ》らしめようとあれこれ計略を練ることにもなる。正面から圧力をかけても目的は達せられそうにもないと見て、彼は騙すという手を用いることにした。

そのためにはグライムズという恰好の道具があった。この男は悪を企む性質《たち》ではないが、勘が鈍《にぶ》いので却って大悪を犯しやすく、損得はすべて自分の欲望を満足させるか否かだけで考える。不幸な事態を心の中で思い描いて悩むような人々を一顧にも値しない弱虫として軽蔑することこそ本当の知慧だと信じている。若い娘にとって俺の妻になるほど幸せなことはないという考えなので、この結末に至るまでに女が耐えねばならぬ苦しみなどは結婚で十分に償うことができると思っていた。そういうわけでティレル氏が巧みにもちかけた或る餌に釣られ、グライムズはメルヴィル嬢を騙す策略に進んで加わることとなった。

こうして準備を整えると、ティレル氏は彼女を見張る女を通じ（自分で説き伏せようとして失敗した経験から、今度は直接に会うのは避けたのだ）、彼女の恐怖心につけ込むことにした。見張りの女は、時には親切ごかしに、また時に憎しみをあらわにしてエミリーに結婚準備の進行ぶりを話して聞かせる。「新婚夫婦が住む予定の小奇麗な農場を見ようと地主様はお出かけになった」とか、「すぐ住めるように家畜や家具なども十分に買い整えられた」という話を彼女はエミリーに吹き込む。次には、「結婚許可証もおりて牧師も手配済み、式の日取りも決まりました」とまで言った。エミリーは、次第に不安を感じながらも、本人の同意なしでは手続きも無効だと相手にしない。すると女は、強制結婚の実例を挙げて、抗弁しようが黙りこもうが、失神のふりをしようが無益、式を延ばすのも一度挙げた式を取り消すのも不可能だと言うのであった。

こうしてメルヴィル嬢はどうにもならぬ立場に追い込まれた。接触の相手といっては迫害者以外になく、相談相手となり僅かでも慰め力づけてくれる者とてない。たしかに彼女はしっかりしてはいるが、彼女を支え導くべき経験というものがない。世間をもう少し知っていたら彼女の強さも不動のものとなっていたに違いないが、今はそれも望むべくもなかった。もともと曇りなく気高い心を持っていたが、女性特有の欠点がないではない。絶えず襲ってくる恐怖心に苛まれて、彼女の健康が目に見えて衰えはじめた。

　彼女がこうして弱ってくると、かねての指示に従ってグライムズは二度目に彼女に会った時に、実は自分もこの結婚にはあまり気乗りがしないし、そちらも同じのようだから結婚は止めにした方がいいと思っているのです、と持ちかけた。間に立つ私は困っているわけで、否応なしに結婚せねばならぬことになりそうだと思う。私が少しでも消極的な様子を見せたら、私はきっと両地主からひどい目にあうに違いない、これまでも地主の意に反した者は皆そうなっているからね、と彼は言った。求婚者がそういう気持になっているのを見てエミリーは力を得て、どうかそのやさしい心を実行に移してくださいと彼に懇願する。その言葉には力があり、グライムズも彼女の熱意に動かされた様子を見せたが、ティレル氏や地主の怒りが心配だと二の足を踏む。結局彼は或る計画を案じ、地主たちに気付かれずに彼女が脱出するのを援助してもよい、まさか自分に疑いがかかることもなかろうと言いだした。確かにあなたは、男にとってみれば大へん無礼なやり方で私の求婚を拒絶したわけだ、と彼は言った。多分私のことを人間以下だと思っているのだろう。だが私はあなたを恨んだりはしない。いや、それほど無情な男じゃないことを証明するつもりだ。本当にあなたも変り者だよ、自分で自分を窮地に追い込み、味方を敵にしてしまうのだから。しかし、私もどうしても嫌だという女を妻とするのをいさぎよしとはしない。出て行く決心ならひとつ力を貸そうじゃないか。

　エミリーは、はじめのうちは熱心に成る程と耳を傾けていたが、話がいよいよ細かい点になると首を傾《かし》げたくなった。彼によれば、脱出は真夜中に決行せねばならぬ。そのために自分は庭に身を潜め、彼女を監禁から救う合鍵を用意しておくという。こういう話を聞くと彼女の動揺は静まるどころではない。

あらゆる手を使って避けてきた、そして生涯の伴侶《はんりょ》としてこれほど嫌な者はない、という男の腕に自らを委せるとは尋常容易なことではないし、それに加えてあたりに人もない暗闇の中となればますます危ない。ティレル邸は特に淋しい場所にあって、最寄りの村からでも五キロも離れており、彼女がとりあえず身を寄せようと願っているジェイクマン夫人の家がある村まで十キロあまりもあった。悪意を知らぬ性格のエミリーは、グライムズがこういう事情につけ込んで忌わしい企みを抱いているなどと思いはしなかったが、それでもやはり、このところずっと嘘つきのティレル氏の手先だと思ってきた男の話に乗るのには何となく釈然としないものを感じていた。

しばらくあれこれ案じた末に、ジェイクマン夫人に庭の外で待ってもらうようグライムズに頼むという策を彼女は思い付いた。しかしこれは彼ににべもなく断わられた。それどころか、この案に彼は激しく立腹した。こんな危険なことに私が加担しているのを他人に漏らすよう頼むとはとんでもない忘恩行為だ。私の安全を考え、私がこれに関係していることは誰にも知られたくないと思っている。全くの好意でしてやっているのに、私をちっとも信用しないというのなら、あとのことはもう知らない、自分で始末をつけるがよい。私にそんな偉そうな態度をとるようでは、もうこれ以上あなたの気まぐれに付き合ってはいけない、と彼は言った。

そこでエミリーは彼の憤激を宥《なだ》めにかかる。しかし、彼が弁舌巧みに説得してもエミリーの疑惑を晴らすことはできず、彼女はもう一日だけ考えてみて欲しいと彼に求めた。その翌日をティレル氏は結婚式の日と決めていて、自らの切迫した運命を様々の形で聞かされて彼女の苦悩は増すばかりだった。式の準備がきちんと滞りなく進められるにつけても、彼女の苦痛と不安がつのる。それを束の間忘れることがあっても、女の召使が意地悪くほのめかしたり、辛辣な言葉ですぐに思い出させる。エミリーがのちになって言ったことだが、その時は彼女のことを心配してくれる人もなく、たったひとり何も知らぬまま世間に投げ出された赤子《あかご》のような気持になったという。これまで敵を知らなかった彼女は、この三週間というものは会う人すべてが彼女の破滅を願うとまで行かないにしても、少なくとも全くよそよそしくなっていると感じないではいられない。両親を知らず、やさしい待遇を殆んど期待し得ぬ人たちの慈悲に委ねられた身の上の悲しさを、彼女は今初めてしみじみ味わうことになった。

その夜はずっと不安に苦しめられた。時にうとうとして不安を忘れることがあっても、病的になった想像が何千もの暴力と不実の像をかき立て、恐るべき敵の手にかかって裏切られ破滅に向かう自分の姿が次々に彼女の心に浮かぶ。そんな夢から覚めても気分がよくなるわけがない。この心の戦いは彼女には堪えられなかった。明け方になって、ついに彼女はどうなろうともグライムズにすべてを委せようと決心した。こう決めると、気持が目に見えて軽くなる。身寄りの家に居ながら忍ばねばならぬ苦痛に比べれば、この道を選んで生じる苦しみはまだましのような気さえしてきた。

この決心をグライムズに伝えると、彼は喜んでいるのか困っているのか判らぬような様子を示した。笑いを見せはしたが急に腹立たしげな表情も現われて、意地悪い笑いなのか、それはよかったという笑いなのか、すぐには決めかねる。しかし彼は、約束を守って間違いなく実行すると、再び保証した。その日は一日中結婚のプレゼントなど様々の準備が進み、その演出者たちの決意の堅さや自信を窺うことができた。危機が迫るにつれ、エミリーは彼らのいつもの熱心さにもどこか隙《すき》がありはしないかと願いながら見守っている。もしあれば、いい機会を捕えて、あのふたりの看守と最近になっていやいやながら味方にしたあの男を出し抜いてやろうと決心していたのだ。しかし、いくら熱心に機を窺ってみても、到底実行はできないと彼女は知った。

　やがて彼女の幸福にとって重大な晩が近付いて、じっとしていられぬほどに心は乱れる。まず、見張りの警戒を逃れようと彼女は必死に頭を使ってみるが、この無礼で冷酷な女は同情するどころかエミリーの不安をからかう有様である。わざと姿を隠しておいてエミリーに今こそチャンスと思わせ、廊下の端の階段のところまで彼女が来た途端に現われ、馬鹿にした口調で、お嬢さんご機嫌はいかが、などと言う。まさか私の裏をかくおつもりじゃないわね。本当にいたずらが好きなのね。さあ、さっさとお戻り。そこでエミリーは策略にかかったと口惜しく思い溜息をついたが、腹立たしくてこの柄の悪い女には返事もしない。部屋に帰って椅子に坐り、二時間以上も物想いにふけっていた。それから彼女は箪笥《たんす》を開けて、大急ぎで下着や衣類をひっくり返しては家出のために必要なものを選んだ。監視の女はお節介にもエミリーについてまわり、黙って眺めている。そのうち就寝の時刻になった。いい子だからおやすみなさい、とこの生意気な女は去り際に言った。さて錠をかける時刻だね。これから何時間かはあなたの自由だから好きなように使ったらいい。まさか鍵穴から抜け出そうなんて考えはすまいね。八時にまた会いましょう。そこでこの女は手を叩いて、その時はもうおしまいねと言った。お日様が昇るのと同じくらい間違いなく、あなたとあの男は夫婦になるのさ。

　この女の別れ際の言い方に何かひっかかるものがあって、エミリーはこれはどういう意味だろうかと思った。この女はここ数時間のうちに何が起るかを知っているのだろうか？　この時初めてエミリーに疑念が生じたのだが、それも永くは続かなかった。彼女は心を痛めながら持って出る筈の僅かばかりの必要な衣類を畳んだ。そして木の葉一枚が動いても聞きつけるような不安な気持で、本能的にあたりの物音に耳を澄ませた。時々何か足音がするような気がするが、仮に足音だとしてもあまり微《かす》かなので本物か気のせいかよく判らない。と思った途端また静かになって、あらゆる物が静止してしまったようにも思える。そのうちにざわめきと密かな話し声がするようでもある。彼女は心臓がどきどきしはじめ、グライムズが信用できなくなってきた。あの話はどうも怪しいが、今となってはもう遅い。すると今度は本当に部屋の鍵がまわる音がして、田舎者のグライムズが現われた。彼女は突然に身を起して、私たち見つかったの？　さっき人声が聞えたようだわ、と叫ぶ。彼は唇に指を当て爪先で彼女の方へやって来た。いやいや万事うまくいっている、と言って彼はエミリーの手を取り、黙って家から連れ出して庭を横切って進んだ。彼女は自分の目でドアや廊下を確かめながら歩き、怖ろしい不安から四方を見まわしたが、あたりに人影もなく物音もしなかった。グライムズは前もって錠を開けておいた庭の裏木戸を抜けて、いつもは使わぬ小道を進んで行く。そこには旅仕度をととのえた馬が二頭いて、庭から五メートルと離れていない柱に繋がれていた。グライムズは出たあとの木戸を押して閉めた。ああびっくりした、心臓が破裂するかと思ったよ。あんたの部屋に行く途中で、馬丁のマンが裏口から馬小屋へ歩いているのを見たんだ。ほんの目の前でね。しかし、先方は手さげランプを持っていて、こっちは暗がりの中だから気が付かなかったのさ。そう言いながら彼はメルヴィル嬢を助けて馬に乗せた。彼は道中で彼女を悩ますことはなかった。反対に彼は珍しく黙りこくって何か考え込んでいる様子で、彼と口をきくのも嫌なエミリーにとっては好都合であった。

三キロあまり行ったところで道は折れて森の中に入り、目的地へ向かって進む。真っ暗な晩である。

真夏のことで空気は肌ざわりも心地よく感じられる。暗い森の中にわけ入ってふたりだけになると、道を探るという口実でグライムズはエミリー嬢と並び、突然腕を伸ばして彼女の手綱を摑んだ。このあたりでちょっと休んで行こう、と彼は言った。

やめて、とエミリーはびっくりして叫ぶ。なぜ止まるの、グライムズさん、どういうつもりなの？

まあまあ、そう驚くことはない。あんたの気まぐれにわざわざ付き合うような馬鹿だとでも思っていたのかね、私のことを。訳もなしに人様の用事でうろうろする馬車馬じゃあるまいし。初めのうちは格別あんたをものにする気もなかったが、あんたの出方を見ていると妙な気分にもなるじゃないか。言うことをきかぬと却って手に入れたくなるものだ。とても承知はすまいと考えて、ティレルさんは暗い所で頼むのが確実だとふんだわけだよ。しかしあの人は自分の家の中でそんなことをしてもらうと困ると言うので、そこでこうして森の中までやって来たのさ。

お願い、グライムズさん、自分のしていることをよく考えて。助けを求める弱い者を汚《けが》そうなんて、あなたそんな人じゃないわね？

汚すなんてとんでもない、時が来たらちゃんと妻にしてやるつもり。そう気取るのは止めなさい、その手には乗らん。あんたは囲いに入れられた馬も同然、あたり二キロばかりには家も小屋もないんだから、このチャンスを見逃したら馬鹿と言われても仕方がない。ご馳走を前にしてぐずぐずしてはいられないね。

メルヴィル嬢はやっとのことで気を取り直した。私を捕えたからにはこの強情で情容赦もない人でなしの気持を静める望みはまずない、と彼女は感じた。しかし、彼女は自らのうちにある落ち着きと大胆さをまだなくしてはいなかった。グライムズがその長広舌を終るか終らぬうちに、彼の不意をついてエミリーは手綱をぐいと引っぱって奪い、同時に全速力で馬を走らせる。二馬身ばかり走ったところでグライムズも立ち直り、かくも易々と出し抜かれて無念の思いやる方なく追跡する。追いかける蹄《ひづめ》の音は却ってエミリーを元気づけ、偶然か考えてのことか、馬は狭くて曲がりくねった道をあやまたずに駆け抜けた。そうやって二人は森の端から端まで駆けてしまった。この森の端にはゲートがあることを思い出してグライムズはやや安心をした。このゲートで逃げるエミリーを追いつめられるに違いないし、物音とてない深夜に邪魔が入ることはよもやあるまいと考えたからだ。ところが思いがけぬことに、馬に乗った男がゲートのそばに待ちうけていた。助けて、早く助けてと脅えたエミリーが大声をあげる。泥棒、人殺し、助けて。その男はフォークランド氏だった。グライムズは相手の声を知っていたので、いやな顔をして抵抗はしたがあまり強く出ることもできない。グライムズには初め暗がりのせいで分らなかったがフォークランド氏の召使がふたりいて、この衝突の騒ぎを聞きつけ主人の危機と見て駆け寄った。グライムズは目的を果せず失望し、非は自分にあるのが判っているので引きさがり、黙って走り去った。

フォークランド氏がこうして二度にわたってメルヴィル嬢を救い、それも意外な情況で救うことになったのは不思議に思えるかもしれないが、今回は十分な理由があった。彼は、この森に潜んで強盗か何か悪事を企んでいる者があり、それがホーキンズらしいという噂があることをかねて聞いていた。ホーキンズもティレル氏のこの近辺での横暴ぶりの犠牲者で、彼のことについてはすぐに記すつもりである。ホーフォークランド氏はホーキンズに大いに同情していて、探し出して何とかしてやりたいと思いながらまだ果していなかった。彼の噂が事実だとしても、以前からしてやろうと思っていたことを実行し、正義と徳の精神に溢れるこの男を法と社会に対する危険な犯罪から救い出す道はある、とフォークランドは考えていた。今晩もし強盗に出会ったら対決するつもりだから、それだけの覚悟と準備をして出て行くのでなければいけない、と彼は部下をふたり連れていた。しかし彼は、相手に見えない所にいて呼ばれたらすぐ駆けつけられるように彼らに指示しておいた。今度の事件ですぐさま部下が走り寄ったのも、主人の身を護ろうという彼らの熱意からにほかならない。

　この新たな事件がさらに異常な出来事の前触れとなった。初めフォークランド氏はメルヴィル嬢に気付かず、一方のグライムズにも会った憶えがなかった。しかし、ここはどう見ても傍観しておくわけにはいかぬところだった。グライムズも自分が悪いことをしていることは判っているし、フォークランド氏の毅然とした態度に対して名士に盾突くのはまずいと思ったのか、慌てて逃げだした。フォークランド氏が彼女を眺めると、たった今あれほどの危地を脱したばかりにしては落ち着いて冷静である。彼女は目的地を彼に告げ、彼はすぐに彼女を送ることになった。進むにつれて、エミリーはこれまで度々恩恵を受け、心から尊敬している彼に、一部始終を話したい気持になった。フォークランド氏は驚きながら熱心に話を聴いた。彼はティレル氏の下劣な嫉妬や冷酷な暴君ぶりの実例をいろいろ聞いてはいたが、それにしても今度のことはひどすぎて信じられなかった。彼の野獣にも等しい隣人ティレル氏は話に聞く悪鬼の情欲を体現するかに見える。語り続けてメルヴィル嬢は、フォークランド氏を憎からず想っているのだろう、とティレル氏に責めたてられたことも話した。素直な話しぶりには魅力があり、羞じらって口ごもったりするのも可愛らしい。これを聞いたフォークランドは心を痛めたが、いくらか嬉しい気もして彼女の役に立ちたいものと思う一方、ティレル氏への怒りは増すばかりだった。

やがてふたりは無事に目的の婦人の家に着き、彼はエミリーが保護を求めた安全な場所に彼女を委ねて去った。彼女がその犠牲になりかけたような陰謀は、ねらわれた当人が救いの手を絶たれていてこそ成功するもので、露見してしまえば、それは完全な失敗となる。誰でもそう思うのが当然で、フォークランド氏も今の場合その通りだと考えていたが、それが実は誤りだった。

第九章

フォークランド氏はティレル氏と話し合っても無駄と知っているので、今は犠牲にされかかった彼女を保護するだけで満足していた。隣人ティレル氏の性格への怒りが高まって、こちらから面会を求める気にはとてもなれない。それに、この事件と時を同じくして別の事件が生じ、これらの相容れぬ敵《かたき》同士を争わせ、ティレル氏の心を蝕《むしば》む怨恨を狂気の一歩手前にまでした。

ティレル氏の借地人《テナント》にホーキンズという男がいる。この名前を口にすると、私は彼にまつわる痛ましい悲劇のことを思わずにはいられない。そもそも彼は、近くの地主の横暴な振舞いに困っていたところをティレル氏に救われたのだが、今は反対にティレル氏に苦しめられる立場になっていた。彼らの関係の始まりは次のような事情による。この近くの地主から借りた農場のほかに、ホーキンズは親譲りの小さな土地を持っていて、そのために当然ながら地方選挙で一票を投じる資格があった。ちょうどその頃に激しく争われた選挙があって、彼は地主が支援する候補者に投票するよう求められた。ところがホーキンズはその指令を拒否したが、その後間もなく借地の返還を要求された。

この選挙でティレル氏は対立候補を熱心に支持していた。ティレル氏の土地がホーキンズの今の住居のある土地と境を接しているので、追い出されたホーキンズはティレル氏の屋敷を訪ねて事情を訴えるほかにいい考えも浮かばない。そしてティレル氏は彼の訴えに耳を傾けた。話は分った、と彼は聞き終って言った。勿論私としてはジャックマンさんに当選してもらいたいが、君も知っての通りこんな場合には借地人は地主の言うままに投票するものだ。反乱を勧めるわけにはいかないからな。

それは全くおっしゃる通りです、とホーキンズは答える。候補がマーロウさんじゃなければ私も地主に言われるままに投票したでしょう。実は、いつかあそこの人が猟をして私の柵を越えて侵入し、せっかく大事にしている麦畑を踏みつけて通り抜けたのですよ。荷車道がほんの十メートルばかりの所にあるのにですよ。この男はそれまでにも三、四回同じことをしたんですからね。私は言ってやったんです、何でこんなことをするのか、他人《ひと》の作物をこんなにして悪いと思わないのか、って。すると地主のマーロウさんがやって来ましてね。失礼ながら、地主といっても見映えのせぬ皺《しわ》くちゃの男ですがね。それがひどくいきり立って鞭を振りまわして脅すのです。借地人として主人の地主の推薦に従うのが道でしょうが、こんな奴に投票するのは真っ平ですよ。そんなわけで女房と子供三人を連れて家を追われ、これからどうして暮したらいいのか判りません。これまで骨身を惜しまず働き、他人《ひと》に指を差されるようなこともしなかったのに、本当に辛いことになりました。地主のアンダーウッドさんに農場から追い出された今、もしあなた様に拾って頂けないと、近くの地主の誰ひとり救ってくれる人はありません。借地人が主人に反抗するのを奨励するわけにはいかん、ということでしてね。

この話にティレル氏は動かされた。成る程な、ひとつ考えてやろう。秩序とか服従も大事だが、どこまでそれを要求できるかも考えてやるべきだな。今聞いた限りではお前にそれほどの落度があるとも思えない。マーロウは伊達《だて》を気取る奴だ、これは確かだよ。そこまでやるのならあとのことも考えてやらねばな。私はフランスかぶれは大嫌いだし、アンダーウッドがそんな悪いことをするとは気に入らぬ。ホーキンズ、とか言ったな、明日私の執事のバーンズに会ってみるがいい、彼からしかるべく話があるだろう。

こう話している間にも、ティレル氏は農場がひとつ空いていて、それがホーキンズが今アンダーウッド氏から借りているのとほぼ同じ規模のものだったことを思い出した。彼はすぐに執事と相談してこの土地があらゆる点でぴったりだと判ると、早速ホーキンズを自分の借地人のひとりにしてしまった。この地方地主《ジェントルマン》間の慣行に反するティレル氏ならではのやり方に、アンダーウッド氏は大いに立腹した。借地人の勝手な行動を勧めたりすれば、秩序も規則もなくなる、とアンダーウッド氏は言った。これは個々の候補者の問題ではない。もしこんな行動が一般の慣行になったら、選挙なんかできなくなる。国のことを思う紳士なら選挙に負ける方がまだましだと思うに違いない。借地人はただでさえ頑固で言うことを聞かぬもので、近頃はだんだん扱いにくくなってきた。もし地主が全体の利益を顧みぬ愚かなことをして彼らを甘やかしたら、どんなことになるか判ったものではない。

ティレル氏はこんな非難にびくびくするような柄ではなかった。彼とても基本的には右のアンダーウッド氏と同じような考えなのだが、何しろ気性の激しい男だから一貫した考えをいつも持っているわけではない。それに、自分の行動がどんなに間違っていても、他人《ひと》から注意されて非を認めるのは絶対に嫌だった。ホーキンズを保護して批判されればますます依怙地《いこじ》になり、クラブや集会では非難する人々に反論はしないまでも横柄な態度で相手を黙らせた。その上にホーキンズもティレル氏に気に入られる或る才能を持っていた。態度は無愛想で性質は粗野なので地主のティレル氏にいくらか似ており、それがティレル氏自身に対してよりも、氏の不興を招いたような人々に対して強く出るものだから、見ている地主もそう悪い気はしない。要するに彼はますます主人の愛顧を受け、やがて土地管理人としてバーンズ氏の補佐を務めるようになった。彼が借地人として借りた農場の正式の借地権を得たのもこの頃のことである。

ティレル氏は機会ある度にお気に入りのホーキンズの家族のためによくしてやった。ホーキンズには十七歳の息子がいて、見かけもよくて元気そうで、才智もある。父はこの息子を特に可愛がって常々この子の将来のことを気にかけていた。ティレル氏も二、三度彼を見て悪くないと思っている。少年は猟が好きで、時々猟犬を追い、地主の前でその敏捷さと賢明さをいろいろと披露したこともある。或る日のこと特に立派なところを見せたので、ティレル氏は彼を家に引き取って当分は猟犬の世話係にしたい、とその場で申し出た。

父親のホーキンズはがっかりしたという態度をかなりはっきり見せた。ためらいながらも彼はせっかくの好意を断わり、この子は私にとっては何かと役に立つのでこの話はないものにして頂きたいと弁解をした。この口実は相手がティレル氏でなかったら恐らく通っていただろう。しかし、そこが一度すると決めたことはどんなことがあっても止めない、それどころかあまり乗り気でなくても反対されるとかえって固執する、というティレル氏のことである。最初は機嫌よく弁解を聞き、もっともだという表情だったが、その後は少年を見るたびに邸《やしき》に欲しい気持が強まったようで、父親には一度ならず自分の好意を伝えた。そのうち少年の姿が狩猟の時に見えないことに気付いて、自分の計画を邪魔する気でそうしているなと疑念を持つに至った。

こう疑いだすとティレル氏のような性質の人は一刻も待てず、すぐホーキンズを呼び寄せた。ホーキンズ、お前のやり方は気にくわぬ、とティレルは不快そうに言った。息子を邸に欲しいと二、三度お前に言ったことがあるな。有難く思うどころか、私の親切を嫌っているらしいがそれは何故だ。馬鹿にしてはいけないぞ。せっかくの好意をお前なんかに断わられては、こちらとしても黙ってはいられない。こうしていられるのも私のおかげだ。その気になったら、お前を昔以上のひどい身の上にすることもできるのだ。少しは考えてみるがよい。

旦那様、本当に有難い御主人と思っておりました、とホーキンズが答えた。もう何もかも申し上げますから、どうぞ怒らないでください。この子は私の大事な息子、杖とも柱とも思い、年老いた時の頼りにしております。

それが何だ。だから息子の出世の邪魔をしようと言うのか。

いいえ、まあお聞きください。納得してはくださらないかもしれませんが、仕方ありません。私の父は牧師で、一家そろって立派に暮しておりました。この子が奉公に上るなんて私にはとても考えられないのです。奉公人になって何が望めましょうか。生意気な言い方かもしれませんが、うちのレナードが奉公人になるなんて。奉公人の悪口を言うのではありません。でもこれは大事なことです。旦那様の前ですが、今のままで困ることもないのに、あの子の幸福を危うくするのは親としてできません。今のあの子は真面目でよく働きますし、それでいて生意気でも無愛想でもなし、身のほどをよくわきまえております。旦那様にこんなことを申し上げるのは失礼だとはよく判っていますが、大へんやさしくして頂いているので嘘は言えません。

この長い話をティレル氏は終りまで黙って聞いていたが、それはあまりびっくりして口も利けなかったからだ。たとえ彼の足下に雷が落ちてもこれほどまで驚きはしなかっただろう。ホーキンズは息子を溺愛しているので、他人《ひと》に託すことができないのだろうとティレル氏は考えていたが、まさか真相がこうだとは夢にも思ったことはなかった。

へえ、お前は紳士《ジエントルマン》の身分だったのか。御立派な紳士というわけか。父親が牧師だって。ちゃんとした家柄だから私の所に奉公はさせられぬと言うのだな。とんでもない厚かましい奴だ。主人を主人と思わないというのでアンダーウッドに追放されたお前を、拾ってやったのは一体誰だ。懐中に蝮《まむし》を飼っていたようなものだった。そのうちに、毒がこの馬鹿な主人に入り込んで変なことをしはじめるぞ。主人が身分を忘れて人様にぺこぺこすることだろうな。もう我慢できない、さっさと出て行け。この邸には紳士《ジエントルマン》はいらぬ。紳士はどいつもこいつもひとり残らず出て行け。分ったか、明日の朝、息子を連れて謝りに来い。さもないとまたひどい目にあって、生まれて来なければよかったと後悔するぞ。

そこまで言われるとホーキンズも黙ってはいられない。この問題についてはもうお話しすることはありません。心に決めたことですからもう変えられません。ご機嫌を損じたのはとても残念で、あなた様が私をいろいろ困らせることができるのもよく判っています。父親が息子可愛さから馬鹿なことをするからといって、ただそれだけで父親の生活を破壊するなんてそんな無慈悲なことはどうぞ止めてくださ い。でも仕方ありません、旦那様お好きなようになさってください。一寸の虫にも五分の魂と申します。必要とあらば持物すべてを手離して、親子共々力仕事でも何でもしますが、息子を紳士の召使にするのだけはお断わりです。

よし分った、よく分った、とティレルは怒りに口から泡をとばして答えた。今の言葉はよく憶えておくぞ。その高慢の鼻をへし折ってやる。何たることだ、四十エーカーばかりの土地を耕す奴が地主に公然と反抗するとは！　お前を踏みつぶしてみせる。言っておくが、家を捨ててとっとと立ち去るがいいぞ、無事に逃げられたら儲けものだ。一日たりとも私の土地に置くわけにはいかぬ。

そう急ぐことはありません、とホーキンズも黙ってはいない。よく考えてください、私は悪いことはしておりません。考えたくないとおっしゃるかもしれないが、だからといって、すぐに私を困らせるわけにもいきませんよ。旦那様にもできることとできないことがありますからね。私はただの労働者ですが、これでも男です。そう、私には農場の借地権があり、これは手離しませんよ。貧乏人にも金持と同様に護ってくれる法律がある筈です。

滅多に反論されたことのないティレル氏は、使用人ホーキンズの勇気と自立心に対して憤激した。彼の領地の借地人に、少なくともホーキンズ程度の中位の借地人の中に、地主間の慣行という圧力か、ティレル氏の横暴な気性かによって公然と反抗するのをうまく押えられぬ者はこれまでになかったのである。

成る程な、畜生め。それにしても変な奴だな、お前は。借地権があるから居座ると言うのか。借地権とやらがこんな連中を地主から護ってくれるというのなら、大へんなことになったものだ。しかし、私と腕比べをするつもりだな。よかろう、それも結構だ。ここまで来た以上はこっちにも覚悟がある。とにかく出て行け、悪党としか言いようがない奴だ。二度と出入りは許さぬぞ。

世間でよく言う表現を使えば、この事件でホーキンズは二重に無分別だった。まず使用人として、この国の慣例では許されぬ無礼な口の利き方を主人に向かってした。しかしさらにまずいのは、憤慨していたにしてもどういう結果になるかを考えておかなかったことだった。ティレル氏ほどの地位と財産のある人と争う気になるとは狂気の沙汰で、仔鹿がライオンと戦うようなものである。相手は有力者で財産があり、どんなひどいことをしてもうまく正当化できるのだから、ホーキンズの方に理があっても何の役にも立たない。これくらいは誰の目にも明らかだった筈である。金と力には勝てぬというが、これこそその実例だった。もともと貧者を護るための法律――それも結局は役立つことはない――を富と権力を持つ者が使って圧制の道具にするのはよくあることである。

この時からティレル氏はホーキンズ抹殺に熱中し、彼を苦しめ痛めつける手段は何でも利用した。彼から土地管理人の役を奪い、バーンズや他の手下に命じて機会あるごとに彼の邪魔をさせる。地主としてティレル氏は十分の一税を取り立てる権利があり、これがホーキンズとの口論になることも多い。ホーキンズの農場の一部に、他の土地より低くなった麦畑があり、境界を流れる川の水で時々洪水になった。収穫の二週間ばかり前になってティレル氏は川の堤をこっそり切り、その土地を一面水びたしにした。また夜中に使用人を使って高い方の土地の柵を撤去し、畜牛を追い込んで作物を踏み荒らさせたりもした。こういう手段も、気の毒なホーキンズの財産のいわばほんの一部に対する攻撃だったが、ティレル氏はこれでは満足しない。ホーキンズの飼い牛が急に死にはじめ、どうも様子がおかしい。ホーキンズはこの出来事があって以来警戒を強めて、ついに真相を見極め、ティレル氏自身にその結果を突き付けてもよいと思うようになった。法は金持による権利侵害から庶民を護る盾であるどころか金持の横暴の武器だ、と考えてきたホーキンズは、これまで被害を受けても、法に訴えて自らの正しさを主張するのを意識的に避けていた。しかしこの牛の件では罪がひどすぎるから、いかに身分ある人であっても厳しい法の追及を免れることはできないとホーキンズは思った。結果から先に言えば、彼はそれまで裁判沙汰にしなかったのはよかったと思い、動機が何であれ公に争う気になったことを後悔するような破目に陥るのである。

ホーキンズの出方はティレル氏にしてみれば願ってもないことで、その知らせを聞くとこんなうまい話はないと喜んだ。あの恩知らずめの没落は決まったも同然、と手放しで嬉しがり、弁護士との相談では、できる限りの詭弁を使ってやれとせっつく。彼に対する告訴に直接に反駁するのは言わばどうでもよいことで、それよりも、宣誓供述書、申し立て、抗弁書、妨訴抗弁、手続き不備、上訴などの手段で、開廷期から開廷期、法廷から法廷へと裁判を引き延ばすのが彼の狙いである。人間の屑から不遜にも法律で挑戦されたら、紳士たる者はいつまで裁判費用が続くかの持久戦に事件を持ち込み、敵が一文無しになるまで離さない。それができないようなら文明国の恥だとティレル氏は言った。

しかし彼はただ訴訟に熱中したばかりでなく、他の方法で彼の借地人を苦しめることも忘れない。彼が思い付いた様々の手段のうちで、相手を完膚なきまでに痛めつけるというよりもじわじわと苦痛を与える手がひとつあって、これも彼は実行した。この手は、ホーキンズの家、納屋、干し草の山や離れの位置を考えて思い付いたものである。こういう物件は、それと農場の他の部分とを繋ぐ細長い土地の端にあって、ティレル氏に忠実な借地人の土地に三方を囲まれている。三方のうちのひとつの土地の行き詰まりを市《いち》の立つ町への道路が走っていて、ホーキンズの家から正面に見える。家からこの道路までその土地を横切ってかなり広い道が通じているので、これまで不便は全くなかった。この私道がティレル氏とその忠実な借地人との共謀で封鎖され、ホーキンズは自分の土地に閉じ込められた形になって一キロ半ほどもの遠まわりを余儀なくされた。

　ホーキンズと地主との紛争の原因である息子は父によく似た気質の青年で、自ら目にする地主の数々の横暴ぶりに憤慨し、我慢ができなくなってしまった。父が受けた苦痛はすべて自分への愛情のせいであると思うと、息子の怒りもますます激しくなる。同時にまた、紛争の種を除こうとすればせっかくの親の愛情を無にすることになる、と息子は思う。そこで、腹立たしさのあまり父に相談もせず、彼は真夜中に家を出て古い道の障害物をすべて取り除き、錠を壊して通用門を開け放ったのである。ところがそれを見ていた者があって、翌日彼に対して逮捕状が出された。彼は判事の前へ拘引され、次の巡回裁判で重罪犯として裁きを受けるまで州の拘置所に入ることとなった。ティレル氏は厳重な裁判をする決心を固め、彼の弁護士はそのための必要な調査をして、ブラック法（ウォルナム・ブラックスなる強盗団を鎮圧するため一七二三年成立、一八二七年に廃止）の名で知られるジョージ一世法令九によって彼を起訴する手筈を整えた。この法律は、「刀剣その他攻撃的武器を所持し、顔面を黒く塗るなどの扮装のもとに兎飼育場ないしは通常兎またはコニー兎を飼育する場所に侵入する者で、裁判の結果有罪の場合には重罪犯と見做し、重罪の通例に従い死刑に処する。

この際聖職者の特権は適用されない」となっている。ホーキンズの息子は、見られたと気付くやいなやオーバーコートのケープで顔を隠してボタンをかけた、通用門の錠を壊すためにスパナを所持していた、とされた。さらに弁護士は証人を喚問して、問題の土地は通常兎を飼育する土地であることを証明にかかる。ティレル氏はこういう口実をとらえて大いに満足だった。そしてホーキンズ親子の頑迷不遜ぶりを述べ立てて判事たちに圧力をかけ、このひどい科《とが》で息子を有罪にした。その結果、父の切なる願いにもかかわらず、同じくティレル氏の強大な圧力によって続く刑の言い渡しも峻厳極まるものになることが確実になった。

これはホーキンズの難儀への決定的な追い撃ちであった。勇気に欠ける男ではないから、彼はこれまで他の迫害には敢然と立ち向かってきた。その彼も、この種の争いでは法律や慣習が金持に味方して貧乏人を苦しめることを知らないではない。しかし、事件にまき込まれると頑固なところがあって容易には退かず、見込みのあるなしにかかわらず、あくまで有利な結果に望みをかけて待つタイプである。ところが、今度の事件では彼が最も気にしていた点で痛手を受けた。彼は息子が他人《ひと》に仕える身の上になれば心が汚れて卑しくなりはせぬかとかねて心配していたのだが、今や拘置所という悪の温床に息子が送られるのを見る破目となった。この拘置の結末がどうなるかはまだ判らず、彼は富める者が彼の希望を木っ葉微塵にするかもしれぬと思い、身も震える気がするのだった。

この時から彼の勇気も消えた。これまで彼は、ひたすら勤勉と技術とをたよりにして、僅かな財産の残骸を地主の憎むべき悪意から護っていこうと決心していた。しかし、今こそ必要なこの努力を続ける気力もなくなった。ティレル氏は休むことなく策謀をめぐらせ、ホーキンズの立場は日毎に悪化する。

そこで、機を窺っていた地主はすかさず地代の担保として残りの不動産を差し押えにかかった。

フォークランド氏とティレル氏が後者の住居の近くの私道で偶然出会ったのは、ちょうどこの頃のことである。双方共に馬に乗っていて、フォークランド氏は地主の悪意のために破滅寸前の気の毒なホーキンズを訪ねる途上だった。彼はこの迫害の話を知ったばかりであった。ホーキンズにとって悪いことに、仲裁して彼を救ってくれた筈のフォークランド氏はかなり長期にわたって留守であった。ロンドンに三カ月いて、それから別の領地を見に行っていたのである。ホーキンズは誇り高く自信もあって、できる限りは自力で事態を乗り切りたいと思い、紛争の当初フォークランド氏に援助を求めたり苦境を他人《ひと》に話して歎いたりするのをいさぎよしとしなかった。それで、状況が切迫してそれまでの頑固な対応を少しは改めようという気になった時には、もうそれさえ不可能になっていた。長い留守のあと、フォークランド氏はひょっこりと屋敷に帰ってきた。そして留守中の出来事の報告の中でこの哀れな農民《ヨーマン》の話を聞いて、翌朝早速彼の家に赴き、できるだけのことをして喜ばせようと決心したのだった。

　思いがけずティレル氏に出会って彼の顔は怒りで思わず赤くなる。あとで彼が言ったのだが、はじめティレル氏を避けようと思った。しかし、すれ違わねばならぬと悟って、今の気持を先方に言ってやらないのは臆病だと思い直した。

　ティレル君、と彼はややぶっきらぼうに話しかける。たった今或ることを聞いて残念に思ったところだ。

　一体何を心配しているのかね、私のことで。

大いに心配だ。君の借地人のホーキンズが可哀そうにひどく困っているということでね。君の執事が君の知らぬうちに勝手に訴訟手続きをしたのなら、彼がどんなことをしたか君に知らせておくべきだと思うし、君の指示でしたのなら君に考え直してもらいたいのだ。

フォークランド君、他人《ひと》のことには手を出さず、万事私にまかせた方がいいと思うな。お説教はいらん、聞く気もない。

それは君の誤解だ、他人事《ひとごと》とは思っていない。君が穴に落ちるのを見れば、引き上げて救うのは私の義務だと思う。間違った行動をするのを見たら、君を正し君の名誉を救うのも同じく私の義務だ。

ちえっ、馬鹿なことを言うのは止めてもらいたいね。私の借地人のことだ、私の土地は私のものじゃないか？　それを思うままにできなけりゃ、私のものと言えるか？　自分で金を払って手に入れたんで他人には一文の借りもない。私の土地を他人に面倒を見てもらう気は全くないね、君だろうとどんな御立派なお方だろうと。

たしかに、とフォークランド氏は相手の最後の言葉に直接には答えないで言った。確かに身分の区別というものはある。この区別は悪いことではなく、人間が平和に暮すには必要だとも私は信じている。だが、必要かもしれぬが、それが社会の下層の人々を苦しめていることも認めねばなるまい。或る者はあり余る程のものを受け継ぐべく生まれ、他方では、本人の罪でもないのに、得るものといえば苦役と飢えだけという者もいる。しかもこの区別は必要なんだ。ティレル君、我々豊かな者はできる限りこんな不幸な人々の軛《くびき》を軽くするよう努力せねばならぬ。偶然によって与えられた特権を思いやりもなく利用するのはいけない。可哀そうに、あの人たちはただでさえ辛抱できぬほど苦しんでいる。それを思わずにこれ以上責め道具を締めつけたら、彼らの体はばらばらになってしまうだろう。

こう言われると、強情なティレル氏も少しは動かされる。うーん、私も暴君《タイラント》じゃない。暴君になるのは悪いことは知っている。しかし、だからといってこういう連中を勝手にさせておいてお構いなしということにはならんだろう？

ティレル君、少しは分ってくれたようだね。その新しく君の心に生まれた情《なさけ》に訴えたい。私と一緒にホーキンズに会ってくれ。彼のことをああだこうだと言うのはお互いに止めよう。可哀そうに、彼はぎりぎりのところまで苦しんだのだ。この際は彼を赦してやってくれないか、それで君と私との隣同士の親しみを深めることにしようじゃないか。

うん、行かないでもないのだが。君の言うのにももっともな点もある。君は頭がいいから話をしても成る程と思わせるし、もっともらしいことを言うからな。しかし、そううまくは乗せられない。私の性《た》質《ち》でな、仕返しをしようと思ったら絶対に諦めない。私は皆に捨てられたホーキンズを拾ってやり、一人前にしてやった。ところがあの恩知らずの奴、恩を仇で返したんだ。赦してやるものか。いつも私の疫病神《やくびょうがみ》だったお前の言うままに使用人の無礼を赦そうものなら、いい笑い種《ぐさ》になる。

頼むからティレル君、腹は立つだろうがそこをよく考えてくれないか。ホーキンズが不当なことをして君に無礼を働いたとしてもだよ、それは償えないような罪だろうか。立腹の償いとして父は零落、子は縛り首じゃないと満足できないのかね？

くそっ、いくら言っても無駄だ、考えは変らない。君の話にちょっとでも耳を傾けたなんて、それだけで自分を赦せない気がするくらいだ。この腹立たしさは誰にも止められない。他人に何と言われてもあいつは赦せない。絶対にな。彼が一家をひき連れてこの足下に平伏したところで、私の目の玉の黒いうちは即刻全部を縛り首にしてやるぞ。

そう決めてしまったのかね？　私は君を恥かしいと思う。君の言うのを聞いていると、この社会の仕組みや規準がおぞましくなってきて、人間そのものまでが嫌になる。いやいや、社会の方が君を放り出し、人間の方が君を忌み嫌うようになるだろう。どんな富や地位があっても君の汚点を消すことはできないよ。人間世界で皆に見捨てられて生きることになってもいいのか？　人がたくさん集まっている所に行っても君に挨拶する人はなし、君に一目でも睨まれたら情《こころ》も冷えきって蝮を嫌うように逃げ出すだろう。相手の情が石のようになっても、それでも君に同情してくれると思っているのかね？　そうなったらどうする、いつもいつも惨《みじ》めで、誰も気の毒には思ってくれないよ。

そう言ってフォークランド氏は馬に拍車をかけ、ティレル氏を押しのけるように駆けだして間もなく見えなくなった。怒りがかっと燃え上ってフォークランド氏が常々口にする自尊心を焼き尽し、隣人ティレル氏を争いの相手にもならぬ下らぬ奴だとフォークランド氏は思った。ティレル氏と言えば、彼は化石になったように身動きもしない。フォークランド氏の熱のこもった言葉にはどんな敵をも圧倒する力があって、思わずティレル氏は罪の痛みに打たれて戦う気力をなくした。フォークランド氏が描いた像はまさにティレル氏の今後の姿を予言していた。これこそ彼が最も怖れていたもので、今聞いたばかりなのにもうそれを身にしみて彼は感じていた。その姿は彼の深いところから来る囁きに応え、彼につきまとう怪物、絶えず彼を悩ます恐怖の具体化、その声にほかならなかった。

しかし、彼は間もなく回復した。一時的な惑乱が激しかっただけに気を取り直した時の怒りもまた強い。これほどの憎悪は必ず暴力や殺人にまで進むものである。しかし、ティレル氏は自ら暴力行為に出ようとは思っていない。決して臆病者ではないのだが、彼の性格がフォークランド氏の前に出るとすくんでしまうのである。それで、彼は報復を成行きにまかせることにした。自分の憎悪はいかなる時も、何が起ろうとも、消えも減りもしないと確信していたのだ。寝ても覚めても報復のことばかり彼は考えていた。

フォークランド氏は隣人の行動が不当だとの確信と、ホーキンズを全力を挙げて救おうとの決心を固めながら立ち去ったのだが、時既に遅しであった。ホーキンズの家に着くと彼が立ち退いたあとで、家族の行方は知れず、ホーキンズは失踪、さらに驚くべきことに息子は同じ日に拘置所から脱走していた。フォークランド氏が命じた調査も甲斐なく、離散した一家の行く先は全く不明である。この悲惨な運命についてはのちに述べるつもりだが、どんな人間嫌いにも想像のつかぬ怖ろしい話になる筈である。

さて私は、私自身の運命が不思議に絡《から》み合ういくつかの事件について語ることにしよう。さあ緞帳《どんちょう》を上げて、悲劇の最終幕をお目にかけよう。

第十章

ホーキンズとの対立から生まれたティレル氏の怒りや彼とフォークランド氏の間のいや増す憎悪が、エミリーの脱出に際しての彼の腹立ちをさらに激しくしたことは想像に難くない。

成功疑いなしと思った策が失敗に帰したと聞いてティレル氏はびっくりし、狂気の如く怒る。グライムズは計画の結果を自ら報告しに行く勇気もなく、メルヴィル嬢が行方不明になったと主人に知らせにやった馬丁は、すぐに怖れ戦《おのの》いてティレル氏のもとから逃げて来た。やがてティレル氏はグライムズを呼べと大声をあげ、グライムズは生きた心地もなく出頭する。彼は主人に詳しい話をもう一度させられ、散々にどなりつけられてほうほうの体《てい》で引き退る。グライムズも臆病ではないが、インド人が悪魔を恐れるように高い身分に伴なう生まれつきの威厳には弱かった。それだけではない。ティレル氏の忿怒は始末におえぬ激しさで、そこへ越え難い身分の差があれば、彼の面前で身もすくむ思いをしない方がおかしい。

一息ついて、乱れる心の中でティレル氏はこの事件にまつわるいろいろな事情を思い返してみた。彼にとっては腹に据えかねることばかりで、冷静な第三者なら彼の苦痛を憐れむとともに、その悪行に恐怖を覚えただろう。彼はそれまでの慎重な準備を振り返ってみても、そこに失敗はまずなかったと思う。考え抜いた計画を邪魔する無鉄砲で悪意に満ちた力がそこに働いていると思い、彼はただそれを呪った。彼はこの力の影の慰み物になったのであって、腕を上げてそれに一撃を加えようとしたら突然痺《しび》れて動かなくなった。（苦悶のあまり彼はホーキンズに勝ったことを忘れていた。いや、結果は彼の憎しみを満足させるまでに至らなかったので、大勝利というより打ち倒した程度だと思ったのかもしれない。）天は私に痛みを感じる感覚、激しく怒る本能を与えたのに、その私が敵を痛い目にあわせる機会には恵まれないとは一体どういう訳だろうか？　こいつこそ打ちのめしてやろうと思った途端、その相手は必ず力の及ばぬ安全な場所に行ってしまう。この小娘から私は何度ひどい侮辱を受けたことか！　私の怒りから彼女を切り離した者は誰だ？　あの悪魔めに違いない、私につきまとい、何をしても邪魔立てし、思うままにこの胸に矢を突き刺しては私の苦しみを嘲り笑うあの悪魔だ。

彼の苦悩を深め、それ以後の行動を軽率で自暴自棄なものにしたのにはもうひとつ心のしこりがあった。今度の事件で大いに面目を失うことになりそうだとは彼にもよく判った。ティレル氏は、エミリーが無理やり結婚に追い込まれて式を挙げれば、世間への体裁上、彼女は強制されたことを隠さざるを得なくなるだろうと予想してきた。しかし今やその保証はなく、フォークランド氏は得意になって私の不実を吹聴するだろう。私が彼女に対してあのような行動に出たについては、エミリーにもそれ相当の落度があると私は思うが、世間はそうは取ってはくれまい。ティレル氏はこう考えていて、それが彼の決意を一層固くし、今彼を苦しめる痛みを相手にも味わわせてやろうとの決心をも促すことになった。

一方エミリーが安全な場所と思う家に着くとすぐ、それまでの沈着大胆ぶりもがっくりと失せてしまった。危険と不法の脅しに責められている間は決して屈服しない勇気があったが、それに続く一見静かな状態が却って彼女にとって致命的となった。今や勇気をしっかりと養い元気を奮い起すものは何もない。これまでに切り抜けた数々の試練を回顧する時、その当時は力強く堪えた事柄も、思い出してみれば気分が悪くなる。ティレル氏が冷酷な反感を持ちはじめるまでは、彼女は不安も恐怖も知らなかった。不幸に慣れる機会もなしに彼女は突然ひどい悪意の的にされた。強靭で元気な人が病気にかかると病弱な人よりもひどくこたえるものだ。メルヴィル嬢の場合がそうで、彼女は次の夜を輾転《てんてん》して眠れずに過ごし、翌朝には大熱を発した。あらゆる手当を試みても今のところ効果はなかったが、もともと体は強いし、看護の手を尽して安静にしていれば最後には病気に勝ちそうな希望はあった。ところが二日目には譫言《うわごと》を言うようになる。その日の晩に、彼女はティレル氏の訴えでこの十四年間の食費や日用品代不払いのかどで逮捕された。

読者も御記憶と思うが、ティレル氏が彼女を幽閉した直後の両者の対話の中で、初めてこの逮捕という考えが出てきたのである。しかしその時は、彼もまさか本当に実行する気になろうとは自分でも思っていなかった。しかし今や、この気の毒な血縁の女性が思わぬ救けを得て脱走してからというものは彼の頭はだった。長らく横暴と復讐の手段をあれこれ思いめぐらしている男の考えで、脅しに使っただけ狂乱の一歩手前まで来て、その奥深い所でどうしたら心を悩ます口惜しさを一挙に払い除けることができるかと思いはじめた時、この逮捕という考えが前にもまして名案と見えるようになった。彼はすぐに決心して執事のバーンズを呼び、すぐに実行するよう命じたのである。

バーンズはこの数年間ティレル氏の不法行為の手先であった。その間に彼も冷酷《かしやく》になり、庶民の苦しみを傍観し、彼らの苦しむようなことを考え出し実行の指図をして何の呵責も感じない人間になっていた。その彼でも今度ばかりはびっくりした。ティレル氏の家でのエミリーの行ないには一点の瑕瑾《かきん》もなく、敵も全くない。それで、誰もが彼女の生き生きとした若さや明るいあどけなさを温かく見守っていたからである。

旦那様、これはどういうことでしょうか！　逮捕ですって！　エミリー様を！

そうだ、その通りだ！　どうしたのか、早く弁護士のスウィニアードのところに行って、すぐ手続きを済ますように言え。

でも逮捕するなんて！　旦那様が温かい心から扶養なさったわけで、エミリー様に借りはない筈です。

馬鹿者！　あれは私に借りがある、千百ポンドもある。法律でそうなっておる。法律は何のためにあるのだ？　私のすることに間違いはない。

旦那様、私はこれまで御命令に背いたことはありませんが、今度はそうは参りません。エミリー様の将来を台無しになさるのを黙って見てはいられません。旦那様もただでは済みません、私にも言わせて頂きます。どうかお許しください。たとえそんなに借りがありましても、逮捕はいけません。あの方はまだ未成年なのです。

文句は止めてくれ！　ああしろこうしろと言うのは止めてくれ。私は思い通りやってきたのだから何と言われてもやる。文句がある奴には言わせておけ。あくまでやり抜くぞ。スウィニアードに言ってやれ、ちょっとでも尻込みしたら命はないぞ、と。今に食ってゆけぬようにしてやる、とな。

どうぞもう一度考え直してください。さもないと国中の非難を受けます、本当に。

バーンズ、何のつもりだ。私は説教されたことはないし、我慢もできない。お前はこれまでよくやったが、もし馬鹿な奴らと一緒になって文句を並べるならもうこれまでだぞ。

分りました。もう何も申しませんが、ただこれだけは言わせてください。エミリー様は御病気だと聞いておりますす。それなのに旦那様は捕えて拘留させるとのこと、まさかあの方を殺すおつもりではありますまい。

勝手に死ぬがよい。もう我慢できんのだ。馬鹿にされてばかりはいないぞ。向こうが私を無視するなら、こちらも情《なさけ》をかけるのは御免だ。もうどうにもならんのだ。向こうが無礼極まることをした以上、思い知らせてやる。スウィニアードを叩き起してでもすぐにやらせろ。

これがティレル氏の命令で、彼がこの時に用いた法律が彼の立派な手先となって命令通りの働きをした。メルヴィル嬢はその日の大半を熱に魘《うな》されて過ごしたが、夕方になって執行吏とその手下が到着した。メルヴィル嬢は数時間にわたって奇怪な夢に襲われて疲れきっていたが、フォークランド氏が呼んだ医者がくれた鎮静剤のおかげで、ようやく静かに眠っていた。ジェイクマン夫人の姉のハモンド夫人がベッドに付き添って美しい病人を案じながら、メルヴィル嬢に訪れた快い静けさを喜び眺めている時に執行吏が表戸をノックして、この家のひとり娘の少女が戸を開けた。彼はメルヴィル嬢に用があると言い、少女は母に伝えますと答える。そう言って彼女は一階の裏手にあるエミリーの病室に向かった。ドアが開くと同時に、夫人の案内も待たずに執行吏は娘と共に部屋に入り込んだ。

ハモンド夫人は目を上げて、あなたは誰ですか、何の用があって？　しっ、静かに。

メルヴィルさんに話がある。

成る程ね、でも今は駄目です。私にその用事を言いなさい。この人は可哀そうに一日中譫言ばかり言って、たった今寝入ったところです。起すことはできません。

それは私の知ったことじゃない。私はただ命令に従うだけだ。

命令ですって。何の命令なの。一体何のこと？

その時エミリーが目を開けた。あれは何の音なの？　お願いだから眠らせて。

お嬢さん、お話があるのです。地主のティレルさんの訴えで千百ポンド不返済のための逮捕状があなたに対して出ました。

これを聞いてハモンド夫人もエミリーも黙ってしまった。エミリーはその言葉の意味が分らない様子、ハモンド夫人はこの種の言葉を多少は知っていたが、だしぬけにそう言われてもエミリー同様に何だか訳が分らない。

逮捕状なんて。この娘《こ》がティレルさんに借りがあるなんて、まさか！ 子供のような人に逮捕状なんて！

我々に尋ねても仕様がないだろう。我々としては命令通りにやるだけだからな。これが逮捕状だ、よく見るがいい。

まあ神様、これはどうしたことでしょう、とハモンド夫人が叫ぶ。ティレルさんがあなた方を差し向けるなんて考えられない。

おい、おしゃべりは止めろ。字は読めないのか！

これはみんな計略です。逮捕状は贋物《にせもの》よ。この可哀そうな孤児《みなしご》を大事にしている人たちの手から奪う悪巧みに違いない。やれるものならやってみなさい。

心配は無用、言われなくともちゃんとやるさ。慣れたもんだからな。

この娘《こ》をベッドから引きずり出すのじゃないでしょうね。言っておくけど、高い熱で頭もおかしいから、動かしたら死んでしまいますよ。あんたたちは執行吏でしょ、人殺しじゃないでしょうね。

そんなことは法律には何も書いてない。病気だろうが何だろうが連れて来いと命じられている。危害を加えるつもりはない、ただ任務を遂行するだけのことだ。

どこへ連れて行くつもり？ どうしようって言うの？

州拘置所だ。おいブロック、グリフィン亭に言って馬車を用意するんだ。

お待ち。そんな命令はしないで。三時間だけ待って。すぐに地主のフォークランド様のところに使いを出します。この娘《こ》を連れて行かなくてもあなたたちにも迷惑がかからないように、あの方がきっと考えてくださるに違いないから。

そうさせてはいかんと特に言われて来たのだ。一刻も無駄にはできん。早く行かぬか、すぐに馬を用意しろ。

エミリーは話の成行きを聞いていて、執行吏が現われた訳が今判った。辛く信じ難い現実をこうして目にすると、さっきまで熱に浮かされて見ていた幻覚もすっかり醒めてしまった。奥さん、と彼女はハモンド夫人に言う。どうせ無駄だからそんなに心配しないで。こんな迷惑をかけて本当にすみませんね。でもこの不幸からは逃げられない。執行吏と言ったわね。あなたは隣の部屋に行ってください。着換えをしてすぐ行きますから。

ハモンド夫人もまた、いくら心配しても無益だと悟りはじめたが、エミリーのように落ち着いてはいられない。狂気のようにティレル氏の残忍さをなじり、悪魔の化身、人でなしだと叫ぶ。かと思うと今度は、執行吏に向かってそれでも人間かとののしり、いくら役目とはいえもっとやさしく穏やかにしたらどうなのと食ってかかる。だが彼は何を言われても動じなかった。その間エミリーは、避けられぬ災厄に悪びれずに従う。ハモンド夫人は、少なくとも馬車で付き添って行きたいと言い張った。執行吏が受けた命令は有無を言わさぬもので、彼の裁量の入る余地はなかったが、この度に限って彼は多少危険もあると判断して、任務に全く反するのでなければ用心するに越したことはないと思った。それ以外については、病気だからとか見たところ拘引するのに適しない状態だからといってすぐに執行中止にするのはどんな場合でも危険である、疑わしい問題や殺人容疑の時は遠慮なく法を執行するのが執行吏の取るべき当然の道だ、というのが彼の考えだった。この一般原則に加えて、スウィニアード弁護士からは厳しい指示を受けていたし、この地方ではティレル氏は大へん恐い名前であった。出発の前に夫人は三行の手紙を持たせて使いをフォークランド氏のもとへやり、この大事件を彼に知らせた。使いが着いた時にフォークランド氏は不在で二日しないと帰らないとのことであった。事態は今度ばかりはどうやらティレル氏の復讐に有利かと見えたが、これは実は偶然で、怒り狂った彼はこういうことまでは考え及ばなかったのである。

ひとりは強制されて、もうひとりは進んで地方拘置所のような似つかわしくない場所へ連行される気の毒な女性たちの不安はいかばかりか、容易に想像できる。しかし、ハモンド夫人は男のような勇気と負けん気があって、この性格はこれから二人が直面せねばならぬ困難な状況では何にもまして必要となる。夫人は血の気が多く不正を激しく嫌う人で、本気で冷静に考えた上でしなければならぬと一たん決めたなら、どんなことがあっても実行する。しかし安静が何よりも必要な時に急に連行されて、メルヴィル嬢の容態は目に見えて悪化した。熱はひどくなるし意識もますますおかしくなる。それに拘引の仕方がひどいのでこれからどうなることかと拷問に等しい苦痛を味わう。もう回復の見込みもなくなったかに思われた。

理性も働かなくなると、彼女はしきりにフォークランドの名を呼ぶ。フォークランドさんこそ私の初恋の人、あの方は私の良人、と。そのすぐあとでは、悲しげだがなじる口調で、彼が不当な世間の偏見に順応していることを責める。誇らしげに、何の財産もない女と結婚はしないと私に面と向かって言うとは、何と冷たいお方か。あなた同様に私にも誇りがある。見捨てられた娘のような哀れな姿は決して見せません。私をしりぞけることはできても、私を絶望に追いやることまではできますまい。と叫ぶかと思えば、目の前に手と衣服から血を滴《したた》らせながらティレル氏とその手先グライムズが立っている姿を見て、石のように冷たい人をも動かす悲痛な声で彼らを非難する。次には、彼女の狂った幻想の中に傷つき蒼白となったフォークランド氏が現われて、彼女は悲鳴をあげ、世の人は何と冷酷なのか、どうしてこの方を救おうとしないのかと叫ぶ。何度もこうして苦痛に襲われる中で、絶えず冷酷、恥辱、陰謀、殺人の幻想に悩まされて彼女はほぼ二日を過ごした。

　二日目の晩に、彼女を診察したことのあるウィルソン医師を伴なってフォークランド氏が到着した。彼が目にした光景は、彼のようなやさしい心の人には耐え難いものだった。逮捕の知らせで既に大きなショックを受けていたが、ここで証明された例を見ぬ悪人の腹黒さに彼は物も言えない。しかし、窶《やつ》れて死相さえ見えるメルヴィル嬢の姿、彼女と血縁のある男の悪魔のような激情の犠牲の姿を見ては、彼ももう我慢の極みに達した。彼が部屋に入った時、メルヴィル嬢は幻覚の発作の真っ最中で、入って来た二人を暗殺者だと思い込んだ。あなた方はフォークランド様を、私の主人、私の生命《いのち》、私の良人をどこに隠したの？　と訊ね、あの方の斬り刻んだ遺骸を返して、この死にかけた私の胸に抱きたい、最後の接吻をしたい、同じ墓に埋めて！　と叫ぶ。また、あの悪人の従兄の道具となるとは何と下劣なの、私を狂わせ、殺さねば満足しないあの人の！　と責める。フォークランド氏はこの無残な状景に耐えられず、ウィルソン医師に手当がすんだら自分の宿へ来るようにと言ってその場を去った。

　この病気にかかるとそうなるのだが、彼女は数日間続けて不安と動揺の中にあって衰弱しきっていたので、フォークランド氏の見舞いから一時間ばかりたつと幻覚さえ止んで、生きている徴候《しるし》も見えぬほどの状態に落ち込んでしまった。じっとしていられないフォークランド氏を落ち着かせるため拘置所を退出していたウィルソン医師が、容態の急変でまた呼ばれ、その夜はずっと傍に付き添う。この様子ではもうこのまま息を引き取るのでは、と医師も心配するほどだった。メルヴィル嬢が死んだようになっている間に、ハモンド夫人も心配でじっとしてはいなかった。彼女はもともと大へん心のやさしい人で、エミリーの人柄に惹かれ心から愛するようになっていたからだ。彼女はエミリーの母親になったような気持であった。今や彼女は物音や動きのひとつひとつにもぎくりと震える。夫人の疲労を見てウィルソン医師はもうひとりの看護婦を部屋に入れた。そして、陳情したり、医師の権限を楯に取ったりして、強制的に彼女を病室から出そうと試みた。それでも彼女は聴かないので、とうとう医師はこのまま思う通りにさせておいた方が力ずくで退出させるよりもまだましだと思うようになった。彼女の目は何かを強く知りたがるかのように何度も医師の方に向くが、恐ろしい知らせが返ってくるのが心配で見立てを訊ねる勇気は彼女にはない。そのかわり彼女は医師や看護婦の話す一言も聞き洩らすまいと気をつけていた。正面から問えない知らせをふとした言葉から得たいと願ったのである。

朝方になって容態は好転するかに見えた。彼女は二時間近くまどろみ、目覚めた時には全く平静で意識もはっきりしている。フォークランド氏が医師を連れて来てくれて、彼自身も近くにいると聞くと、彼女は彼に会いたいと言う。フォークランド氏は借地人のひとりといっしょに彼女の負債に対する保釈金を入れに行っていたが、病人をもっと気持のよい広い部屋へ移せないものかを訊ねに拘置所に戻って来た。彼の姿が見えると、メルヴィル嬢は幻覚の中をさ迷っていたのを少し思い出す。顔を手で隠して羞じらいながら、彼女はいつもの飾り気のない素直さで彼の配慮に礼を言った。もうこれ以上は御迷惑はかけません、きっとよくなります、と彼女は続ける。若くて元気なのに、こんな小さな不幸を切り抜けられないなんて恥かしいと思いますわ。そう言いながらもまだ弱々しい様子であった。努めて明るい表情を見せるが、その努力も痛々しくて体がそれについていかないようだ。フォークランド氏と医者は共に、彼女に安静にし今しばらくは無理をせぬようにすすめた。

この様子に力を得たハモンド夫人は両者のあとから部屋を出て医者に見通しを訊ねた。ウィルソン医師が言うのに、最初は危ないと心配したが今はいい方に向かっているようで、回復の希望もなくはない、とのことだった。しかし、はっきりしたことは言えない、今後の十二時間が山だと思うが明朝まで悪化しなければ大丈夫だ、とも彼は言った。今まで悪い方にばかり考えていた夫人は躍り上って喜んだ。そしてほっとして泣き出し、医者にあらゆる言葉を尽して礼を言った。この機会に医者は夫人も休むように強くすすめたので彼女も同意し、患者の様子が少しでも変ったらすぐ知らせるように看護婦に命じて、隣室に最初から用意していたベッドに行った。

ハモンド夫人は七時間ぐっすり眠ったが、夜になって隣のただならぬ物音に目を覚ました。一瞬耳を澄ませていた彼女は、何事が起ったのかと立ち上る。ドアを開けると出会いがしらにやって来た看護婦とぶつかった。相手の顔色を見て夫人は言葉も出ない看護婦の言いたいことが判った。急いでベッドに駆け寄るとメルヴィル嬢はもう死に瀕していた。よくなるかと思われたのも一時のことで、朝の平静は死を前にした思いがけぬ幸運にすぎなかったのだ。二、三時間たつとさらに悪化して、顔色は次第に蒼く、呼吸はけわしくなり、眼も据わってくる。この時ウィルソン医師が見に来て万事休すと知った。彼女はしばらく身悶えするようだったが、それが収まると弱々しいが落ち着いた声で医者に話しかける。彼女は医者の労に礼を述べ、フォークランド氏にも心から感謝をした。さらに従兄のことはすべて赦す、彼が私にした乱暴な行為を思い出して苦しむようなことのないようにとも言った。もっと生きたかった、生きる喜びを私は人一倍感じていたのです。でも、グライムズの妻になるよりは死んでしまいたい、と。ハモンド夫人が入って来ると、エミリーは夫人の方を見て愛情をこめて彼女の名を呼んだ。それが最後の言葉となって、二時間もたたぬうちにこの忠実な友ハモンド夫人に抱かれてエミリーは息を引き取った。

第十一章

これがエミリー・メルヴィル嬢の物語である。これほど痛ましく、憎むべき暴虐の記録はないだろう。その場を見た人々はすべてティレル氏を人間の皮をかぶった悪鬼、人間の面汚しだと思わずにはいられなかった。これだけの事件は到底隠しおおせるものではなく、この圧制の家の使用人でさえ、彼の類のない残虐さに驚きかつ吐き気を催した。

不正な行為に慣れた人々の気持でさえこうだとしたら、フォークランド氏の気持は言い表わしようがない。彼は荒れ狂い、ののしり、頭を打って髪をかきむしった。じっとしていることができずに歩きまわる。一切の記憶と命までも捨てたがっているように、彼は突然立ち上ってどこかへ行ってしまい、怒り狂って地面を引き裂くかに見えた。かと思えばまた部屋へ戻って来る。エミリーの遺骸《なきがら》にそっと近寄って、眼玉も飛び出さんばかりにじっと見つめる。彼は鋭くて立派な道徳観を持っていたが、その彼も今はティレルのような怪物を産んだこの自然の仕組みを呪わずにはいられない。人類そのものに我慢ができなくなっていた。害虫を踏みつぶすようにあの爬虫類のような男ティレルを一撃のもとに踏みつぶしたいのに、それを許さぬ宇宙の法を彼は口に泡してののしる。狂人のようになった彼に人は見張りをつけねばならなくなった。

こういう有様を前にしてどう処置すべきかの判断がウィルソン医師の責任となった。彼は物事を冷静にかつてきぱきと処理する人であったが、彼がまず考えたのはメルヴィル嬢がティレル家の人だということである。この不運な犠牲者の悲しい遺骸に関わる一切の費用はフォークランド氏が進んで支払うに違いない、と医師は思ったけれども、ここは世間の例からしてあの一家の主人にも彼女の死を通知すべきだろうと考えた。多分彼も自分の職業の利害を考え、この近くでティレル氏ほどの有力者の怒りを買いたくはないと思ったのであろう。しかし、そういう弱味はあったにもせよ他の多くの人々と同じ気持だったので、自ら使いとなってティレル邸へ赴くについては大いに抵抗を感じたに違いない。それに、フォークランド氏に付き添ってやらねばならぬとも彼は判断していた。

ウィルソン医師がこのことを言うと、ハモンド夫人は深く思うところがあるらしく、私が使いになって行きたいと熱心に求めた。この申し出は意外だったが、医師はあまり強くは断わらない。この最期の知らせを聞いてあの男がどういう顔をするかこの目でどうしても見たいのです、と彼女は言い、よく考えて冷静に振舞うから心配は無用ですと約束した。彼女はすぐにティレル邸へ向かった。

ティレル様、あなたの従妹のメルヴィルさんが今日の午後お亡くなりになったことをお知らせに参りました。

何、死んだと！

その通りです。私が御臨終に立ち合いました。この私の腕の中で亡くなられたのです。

死んだ、誰に殺されたのだ、どういうことなのか！

誰にですって！　あなたがそんなことをお尋ねになるのですか？　残酷な悪党のあなたが殺したのじゃありませんか！

私が、私の——。彼女は死んではいない——そんな筈があるものか——この家を出てまだ一週間にもなっていないのに！

私の言うことが信じられないとでもおっしゃるのですか？　お亡くなりになったのですよ。

気をつけて物を言え。冗談を言う時じゃない。そんな筈はない。エミリーは私にひどい仕打ちをしたが、それでも死んだなんて絶対に信じないぞ！

ハモンド夫人は悲しみと憤激を表わして頭を振る。

馬鹿な！　嘘だ！　嘘だ——絶対信じない！　決して！

私と一緒に来て自分でごらんになりますか？　値打ちがありますよ、あなたのような方にはさぞ面白いことでしょうね、と夫人は言って今にも彼を案内しそうに手を出した。

ティレル氏は身を震わせて引き退る。

エミリーが死んだとしても、それが私にとってどうだと言うのか？　世の中のうまく行かぬこと一切を私の責任にするつもりか？——それよりも、お前は一体何をしに来たのか？　どうして私に知らせたがるのか？

誰あろうエミリーさんの御親類——そしてあの娘さんの殺害者に知らせなくてどうします！

殺害者——私がナイフやピストルを使ったとでも言うのか、毒を盛ったとでも言うのか？　私は法の許さぬことをした覚えはないぞ！　たとえエミリーが死んでも、私がとやかく言われる筋合いはない！

とやかくですって——とんでもない！　世間の誰もがあなたを忌み嫌い、呪うでしょうよ。人がお金や地位に頭を下げるからといって、あんなひどいことをすればそうはしてもらえません。そんなことを考えているのならあなたは馬鹿です。そんな図々しいペテンなんて物笑いよ、乞食だってあなたを蹴とばして唾をかけますよ！　あんなことをしたら呪われるのが当り前です。あなたのことを世間に言ってやるわ。そうしたら人前にも出られなくなりますよ。

頼むからお前、とティレル氏はひどく下手《したて》に出て言った。そんな言い方は止めてくれ——エミリーは死んじゃいない、そんなことはない——ね、そうだろう！　今の話は嘘だろう、そう言ってくれればお前のことはすべて赦すから——赦すよ——エミリーもまた家に入れてやる——お前の言う通りにするつもりだ——あの娘《こ》をいじめる気はなかったのだ！

エミリーは亡くなったって言ったでしょう？　あんないい娘《こ》をあなたが殺したのよ。あんなにして追い出しておいて、いまさら生き返らせると言うのですか？　それができるのなら、あなたの前に何度でも跪《ひざまず》いてみせましょう——何ということをしたのですか？　ひどい人ね、勝手なことばかりして好きなように法律でも自由に変えられるとでも思っていたのですか？

ハモンド夫人になじられて、ティレル氏ははじめて因果応報ということをしみじみ味わった。しかし、これは彼が今後長い間受けることになる軽蔑と嫌悪と恥辱の実例のひとつに過ぎなかった。思えばハモンド夫人の言葉は予言であった。確かに富や世襲の高い身分があれば大抵の非行は大目に見てもらえる。けれども、なかには世間を憤激させる悪事があって、「万人ヲ平等ニスル」と言われる「死」と同様、その前には身分の違いなど問題でなくなり、その罪を犯した者はむさくるしい貧乏人と同等になる。横暴で卑怯なやり方でエミリーを殺したティレル氏について、遠慮なく意見を言う勇気のない人でも、声高くはないが根深い非難をこっそりと口にするようになり、他の人々は声を合わせて嫌悪と呪いの叫びをあげる。ティレル氏は自分の立場の急変に驚いた。これまで他人《ひと》が服従し、恐れながら敬意を示すのに慣れきっていたので、彼はそれが永久に続くものと思い込み、自分がどんな無茶をしてもこの魔法が解けるとは夢にも思っていなかった。今や周囲を見まわせば、どの顔にもむっつりと大嫌いだという表情ばかりが見える。人々はその気持を無理に抑えてはいるが、ほんの些細なきっかけでもあればどっと流れ出し、服従や畏怖心の堤防を一挙に突破しそうな気配である。今や彼の広大な領地も、近隣の地主や農民たち、いや彼の使用人からでさえ敬意を購《あがな》うことはできなくなった。周囲の人々の怒りを、どこへ行っても付きまとう幽霊或いは良心を苦しめ安らぎを奪う呵責と彼は見た。日毎に厳しさを増す近所の人々の目は耐え難く、結局はこの地を去らねばならなくなることも段々とはっきりしてくる。ティレル氏が最近犯したあの破廉恥な事件に刺戟されて、人々が彼のこれまでの悪行の数々を改めて思い出すようになると、彼の罪科として挙げられる事柄を一々記せば恐るべき目録ができあがること間違いなしだった。こうして、人々の怒りは長い間にわたって目に見えぬうちに力を蓄積し、制しきれぬ勢いで遂に爆発した。

ティレル氏ほどこの種の因果応報に苦しんだ人はあるまい。人に嫌われてもそれは自分の人格には無関係だと反発できるほどに潔白だとは、さすがに自分でも思ってはいない。しかし、気質が傲慢で絶えず人に頭を下げられてばかりいた彼は、人々にあからさまに非難されると腹が立って仕方がない。じろりと睨んでやれば誰でも下を向き、怒りの激しさに口答えする者もなかったその自分が、露骨に嫌われ遠慮会釈もなく悪く言われるとは、思うだけで不愉快で信じたくもない。皆に嫌がられている様子がいつも感じられてショックを受け、その度《たび》に耐えられぬ苦悩に襲われる。限りない怒りに彼は狂わんばかりとなった。非難されると必ず猛然と反撃する。反撃すればするだけ事態は悪くなる。とうとう彼は決定的にやり返すために力を貯えて、押し寄せる世評に一戦を交えようと決心した。

この考えを実行するため、彼はすぐにこの地方の集まりに赴いた。この集会については前に書いておいた筈である。メルヴィル嬢が死んで一カ月目のことだった。フォークランド氏はその前の週から遠方へ旅行に出かけていて、もう一週間しないと帰らぬとの話である。ティレル氏はこれ幸いと思い、ここで名誉を回復しておけばあの恐るべきライバルに対しても地歩を固めておくことができると信じた。ティレル氏も勇気に欠けることはないが、今は一生のうちでも大事な時だから、将来にわたって名士としてゆったり暮していくためには無用の危険は避けたいと思ったのである。

その会では会員として適当でないとの理由から、ティレル氏が来ても断わることに決まっていたので、彼が現われると一種のざわめきが生じた。除名投票の結果は世話人から彼に手紙で通知されていたが、ティレル氏のような男の場合、こういう知らせは反省を促すどころか却って反抗的にするものだ。会場の入口では、ティレル氏の馬車の到着を知った世話人が自ら応対し、繰り返して入場を断わると告げたが、居丈高で軽蔑の色をあらわにしたティレル氏に押し退けられる。彼が入場すると皆の視線が彼に集中した。やがて居合わせた紳士連が彼の周囲に集まる。彼を押し出そうとする者もあり、いさめる者もある。だが彼は一方を黙らせ、他方を振り払う術《すべ》を知っていた。彼の筋骨たくましい体つき、世間に知られた才知、名士として日頃から尊敬されていたことなどが彼に有利に働く。彼はここで一か八かの賭をやるつもりで、この大事な取引をできる限りうまく遂行するため全力を振り絞った。付きまとう虫けらどもを追放して、彼は部屋中を威圧するように歩きまわり、怒りの一瞥を四方に向ける。そこで沈黙を破ってこう言った。「もし誰か私に言いたいことがあれば、どこでどういう形で私が返答したらいいか教えてもらいたい。だが、その人に言っておくが、その場合よく考えて行動するがよい。文句を言いたければそれもよかろう。ただし、他人事《ひとごと》に口を出し、個人の家庭に踏み込むような馬鹿者はいないことを願っている」

これは一種の挑戦なので、一、二の紳士が進み出て彼に応えた。最初に話しかけた人は、ティレル氏の表情と横柄な口調、タイミングよく割って入り巧みな嫌がらせを言う応対に躊躇《ちゅうちょ》し、遂に黙ってしまう。ティレル氏は目指す勝利へと突進するかに見え、一座はあっけに取られていた。彼らはこれまで通り彼の人柄を嫌い非難はしたが、今の彼の勇気と機略をさすがと思わずにはいられない。彼らはこれまで通りに出ようとしても、彼らには指揮を執る者がいなかった。

この大事な時にフォークランド氏が現われた。全く偶然に予定より早く帰宅していたのだ。お互いを見ると両人共に赤くなった。彼はすぐさまティレル氏に歩み寄り、何しに来たのだと厳しく決めつける。何しにだと、どういう意味だ？　ここは私も君も誰でも来てよい場所だ。一々君に理由を説明することはない筈だ。

君はここには来られない。除名されたのを知らないのか？　不名誉な行動によって君は一切の権利をなくしたのだ。

フォークランドとか言ったな、君は。文句があれば時と場所を選んで言え。ここにいる人たちを隠れ蓑《みの》にして偉そうに言うのは止めろ。黙ってはいないぞ！

君は考え違いしている。皆がいるこの場で君に言っておきたいことがある。あらゆる人の怒りの声を聞きたくなければ、こういう場所に出るのは止めるがよい。メルヴィル嬢！　人でなしの悪人、恥を知れ。この名前を聞いて死んでしまいたいとは思わないのか！　独りでいる時に、真っ蒼の彼女の亡霊が墓から出て君を責めるのが見えないか！　彼女の美徳、純潔、欠点ひとつない振舞い、やさしい心を思って良心の呵責に気が狂う、そういうこともないのか？　尊敬を受けるべきあの女性が君の奸計によって地下で朽ち果てているのに、君は何とも思わないのか？　思えば君は生きる資格などない。世間がそのような行為を忘れ、赦すとでも思うのか！　さあここから出て行け、逃げ出せるだけでも運がいいと思うがいい。ああ、何という哀れな奴だろう！　良心に目覚めなければ、世間からどう非難されてもお前のような恥知らずは何とも感じないのだろう、そうじゃないのか？　ただ強情だけで厳正な法の裁きを無視できると思うような馬鹿だったのか、君は！　出て行け、ひとりで苦しむがいい、行ってしまえ、二度と見たくない！

この時、信じられないことだがティレル氏は激しく責める相手の言うままに立ち去ろうとした。彼の表情はひどい恐怖に満ち、手足は震え物も言えぬ有様だった。降りそそぐ非難の激流に抗する力はない。彼は口ごもった。自らの敗北を恥辱と感じ、自分が負けたとは認めたくない様子であった。しかしその努力も無駄で、何か言いかけた瞬間に力が消えてしまう。居合わせた人は口々に彼を責める。彼の当惑ぶりがひどくなるにつれて、周囲の声も大きくなる。声は次第に高まり、やじる声も入って大混乱となって、怒りの叫びのほかは何も聞えない。遂に彼もこの興奮の中にいたたまれずに進んでこの場を去った。

一時間半ばかりすると彼は戻って来た。予想外のことで、誰もがびっくりした。外で彼はブランディを多量に飲んで来たためひどく酔っている。戻るとすぐに彼はフォークランド氏のところに行って、たくましい腕をふるって相手をなぐり倒した。しかし決定打とはならず、フォークランド氏はすぐに立ち上る。こういう喧嘩ではフォークランド氏の不利は明らかだった。立ち上ると見てティレル氏は再びなぐりかかる。この時はフォークランド氏も身構えていたので倒れはしない。しかし相手は驚くほどの素早さで攻撃を重ねたので、彼はまた倒れた。倒れた彼をティレル氏は蹴り、床を引きずって行こうとして身をかがめた。全く一瞬のことなので、見ている紳士たちは呆然として為《な》すところを知らぬという状態であった。しかしやがて気を取り直して止めに入り、ティレル氏はまた出て行った。

この時フォークランド氏が経験したことほどその本人にとって恐ろしい出来事は考えられない。特に彼のこれまでの感情からしてこの事件の衝撃は大きかった。ティレル氏と自分の間の誤解が破局に至ることのないようにと、かねて彼は心を砕き慎重に行動してきたのに、それも水の泡となった。しかも、

ティレル氏、フォークランド氏に暴行を働く

彼が思いもしなかった、いやどんなに先見の明ある人も考えられぬ破局に終ったのだ。フォークランド氏にとって面目を失うのは死よりも辛いことである。ほんの僅かでも面目に傷がつけば心臓を突き刺される思いがする。最低とも言うべき不名誉、それも人前での屈辱的な事件となれば、彼の気持はどのようなものであったか？　ティレル氏が相手に与えた打撃のひどさを分っていたら、いかに腹立ちまぎれとはいえそこまでする気はなかったであろう。フォークランド氏の心の中では宇宙の四大元素がぶつかりあうかと思うばかりの怒号が鳴りひびき、意地悪い小細工の及ばぬ激しい苦痛が今にも溢れ出んばかりだった。消えてなくなり、世間から永久に忘れられたい、そうすれば何も感じないですむし、これほど有難いことはない、と彼は思った。恐怖、憎悪、復讐心、この汚名を何とかしてすすぎたいという願い、だがいかに努力してもそれは不可能だという思い、これらが一緒になって彼の胸は張り裂けんばかりであった。

この忘れられぬ晩の事件に結末をつけるもうひとつの出来事があって、フォークランド氏の復讐は実現されぬこととなった。集会所からほんの数メートルのところの路上で、ティレル氏の殺害された死体がその夜の来会者によって発見されたからだ。

第十二章

私は話の続きをコリンズ氏の口を借りて語ることにしたい。彼が立派な人物であることは読者もすでに御存知の筈で、この問題についての彼の判断は誠にもっともだと思われる。

＊

この日はフォークランドさんの一生のうちで最も重要な日となりました。彼を苦しめることになった人を避ける暗い憂鬱症《メランコリー》はこの日に始まったのです。それまでとそれ以後の主人の性格ほど際立った対照はありますまい。その日まで彼はいつも幸運に恵まれていました。快活でしたし、しかも裕福な育ちのおかげで自分の能力に心からの自信を持っていました。生活習慣は真面目で、ひどく理想家肌のところはありましたが、それでも陽気で落ち着きもあったのです。ところがあの日を境にして、誇り高く積極的なところが急に消えてしまいました。それまでは羨望の的だったのに今は他人《ひと》に同情されるというわけです。誰にも負けないほど楽しんできた生活も今は重荷になったようでした。快い満足感、深い喜び、本人も悪い気はしないらしい慈善の心、これらもどこに行ったことやら。並外れて空想にふけり大きな夢を楽しむ生活をしていた彼が、見るのは苦痛と絶望の幻ばかりのようでした。主人の病状は特に同情に値すると思います。というのは、もし清廉潔白なら幸福になれるというのであれば、フォークランドさんこそ断然その資格があったと言うべきでしょうから。

主人は役にも立たず非現実的な騎士ロマンスの類《たぐい》に耽溺していましたから、今度の場合に置かれた立場、それは彼の考えでは屈辱的で不名誉なことになるのでしょうが、その立場を忘れることができなかったのです。真の騎士には不思議な神様が付いていて、騎士がひどい暴行を受けたらその神様が絶対に忘れられないようにするのでしょうか。なぐり倒されて平手打ちをくい、足蹴《あしげ》にされた挙句に床の上を引きずられるなんて、これは腹が立ってとても忘れられないことでしょうね。将来どんなお祓《はら》いをしてもこの汚点は消えない、それに今度のことでもっと悪いのは暴行を加えた方が死んでしまったということです。騎士道の掟に決められたお祓いの儀式ができなくなったのですから。

これから先に人類が進歩して、こんな種類の災難があったなんて人には分らなくなる時代が来るかもしれないが、少なくとも今はそれが最も高潔で人にも好かれた人の美点を汚し枯らしてしまったのです。フォークランドさんが事態を正しく反省していたら、あの時の傷を何とも思わなかった筈なのに、現実にはその傷は彼の急所に達するような痛みを与えてしまいました。いわゆる騎士道のまだなかったギリシャで誰よりも騎士らしいところのあるテミストクレスの方が、今どきの決闘をやる連中よりもずっと立派です。彼の司令官のエウリビアデスが彼の諫言に立腹して杖を振り上げて脅《おど》そうとした時、テミストクレスは堂々と申しました、お打ちください、しかしどうか聴いてください、と。

さあ、本当に分別のある人なら、暴力をふるって襲いかかる相手にどう答えるでしょうか。「私は災難や苦痛に耐えることができるのを誇りにしています。あなたの愚かな行為によって受ける些細な不便など我慢できぬことがありましょうか。護身術でも習っておくのが人間のたしなみかもしれないが、そんな術を活用する機会は滅多にないでしょう。理性と慈悲の心で行動すればあなたのような不当に襲いかかる人間に出会うことはまずありません。それに、護身術が役立つといっても知れたもの。たとえ術を心得ていても、体が弱くて背の低い者は、たくましい拳闘をやった者を相手にすればとても勝目はありません。ひとりを相手なら何とかやれるでしょうが、相手がふたりとなったら、力だけで言えば、こちらの体も命も向こうのなすがままになる。要するに、咄嗟《とっさ》に身を護るという場合以外は護身術は役に立たないのです。相手がひとりにしろふたりにしろ、はじめから傷つけるつもりで向かうのは、理性と慈悲の原則を踏みにじることになります。決闘は最悪のエゴティズムで、それは、私に能力と働きを求める権利がある世間を無視し、私――いや、こうなれば私に付属する何か訳の分らぬ怪物と呼んだ方がいいが――その私のこと以外は何も顧慮しなくてもいい、という態度です。私はあなたの相手になることはできないが、それが何です。それで私が面目を失うことになるでしょうか？　そんなことはない。不当な行為を犯してこそ人は面目をなくすのです。面目とか名誉とかは私の持物で、世間の人が手をつけられる物ではありません。さあかかって来られるがよい、私は無抵抗だ。あなたに傷つけられても、あなたや私自身に要らざる災いを招くことは決してしません。そんなことは拒否します、が、といって私は臆病者ではありません。世の人の利益になるような危険や苦難を私が拒否することがあったなら、その時こそ私に臆病者の焼印を押してもらいましょう」

　このような論証は、明確で冷静な人なら誰も文句なしに承認するのですが、世間では殆んど理解されず、フォークランドさんの前々からの考え方にもなじまないものでした。しかし、人前で面目を失いひどい仕打ちを受けたことが彼にとっては思い出すだけでも腹立たしいのに、彼のあの日の災難はそればかりではなかったのです。そのうちに、彼が敵のティレル氏を殺した犯人だという噂が流れたのですから。この噂は彼の生命にも関わることですから、人がそれを彼の耳に入れぬようにしたのも当然でしょう。ですから、彼が遂にそれを知った時の驚きと恐怖は大変なもので、彼を苦しめる心の悩みに加えて大きな負担となりました。フォークランドさんほどに名誉や評判を大事にする人はないが、その彼が一日にしてこの上ない災難に苦しむことになった、つまりこみ入った事情で暴行を加えられ、おまけに兇悪犯罪の犯人という嫌疑をかけられたのです。逃亡しようと思えばできたでしょう。フォークランドさんほどに尊敬されている人を、ましてティレル氏のように嫌われた人の敵討ちに、訴えるような出しゃばりはいません。しかし彼自身が逃亡をいさぎよしとしなかったのです。そのうちに問題がだんだん大きくなって、噂もほうっておけばただではすまぬような形勢でした。フォークランドさんは急ぎ裁判にかけてこの汚名を除くという手段を取る気になることも時々はあったようです。しかし、あまり直接に法律に訴えると、思い出すのも不愉快な事件についての汚名をかえって抜き差しならぬものにすることを心配したのでしょうか。それと同時に、どんな厳重な取調べにも進んで応じるつもりだったし、訴えられたのを世間の人が忘れてくれることまでは望めないにしても、訴えが不当であることを疑いの余地なく法廷で証明したいとも希望していました。

この地方の判事たちも遂にこの問題について何かしかるべき手を打たねばと思うようになりました。フォークランドさんを逮捕するのは避けて、判事が集まって裁判を開く時にいつか出頭してもらいたいとの通知を出しました。こうして手続きが始まると、フォークランドさんはたとえ事情聴取だけで終るにしても調査は少なくとも厳正にやってもらいたいとの希望を述べました。裁判はいつも開かれていて、身分のある者は誰でも傍聴人になれます。州では最大のその町の誰もが事件の内容を知っています。正式の裁判でもこれほどに人の関心をそそるものはありません。今のところ正式の裁判は開けません。裁定人長と裁定人の希望は、この裁定を正式裁判に準ずるものとして世間に広く知らせ、かつ決定的な裁定にしようということのようでした。

判事たちは事件の詳細を調査しました。フォークランドさんは、彼に危害を加えたティレル氏のすぐあとから建物を出て、宿屋まで一、二の会員と同行したということです。しかし、宿に着くとすぐにちょっとした用事を理由に姿を消し、あとで会員たちが給仕に彼のことを尋ねた時はもう馬で家に向かったあとだった、ということが判明しました。

事件の性質上、以上の証言を打ち消すような具体的事実も出ません。詳しい証言が終ると、早速フォークランドさんが弁明を始めました。この弁明は文書にされ、フォークランドさんは数通の写しを取って新聞社に送り付けるつもりだったようですが、何かの理由ですぐにそれを中止しました。私はその写しを一通持っているのでここで読みます。

こう言ってコリンズ氏は立ち、机の引出しからそれを取り出したが、こうする間に何かを思い出した様子だった。厳密に言えば躊躇したというのではなくて、彼がこれからしようとすることについて多少の弁解をしておきたくなったらしい。そこで彼はこう言った。

この大きな出来事をあなたは知らないようですね。それも当然でしょうな、世間も悪い人ばかりではないもので、そういうことはなるべく忘れようとしてくれるし、たとえ事情にやましいところはなくても、犯罪の疑いをかけられ身の証《あかし》を立てねばならぬというのは本人にとっては不名誉ですからね。事件がうまく抑えられたのはフォークランドさんには特に好都合だったと思いますよ。それで私としても彼の気持に反するようなことをする気はないのですが、ほうっておくことのできぬ特別の事情がありまして、やはりお話しした方がいいと考えました。こう言って彼は手にした書類を読み始めた。

諸君

私は今最も恐るべき犯罪を犯したとして告発されている。私は無実である。私はこの場の人すべてに対し私の無実を認めさせることができると確信するものである。さて、今の私はどのような感想を持っているだろうか。賞讃されることはあっても非難を受けることは決してないと信じ、また公正かつ慈善の行為をして今日に至った者としては、殺人の科《とが》に対して反論することほど歎かわしいものがあろうか。たとえ諸君が今すぐ無罪だとするお考えでも私としては受け容れることはできない、そういう困難な立場に私は立っている。嫌疑に対して弁明せねばならぬとは私には死にもまさる苦痛である。兇悪な人々と同列に置かれるようなことのないように、私は全力を尽して事に当るつもりである。

諸君、これは多少の自慢をしてもよい状況である。呪うべき状況。私が今得んとする下劣かつ汚辱に満ちた勝利を何人も羨むことはない。私の人格を語る証人も要請していない。証人の助けを必要とする人格とはそもそもいかなる人格だろうか。あえて言えば、この場の諸君、どうか周囲を見まわし、ひとりひとりに問い、自らの心に尋ねてもらいたい。これまでは非難の言葉を私に囁いた者さえなかった。私を最もよく知る人々に、私は躊躇することなく正しい証言をお願いしたいと思う。

これまで私は自分の名望、名声を極めて大切にして暮してきた。今日の結果如何は私にとってはどうでもよい。これが私の生命だけの問題であれば、こうして発言することはなかったであろう。私の汚点なき名望を回復し、これまで受けた不名誉を抹消し、私が殺人の嫌疑でこの場に立たされたという事実が二度と想起されぬよう保証すること、これは諸君の判定のなしうることではない。いかに諸君の裁定でも、今後の私の惨めな生活が最も耐え難い重荷となることを防ぐ力はない。

私はバーナバス・ティレルを殺害したとの告発を受けている。彼の生命を護るためなら、私は持てる物一切を差し出し、一生乞食をしてもよいと思ったほどである。彼の生命は私にとっては何よりも大切なものだった。私の考えによれば、未だ不明の殺人犯が犯した最も不当な行為は私から正当な復讐の機会を奪ったことである。ここで告白するが、私は彼を決闘の場に呼び出して、どちらか或いは両者が死ぬまで対決するつもりだった。それとても彼の類を見ぬ私への侮辱に対しては極めて不十分な償いであるが、これ以外に道はなかった。

私は憐れみを求めるのではない、が私の災難ほどに恐るべきものはないと声を大にして言っておく。あの夜の記憶から逃れるためなら、私は進んで死を求めたかもしれぬくらいである。私の生活からは一切の生き甲斐が失われた。だが、死の慰めさえも今は許されなくなっている。いつかずっと先で振り捨てることがあるにしても、あの落ち着きのなさこそ殺人の罪の証拠だと世間に後指《うしろゆび》を指されるという刑罰を背負い、耐え難い生を引きずるようにして私は暮していかねばならない。諸君、諸君の判定がこの不名誉とは無関係に私に死刑を与えてくれるなら、絞首台の綱に感謝してもよいとさえ思う。

諸君も御存知の通り、私が無罪を証明するこの機会を避けることも容易であっただろう。もし私が罪を犯していたら、この機会を喜んで受け容れただろう。だが、罪も犯していないのにどうして受け容れることができようか。名望こそ私の生涯の偶像、宝石であった。たとえ世界の果てにでも私を罪人と信じる人がいると思えば私は堪えられない。崇拝の対象として何という神を私は選んだのだろうか！　私は我が身に永遠の苦悶と絶望を招いてしまったのだ。

最後に一言だけ付け加えたい。諸君、私は諸君に完全に公正な判断を期待はしない。不完全でも諸君にできる限りの公正を要求する。私の命はもうどうでもよい。だが、私の名誉、といっても今自慢できるのはその残骸に過ぎないが、それは諸君の判決次第である。今日から諸君のそれぞれが私の名誉の擁護者の使命を引き受けられたわけである。諸君が私のためになし得ることは僅かしかないが、それでも、その僅かを実行するのが諸君の義務である。名誉と善の源《みなもと》たる神よ、私を護りたまえ。諸君の前にこうして立つ者には永遠の荒廃と呪いしかない。この日のはかない慰めしかない。

フォークランドさんが審理の結果天下晴れて無実となったことは容易に想像がつくと思います。かくも申し分なく決定的な無罪の裁定が出ても、やっぱり不名誉だと思ってこだわるなんて人間も本当に厄介なものだと思います。この問題については誰も全く疑っていなかったのにいくつかの事情が重なって、とても立派な人物が残忍な犯罪の嫌疑を受け、公の場で弁明せねばならなくなったのです。フォークランドさんにも落度があったことは認めねばなりませんが、それはかえって問題の犯罪を犯さなかった証拠です。あの人は名誉とか面目に支配されていた、つまりひたすら名望のみを求める人です。本物の、勇敢で物怖《ものお》じせぬ立派な騎士《ヒアロウ》という評判を得るためならどんな犠牲でも払う、どんな災難も恐くはないが面目を汚すことばかりは堪えられない、そんな人でした。その人がこっそり人殺しをするなんて到底想像もできません。そんな嫌疑に対して弁明せねばならぬ立場に彼を追い込むなんてひどいと思う。人が、この上なく立派な人が、他人に危害を加えたことは全くない潔白な生活から一転して堕落の極みに陥るようなことがあったでしょうか。

判事の決定が公表されると、称賛と、思わず我を忘れる瞬間の抑えたどよめきが皆の口から出ました。それがはじめは低く、次第に高くなりました。その声は夢かと思う喜びと私心のない尊い気持の表われで、深く心を動かす言い難い或るもの、それに比べれば単なる個人的な喜びなど愚かで弱々しいものだと思わせるものがありました。誰もがこの訴えられた愛すべき地主に争って挨拶しようと集まります。フォークランドさんが退出すると、居合わせた紳士連はこの日の決定を確認するため彼に祝辞を述べることにしようと意見一致し、そのための代表を即座に指名します。皆がこれに賛成しました。或る共感の気持が身分の上下を問わず人々の心に宿ったのでしょう。多くの人々が歓声を上げて彼を迎え、馬を彼の馬車から離して彼を囲んで勝利の行進をしながら、何マイルも歩いて彼の家まで行ったのです。これまでは不名誉の烙印だとされていた刑事犯での公開審問が今回は熱狂的な崇拝と例のない名誉に変ったように見えました。

それがフォークランドさんにちっとも伝わらなかったのです。人々の好意や心尽しを感じない人ではなかったのに、彼の心にとりついた憂鬱症《メランコリー》はびくともしませんでした。

本物の殺人犯が発見されたのはこの大事な日からほんの二、三週間あとのことです。この話の一部始終は驚くべきものでした。犯人はホーキンズだったのです。彼は息子と一緒に約三十マイル離れた村に偽名を使って隠れていて、日常の必需品にも事欠く有様でした。彼は逃亡の日からここで密かに隠れ住んでいたので、フォークランドさんの好意ある捜索もティレル氏の飽くことを知らぬ悪意さえも彼を発見できなかったのです。発覚の最初の端緒は溝の中に落ちていた血染めの衣類包みで、引き上げられるや村人によってこの男のものと確認されました。ティレル氏殺しのことはもう知られており、すぐに彼に疑いがかかります。綿密に調べてみると、刃の一部を残した錆びたナイフの柄が彼の住んでいる場所の一隅で発見され、傷の中に折れて残った切っ先に合わせるとぴったり一致しました。さらに調査を進めると、偶然居合わせたふたりの百姓が町でちょうどその晩ホーキンズ親子を見て呼びかけたところ、彼らに間違いないのに返事もしなかった、と判明しました。こうした証拠が重なり遂にホーキンズ親子の裁判が開かれて、両人は死刑の宣告を受け処刑されました。宣告と処刑の間にホーキンズは悔俊の情を大いに示して罪を自白したのですが、彼がそんな罪を犯した筈がないと言う人もあります。私は多少手を尽して事実を調べた結果、彼の無罪を信じるのは早まった考えで根拠はないと信じています。

ホーキンズが彼の村の暴君から受けたひどく不公平な仕打ちは今度の場合も人々の記憶に残りました。ティレル氏の乱暴な出方は結局はその目的を達したようで、彼の死さえ結果的には彼の憎む男ホーキンズの破滅をもたらしたことになって、もし彼がそれを知ったなら、若くして死んだ彼もいくらかは慰めを得たかもしれません。そこには何か不思議な運命が働いているような気がします。可哀そうに、ホーキンズにもたしかにいくらか同情すべき点があります。彼が絶望に追いつめられ息子共々あのような惨めな運命となったのも、もとはと言えば彼の不屈の道徳と独立心のせいですから。ところが、ホーキンズが進んで出て来て自らの行為の責任を引き受けることなく、それどころかフォークランドさんのような、公共心があってあれほどまでに自分のためを思ってくれた人が自分の犯した殺人の故に裁きの場に引きずり出されたのを黙視していた、それこそは赦し難いひどく利己的なことだというわけで、人々はホーキンズに対しとても冷たかったのです。

この時以来フォークランドさんはずっと今御覧の通りの有様です。あの事件からもう数年になりますが、その印象は私たちの不幸な主人の心にまだ生々《なまなま》しく残っているのです。彼の習慣もすっかり変りました。以前は公の場に出て近隣の人たちと親しむのが好きでした。今の彼は厳格な隠者です。交際も友人もありません。沈みきって暮していますが、他人《ひと》にはやさしくしたいと望んでいます。態度には重々しく悲しげな様子が見えても、それだけではなく申し分ない穏やかさとやさしさもあります。彼の思いやりの心は昔通りですから誰でも彼を尊敬しますが、物腰に堅苦しい冷たさと慎みがあって何となく近寄り難い気がします。こんな様子が続いて時に苦痛に耐えられなくなると、激しい狂気の様子が現われるのです。そんな時の彼の言葉は恐ろしくてよく分らず、本人は殺人の罪に問われた時に受けるような様々の迫害と恐怖に襲われたと思い込むのではないでしょうか。しかし、自分の弱さをよく自覚して、そんな場合にはひとりになりたがっているようです。一般の使用人が知っているフォークランドさんといえば、何をする場合でも無口で傲慢だが、それでいてどこか沈んだ感じの人という印象だけでしょう。

第二巻

第一章

前巻ではコリンズ氏の話に私が得た他の情報を交えながら、当時の私のメモの助けを借りてできる限り正確に記述したつもりである。私自身が知っている事柄は別として、この回想の全部が全部正確な事実だとは私にも言いきれない。但し私の知る部分については、私にとって重大な事柄に関し最終的な決定を下す法廷に向かって申し述べる時のように、分りやすく正確に語るつもりである。ひたすらありのままにの気持から、コリンズ氏の話し方を私の好みに合わせて変えることも避けた。彼の物語が私の叙述にとっていかに重要であるかはやがて明らかになる筈である。

我が友コリンズ氏が話をしてくれたのは私を楽にしてやろうという配慮からだったが、実はかえって私の当惑を増す結果になった。その時まで私は世間の人々やその諸々の情念と触れ合うことなく生きてきた。書物で得た知識としては多少は分っているつもりだったが、自分で現実に接するようになった時この知識は殆んど役に立たなかった。これらの情念の持主が絶えず目の前にあり、私のすぐ近くで事件が起ってまだ間もないので、事態が全く違って見えるようになった。コリンズ氏の話の筋と脈絡をたどると、それは私がそれまで知っていた些細な村の出来事とは全然別のものに見える。私は登場人物に次々に関心を持つようになった。クレア氏には崇敬の念を、ハモンド夫人の気性の激しさには拍手したい気持を感じる。人間がティレル氏のようにねじ曲がった心になれるものかと驚き、いまは亡きあどけないメルヴィル嬢には一掬《いっきく》の涙を注ぐ。またフォークランド氏をますます敬愛するようにもなった。

最初私はそれぞれの出来事をごく普通に理解して満足していた。しかし、私が聞いた話がいつも心の隅にあって、いつかその全貌を知りたいものと願っていた。あれこれ思いめぐらし、あらゆる見方からこの話を検討してみた。最初に聞いた話ははっきりしていて納得できるように感じられたのに、よくよく考えると次第に分らなくなってきた。ホーキンズの性格には何か変なところがある。しっかりしてこの上なく誠実で正しい男と見えた彼が突然殺人者に変身するとは！　はじめに告発された時、彼は自分の振舞いが好印象を与えるように十分に計算していたことになる。本当に罪を犯していたとすれば、フォークランド氏のように身分ある立派な人に濡れ衣を着せたことは赦《ゆる》せない。しかし、厳密に言えばホーキンズは悪魔の化身ティレル氏の策謀によって絞首台に登ることになったのであるから、私はこの正直な男を痛ましく思い同情しないではいられない。彼がそのためにはすべてを犠牲にしたあの息子までが同じ台上で果てるとは！　これほど哀れな話はない。

フォークランド氏が犯人だとは考えられないか！　私が彼に糺《ただ》してみようと思いついたと言っても読者には到底信じてもらえないだろう。ふと思っただけのことであるが、それだけでも私の性格の単純さはよく判るだろう。しかし、すぐに私は主人の稀に見る長所を思い出し、彼の全くいわれのない苦しみを思って、そんな疑いを抱いた自分を叱った。死ぬ間際のホーキンズの告白が心に蘇り、彼の有罪を疑う余地はもうないとも思った。それにしても、フォークランド氏の苦悶と恐怖は一体何なのか。結局、私に浮かんだ例の考えがそこに住みついて離れない。次から次へと臆測をめぐらしたが、その中心にはいつもこの疑いがある。私はとうとう主人を監視しようと決心した。

こう決めた途端に私は奇妙な喜びを感じた。禁じられたことをするのにはいつも或る魅力があるが、それは禁止することの中に何か独断的で横暴なものを我々が漠然と感知するからである。それにしてもフォークランド氏をスパイするとは！　この仕事が危険を伴なうことは、あえてそれをする方へと人を惹きつける刺戟となる。彼から受けた厳しい叱責と彼の厳《いか》めしい表情を私は思い出した。思い出すと体がうずくような感じさえしたが、そこには或る快感がないでもなかった。次第に深入りするにつれてこの快感にますます抵抗できなくなる。相手が絶えず私の裏をかこうとしている気がして、私は自分の計画を守るためにつねに警戒していた。フォークランド氏が守りを固める決意をすれば、私の知りたい気持もそれだけ抑えられなくなる。怖れ、かつ身の危険に脅えながらも、一方私には悪意のない率直さや素朴なところが大いにあって、そのため私はいつも思ったことをすぐに口に出してしまい、大事な時に他人《ひと》が私に本気で立腹することがあろうなどとは信じられなかった。

こう考えるうちに私の心境が次第に変ってきた。はじめフォークランド家に入った頃は、目新しさも手伝って、慎重で遠慮深くしていた。主人の何かよそよそしい態度が私の生まれつきの陽気さをすっかり消し去ったように見えた。だが、その目新しさが次第に薄れると同時に遠慮もまた減っていく。その時に聞いた話とそれによって生じた好奇心が私の敏捷さ、熱意、そして勇気を再び私に与える。もともと私は思ったことを他人《ひと》に言ってしまう性質《たち》で、その上当時はしゃべりたがる年齢でもあった。こんなことを言っていいだろうかというようにためらいながらも、時々思い切ってフォークランド氏の面前でその時感じたことを言ってみた。

最初の時にはフォークランド氏はびっくりしたように私を見て何も言わず、すぐにどこかへ行ってしまった。この実験は間もなく繰り返された。彼は半ば私にもっと言わせたいようだったが、言わせていいものか迷っていた。彼は長い間どんな楽しみとも無縁になっていたので、私の何気なくふと口にしたことが何か面白い話になりそうだと思ったようだった。こんなことを面白がっていては危険だろうか？そんな半信半疑の気持から、彼はついそう言った私を叱ることもできなかったのだと思う。私は彼に話を続けて欲しいような様子をしてもらう必要はなかった。心乱れて私は何か言わずにはいられぬようになっていたからだ。世間を全く知らないので素朴ではあったが、私は読書によるいくらかの教養はあり、観察力と才能もないではなかった。私の発言は或る時は極端な無知を示し、また或る時はいささか鋭いところも見せるという風だが、いつも無邪気で率直かつ勇気があって相手を驚かせた。何かの刺戟を受けて気付いた事柄を比べ合わせ、そこからあれこれ推測する時でも、私の態度は一見何の下心もないように見える。表面に出るのは、最近考案中の未だ熟していない目的ではなくて、これまで通りの態度であった。フォークランド氏の立場はうまく釣り上げるための餌にたわむれる魚のそれに似ている。私の出方を見て彼はいつもの慎重さを捨て、厳めしさを緩める気になるが、急に何かに気付いたり質問されたりすると、はっとしてもとの脅えた様子に戻る。やはり人に隠した傷があることに間違いはなかった。どんなに間接的で遠まわしであっても、話が彼の不幸の原因に触れると顔色が変り不機嫌になって、苦労してその気持を抑える。苦しげに自分を抑制したり、発作的に異常な様子を見せて急いでひとりになることもあった。こうした様子は、強い望みを阻まれた口惜しさのあまりのこと、と好意的に見ることもできるが、私としてはやはりそれが疑惑の種になる。コリンズ氏は何も言うなと強く私をいましめた。私の仕ぐさや彼の疑心暗鬼から、私が知っていて言わないことがあるらしいと感じると、フォークランド氏は探るように私を見つめ、どの程度知っているか、どうして知ったかを問いたげな様子をする。しかし、次に会った時には、私が快活で何でもないようなので彼も元通りに落ち着き、私のせいで生じた不安も消えて万事前の通りになる。しかし何事もなく彼に仕えて暮していると、日が経つにつれて私は次第に何か言いたくなる。そしてフォークランド氏の方では、厳しく発言を禁じて私を圧《おさ》えるのも、また禁じてかえって私を気にしているように取られることも望んでいないようであった。私はいろいろ知りたかったけれども、その好奇心の的である彼のことばかり考えていたわけではなく、彼に尋ねたり遠まわしの言い方をしてみる場合でも、老獪な審問官のようにいつも策略をめぐらせていたわけでもない。フォークランド氏が隠している心の傷は私よりも本人が絶えず気にしていたことであった。彼は私の言ったことをしばしば曲解し、彼の様子が変になってそれと気付くまではそんな曲解を受けようとは私には想像もつかない、ということがよくあった。この病的な敏感さを自分でも意識し、その敏感さに自分が支配されそうな気がするためであろうか、彼は再び強い態度に出て、我々の間の率直な関係を断つために自分が思いついた計画は何でもすべて恥ずべきものだと思い込むようであった。

以上に述べたような種類の対話の一例を挙げよう。それは全く一般的な当り障りのない話題から始まった。それからしても、彼のように鋭敏な感覚の人物が殆んど連日耐え忍んでいた心の動揺がいかばかりであったか、読者は容易に想像できるだろう。

或る日のこと、清書すべき書類の整理の手伝いをしていた時に、私は主人にこう言った。

旦那様、アレクサンダー大王はどうして大王と呼ばれるようになったのでしょうか？

何だと？　彼の伝記は読まなかったのか？

いいえ、読みました。

ウィリアムズ、そこには書いてなかったのか？

さあ、分りません。彼が有名になったわけは判りましたが、有名な人がいつも崇拝されるとは限りません。アレクサンダーのどこが偉いかについては意見が分れています。プリドー博士（一六四八―一七二四年、英国国教会牧師）は『旧・新約聖書論』でアレクサンダーは殺し屋大王としか呼びようがないと言っていますし、『トム・ジョウンズ』の著者（一七〇七―五四年、小説家ヘンリー・フィールディング）は、アレクサンダーや歴史上のあらゆる征服者はジョナサン・ワイルドと同類だということを証明するために一巻の小説（『大泥棒ジョナサン・ワイルド』一七四三年）を書いています。

これを聞いてフォークランドは赤くなった。

とんでもない！　そんなことを書く奴らは、口汚ない悪口を言えば彼が得てしかるべき名声をつぶすことができるとでも思っているのだろうか？　学識と感性と趣味を兼ね備えた人でも、そんな下品な非難を免れることはできないのだろうか？　ウィリアムズ、お前はアレクサンダーほど雄々しく、心広くてこだわりのない人の話は本でも読んだことがないだろう。彼は利己心や身勝手さとはおよそ縁のない人だった。高い理想を自らに掲げ、それを自分の生活の中で実現したいとひたすら念願していたのだ。医者のフィリッポスへの英雄らしい信頼、部下のエフィスティオンへの変ることない深い友情を考えてみるがよい。彼は捕虜にしたダリウス王の家族を実に丁寧に扱い、立派なシシガンビスへは実の母に対するようなやさしい心遣いをした。ウィリアムズよ、こんな事柄については衒学坊主のプリドーやウェストミンスターあたりの地区判事（フィールディング）なんかの判決を信用してはいけない。自分でよく調べてみることだ、そうすればアレクサンダーこそ誠実、寛大と無私の心の模範、教養ある心の豊かさと、例のない雄大な計画にかけてはいつの世にも変らぬ唯一の鑑《かがみ》、崇敬の的だと気付くだろう。

ああ、旦那様。ここでこうして讃辞を連ねるのも結構ですが、彼の名声の記念碑を建てるのにどれだけ莫大な犠牲が払われたか、これは忘れるわけにはいきません。彼はあらゆる人々に迷惑をかけたではありませんか？　彼の侵略と破壊がなければ彼の名さえ聞くこともなかったような国々の国民を踏みにじったではありませんか？　生涯で何十万の人々を犠牲にしたでしょうか？　彼の残虐行為はどう考えたらいいのでしょう？　百五十年前の先祖の犯した罪のため一族全部が虐殺されました。五万人が奴隷に売られ、母国のために勇敢に戦ったが故に二千人が磔《はりつけ》にされたのです。人間とは変な生き物ですね、多くの国に破壊と滅亡をもたらした人を一番誉めたたえるのですから。

ウィリアムズ、お前の考え方も当然といえば当然、責めるつもりはない。しかし願わくはもっと広い見方をしてもらいたい。十万人が死んだと聞けば誰でもびっくりする。が、そんな人間十万人と言っても実のところ十万匹の羊とどう違うのかね？　我々が大切にすべきものは心だ、知識と徳を創造することだ。これこそアレクサンダーが企てたことで、人類に文明を与えるという大事業に乗り出したのだ。彼は広大なアジアをペルシャ王朝の愚鈍と腐敗から救った。彼はその雄図半ばで倒れたが、企ての大きな成果は誰の目にも明らかではないか。以前は野獣同然だった諸国民の間にギリシャの文学と教養が生まれ、セレウコス王朝、アンティオコス王朝、プトレマイオス王朝と続いた。アレクサンダーが、都市の破壊者というのなら、その建設者としても同じように有名だ。

でも旦那様、槍や戦斧《せんぷ》は人を賢くする道具じゃありません。仮に、最高の善を実現するためには容赦なく人の命を犠牲にしてよいとしても、殺人や大虐殺は文明と愛をもたらす方法としては大いに疑問があります。この偉大な英雄は一種の狂人だったとはお思いになりませんか？　彼がペルセポリスの宮殿に火を放ったこと、もう征服する国がなくなったと泣いたこと、リビアの燃えるような砂漠を越えて全軍を進めたこと、それも一寺院に詣《もう》でて世界に彼こそはジュピター・アモンの子なりと信じさせる、ただそれだけの目的で。こうしたことをどう思われますか？

アレクサンダーはこれまでひどい誤解を受けている。彼が他の人間を顔色《がんしょく》なからしめたので、その人間たちがわざと偽り伝えて仕返ししたのだ。あの大事業を達成するためには、自分は神様だということにしなければならなかった。愚かで頑固なペルシャ人どもの尊敬をしっかりと克ち取るにはこれしか道はなかったわけだ。彼の行動の根源にあるのはこれで、気狂いじみた虚栄心というようなものじゃない。この点では、味方のマケドニア人の間にもある訳の分らぬ頑固さにも彼はさぞ苦労したことだろうなあ。

しかし、結局はアレクサンダーは、政治家なら誰でも用いると称する手段を、自分も使っただけの話です。つまり、人民を教育すると称して弾圧し、幸福にしてやると言って騙《だま》すという手ですよ。さらに悪いことに、かっとすると彼は敵も味方も見境がつかなくなりました。自分でもどうにもならぬ感情から出た彼の行き過ぎを弁護なさるおつもりはありますまいね。一時の激情から人殺しに走るような人間に対しては弁明してやる言葉は全くない筈です——。

こう言った途端に、私は自分が何をしでかしたかを悟った。私と主人の間には不思議な心の交流のようなものがあって、私の言ったことが彼にショックを与えるとすぐに、悪いことをした、彼自身のことにそれとなく触れたのは酷だったと私は思った。我々はふたりともどぎまぎしてしまった。フォークランド氏の感情を隠せぬ顔から血の気がなくなり、次にまた激しい勢いで赤くなる。今犯したばかりの失敗を繰り返しそうな気がして、私は一言も口が利けない。話を続けようとしてちょっとの間苦しい努力をしたあと、フォークランド氏は体を小刻みに震わせながら語り始めたが、やがて言葉も落ち着いてくる。

お前は公平じゃない――アレクサンダーは――もっと温かい目で見てやらねばいけない――アレクサンダーをそう厳しく言わなくてもいい筈だ。彼の涙、悪いことをしたという後悔の心、食を断ってどうしても断食を続けると言い張ったことなど、お前は覚えているだろう。これなど感じやすい心や借物ではない無心の精神の証拠じゃないか。いや実際アレクサンダーは心から人間を愛した人で、彼の本当の長所は殆んど理解されていない。

その時私はどう言ったら私の真情を彼に分ってもらえるだろうかと思った。何かを思いつめると、それが口に出ようとするのを抑えるのは難しいものである。一度犯した過誤は次の過誤に人を誘い込む魔力を持っていて、話に聞くガラガラ蛇の眼のようなものだ。我々の徳を支えている自制心の力もそのため無力になる。好奇心というものは元来じっと落ち着くことはなくて、それに溺れる時の危険が大きければ大きいだけ、一層抵抗し難くなって人を押し流そうとする。

クライタス（アレクサンダー大王の部下の将軍で、戦いの中で大王を救ったが、些細なことで大王の怒りを買い、殺された）は粗野で乱暴な人でしたね、と私はフォークランド氏に言ってみた。

フォークランド氏は私の言葉の意味を十分に感じ取った。彼は心の底を探るように鋭く私を見る。次の瞬間に彼は視線をそらせた。彼が痙攣するように震えるのが判る。それを強く抑えたので表情には殆んど出ないが、彼が何とも言えない恐怖を感じていることが私には判った。彼は話を止めて怒って部屋中を歩きまわり、顔にこの上なく兇暴な表情が次第に現われたと思うと突然出て行き、家中が揺れ動くような音を立ててドアを閉めた。

果してこれは罪の呵責《かしやく》のせいか、それとも身に覚えのない罪を着せられた名士の怒りのためか、と私は思わず言ってしまった。

第二章

読者は私がまっしぐらに絶壁の縁《ふち》へ突き進んでいると感じられることだろう。自分でも何をしているのかよく分らなかったが、それでも立ち止まることはもうできない。世間を前にしていわれのない不名誉を押しつけられたと感じ、打ちひしがれているフォークランド氏が、青二才の寄る辺のない若者の存在を今後長く辛抱できるだろうか？　忘れたいあの不名誉を絶えず思い出させ、怪しからぬことに自分のことを犯人だと疑っている若者の存在を、と私は思った。

彼は性急に私を解雇する気にはなるまい、あまりに感じやすく不安定な感情の人だと思われそうな行動を彼は避けているのだから、と私は思った。しかし、そう思っても私には慰めにはならない。彼が私を次第に憎むようになっていて、しかも私を体に刺さった棘《とげ》と思いながら馘《くび》にすることもできないでいると思えば、私の前途は暗いものだった。

それから少しあと簞笥《たんす》の整理をしていると、私は引出しのひとつの裏側に偶然落ち込んだ一枚の書類を見付けた。他の時だったら、私の好奇心も慎みというものに負けて開けずに持主の主人に返していただろう。しかし、これまでの出来事に刺戟されて内容を見たい気持が強く、この機会を逸することができずに開けてしまった。それは父親の方のホーキンズの手紙で、内容から見て、彼がティレル氏の迫害に耐えかねて逃亡する直前に書かれたものらしく、次のように書かれていた。

謹啓

私は最近貴方様が旅行からお帰りになるのを毎日待っておりました。留守番のウォーンズさんのお話では、いつお帰りか、また今どこにおいでかも判らないとのことです。次々に不幸な目にあいますので、どうしても何とかしなければならず決心を迫られています。私の主人ティレル様は、最初のうちひとつには地主のアンダーウッドさんへの反感からにせよ、私によくしてくださいましたが、今では私を破滅に追い込むつもりです。私は臆病者ではありません。私は断乎戦いました。フォークランド様、結局は男と男の戦いです。しかし相手は強すぎました。

もしマーケットタウンに出向いて貴方様の弁護士のマンスルさんに尋ねれば、連絡先を教えてくださるでしょう。しかしこうして空《むな》しくお帰りを待ち望んでいるうちに、別の道を考えつきました。慌てて貴方様にお願いに上るのは控えていました。どなたにも御迷惑をかけたくないからです。お願いするのは最後の手段と思っていたからです。それさえかなわぬことが判った今は、そんな手段を考えたことも恥かしいと思っております。私にもちゃんと腕や脚があるではないか、と思いました。我が家からは追い出されてしまったが、それが何だ？　私は地面から引き抜かれるとすぐ死ぬキャベツではない。私は成る程無一文だ。しかし、一生その日暮しの人はいくらでもいるではないか？（失礼な言い方とは思いますが）我々貧乏人が自分の力で生きていく才覚さえあれば、偉いお方でもあんな勝手な真似はできない筈だ。少しは反省するだろう、と思ったのです。

それに、もうひとつ大事なことがあります。どう申し上げたらいいのでしょうか――可哀そうに、私の大事な息子レナードがこの三週間拘置所に入れられています。これはティレルさんの仕業です、これは間違いありません。私の小さい家で寝床に入るたびにレナードのことを思って心が痛みます。彼の苦労のことを言うのではありません。そのことはあまり気にしてはいません。彼が楽に世渡りできるとは決して思いません。私もそれほど馬鹿ではないのですから。しかし、拘置所で彼にどんなことが起るか判ったものではありません。私は三度面会に行きましたが、同じ部屋に恐ろしい形相《ぎょうそう》の男がひとり入っていますし、他の連中も似たようなものです。レナードは本当にいい子です。あんな連中の感化を受けるような子ではありません。しかし、あの子を一日たりともあそこへ置いておくわけにはいきません。私は愚かな頑固者かもしれないが、決心した以上はやります。何をやるかはお尋ね下さいませぬように。貴方様に手紙を出して御返事を待つとすれば今から一週間や十日はかかります。とてもそれは考えられません。

ティレルさんは向こう見ずですし、貴方様もいささか気の短かいお方と思います。私のために争いが起るようなことがあってはなりません。もう今までにいろいろ困ることが起っています。私はこの土地を出ることにしました。フォークランド様、こういうわけで私は心の重荷を下ろしたいと思ってこの手紙を書きました。残念ながら御助力を頂くことができなくなりましたが、それでも私の貴方様を深く尊敬しかつ感謝する心に変りはありません。多分これでお別れになるでしょう。たとえそうなりましても、どうぞ御心配なさいませぬようお願いします。私が本当に悪いことのできる人間でないのは自分でよく判っております。これからは外に出て私の道を切り開くつもりです。これまでにもう十分に不幸な目にあってまいりました。しかし他人《ひと》を恨みはしません。心安らかに誰でも赦す気持になりました。私とレナードは見知らぬ人々の間で強盗か追剝ぎのように身を隠して辛い暮しをせねばなりますまい。しかし運命の憎しみが私どもをどんな目にあわせようと、私は負けません。冷酷な世間に対してこの気持だけは持ち続ける覚悟です。

貴方様に神の恵みがありますように、
ベンジャミン・ホーキンズより

この手紙をよく読んでみると様々の感慨が浮かんだ。思えばここにぶっきら棒で飾り気なし、正直な男の姿がある。悲しいことだがこれが人間というものだ、と私はつぶやいた。表面《うわべ》だけを見たら人は言うだろう、この人こそ幸運、不運にも臆せず立ち向かった男だと。しかしその結末を見るがよい。最後には人を殺し絞首台の露と消えたではないか。ああ貧困とは何と横暴なものだろう。汝は人を打ちひしぎ絶望へと追い込む。人が誇りとする心の底に根差した道徳原理さえ混乱させる。汝は心を憎悪と遺恨で満たし、恐るべき行為に走らせる。この強力な敵が私を襲うことのないように。

この手紙については私の好奇心は満足したので、それがフォークランド氏の目につくように処置をした。それと同時に、今私を圧倒的に支配する原則に従って、私がこれを読んだのではあるまいかと思わせるような風に彼に手紙を発見させたいものだと考えた。今ではうまく彼に話をさせるのが上手になっていて、翌朝彼に会うと相手が気付かぬように少しずつ話を私が望む方へと誘い込んだ。いくつかの前置きの質問、発言と応答があって、私はこう続けた。

人間の節操とは当てにならぬもの、こう思えば人の本性もあまり信用はできず、少なくとも無学な人々は、はじめ見込みありそうだと見えても終りはひどい悪人になる、結局私はそんな気がします。

それでは、文学と教養が人の節操を護る唯一の保証だと言うのかね？

ううん――学識や知恵が犯罪を防ぐよりもむしろ犯した罪を隠すのに役立つことがあるのは何故でしょうか？　この点については歴史上に面白い話がいろいろあります。

ウィリアムズ！　とフォークランド氏は少し慌てて言う、お前はひどく厳しく非難するようになったな。

そんなことはありません。私は物事の裏側を調べるのがとても好きですが、他人に悪口を言われて時には八つ裂きに近い扱いを受けた人が、実は尊敬と愛に値する人だった、というようなことがとても多いと思います。

本当に、とフォークランド氏は嘆息して答える、ブルータスの死に際《ぎわ》の叫びもよく分る。ああ美徳よ、私は汝を実体として求めたが、見ればただ名のみ！　というあれだ。私も彼と全く同じ意見だ。

無垢と罪とが人生では混じり合って区別がつかないのですね。エリザベス女王の頃の或る可哀そうな男の話を思い出しましたが、真犯人が陪審裁判に出て告白しなかったら、この男は情況証拠だけで間違いなく殺人罪で絞首刑になっていたでしょう。

こう言っただけで、私は彼の心の中に狂気を起すバネに触れたのであった。力ずくでも私の思っていることを白状させようと決意したかのように、彼は恐ろしい形相で私に迫った。しかしこの時突然の苦痛が彼の考えを変えたようで、身を震わせて後に退りこう叫んだ。呪うべきは宇宙とそれを支配する法則だ！　名誉、正義、徳はすべて悪人のごまかしだ！　できることなら全宇宙をたたきつぶしてやりたい！

旦那様、本当はそんなにひどいものではありません。良識のある人なら思うように世の中をよくすることもできます、世の中はそうなっているのです。本当に英雄の名にふさわしい人々にすべてを委せるのが一番いい。結局はそんな人々が全人類の最もよき友なのですから、大衆はただそれを眺めて彼らの言う通りにし、彼を崇めているだけでいいのです。

フォークランド氏は平静を取り戻そうと懸命の努力をする。ウィリアムズ、と彼は言った。いいことを言ってくれた。お前は物がよく分っていて大いに見込みがある。私ももっとしっかりしよう。過去は忘れて今後は立派にやっていきたいものだ。未来、未来こそいつも我々のものだ。

旦那様、嫌なことを言ってすみませんでした。私は思ったことは何でもつい言ってしまうのです。誤りは正され、正義が行なわれ、真実は一時は虚偽に隠されてもやがて日の目を見るもの、と私は信じています。

ところが、私の言葉は予期したほどにはフォークランド氏を喜ばせない。またまた彼は一時的に不興へと逆戻りしてしまった。正義だと——と彼はつぶやく。正義とは一体何だ？　私の場合は普通の薬では治らぬ、どんな薬も駄目だ。どうにもならぬ、これだけは確かだ。はじめは私も善意と万人を愛したいという強い気持で出発したのに——今のこのざまは何だ——口にも言えず我慢もできぬ惨めな有様だ。

こう言って彼は突然気を取り直したようで、いつもの威厳と冷静さに戻った。どうしてこんな話になったのか？　と彼は叫ぶ。誰の許しを得てお前は私にこんなことを言わせたのか？　下劣でずるい奴だな、お前は！　もっと人を尊敬するようになれ！　礼儀知らずの使用人に私の気持を左右されていいものか？　お前の思うままに操られる道具になって私の心の宝まで奪われる、そんな馬鹿なことがあるか？　出て行け、散々に無礼なことを言ったからにはきっと思い知らせてやる。

こう言った時の身振りには並々ならぬ勢いと決意があって、彼は本気のように見えた。そこで私は黙ってしまった。体を動かす力もなくなったようで、私は何も言わずすごすごと引き退るほかはなかった。

第三章

この対話の二日あと私はフォークランド氏に呼ばれた。(この物語では、我々の対話で言葉となって現われた部分のみならず、そうでない部分をも述べていくことにしたい。彼の表情はいつも他の誰よりも活気があり、彼の気持をよく示していた。既に述べた通り、私を支配したのは好奇心で、それに刺戟されて私は彼の顔色を観察し続けた。この話の様々の出来事をこうしてまとめる間に、私は彼の表情に解説を加えることもあると思う。この解説は以後の事件と併せ眺めてはじめて思いついた私の考えである。）

　私が部屋に入った時、フォークランド氏の顔には常にない落ち着きがあった。だが、この落ち着きも心の安らぎから来たのではなくて意識して作られたものらしく、大事な話合いに備えて冷静さと自制心が弱まることのないよう努力した結果と思われた。

　ウィリアムズ、どんなことになろうともお前にこの際よく言っておきたいことがある。お前は性急で思慮がないから私に大いに心配をかけた。些細なことについては私は何でも言わせておいたが、お前が私の個人的な事柄へ話を持っていくのは穏当でないことくらいは当然分っていると思っていた。近頃になってお前は何となく意味ありげな言い方をよくするし、私の思う以上にいろいろ知っているようでもある。内容もさることながら、どうして知るようになったのかも私にはさっぱり判らない。私の心を少しばかり乱してみようという気分がお前にありありと見える。これはいけないことだし、私もそんなことをされる覚えはない。それはそれとして、お前のおかげでこちらもあれこれ臆測せねばならぬのは辛い。お前はいわば私の気持をもてあそんでいるわけで、何事もはっきりさせておきたい性質《たち》の私としてはすぐ止めさせねばならぬ。そこで、持ってまわった言い方や言い逃れは止めて、遠まわしの言い方のもとにあることをきっぱりと言ってもらいたいのだ。お前の知っているのは何か？　何が欲しいのか？　私はひどい屈辱と苦労にさらされて、自分の傷をいつも触られるのはたまらないのだ。

旦那様、本当に私が悪うございました。私のような者がこんなご迷惑や御心配をかけて申し訳ありません。よく判っておりましたが、ついこんなことになりました。いつも止めようと努力はするのですが、悪魔に取り憑かれたようでどうにもなりませんでした。私が知っているのはコリンズさんから聞いたことだけです。彼がティレルさん、メルヴィルさんとホーキンズの話をしてくれました。旦那様の不名誉になる話は全くなく、旦那様が人間とは思えぬほど御立派な方だというようなことばかりでした。時に、先日そのホーキンズが書いた手紙を見付けましたが、もうお手許にあるでしょうね？　お読みになったと思いますが。

どうかこの私をお屋敷から追い出してください。どうにかして私に罰を与えてください、そうでないと自分を赦せませんから。私は馬鹿者、大悪人です。私はあの手紙を読んでしまいました。

読んだと？　何という奴だ。とんでもない悪い奴だ。しかしそれはあとの話として。うん、それであの手紙をお前はどう思ったのか？　ホーキンズが絞首刑になったのは知っているらしいな。

手紙を読んで心が痛みました。それは、一昨日に申しましたように、あれほどのしっかりした男が故意に最悪の罪を犯すことになろうとは、考えるさえ辛いことだからです。

それがお前の言いたいことか？　物覚えのいい奴め、私がその犯罪で訴えられたのも知っているらしいな！

私は黙っていた。

おい、これも知っているだろうな？　あの事件の時から、——そうだ、あの日だ（こう言うと、彼の顔に恐ろしい、殆んど悪魔のような顔付きが現われた）——あれから私には一刻も心の休まる時がなかったことも。最も幸せな人間から最も哀れな人間に転落したのだ。私の眼から眠りが去っていった。喜びも消えた。今のような生き方なら死んでしまう方がどれだけましか判らない。物心ついて以来、私は名誉と人々からの尊敬を何より大切だと思っている。私の抱負も望みも木っ葉微塵に砕けたのも知っているな――余計なことにコリンズが私の不名誉の記録を取ったからな――あの晩のことが人の記憶から消せるものなら――いや、あの晩の情景は消えるどころか、次々に私の災難の源になり、尽きることはないだろう。そうなれば哀れな敗北者の私は、お前が悪知恵を絞って苦しめるには恰好な相手となり、お前の腕前も上達するわけだ。私が皆の前で不名誉をさらけ出し、悪魔の憎むべき力によって不名誉の報復をする機会さえ奪われる、それでもまだ不足なのか？　いやその上に、私はこの大事な時に、殺人の大罪を犯して復讐の機会を自分から捨てたということで訴えられたのだ。その裁判もとにかく終った。ところがお前が私を苦しめてまたまたひどいことになった。この上なく厳しくて遺漏のない裁判がすっかり終ったあとでも、お前は私を疑っているような様子だったからな。お前のおかげでこうした事情を説明せねばならぬようになった。したくもない内緒話をな。私の苦境を慰み物にしたがる奴、それがどんなつまらぬ奴であっても、その思うままにされるというのも私の情ない立場のせいだ。これで満足だろう、私をこんな有様にしたのだから。

いいえ、とんでもない！　とても満足なんて！　自分が何をしでかしたかと思えばたまらない気持です。立派な旦那様のお顔を見ることもできなくなりました。どうぞ私を馘《くび》にしてください。どこかへ行ってしまいたい気持です。

この対話の間ずっとフォークランド氏の表情は厳しかったが、今はますます冷たく、険《けわ》しくなった。

何だと、ここを出たいと言うのか？　誰がお前を追い出したいなどと言った？　私のような哀れな人間とは一緒に住めないというわけか？　不満で無茶を言う人間の気まぐれとは付き合っていけないと言うのだな！

旦那様、どうぞそんなことは言わないでください！　私はどうなっても結構です。殺されてもかまいません。

お前を殺すって。（私の言葉を聞いた時の彼の表情はいくら言葉を連ねても言い表わせない。）

旦那様、あなたのためなら死んでもいいと思っています！　私がどんなに旦那様のことを思っているか口ではとても言えません。御立派な方と尊敬しています。私は愚かで未熟者、経験もありません――いやもっとつまらぬ者です――しかし、あなたに背《そむ》くなんて考えたこともありません。

ここで話は終った。私の若い心が感じた気持はとても口で言えるものではない。フォークランド氏の態度は荒々しかったが、その間にも一貫して私のことを思う親切な心遣いが見られるようで、驚きもしまた本当に嬉しかった。生まれは賤《いや》しくてこれまで名もなかった私が、突然こうしてイングランド一の物の分った教養ある紳士の身の上にとってかくも重要な人間になったのに気付き、私はただただ驚くばかりである。しかしこう思うにつけても私はいよいよ主人と離れられない気がしてきて、今の自分の立場を考えてはこの心の広い主人にふさわしく仕えたいものと心に誓うのであった。

第四章

　こうして私は主人への敬意を新たにした。ところが、気持が静まるやいなや、かねて臆測していたこと、即ち、彼はあの殺人事件の犯人ではないだろうか、という問題がまた私の心に浮かんだのは何とも説明のつかぬことではないか。それは私を破滅へと追いやらねばやまぬ運命の衝動のようなものだった。どんなに遠まわしにでもこの重大事件に触れるとフォークランド氏は動揺したが、それも不思議ではないと私は思った。彼の動揺は彼が残虐な犯人であるためとも考えられるが、同様に、彼が名誉、面目について敏感すぎるためとも想像できる。あの罪と自分の名前とが結びつけられたことが頭にあるので、彼は絶えず不安を感じて、ふとしたことにでもあてこすりが隠されていると思い込むのだろう。話相手が誰であっても怪《け》しからぬ疑いを抱いているのではないか、と怪しみ不安になるのだろう。私の場合では、私が彼の知らぬことを知っているのを気付いているが、それがどの程度のものか、真相を知っているのかそうではないのか、好意的な話か中傷かを確かめることは彼にはできない。その上に、私が彼の不名誉になるようなことを考えていて、彼の支配的情熱たる鋭敏に研《と》ぎ澄ました名誉心を満足させるような判断を下すことはないだろうと彼は思っていた。こんなことを考えていれば、彼の心は休まる時もないだろう。私がまだ捨てきれずにいる疑惑を正当づける証拠は見付からないが、既に言ったように、ああでもないこうでもないと私は考え続けていた。

動揺する私の心にはふたつの原理が生じ、これが交替に私の行動を支配するようになった。時に私は主人への全面的な尊敬の気持でいっぱいになる。彼の高潔さと徳を心から信じ、一切の判断を無条件に彼に委ねる。ところが次には、溢れるような信頼感が引き潮になって衰え、以前そうしたように私は警戒し、知りたがり、疑い深くなって、何でもない行動でもその意味を様々に臆測する。自分の名誉に関わることなら何事にもひどく敏感なフォークランド氏は、私の臆測を感じ取り、いろいろな形でそれに気付いている様子を見せる。しかも、私自身が意識しないうちに彼の方が気にすることも多く、私が思いつきもしないうちから感じていることさえある。こうして我々両者の立場は実に困ったことになり、お互いに災いのもとになった。彼の忍耐と寛大さが限界に来て、彼をいつも監視する私を永久追放にするところまで行かないのが不思議だとよく思ったものだ。こんな状態の中でも、彼と私の立場には大きな違いがあった。私の場合は不安の中にも或る慰めがある。好奇心というものには苦痛もあるが楽しみもある。心は絶え間なく刺戟を受けて、いわば休みなく競走のゴールへと接近する。充足を飽くことなく求めるのが好奇心の行動原理であるから、それが充たされた時に得られるであろう未知の喜びを期待することで、途中の苦しみも十分に償われるように感じられる。しかしフォークランド氏には慰めは皆無であった。我々の関係の中で彼が耐え忍ぶのはただ不幸だけで、それには何の報酬もない。彼は私のような人間がいなければいいのにと願い、哀れと思って私を貧乏暮しから拾い上げて雇ってやった日を呪うばかりだった。

私の異常な立場から生じた結果のひとつについてここで一言述べておかねばなるまい。心が絶えず警戒と疑惑の状態にあるので、その結果として私の性格が急速に変っていったのだ。永年にわたる観察と経験によって得られるような結果が短期間で生じたのである。人の心の中を厳密に観察し、あれこれ推測をたくましくするうちに、私は人の知性の測り知れぬ働きの様々の形態に精通するようになった。私はもはや最初の頃のように「フォークランド氏に、あなたは人殺しですかと尋ねてみよう」などと思ったりはしなくなった。逆に、この件に関するいろいろな証拠を綿密に調べ、これまでのことをすべて考えた末に、主人の無実を完全かつ最終的に納得する道はないと悟った時の私の苦痛は決して少なくはなかった。彼の罪に関しては、仮に彼が本当に犯人なら、いずれは何とかして真相を掴むことができる筈だと信じていた。しかし、彼が犯人だと一瞬でも思うのは耐えられない。奇怪な情況から生じる抑えきれない疑惑、恐ろしくまた常軌を逸する想像を生む様々の考えから、若くて未熟な私の心が得る快さにもかかわらず、フォークランド氏を疑うに足る僅かの根拠でも出て来ようとはとても私には考えられなかったのだ。

こうして長々と前置きをすることについて読者のお赦しを乞いたい。すぐに私自身の苦難の話に入るつもりである。すでに述べたが、私がこの物語を綴《つづ》る気になったのは、それでこの耐え難い苦難の中での自分の慰めにしたいと思ったからである。私の気付かぬうちに破滅への道を用意した出来事を詳しく語ることで、私は暗い喜びを感じる。私が今より幸せだった頃の情景を思い出して描く間は、現在の私が陥った救いのない不幸をしばらくでも思わずにすむ。そんな僅かな休息も許さぬという人があったら、余程の心の冷たい人であろう。――話を進めよう。

フォークランド氏の私への説明があってしばらくの間は、彼の憂鬱は時という慈悲の手でも少しも減ることなくただ増すばかりだった。医学や法律での定義には合わぬかもしれないが、他に適当な用語もないので彼を精神異常と呼ぶほかないのだが、その異常の発作が段々強くかつ長引くようになった。こうなれば、それを家族や近隣の人たちから隠しきれるものではない。彼は何の予告もなく、召使も御供《おとも》も連れずに二、三日どこかへ行ってしまうことがあった。誰かを訪問するのでもなく、この地方の紳士と何かの交際をしているわけでもないことは周知の事実なので、彼のこの行動はいよいよ只事《ただごと》ではない。この州の大部分が英国南部では未開の荒涼たる地域であるとはいえ、フォークランド氏ほどの地位と財産のある人物が長い間こんな行動をしていたら、彼がどんな状態になったか必ず世間に知られるに違いない。時に彼が岩山に登ったり、絶壁の先端に何時間も身動きもせずにもたれていたり、急流のそばで絶望したように忘我の状態になったりしているところを見たという人が現われた。時も場所もかまわずに幾晩も続けて荒野をさ迷い、雨や風もかまわず、心を占める動揺や失意をいくらかでも忘れさせる風雨の怒号を彼はかえって喜んでいるようであった。

最初のうちは、フォークランド氏が身を隠した場所が判ると、すぐに屋敷の誰か、コリンズ氏か私、主に屋敷にいる私が行って、帰るように説得する。しかし、二、三度そうしたあとで我々はそれを止めて、帰るなりそのまま居るなり、彼の好きにさせておく方がいいと考えるようになった。髪に白いものが混じるほど長く勤めてきたコリンズ氏には、それでもいくらかしつこく言う権利があるようで、時には主人も彼の説得に応じるが、そんな場合でも、彼に身のまわりを世話する人が要る、というふうな、或いは自分の言葉や行動も自由にならなくなった、乃至《ないし》はそうなりつつある、というふうな恰好になってしまうのを、彼はひどく嫌がっているように見えた。あれこれ指図をされるのが嫌だと文句をぶつぶつ言いながらも、忠実に仕えるコリンズ氏の言うことに渋々従うこともあるが、それは激しく抗議するだけの気分がない場合のことである。また時には、一旦承知しておきながら発作的にひどく怒りだすこともある。そんな時の彼の怒りには何とも理解できぬ荒々しさ、恐ろしさがあって、その怒りを浴びせられる者は耐え難い屈辱を感じる。彼は特に私を手荒く扱い、到底人間とも思えぬようなしつこさで乱暴に私を面前から追い払った。このように激情が爆発すると彼の病気が峠に達した証拠である。意に反して連れ戻された時はいつも彼はすぐに憂鬱の極に達して何もしなくなり、その状態が二、三日は続く。そんなフォークランド氏を見ると、特に岩山や絶壁の間を探しまわった挙句に、蒼白く窶《やつ》れてただひとりでいるすさまじい姿の彼を発見した時には、そうは考えたくない、そんなことはない、そうでない証拠もあると思いながらも、この人こそ殺人犯だという気持を私は抑えることができなかった。これも私に取り付いて離れぬ運命だったのであろう。

第五章

この頃のこと、彼が正気に戻ったとでも言えそうな時期に、治安判事としての彼の前に仲間を殺した罪で或る農民が引っ立てられて来た。フォークランド氏が憂鬱症にかかったという評判が当時広まっていたので、彼が判事役を務めるよう求められることはなかった筈だが、近くの二、三の判事がすべて留守で、この地方で居合わせたのは彼ひとりだった。しかし、私が彼の症状を精神異常と言ったとしても、彼の様子を見た人々のすべてが彼のことを狂人だと思ったわけではないのであって、この点読者は御注意願いたい。成る程、時には彼の行動は奇矯で訳が分らぬこともあるが、威厳があってきちんとしており、物事を立派に処理できる場合もある。着実に指示を与え、人々に尊敬されるように振舞うし、態度や物腰に高ぶったところはなく、思いやりがあってやさしい。それで、彼は貧しい人々や一般の尊敬を失うどころか、声高い心からの称賛を受けることもあった。

私もこの農民の審問に出席した。群衆がその場に集まって来た目的を聞いた時、突然或る考えを私は思いついた。私の心を支配するようになったあの重大な調査にこの事件を利用できるのではあるまいか、と思ったのだ。この男は殺人罪で告発されている、そして殺人こそフォークランド氏の心に混乱を引き起した最大のきっかけなのだ。絶え間なく彼を監視してみよう。彼の心の迷路を隅々までたどってみよう。こんな時にこそ彼の心の奥底の不安が暴露されるに違いない。私の思い違いでなければ、今この誤ることなき正義の法廷の前で彼の主張の実体を発見できるだろう、と。

思い定めたこの目的に都合のよい席に私は坐った。フォークランド氏が入廷した時の表情には、彼がこの仕事を嫌がっているのがありありと見えるが、今となってはもう退《ひ》くに退けない。彼は当惑し不安そうで人を正視することもできないくらいだ。審問が始まって間もなく彼はふと私のいるあたりへ目を向けた。これまでにも何度かあったことだが、この時も黙って視線を交すだけで我々は実に多くのことをお互いに伝えあった。フォークランド氏の顔色が紅色から蒼白となり、それからまた紅くなった。私は彼の気持のすべてを察し、できることなら退出したかった。しかしそれはもう不可能だ。私の一切の感情がそこに集中し、私はその場に根を生やしている。たとえ私の命、主人の命、いや全国民の命がかかっていたとしても私には動く力はなかった。

最初の驚きが静まるとフォークランド氏は覚悟を決めた様子で、入廷の時の態度からは予想もつかぬ落ち着きの色を見せる。もしこの法廷の局面があれほど次々に変化せず、坦々と進行していたなら、彼もその落ち着きを失わずにすんだであろう。彼の前に連行された被告は、極めて根深い憎しみからこの罪を犯した、と被害者の兄によって激しく非難された。被告と被害者との間には古い怨恨があったと兄は断言し、その実例をいくつか挙げる。犯人はかねて復讐の機会を狙っていて、彼の方が先に手を出したものであり、ただ見ただけでは何でもない殴り合いのようだが、実は彼ははじめから致命的な一撃を加えるつもりだった。その結果弟は即死したのだ、と兄は主張する。

告訴した兄が証拠を提出している間に、被告は極めて鋭敏な感受性を持っていることを余すところなく露呈した。彼の顔は苦悶に歪み、涙が男らしい頬を伝わって流れ落ちる。また、陳述が彼に不利になると驚きの様子は見せるが、怒って話を遮《さえぎ》ることはない。これほど穏やかな様子の男を私は見たことがなかった。背が高くてがっしりしており、顔立ちもよかった。顔は利口でやさしそうでもあり、決して馬鹿者とは見えぬ。彼の恋人の若い娘が付き添っていたが、なかなかの美人で、好きな男の運命を心から心配しているのがその表情からも窺われる。たまたまこの場を見物している人々の心は、被疑者が犯したとされる兇悪な犯罪への憤激と、彼に付き添う可哀そうな娘への同情とに二分されていた。被告の態度にはとても犯人とは思えぬ様子があり、初めのうち見物人はそれにあまり気付かないようだったが、裁判の進行と共に段々と気付かぬわけにはいかなくなった。フォークランド氏はどうかと言えば、彼は陳述の内容を十分に調べようと熱中するかと思えば、次には急に嫌になったように、苦しくて調査はとても続けられないという態度を示す。

被告の反論に移ると、彼は双方に行き違いがあったことを進んで認め、被害者が彼の最悪の敵であったことも認めた。被害者は自分のただひとりの敵で、何故そうなったのか、自分でも分らない。憎しみを忘れようとあらゆる努力をしたが無駄だった。彼は機会あるごとに私に屈辱を与えひどい仕打ちをしたが、彼と喧嘩はすまいと決心し、今日までそれで通してきた。もし私が彼以外の別の人を相手にしてこんな結果になったのなら、世間の人は少なくともこれを単なる事故だと見てくれただろうと思う。ところが今は悪意をもって故意にやったのだと言われる、と。

実は私は恋人と近くの市《いち》へ行って、そこであの男に出会った。この男はそれまでも度々私に無礼なことを言い、こちらが穏やかに応対したのを臆病のせいだと思って、ますます無礼なことをするようになった。私がちょっとした侮辱を黙って忍ぶと見るや、被害者は私と一緒にいた若い女性に蛮行の矛先《ほこさき》を向けようとした。彼はふたりに付き纏《まと》い、手を変え品を変えて私たちを困らせてどうしても離れない。娘の方はひどく脅えていた。そこで私はこの邪魔者に注意し、何故若い女をわけもなくいつまでも脅迫するのかと言った。相手はからかうような調子で答えた、そんなら自分を護ってくれる男を女のほうで何とかして探すことだな。あんな泥棒野郎を寄せつけ頼りにした女は、それくらいの目にあっても仕方あるまいと。私は何とかこの場を逃れたいと努力したが、しまいには我慢しきれなくなった。そして憤激のあまり、力で勝負しようと言ってしまった。相手も受けて立ち、人の輪ができた。恋人を見物人に託して私は殴り合いを始めたが、不幸にも私の最初の一撃が命取りになった――。

被告は最後に、自分はどうなろうとかまわないと言った。他人《ひと》に迷惑をかけずに暮したいとあれほど望んでいたのに殺しをしてしまった。縛り首にしてもらった方が有難い、生きて一生良心の呵責に苦しむよりはましだ。それに、気を失って身動きもせず足下に倒れたあの男の姿が私の頭から離れないだろう。その直前まで元気いっぱいだった人があっという間に死体となって運び去られる、それもすべて自分のせいだとは、考えるだけでもたまらない。思わぬことで事件のきっかけになった娘を自分は心から愛していたが、今は会わせる顔もない。会えばあの女性《ひと》の後に悪鬼どもが見えるだろう。不運な一瞬があらゆる希望を空《むな》しくし、生きることも重荷となりました。こう言って彼はがっくりと肩を落し、顔が苦悶に震えて絶望そのもののように見えた。

これがフォークランド氏の聞かされた話である。その出来事は前巻で述べた事件とは大分かけ離れているし、田舎者同士がいきなりかっとなってやり合っただけのことなのだが、以前のことをよく記憶している者にとっては似た点が多いと思われた。両方共に、乱暴な人間が心やさしい人をしつこく憎み、突然に若くして非業《ひごう》の死を遂げるという事件である。これらの類似点がフォークランド氏の心に絶え間ない打撃を与えた。彼は或る時は驚いてぎくりとし、また或る時は心に迫る感情を制しきれないように体を動かす。それから次には神経を集中してじっと我慢をする。彼の筋肉は硬直したようにぴくりとも動かないのに、苦痛の涙が頬を伝うのを私は見た。彼は私が立つあたりに目をやることができないので、その姿勢にはどこかぎこちない感じがあった。しかし、被告が立ち上って彼の心境を語り、故意にしたのではないが深く後悔していると述べた時には、フォークランド氏は遂に耐えられなくなった。彼は突然立ち上り、恐怖と絶望の様《さま》をあらわにして部屋から走り出た。

それでも被告の立場にはさして違いは生じなかった。原告、被告共に半時間ばかり待たされた。証言の大事なところはフォークランド氏も既に自分で聞いている。半時間たってコリンズ氏がフォークランド氏に呼ばれ、法廷から出て行った。被告の申し立ては事件を見ていた証人たちにより確認された。フォークランド氏が急病だとの知らせと共に被告に釈放命令が出た。あとで聞いた話では、被害者の兄の恨みはこれでは治まらず、もっと慎重な、と言うよりも独裁的な判事に訴えて裁判に持ち込んだということだ。

事が終るとすぐに私は庭へ急ぎ、深い茂みの中へ飛び込んだ。私の胸は張り裂けんばかりであった。誰にも見られていないのを確かめると、気持が思わず口から迸《ほとばし》り出て、抑えようもなく興奮して叫んだ。「この人が殺人犯だ。ホーキンズ親子は無実だ。間違いない。命を賭けてもいい。ばれたぞ、もう判ったぞ。絶対に犯人だ」

こうして庭園の奥の道を急ぎ足に歩いて、乱れる心を思わず口に出した時、私は自分の体全体がひっくりかえったような気がした。体中の血がかっと熱くなる。何故か分らないが一種の恍惚状態になる。厳粛な気持だが感情は激しく動揺し、憤激と活気とで燃え上るようだ。荒れ狂う感情の嵐の中にいながら、私は魂をうっとりさせる静けさを快く感じていた。その時の気持を表現するとしたら、これほど本当に生きているという気がしたことはない、としか言いようがない。

この心の高まりは数時間続いたが、それもやがて静まり、より落ち着いた反省へと移っていった。そこでまず考えたことは、これまで私が求めてきて遂に得た知識をどうするかという問題である。私は密告者にはなりたくない。それまで一度も考えたことがなかったことだが、人殺し、しかも最悪の人殺しと思う人間でも愛する気になれるものだと私は気付いた。世間のために広く本当に役立つ人を、その功罪がどうであれ過去の取り返しのつかぬ行為の故に処刑するのはこの上なく馬鹿げているし不当でもあると私は思った。

こう考えるうち、最初は気付かなかったことを思い付いた。たとえ私が密告するとしても、あの裁判での出来事は法廷で認められるような証拠にはなり得ぬ、という考えがそれだ。そうだ、刑事裁判で認められないのなら私が認める、と言うほどの自信が私にあるだろうか。私があえてこう信ずるに至った根拠はあの法廷での出来事だけだが、あそこには私以外に二十人ばかりいた。その中で誰ひとりとして私のような見方をした者はない。彼らにとってはあれは何でもない些細な事件と見えたか、フォークランド氏の病気や不幸のせいだと思われたかのどちらかだ。あのことには私だけにしか判らないような論拠や推測の余地が本当にあったのだろうか。

しかしあれこれ推論しても私の考え方は変らなかった。すると今度はどうしてもあの考えが脳裡を去らない。「フォークランド氏が殺したのだ、彼が犯人だ。私には判る、感じるのだ。絶対にそうだ」と。こうして私はどうしようもない運命に追いたてられていた。迫ってくる激しい感情、何としても知りたくてじっとしていられない心が、どうしてもその結論でなくてはならないと主張するのだった。

こうして庭園にいる間に或ることが起った。その時は全く気にも止めなかったが、気持がいくらか静まってから私はそれを思い出した。私が興奮して叫んだあの時、あたりには誰もいないと思っていたが、実は男の影が少し離れた所を私を避けるようにしてさっと通り過ぎたのである。ちらりと見えるか見えないかだったが、どうもフォークランド氏だったような気がする。私の独り言を立ち聞きされていたらと思うとぞっとした。これは恐ろしい想像だが、その時にはそれほどにも思わなかった。しかし、あとになっていろいろ考えるうちまた心配になってくる。食事の時間が来てフォークランド氏の行方が判らないと聞くと、想像は当っていたと私は確信した。しかし召使たちには、彼がいつもの憂鬱病で出歩いているとしか思えなかった。

第六章

話はここに至って、遂にフォークランド氏の運命の危機に達したようである。息もつかせぬように次々に事件が起った。翌朝九時頃に屋敷の煙突のひとつが燃えていると誰かの叫び声がした。小さい火事かと思ううちに激しい火の手が上って、最初の建築の時からまずい位置に渡された梁《はり》に燃え移ったことがはっきり判る。建物全体に危険が迫っていた。執事のコリンズ氏ばかりでなく主人も留守なので、混乱がますます大きくなる。使用人を集めて消火させる一方、大事な品物を庭園の芝生へ急ぎ運び出さねばならない。私はどうにかその指揮を取った。屋敷での私の地位からもそうするのが当然だし、私の頭や能力からして十分やれると思ったのである。

大まかな指示を与えてから、ただこうして立って監督するだけでは駄目だ、私も皆と一緒になって努力しないといけないと思った。そこで私も働き始めたが、不思議な運命に導かれて、私の足は図書室に続く小部屋へと向かった。ここであたりを見まわすと、私の目はこの物語の冒頭で触れたあの櫃《ひつ》に惹きつけられた。

私の心はもう興奮の極に達していた。窓下の腰掛の下には何本かののみやその他の大工道具がある。その時一体私は何を思ったのだろうか？　あの考えにはとても抵抗できぬ力があった。自分のなすべきことも、使用人への指図や切迫した危険も、何もかも私は忘れた。次第に勢いを増して家の上に達した炎がたとえこの部屋に入り込んだとしても、私は同じことをしていたと思う。私は役に立ちそうな道具を取って床に坐り込み、息が苦しくなるほど求めている物一切が入っている箱を必死に開けようとしたのだ。腕力の上にどうしても見たいという気持が加わって、二、三度試みると留め具が緩んで櫃が開き、私が求める物が目の前に現われた。

私がまさに蓋《ふた》を開けているときに、荒々しく気が狂ったような形相で息もできぬほどのフォークランド氏が入って来た。炎を見てかなり遠い所から駆けつけたのだ。彼が入って来た瞬間に蓋が私の手からばたんと落ちた。私を見るや否や彼の眼から憤怒の火花が散る。彼は部屋に掛かっている一対の装塡されたピストルのところに走り寄り、そのひとつを取って銃口を私の頭に向ける。彼の意図に気付いて私は飛んで避けたが、彼も咄嗟《とっさ》の決意をすぐにまた変えて、窓から中庭へピストルを投げ捨てた。それからいつもの厳しい調子で私に出て行けと命じ、見つかって脅えていた私はすぐに彼の言う通りにした。

その直後に煙突の大部分が音を立てて下の中庭に落下し、火がひどくなったという叫び声があがった。それを聞いた主人ははっと我に返って小部屋の錠をおろし、屋外へ出ると屋根に登って動きまわり必要な指図をする。やがて火も下火になった。

私のその時の心境は読者には分りにくいと思う。私のしたことは精神異常者の行為と言ってもよいが、それをあとになって考えてみた時の私の気持も何とも言いようがない。あれは一瞬の衝動、ほんの一時的な心の迷いだった。しかしこの迷いをフォークランド氏はどう思うだろうか？　一度でもあんなとんでもないことを考えついた人間は誰が見ても危険人物だ。そんな人物はフォークランド氏のような立場の人の目にはどう映るだろうか？　私を殺そうと決意した人に私はピストルを突き付けられた。確かにその危険はもう去ったが、運命はこれから私のために何を用意しているのだろうか！　フォークランド氏の執拗な復讐が待っているのか、手は血にまみれ心は残虐行為と殺人を図るあの人の恐ろしい復讐が？　彼の頭には機略が溢れ、今後はそれが私の破滅のために集中するのか！　これが抑えの利かぬ好奇心、出来心の結果なのか！　何でもないふとした出来心かと思っていたのに。

感情が高ぶっていたので私は一切の結果を考えなかった。すべては夢のように感じられた。高い絶壁から飛び下りたり、怖れずに火炎の真ん中へ突進するようなことが人にできるだろうか？　フォークランド氏の人を威圧する態度や、私が引き起すに違いない彼の激怒のことを一瞬でも私は忘れていたのだろうか？　あとの身の安全は少しも考えていなかったのだ。何も考えずに行動したのだ。事後に自分の行為を隠す考えもなかった。いずれにせよやってしまったのだ。ほんの一分足らずで私の立場は完全に逆転していた。

私が何故あのように奇怪な行動へと遮二無二突進したのかは今でも分らない。説明のつかぬ無意識の共感のようなものがあったのだろう。自然の理《ことわり》によって或る感情がよく似た別の感情へと移行することがある。火事の危険を私が体験したのはあの時が最初だった。周囲は大混乱になっていてそれが私の心の中で大嵐に変った。初めてで不安な私には状況は絶望的に見え、それに支配されて私自身も絶望的な

フォークランド氏、秘書が秘密の櫃をこじ開ける現場を押さえる

気持になった。初めのうちはいくらか冷静で落ち着いていたが、それも無駄な努力だったようで、冷静さを失うと次に一種の瞬間的な精神異常が生じたのである。

今や何もかもが不安の種になった。しかし私のどこが悪いというのか？　こんなことになったのも、決して人に顔を背《そむ》けられて当然というような過ちがあったからではない。私が求めたのは金でも快楽の手段でもなく、まして権力を奪い取ることでもなかった。心に憎悪の火を燃やしていたのでもない。私は常にフォークランド氏の高貴な心を尊敬していたし、それは今も同じである。私の罪は誤った好奇心にすぎないが、それが到底赦されないような好奇心だったのだ。この時が私の運命の決定的な段階になって、いわばそれまでの攻勢の時期とそれ以後の守勢の時期を分けている。私に残された仕事といえばただひたすら防衛するばかりであった。ああ、何の悪意もない私の攻勢はすぐに終ったのに、受けた報復攻撃は長きにわたり、私の死によってのみ終結するのだ！

自分のしたことを思い出した時の心境では、これからどうすべきか決心もつかなかった。何もかもが混沌として確かなものはない。恐怖でいっぱいになって何をする気にもなれない。考える力はなく心は麻痺し、今後の苦難を思って言葉もなくじっと坐っているばかりであった。雷に打たれて体は永久に動けなくなったのに頭だけははっきりしていて、自分の今の状態はよく分っている、それが私の現状だと思った。死をもたらす絶望感、ただそれだけを私は感じていた。

フォークランド氏に呼ばれた時も、私はまだそんな気分でいた。彼の呼出しで私は失神状態から覚めた。気が付くと、おそらく死の眠りから現実に戻った人がまず感じるような吐き気と不快感を私は覚えた。やがて次第に考えをまとめ手足を動かす力を回復する。フォークランド氏は火事のあとすぐに自室に引っ込んだと私は思っていた。彼が私を呼んだ時はもう日が暮れていた。

彼がひどく悩んでいるのは一見して判ったが、全体としては厳粛で沈んだ落ち着きが感じられた。今は暗さや堂々とした威厳はなくなっている。私が入ると彼は顔をあげ、私を見てから部屋のかんぬきを掛けるように命じた。私は言われた通りにする。彼は部屋中を歩きまわって他の入口も調べ、私の立っている所へ戻った。私の体中の関節が震える。私は心の中で叫んだ、「このロスキウス（ローマの有名な俳優）はこれからどんな恐ろしい人殺しの場を演じようとするのか？」

怒りよりも悲しみの声で彼は言った。ウィリアムズ、私はお前を殺そうとした。私は人に嘲《あざけ》られ嫌われても仕方ない哀れな人間だ――そこで彼は黙り、それからまた続ける。

そんな人間が受けねばならぬ嘲りと嫌悪を誰よりも深く感じているのはこの私だ。絶え間ない拷問と気も狂う苦しみを私は味わってきた。しかし私はそれをきっぱりと断つことができる。少なくともお前に関する限りそうしようと私は決心した。その代価も私には判っている、そこで――私は取引をしたいのだ。

お前はここで誓わねばならぬ、と彼は言った。私がこれから言うことを絶対に漏らさないと神かけて誓うのだ、と。彼は誓いの言葉を言い、私は胸の痛みを抑えながらそれを繰り返す。それを言うだけがやっとであった。

これから言うことはお前が言わせたので、私から求めたのではない。私には言いたくないこと、お前には危険なことだ。

そう前置きして彼は一息ついた。大きな努力をする前に心を静めようとするかに見える。彼はハンカチで顔を拭った。顔に流れたものは涙ではなく汗のようである。

私を見よ、よく見るがいい。私のような者がまだ人間の姿をしているとは不思議ではないか。私こそ悪人中の悪人だ。私がティレルを殺したのだ。ホーキンズ親子を殺したのも私だ。

私は恐怖のあまり飛び上って口も利けない。

何ということだ！　人前で侮辱を受け、面目を失い汚辱に塗《まみ》れた時から、私はどんな破廉恥なことでもできる人間になった。私は機会を求めて、出て行ったティレルのあとをつけ、たまたまあったナイフを取って後ろから忍び寄って心臓を一突きにした。そこで私の大敵は足下に倒れたのだ。

すべては一続きの出来事だ。攻撃を受けたら殺す。次は自分を護ることだ、皆が本当だと思うような嘘をうまく考えることだ。これほど苦しくて耐え難い仕事はないぞ！

さて、ここまでは運よくうまくいった。予想以上に運がよかった。私は罪を免れたが、その罪が別人に着せられてしまった。しかしこれも私は忍ばねばならなかった。折れたナイフと血痕というあの男に不利な情況証拠がどうしてできたのかは私にも判らない。全く偶然にホーキンズが通りかかり、死に瀕した彼の迫害者ティレルを介抱したのだろうか。彼の話はお前も聞いたし、彼の手紙も一通は読んだ筈だ。しかし、私が知っている彼の素朴で変らぬ潔白さ、正直さについてはお前はその千分の一も知らないだろう。彼の息子も父と共にあの苦難にあい、息子の幸せと名誉を守るため彼は死を選んだ、それを決して後悔しなかっただろう。私にも思うことは多いがとても言葉では言えない。

これこそ本当の紳士、名誉を重んじる人だ！　それに比べれば、私は世間の評判ばかりを気にしていた。私の徳、私の誠実、私の心の永遠の安らぎなど、この神のような高貴さへの捧げ物にも足りない。

さらに悪いことに、こんなことになっても私は一向に心を改めることがなかった。相も変らず世間の評判を気にし、最後までそれに執着している。私がどんな極悪人であっても、汚れひとつない立派な名声だけは残したいと願っている。そのためなら、どんな大罪をも犯し、恐ろしい流血をも厭《いと》わぬ。自分に関わりがなければ、私もこのような犯罪を心から憎むが――そうだ、いざとなれば私は負けてしまうだろう。そんな自分を私は軽蔑しているが、これが私の本当の姿だ。もう取り返しのつかぬ所まで来てしまった。

何故こんなことまで話さねばならぬのか？　名声が欲しいからだ。今度ピストルや人殺しの道具を見たら私は怖くて震えるだろう、それにまた人を殺すとしても今までほどうまくはいかないだろう。お前にすべてを打ち明けるか殺してしまうかしか道はなかった。お前が秘密を知りはせぬか、早まったことをしはせぬかといつも気にしながら暮すより、絶対に口外しないと約束させて真相をお前に明かす方がまだましと思った。

お前は自分のしたことが分っているのか？　馬鹿な穿鑿《せんさく》をしたばかりにお前はとんでもないことになったのだぞ。今後もこの屋敷に置いておくが、目をかけてやることは決してない。十分な待遇はするが、私はお前をいつも憎むだろう。もし軽はずみにも何かを漏らしたり、私の不安や疑いを招くことがあったりすれば、死かそれよりも大きな償いをすることになるから覚悟をしておけ。お前は高くつく取引をしたのだ。引き返そうとしてももう遅い。絶対に約束を守るよう今ここで言い渡したぞ！

こうして自分の本当の気持を口にするのはこの数年なかったことだ。世間との関係も今日限り絶つ。憐れみも求めない、慰めも欲しくない。私の周囲は恐ろしいことばかりだが、少なくとも最後まで私は強く生きていくつもりだ。もし私に別の運命が待っているとしたら、新しい運命の中で今より立派な目的を遂行するにふさわしい力を私は持っている。これから私が狂い、惨めな思いをし、血迷うことがあっても、冷静と分別だけはなくさないつもりだ。

これが私があれほど知りたいと望んだ話であった。何カ月もこのことについて私は思い続けていたのに、この話のすべてが全く聞いたこともない異常なものに感じられた。フォークランド氏は人殺しだ、と部屋を出ると私は言ってしまった。「人殺し」という忌わしい言葉に私の全身の血も凍るかと思われる。恨みと怒りを抑えられず彼はティレル氏を殺した。人前で面目を失ったことにどうしても耐えられず、彼はホーキンズ親子を犠牲にした。こんなに感情に支配され情容赦のない人が早晩私をも犠牲にしないなんて考えられようか?

彼の話から私はこういう恐ろしい教訓を得た。人が悪を嫌う気持の九分までは何かの形でこのような教訓のおかげである。ところがそれにもかかわらず、これと反対の考えがどうしても浮かんでくることがあった。成る程フォークランド氏は人を殺した、と再び私は考え始める。でも、彼が自分は立派な人物だと思いさえすれば、本当にその通りの立派な人物ということになるのかもしれない。自分が悪人だと思い込むから本当に悪人になってしまうのではあるまいか、と。

私も時にはまさかと思った疑惑が本当だったと知り、ショックを受けたが、それでも主人は偉いなと感心することがその後もあった。成る程彼の私への脅迫は恐ろしかった。しかし、社会の常識に反し傲慢無礼で、フォークランド氏ほどの地位と特別な状況にある人には耐え難い行為を私がしたことを思えば、彼の忍耐には驚くほかはない。私に対して極端なことをしても不思議ではなかったとさえ思われる。彼の冷静な態度と節度ある穏やかな言葉遣いは私がびくびくして予想したものとは全然違っていた。この点では、恐れていた事態からは救われた、彼のような寛大な人からはそう厳しい扱いを受けることもあるまい、と一度は私も思ったほどである。

彼の言葉から察するに私の将来は真っ暗だ、と私は自分に言い聞かせた。私は主義も何もない男ですぐれた人間のよさは分らぬ奴だと彼は思い込んでいる。しかしそれは彼の思い違いだ。私は決して密告はしない。主人のためにならぬことはしない、だから彼も私の敵になることはあるまい。彼は様々の不運にあい間違ったこともしたが、私は心から彼の幸せを願っている。彼は罪を犯したが、それは周囲の事情がそうさせたのだ。事情が違っていれば、あれほどの資質があるのだから立派に人のため役立っただろうし、また事実役立ったのだ。

世間でいう大悪人に対する一般の見方に比べると、私のこういう考えはフォークランド氏に好意的すぎるだろう。しかし、私自ら義理の掟を踏みにじり、その故に他の悪人に一種の仲間意識さえ抱いていることを思えば、これも不思議ではあるまい。それに加えて、私は彼が最初から神様のように情深い人だと知っていた。彼の心情の美点を時間をかけてつぶさに見ているから、私の見方に間違いはなく、彼が誰よりも創意豊かで教養ある人だと思っていた。

こうして私の恐怖心は次第に弱まったが、私の立場はひどいものだった。青年時代の気楽さと陽気さはすっかりなくなった。抑えることのできぬ声が「もう眠ってはならぬ」と命じる。口に出せぬ秘密の重荷に苦しみ、この意識が私の年齢では絶えざる憂鬱の原因となる。私は自分を最悪の意味での囚人、それも長期の、いや終身の囚人にしてしまったのだ。私の思慮分別は今まで通り変らないにしても、私にはいわば看守がいて罪の意識から私を昼夜をわかたず監視し、フォークランド氏に無理やりに白状させた時の私の不当なやり方に憤激している。私の大事な事柄はすべてこの看守の気紛れで左右されるだろう。私はそう覚悟せねばならぬ。外からの専制による警戒や監視は、魂の不安な情念によるそれに比べれば物の数ではない。このような迫害に対しては逃げ場がなかった。フォークランド氏の目から逃れもできず、また睨まれたままでいるのも辛い。初め私は絶壁の縁に立ちながら安全だと思い込んだようなところもあった。しかしそれも長くはなくて、自分の置かれた立場を思い知らされるような事柄の数々に気付き始めた。その主なものをこれから語ることにしよう。

第七章

フォークランド氏があの告白をしてから間もなく、彼の異父兄のフォリスター氏が来て短期間だが屋敷に住むことになった。これは主人の習慣や性向に反する珍しいことである。すでに書いたように、彼は近所付き合いを一切止めていた。一切の娯楽と気晴らしについても同様である。紳士仲間との交際も避け、ただ他人に知られず孤独の中に閉じこもることのみを願っているようだった。意志の強い人なら大抵の場合この原則は実行するのにそれほど難しくはない。しかしフォリスター氏の場合は彼も断わりかねた。この紳士は数年にわたる大陸在住から帰ったところで、三十マイル離れた彼の邸宅が再び住めるよう準備ができるまで弟のところに住まわしてもらいたいと要求してきて、断わられることはまさかあるまいという態度である。フォークランド氏としては、彼の健康や精神状態がよくないから来てもらっても住み心地はよくないのではあるまいか、という程度のことしか言えない。フォリスター氏としては、弟は病気だと言うがそれを言葉通りに受け取って引き退るとかえって悪化するだろうと思い、自分が同居すれば彼も隠遁同様の生活を止める気になり、病気も治るだろうと願っている。フォークランド氏も強いて反対はしなかった。特に尊敬している兄に対し冷たいと思われたくはなかったのだろう。本当の理由は言えないという気持があるので、いつまでも反対しない方がよいと思ったということもある。

フォリスター氏の性格は主人と正反対だった。外見では彼は独特の性質の人に見える。背が低くて恰好は骨張った感じ、眼は奥目でその上に垂れ下るように黒くて房々した眉毛が生えている。顔は浅黒くて厳しい表情だ。見聞の広い人だが、外見や態度から見れば、自分の屋敷の暖炉のそばから離れたことがないかのようである。

気質は辛辣で、気が短かくて厳しい。相手がそんな大変なことになるとは予想もしない些細なことですぐに他人《ひと》に腹を立てる。腹を立てると彼の態度はいつも荒くなる。彼は気に入らぬ相手の誤りを指摘して恐れ入らせることとしか考えない。それで頭がいっぱいで、相手の感情や苦痛にはお構いなしだった。そんな場合に相手に言ってきかせるのは臆病の証拠とされ、臆病は容赦なく取り除くべきもの、相手をこわがってばかりいるのは間違いだ、というのが彼の意見である。人間とはそういうものだが、彼も自分の感情にうまく合わせて彼の「哲学」をこしらえている。我々の他人《ひと》に対するやさしい気持は、見えないように隠しておいて実質的な恩恵として施すべきものであり、表に出してはならない。出せば、好意を受ける側から不当に利用される。これが彼の意見であった。

見たところ粗野だが、フォリスター氏は温かくて寛大だった。最初は誰でも彼の態度を見て近寄り難い思いをし、悪口を言いたくなる。しかし、よく知るにつれていい人だと思うようになった。そうなると彼の冷たさも要するにただの習慣だということになり、強い慈善の心と実践が彼をよく知る人々には判ってくる。無愛想で荒っぽく、急に言いかけて途中で止めるような話しぶりを控え目にすれば、彼の座談は流れるように滑らかで内容もとても面白い。重々しい物言いと独特のさっぱりした瓢逸《ひょういつ》さを合わせ持っていて、彼が物事をよく観察し理解できる人であることが判る。

この紳士の性格の特徴は今や彼が登場した新しい場面で発揮されることになった。思いやりのある人なので、彼は間もなく弟が苦しんでいる様子を深く心配し、悩みを除いてやろうとできる限り努力したが、そのやり方が荒くて下手だった。教養があって感受性も豊かなフォークランド氏を相手にしては、フォリスター氏はいつもの乱暴な態度は見せない。しかし、荒々しいことはしなかったにもせよ、彼には心からやさしく流暢に語りかけることはとても無理なので、フォークランド氏にたとえ一時にもせよ苦悩を忘れさせる見込みはない。彼は、しっかりしてさあ何でも来いという気持にならねばいけない、と主人に教えたが、彼の言い方には主人の心を打つものがない。犯した過ちを深く思いつめている人を動かすだけの話術は彼にはなかった。要するに、主人のことを案じて何度も努力をしたあと遂に彼は諦めて、フォークランド氏の頑固さに立腹するよりもうーんと唸《うな》って自分が何もできないので不満の様子であった。彼の弟への愛情は減ることなく、弟のために役に立てないのを悲しんでいた。この場合、双方がお互いに相手の長所を認め合いながら、同時にまた気性が異なるので、かえってしっくりいくことが多いものだ。ふたりの性格で共通点は殆んどない。それで、心を乱し一時的でも落ち着きや自制心を奪うような苦痛や快感をフォリスター氏が弟に与えることはあり得ない。

この客人フォリスター氏は外見と違ってなかなかに社交的な人物で、遮ったり異を立てる者がなければ相当のおしゃべりである。その彼も今度は自分の立場がどうも変だと痛感した。フォークランド氏は独り考え込んでいる。時にはいつも通りの思い切ったことをするが、兄が来てから彼は何となく遠慮している。ふたりが二度三度と会ってみると、一緒にいるのが楽しみより重荷になるらしいと判って、暗黙の了解とでもいうのかお互い勝手に好きなようにすることにした。或る意味ではこれでフォークランド氏の方が得をしたと言える。彼は望み通りの生活に戻り、フォリスター氏が同居していないのも同然に暮していけたからである。しかし兄の方はどうしたらいいか判らない。自分の屋敷にいる時のように友人を招くわけにもいかず、好きな娯楽もなくて隠遁同様の生活の不便をかこつばかりであった。

そういう状態でいるうち、彼は私に目を付けた。世間の常識は考えないで思ったことを実行するのが彼の主義である。農夫でもしかるべき教育や機会を与えれば地主同様に話相手になれると彼は思った。同時に彼は古い制度は尊重すべきだとも考えている。いわば最後の手段を取らざるを得なくなった彼は、フォークランド邸の中では自分の目的に最も適しているのは私だと思ったようだ。

こうして私に話しかけるようになった時の切り出し方も、彼らしい独特のものだった。唐突ではあったが実は心のやさしい人だということがよく判る。無愛想で気紛れのようであるが、特に目下の者と会話するとき、それらの大衆にとけこむ彼の素朴さには人を惹き付けるものがあった。彼が私を近付けるときには、それだけでなく、彼の方でも何か積極的な出方をしなければならなかった。それは上流階級の虚栄心をしばらく忘れる、というようなことではない。彼にはそんな誇りや虚栄心が殆んどなかった。そうではなくて、私を彼に近付けるという労を自分から取ることは、安逸を好む彼としては面倒だっただろう。そのために考えに混乱をきたしたり戸惑ったりし、行動もかなりおかしかった。

私としては、他人《ひと》と別扱いをしてもらって有難く思わぬ筈はない。私は一時は気分もがっくりしていたが、もともと陰気とか冷淡とかいう性質《たち》ではない。フォリスター氏がいわばへり下《くだ》って私に近付いて来るのを見れば、素知らぬ顔も長くは続かなかった。こちらも次第に積極的になり、口を利き打ち解けるようになる。私は世間一般のことを知りたいという気持がとても強く、私ほどに高い月謝を払ってそれを学んだ者もあるまいと思っていたが、その好奇心は一向に減ってはいなかった。フォリスター氏は、私が研究し分析する値打が十分にあると思った第二番目の人であり、ちょうど最初の試みを終えたところでもあって、フォークランド氏と同様に興味ある研究対象だと思われた。これで様々の不安な思いから逃れることができるのも有難い。この新しい知人と接している間は、私は自分を日夜脅かす悪の恐ろしさを忘れていた。

こんな気持から私はフォリスターの望むもの、つまり、彼の勤勉で熱心な聞き手になった。私は大へん感じやすいので、次々に彼から受ける印象が表情や身振りにすぐに現われる。彼の旅行での見聞や意見は面白く大いに興味を覚えた。彼の語り口や考えを説明する仕方は迫力があり分りやすく彼独得のものがある。座談もなかなか味がある。彼の話ひとつひとつが私には楽しかった。私の方も相槌を打って熱心に耳を傾け感心して聞くので、フォリスター氏にとって私はこの上ない話相手になる。そんなわけで我々の間柄は日毎に親密で和やかになった。

フォークランド氏は相変らず気が晴れず、事あるごとに横暴になった。いつも同じ気分の繰り返しで疲れ果て、新しいことには何事であれ腹が立つようだった。フォリスター氏が来たのも面白くなくて、彼の顔を見ると身震いが出るほどだ。その気持にフォリスター氏も気付いたが、本心ではなくて習慣や病気のせいだと気の毒に思っていた。フォークランド氏は兄の行動に絶えず気を配り、些細なことが彼に心配や不安を呼び起す。私とフォリスター氏がどうやら親しくなったらしいと見て、主人は嫉妬し始めたようであった。客人が変った気紛れな性格で何を考えているのか判らぬところがあり、それが主人の嫉妬心をあおる。そこで主人は私に向かってこの紳士と親しくするのは気に入らぬと言った。

そう言われても私に何ができようか。若いのに哲学者よろしく自分の感情をいつも抑えよということか。成る程私は軽率ではあったが、今ここで進んで世を捨て人との交際を絶つことができようか？　親しくなりたいという素直な気持を抑えて、フォリスター氏のやさしい好意に冷たい態度で接することができようか？

その上に、私はフォークランド氏が要求する服従を黙って受容する気はなかったのだ。まだ若い頃は私も自制の習慣を持っていた。フォークランド邸に勤めるようになった頃は、新しい環境ではあるし何事につけても控え目にしており、主人の高い教養に感心していた。何事も珍しく見える毎日のあとに好奇心が生まれる。好奇心が続く間は、私の心の中では誰にも左右されたくないという気持より好奇心の方が強かった。そのためには自由も生命《いのち》も犠牲にしてよいとさえ思った。好奇心を満足させることができれば西インドに一生住んでも構わない、知らぬ国で拷問にかけられて死んでもよいとも思っていた。

しかし好奇心の嵐は今では静まった。フォークランド氏の脅迫するような言葉が一般的なものにとどまる限りは私も我慢した。出過ぎたことをしたと気付いていたので引き退ったのである。しかし、主人がその上に私の行動ひとつひとつに指図するようになって、私も遂に辛抱できなくなった。慎重でなかったためにこんな不幸な立場になったのは自分でもよく判っていたが、こうなると私は事態をよく見つめ、容易ならぬことだと思い始めた。フォークランド氏はまだ若い。打撃を受けたとはいえしっかりしている。私と年齢もそうは違わない。そして私は彼の虜《とりこ》になってしまった、哀れな虜に。行動は何もかも監視されている。一挙手一投足まで見られている。右へ行っても左へ行っても看守の目が光っている。彼が私を見張り、その昼夜の警戒に私は胸が苦しくなる。自由、陽気さ、若き故の無分別ももはや許されない。胸をふくらませて入った生活がこんなことになるとは。この望みもない暗澹のうちに毎日を無駄に過ごさねばならぬのか。これではまるで運命の手に捕えられた奴隷ではないか。自由を得るには死ぬしかない、私、それとも無情な主人のどちらかが死ぬしかないのか。

幼児のように無分別な好奇心を満足させるために、私は相当に思い切ったことをしてきたが、いまや幸福な生活を護るためなら、それに負けぬくらいの大胆なことをしなければなるまいと決心していた。主人と穏やかに話をつけてもよいと思っていた。決してこちらから迷惑をかけることはないとフォークランド氏に約束しよう。しかしその代りに、私も干渉は受けず思い通りに行動するというのでなければならぬ。

そう思って私はフォリスター氏と会う機会を進んで求めた。親しみというものは減らなければどんどん増していくものだ。それを眺めているフォークランド氏の動揺が私にもよく判った。彼が私たちの親しい様子に気付いたなと思った時にはいつも私は狼狽するふりをして見せたが、それでも彼の不安は静まらない。或る日私が独りでいる時に彼が話しかけて、よくは分らぬが大事なことを話すという表情でこう言った。

ウィリアムズ、よく聞いておけ。注意するのもこれが最後になるだろう。私は無知で世間知らずのお前の笑い者にされてばかりはいないぞ。強い筈の私が弱いお前に負けてなるものか。何故そんなに私を馬鹿にするのか。お前は私の力がどういうものか分っていない。今お前は自分のまわりに私の復讐の罠が仕掛けられているのに気が付いていない。もう安心だと得意になった瞬間に、その罠がお前を捕えるのだ。私から逃れるのは全知全能の神から逃れようとするのと同じことだ。私の指先にでも触れようものなら、お前の想像もできぬ拷問を受け、何カ月も何年もかけてそれを償わねばなるまい。よく憶えておけ、私は本気で言っているのだぞ。お前の出方によっては、今言ったことの一字一句そのままに私は実行する覚悟だ。

この脅迫が恐くない筈はない。私は黙って引き退った。こういう扱いを受けて腹も煮えくり返る思いだが、一言も言い返せない。反論するなり前から考えていた歩み寄りのことを言い出すなり、どうしてできなかったのか。脅えたのは私が世間知らずだったからで無力のためではない。フォークランド氏の出方にはこれまでにない変ったところがあって、私は不意を突かれたのだ。様々の困難に直面しすぐに頭を働かせる習慣がなければ、どんな英雄でも適切な行動は取れないものだ。

私は驚いて主人の出方をよく考えてみた。人間らしさ、心のやさしさが彼の性格の根本になっているのに、私に対してはそれが死んだも同然になって働かない。自分の利害を思えば彼は私の好意を買わねばならぬ筈なのに、私を脅迫して支配し、いつも不安な気持で見張っている。私はこの上なく暗い思いで自分の置かれた不幸な境遇を思った。私のような哀れな立場の人間はなかろう。内臓がばらばらに裂けて、その断片が私の体内で這いずりまわっているような気がする。フォークランド氏は本気でああ言ったに違いない。彼の実力は私がよく知っており、圧倒的な優位もひしひしと感じている。彼と対決しても私にどんな勝目があろうか。もし負けたらどんな罪を受けるだろうか？　そうなれば奴隷となって一生彼の意のままになるに違いない。何というひどい刑罰か！　もしそうなったら、あの悪人の横暴、監視、気紛れに対し、私には何の保護も約束されないだろう。絞首台に立つ死刑囚が羨ましいと私は思った。異端裁判で責め道具にかけられている犠牲者の方がまだましだ。彼らにはどんな苦しみが待ち構えているかが判る筈だ。私は恐ろしいことを想像し、そして、私の前にはそれよりもっとひどい苦痛が待っている、としか言えなかった。

この気持が長続きしなかったのは有難いことであった。人間はこんな気持を長く我慢できるものではない。次第に心の重荷は軽くなった。恐怖に代って激しい怒りが湧き起り、フォークランド氏の敵意に対抗してこちらも敵意を感じるようになる。些細なことで彼を非難するのは止めようと私は決心した。また、彼のすべてがかかっているあの大罪を口にするのも止めよう。攻勢は一切捨てるが防御はしっかりと固めようと腹を決めた。どんな危険を冒しても行動の自由だけは確保しよう。勝負に負けても、少なくとも力の限り戦ったという慰めだけは残るだろう。この決意が固まるにつれて、私は小さい侵犯事件からは兵力を後退させ、前もって作戦を立て組織的に行動するのがよいと感じた。絶えず脱出作戦の案を練ったが、性急に決定するのはいけないとも思っていた。

フォリスター氏が訪問を打ち切り帰ることにしたのは、このように私が熟慮し、まだ態度を決めかねていた頃のことである。彼は私の妙なよそよそしさに気付いて、気はいいが荒っぽく私を責めた。私としては暗い顔で気持を伝え、黙りこくって相手に分ってもらうしかない。彼はどうしたのかとしきりに尋ねるが、前に彼に会いたがったのとは反対に、何とか理由をつけて私は彼を避けていた。こうして彼は屋敷を去ったが、彼があとで私に言ったことに、何か不吉な影が家中を覆っていて、やがて住人は不幸になる運命を背負っているようだが、第三者には何故そうなるのか分らない、との思いを抱いて去って行ったということであった。

第八章

フォリスター氏が去って三週間ばかりたった頃、私は主人の用事で屋敷から約三十マイル離れた隣州の彼の所有地に行くことになった。そこへの道はフォリスター邸とは全く方角が違う。帰途に、自分の立場をあれこれ考えるうち、私はいつの間にか周囲のことを忘れてしまった。最初に心に決めたのはフォークランド氏の山猫のように光る眼と横暴から逃れること、次はこれに伴なう危険に対し慎重熟慮して備えることだった。

考えに熱中して何マイルも馬を進めたところで、やっと私は行くべき道からすっかりそれているのに気付いた。我に返ってはるか向こうの地平線を見わたしたが、見覚えのあるものは何もない。三方はずっと遠くまでヒースの茂る荒野で、もう一方の少し離れた所にかなり大きな森がある。私の前には人の通ったような道も見えない。止むなく私はその森の方に向かって、囲い込み地のまわりをまわりながら何とか進んで行った。しばらく行くと荒野の端に達したがまだ道が判らない。灰色の霧のようなものが出て陽《ひ》がかげる。森のまわりを続けて進み、難儀しながら時々ぶつかる垣根やその他の障害物を越えた。気持ちが暗く沈み、その一日のわびしさや私を囲む淋しさが悲哀感を増す。かなり進んで空腹と疲労で動けなくなりかけた時に、そう遠くない所に道路と小さい宿屋が見えた。行って尋ねてみると、私は道を間違えて家へ向かわずにフォリスター氏の屋敷へ通じる道を来たことが判った。馬から下りて宿屋へ入ろうとしてふと見ると、そこにフォリスター氏がいた。

彼はやさしく私に話しかけてそれまで坐っていた部屋へ招き入れ、どうしてここへ来たのかと尋ねた。彼がこう言っている間に、何と意外な場所で再会したものだと私は感じ、そこで或る考えが浮かんだのである。フォリスター氏が軽い食事を注文してくれたので、私は坐って食べた。食べながらもその考えが私の頭を去らない——我々がここで出会ったことはフォークランド氏の耳には入らないだろう。思いがけぬ機会に恵まれたのだから、これを利用しなければ嘘だ。今ここで私の味方、それも有力な味方と監視される心配なしに語り合うことができる。主人の秘密ではなく自分の立場を打ち明けて、立派で経験もある人の助言を受けてどこにおかしいことがあろうか。主人に不利なことに立ち入って触れなくても、それは十分にできる筈だ。

フォリスター氏の方も、私が今不幸だと思う理由を、そして彼の滞在の後半では、私が同じ屋根の下に住みながら、はじめとはすっかり違って彼を避けたその理由を言ってくれと求めた。そこで私は、このことについては十分に説明することはできないが、言えることは全部申しますと答えた。私は続けて言った。実は、訳があってフォークランド邸では私は心の休まる時は一刻もないのです。いろいろ考えた末、お暇《ひま》を頂かねばならぬと思いました、と。私はさらに加えて、こうして言ってはならぬことを半ば漏らした以上は、フォリスター氏から非難を受けこそすれ援助してもらうわけにはいかぬことはよく判っているが、もしあなたが一切を知ったら、私の行動が今いかに異常に見えようとも、全部打ち明けなかったのは当然だと誉めてもらえると思う、と言った。

彼は私の言ったことをしばらくじっと考えているようだったが、次にフォークランド氏のどこが不満なのかと尋ねた。私は主人を心から尊敬している。すぐれた才能があって世間に貢献するために生まれたような方だと思っているから、悪口を少しでも言ったら罰が当る。そう思ってはいてもどうにもならない。お気に入ってもらえないようで、多分私の働きが足りないのだろう。いずれにしても、お屋敷に奉公している限り私はどうにもならない、と私は彼に答えた。

フォリスター氏は好奇心と驚きの表情で私を見つめたが、これには気が付かぬふりをした方がよいと私は思った。彼は気を取り直し、そんなことだったら何故勤めを辞めなかったのかと言う。実はそのことが私の最大の悩みなのです、と私は答える。フォークランド氏も私が今の勤めを嫌がっているのは知らぬではなく、嫌がるとはとんでもないと思っているようだ。とても私の気持は主人に分ってはもらえまい、と。

ここでフォリスター氏は私の話をさえぎって、笑いながら、お前は自分の困難を大袈裟に考えて、自分を余程偉いものに思っているようだと言い、それほど困っているのなら、もっと勤めやすい職場を探してやってもいいと付け加える。この話を聞いて私は大いに慌てた。どうぞこのことはフォークランド様には内緒にしてください、と私は答えた。そして、こんなことを言って私は自分の愚かさを暴露するだけかもしれないが、実は、今の勤めにはすっかり嫌気がさしてはいるものの、経験もなく世間も知らないので、自分の一身上のことでフォークランド氏のような立派な紳士の怒りを買うのを恐れている。もしあなたから助言が得られるなら、或いは思わぬことが起った時保護してやると約束してもらえるなら、これほど有難いことはない。そうしてもらえるなら、私も思い通りに今は失った平和な暮しを求めて逃げ出せるだろう、と私は彼に言った。

こうして言ってもかまわぬ、そして危険の及ばぬと思う範囲で私が打ち明け話をすると、彼は黙り込み、じっと考える様子である。最後に、いつもの厳格な表情と独特の荒々しい態度と声でこう私に話しかけた。おい、お前は自分のしているのがどんなことか分っていないようだな。何か話をして相手によく分らない個所があれば、その裏には口に出せないことが必ずあるものとはお前も知っているだろう。地位も名誉もある人の援助を得ようというのに、そんな言い方でいいのか。打ち明けるふりをして、実は常識も何もないわけの分らぬ話をするとはひどい奴だ！

多少誤解なさっているようですが、大体おっしゃる通りです。聞いてくださるのが立派な方なので、ちゃんと理解してもらえると思っておりました、と私は答える。

成る程そうだったのか。私は正直だからごまかしは大嫌いだ。さあ、言いなさい。こういうことは私の方がよく分る。何もかも言ってしまえ、言わねば出て行ってもらうだけだ。

よく考えた上で申し上げたつもりです。私の決心をお話ししたわけで、結果はどうなろうと仕方のないことです。困っている私を旦那様が助けてくださらねば、お話ししたばっかりに憎まれ嫌われて身の破滅ということです。

彼はすべてを見通すようにじっと私を見つめる。しばらくして厳しい表情が弛《ゆる》み、態度も穏やかになった。

お前は馬鹿だな、向こう見ずだ、と彼は言った。これからお前には気をつける。これまでのようにお前に何でも話すというわけにはいかぬ、が――見捨てはしないぞ。お前を好きか嫌いか天秤《てんびん》にかけると、今のところお前が有利ということになる。それがいつまで続くか私にも判らない、何も約束はできぬ。だが、自分がこうだと感じた通りにやるのが私の主義だ。今はお前の望み通りにしてやろう――それで何とかなるだろう。多少の心配はあるが、今でもあとになってでもよい、お前の身柄を私が引き受けてやろう。それで表面はうまく恰好がつくだろうが、難しいところだな。

こうして私にとって大事な事柄を熱心にふたりで話し合っていると、どう考えてみても残念なことが起って話は中断されてしまった。全くだしぬけに、降って湧いたようにフォークランド氏が部屋に飛び込んで来たのである。あとで判ったのだが、フォリスター氏は主人と会う約束があってここまで来たところで、約束の場所はすぐ近くの駅馬車の中継地であった。彼は偶然にこの宿屋で私に出会って先へ行けず、約束を忘れていた。一方フォークランド氏はフォリスター氏が現われないので、兄の家へ行こうとしてここまで来たのだった。私には、どうしてここで主人に出会ったのか、わけが判らなかった。私はこれは面倒なことになるぞとすぐに思った。フォークランドは私と彼の兄とが会ったのは偶然ではなく、少なくとも私が計画的にここに来たと思うに違いない。私は彼の用事で行く道から全く離れて、フォリスター邸に向かう道にいる。彼はそれをどう思うだろうか？　どうしてここへ来たのかと思うだろう。わざと来たのではなくて道に迷ったのだと実状を説明しても、彼には見え透いた嘘としか思えないにちがいない。

彼が厳しく禁じたフォリスター氏との接触の現場を押えられたのだ。私はこれまで何度も彼に不安を与えたことがあるが、今度の場合は最悪だ。今までは何の気もなしに会っていて隠しもしなかったから、彼も私が隠さねばならぬような目的を持っているとは思わなかった。今度の場合、もし前もって相談の上で会ったとすれば、文句なく秘密の面会になる。危険な面会でもある。絶対に会ってはならぬとフォークランド氏は脅迫しており、私がすっかり脅えているのは彼も知らぬではない。とすれば、何でもないことで彼が知っても気にならぬような目的でこうして計画的に会う筈はない、と彼は思うだろう。私は大きな罪を犯したわけだ。私の様子を見て彼はひどい不安を感じるだろう。それに応じて、私も相当の罰を覚悟しなければならない。フォークランド氏の脅迫の言葉がまだ耳に響き、私は恐怖で身動きさえできなかった。

同じ人でも異なった状況では考えられないほどに違った行動をする。フォークランド氏は、彼にとっては恐るべきこの危機にも感情に支配されたようには見えなかった。一瞬彼は口も利けず、驚いて目ばかりぎらぎら光らせた。そして次に彼は全く冷静な態度を見せる。もしそうでなかったら、私はきっとすぐにここへやって来た事情を説明し、うまく筋の通るように話して事態もいくらかは好転しただろうと思う。ところが私は何もできなかった。前の場合と同様に、私はびっくりして息もつけない。不安と驚きで成行きを見守るばかりである。彼は私に、彼が連れて来た馬丁と一緒に家へ帰れ、と静かに命じ、私は黙ってそれに従った。

彼は兄に詳しく我々が出会った事情を尋ね、フォリスター氏は、出会いそのものが見付かってしまったことであるし、またもともと正直な人なので、包み隠すことなく全部を話し、自分の考えも述べた。これは私があとで聞いたことである。フォークランド氏は兄の話を疑うように黙って聞いたが、彼の既に毒された心では、この話が私の立場に有利に働く筈はない。彼の沈黙は警戒し、穿鑿し狐疑する彼の心そのものから来るものであり、他方ではその効果を十分に計算した結果でもある。彼はいつか自分の敵になりそうな人物に対する偏見を作っておくのに吝《やぶさ》かではなかった。

彼に逆らう時ではないと思って私は屋敷へと帰る。偶然のようなふりをして、彼は囚人の私に看守をつけて家に帰したわけだ。私は専制政治の歴史によくある、あの生きて出られぬ城塞へ送られる虜のようなものだった。帰って自分の部屋に入ると土牢に入れられたような気がする。私の反抗に怒り、度重なる殺人で人を殺すことを何とも思わなくなった人のなすがままになっている自分の身の上を私は思った。私には未来はもうない。希望に溢れて始めた仕事も奪われ、残された命も一、二時間だろう。安らぎも満足もない良心の呵責への犠牲として私は抹殺され、私の運命は永遠の秘密になる。前の罪に加えて私を殺すという罪を重ねた人は、次の朝には人前に姿を現わし、人類の鑑《かがみ》として歓迎を受けるだろう。

こういう恐ろしいことを想像するうち、或る考えが浮かんで気分が少し軽くなった。それは、フォークランド氏が私とフォリスター氏が同席しているのを発見した時、奇妙でどうにも説明のつかぬ落ち着きぶりを見せたことだ。私はそれには騙されなかった。この冷静さは一時のもので、次には激しい興奮と動揺が来るのを私は知っていた。今の私が感じているような恐怖感に脅える人は藁《わら》をも摑む気持になるものだ、と私は思った。この静かな時をうまく利用せねばならぬ、この時が永続きしないとすれば、素早く利用しなくては。要するに、フォークランド氏の復讐を恐れていたので、私はかえって彼が赦し得ないくらいにその復讐心を挑発し、今の不安定な状態に決着をつけようと決心したのだ。私はもう事情をフォリスター氏に打ち明け、彼も私を保護すると積極的に約束してくれている。そこですぐに私はフォークランド氏に次の手紙を書いた。もし彼が何か破局につながるようなことを考えているなら、こんな手紙は彼の決意をむしろ促すことになるだろうとは、その時の私の気持では考える余裕はなかったのである。

御主人様

私はお暇を頂きたいと思います。これが旦那様にも私にも望ましい解決策だと存じます。そうすれば私は自分の思う通りの行動ができますし、自主的であることが私の義務だろうとも考えます。どうにも目障りな男が旦那様の前からいなくなることにもなります。

旦那様はどうしてこの私をいつもお苦しめになるのですか？　まだ若い私の望みを何故苦痛と絶望へ追いやろうとなさるのですか？　どうぞ今までの旦那様の主義であった慈悲の心をふりかえり、私に理由なく厳しくするのは止めてください、お願いします。これまでの御好意には心から感謝しております。私の数々の過ちはどうかお赦しください。お屋敷で旦那様にして頂いたことはすべて御好意と御寛容によるものと有難く思います。御恩は決して忘れませんし、その御恩を仇で返すようなことも致しません。

心からの感謝と敬意をもって
ケイレブ・ウィリアムズ

一晩かかって私はこの手紙を書いたが、この日のことは決して忘れないだろう。フォークランド氏はまだ帰っていなかったが、今にも姿を見せるかもしれないので、その時は疲れを口実にして会わないようにしようと私は思った。そこでベッドに向かうが、眠りは浅く輾転《てんてん》とするばかりだったことは読者もお判りだと思う。翌朝になって私は、主人が遅くに帰って私のことを尋ね、寝たと聞くとそれ以上は何も言わなかった、と聞いた。これだけ聞いて私は朝食の部屋へ行き、不安で胸をどきどきさせながらも、本を整理したりして主人が来るまで忙しく働こうと努めた。やがて聞き慣れた主人の足音が廊下に聞える。やがて彼は立ち止まり、誰かに慎重に圧し殺した声で話しかけたが、私の名前を繰り返して口にし、私のことを尋ねている様子だ。かねての計画通りに私は手紙を彼がいつも坐るテーブルの上に置き、彼が入ろうとする時に別のドアから出て行った。そして、慌てて胸騒ぎを覚えながら図書室に続く物置の小部屋に行った。ここは私がよく来て坐っている部屋である。

三分もせぬうちに、私を呼ぶフォークランド氏の声が聞えた。私は図書室にいる彼のところへ行った。彼は恐ろしい考えと闘っているようだったが、いかにも無造作で自分の物腰を少しも気にしていないふりをして見せようと努めていた。これほどの不可解な恐怖感を人に与える態度を私は見たことがなく、一体どうなることかと激しい不安に襲われた。お前の手紙だ、と彼は言って例の手紙を私の前に投げ返した。おい、と彼は続ける、持っている手はもう全部使い尽して、茶番もどうやら幕切れになりそうだな。馬鹿な猿芝居をやっていたようだが、お前から私はひとつ教訓を学んだ。これまではお前の策略に苦しみたじろいでいたが、もう負けはしない。私の休息を乱す虫けらを押し潰《つぶ》すように、容赦なくお前も潰してやる。

どういうわけで昨日お前がフォリスター氏と会ったのかは私には判らない。計画的だったかもしれず、偶然だったのかもしれない。しかし私は決して忘れぬ。この手紙だと、お前は辞めたいそうだな。私の答えは簡単だ。生きてこの家を出るのは許さぬ。出ようとすれば死ぬまで後悔することになるぞ。これが私の意志だ、反抗は許さない。このことにせよ何にせよ、今度私の命令に背いたなら、お前の気紛れも終りだ。お前の立場も苦しいかもしれぬが、それはお前が自分で考えるしかない。ただ、立場をこれ以上悪くしないようにするのはお前にもできる。よくすることはどう見ても望めないだろう。

私がお前を恐がっているなどと考えてはいけない。私の鎧はお前がどんな武器を使っても歯が立たぬのだ。私は落し穴を掘っておいた。お前が前後左右のどちらに動いてもその中に吸い込まれる。一度落ちたら、どうわめこうと助けてくれる人はない。どんなにもっともらしい話を作っても、いや本当の話でも世間は信じてくれず、お前を詐欺師だと言って忌み嫌うだろう。お前がいくら無実でもそれは何の役にも立つまい。そんな無力な弁護など私は嘲ってやるだけだ。私が言うのだからまず間違いはない。そこで口調を変え、怒って地団太を踏むようにして彼は続ける。お前は知っているか、どんなことがあっても私は自分の名誉を護る決心だ、誰がどうなろうと知ったことではない、どうしても護り抜く。お前なんかに名誉を傷つけられてなるものか。出て行け、恥知らずの悪党め。私の力に対抗しようなどおこがましい奴だ。

私の話のうちでも、このあたりは思い出すのも嫌なところである。フォークランド氏の高圧的な出方に私は全く圧倒され、一言も言い返すことができなかったのは一体どういうわけだったのだろうか。これから語る事件の中では、彼に対抗する策を考え出すのも難しくはなく、堂々と私の立場を主張する勇気もあった場合が多々ある。しかしこの時は決断がつかず、脅えて小さくなっていたのだ。私が聞いた彼の言葉は狂乱のあまり出たものだったが、聞く者の心にも同様な狂乱をもたらした。これによって、私が決してすまいと思っていたこと、つまり主人の屋敷を飛び出すという決心を私は固めてしまった。彼と話し合うのはもう不可能だ。彼のもとでの屈辱的な服従には耐えられない。前もっての打合わせも準備もなく性急な行動に走るのはよくないと理性では分っていても、それは無駄だった。私の理性は働かなくなっていたのだ。自分では事態を様々な面から冷静に検討し、それらの見地に慎重、真実と常識があるのを十分に気付いているつもりであったのに、私の答えは、私はお前たちよりも強力な指導者の支配下にある、としか言えなかったのである。

こうして急ぎ決心したことをすぐに実行に移し、まさにその日の晩を逃亡の時と決めた。僅かな時間しかないが、それでも慎重に計画する余裕はあった筈である。しかし、いくら機会があっても何の役にも立たなかった。一旦心を決めると、あとはただ一瞬も早く出たいという気持がつのるばかりである。この田舎の屋敷では何事をするにもすべて時間がちゃんと決まっていて、私が計画のために選んだのは午前一時である。自分の寝室を調べたことがあって、隠し戸があるのを私は知っていた。この戸はフォークランド邸のような古い屋敷には珍しくない秘密の小部屋に通じていて、迫害からの隠れ場か、野蛮な時代の陰惨な戦争の時に身を護るために使われたものらしい。この隠れ場を知っているのは他にはいないと私は信じていた。何故か判らないがそうしておかねばならぬという気になって、私は様々の持物をそこへ移していた。今はこの私の物を持って出ることはできない。たとえこれらの品物をあとで取り返すことが不可能になっても、私が出たあとには私のいた跡は何もなくなると思えば気休めになるだろう、という気がした。荷物を移し終えて決めた時刻になると、ランプを手にそっと部屋を出て、庭園に出る小さいドアに向かって廊下を進み、庭園を横切ってニレの散歩道と外の私道に通じる門に達する。

　邪魔も入らずここまで来て私は自分の幸運が信じられなかった。興奮して無我夢中で進んで来たとはいえ、フォークランド氏の脅迫で恐ろしい想像が浮かび、一歩進むごとに邪魔が入るか見つかるかと私ははらはらしていたのだ。私にあれほど傲慢に言った言葉の力を過信して彼は警戒を怠っていたのだろう。私としては、最初にこうして万事うまくいったので、私に運がまわって来て、終りまで順調にいくだろうと思うようになった。

第九章

　私がまず考えたのは、一番近くの公道に出て、なるべく早い駅馬車に乗ってロンドンへ向かうことである。復讐のためフォークランド氏が私を追跡するような場合、ロンドンに身を隠すのが最も安全だと思ったからだ。大都会の様々の生きる道の中に何とか働いてやっていける手段が見付かるに違いないと私は思った。フォリスター氏は最後の手段として取って置き、迫害と権力から身を護るぎりぎりの必要が生じるまでは当てにしないでおこう、というのが私の計画だった。生きていく道をあれこれと考え出したり、どの道がいいかを比較し検討するための世俗の経験は私には全くなかった。不安に脅えきって身動きもできぬ動物のようなもので、どうして身の安全を考えたらよいのやら判らなかった。

どうやら方針が決まったので気分も明るくなり、私はこれからたどらねばならぬ淋しい小道を進んで行った。夜のことであたりは暗く雨も少し降りだした。しかし、そんなことは殆んど気にならず、心には太陽と喜びとが溢れていた。地面を踏んでいることも忘れてしまい、私はもう自由だ、と何度も自分に言い聞かせる。危険や心配が何だ、今こそ私は自由なのだ、いつまでも自由なのだ、と私は感じていた。力強く決心した者の心を鎖につなぎとめられる権力がどこにある、生き抜く覚悟を決めた者を殺せる権力がどこにある？　そう思ってこれまでの私が置かれていた隷属の有様をふりかえって眺めると、私はぞっとする。この不幸をもたらした人を憎む気はなかった。真実と正義が私の味方だ。むしろ追いつめられた彼の運命を可哀そうだと思う。いや、程度の差こそあれ人を暴君や奴隷の運命に追いやる様々の過ちを思えば、体が震えるようだ。それなのに、人は一団となって立ち上って不名誉な鎖、耐え難い悲惨を振り払うこともなく、その愚かさは驚くべきものだ。私だけでもこの憎むべき場所から離れ、圧制者にも被害者にもなるまいと決心をした。この気持は今に至るまで忘れたことはない。

この夜の冒険の間中、私は熱狂状態にあって自信に溢れ、いくらか恐怖はあったとしてもそれはむしろ心地よい興奮をもたらすような種類のもので、不安や苦痛などは感じなかった。三時間ばかり歩いて、とある村に無事に着いたが、ここから便を求めてロンドンに向かうつもりだった。早朝のことであたりはしんとして、人声も聞えない。やっと宿屋を見付けて庭に入ると、馬丁がたったひとりで馬の世話をしている。彼の話では、この町を通る便は週に三回だけで、次のは翌々日の午前六時だということで私はがっかりした。

フォークランド邸を出て以来の酔ったような喜びの気分も、この話ではじめて冷水を浴びせられることになった。持ち合わせの現金は十一ギニーばかりだった。父が亡くなった時に財産を処分して得た金がもう五十ギニーほどあるが、これはすぐ現金にできぬ事情にあり、無理に取り戻せば、私が一番恐れているフォークランド氏の追及に手がかりを与えることになりそうで、結局は諦めた方がいいように思えた。今大切なのは将来にわたって彼との接触を完全に断つことで、彼は私という人間がこの世にいたことを忘れ去り、私も心の平静を乱すあの名前を耳にすることはない、というのが何よりも望ましいと考えた。

そういうわけで、ロンドンに着いたあとどんな逆境や邪魔が待っているか予想もつかぬことでもあり、今は節約するのが大切だと思った。予定通り馬車の便を利用することにして、二十四時間の遅れが新しい災難を招くようなことにならぬよう気を付けようと決心した。そうなれば、馬車を待つ間この村にいるのはまずいし、街道を歩いて行くのもよくない。目的地の方角とはかけ離れた回り道をし、それから一転して進めば、夕方までには十二マイルだけロンドン寄りの市場町に着けるだろう。一日をこう使うのが今の場合一番いいと決断すると、これ以上心配するのはやめて気持を楽にするように努め、一息ついてどんどん歩いて行った。時には川の堤に休んで考えこんだり、次々に心に浮かぶ行く末のことをあれこれ分析してみたりもした。朝もやが消えると明るく晴れた日になる。若者らしいこだわりのない心の持主である私は、やがて今までの不安も忘れ、新しい未来の幸福の夢に胸もふくらみ、この日ほど様々の喜びを感じた日はなかった。それまでの恐怖と私を待ちかまえていた恐るべき出来事に比べるとうってかわった一日になるのだが、それは私にとって楽しい日でもあったのである。

私は夕方に目的の町に着き、駅馬車の止まる宿屋を尋ねたが、その前に私の注意をひき再び脅えさせる出来事があった。

町にたどりつく前にもう暗くなっていたのだが、半マイルばかり手前で馬に乗ってすれ違ったひとりの男があった。こちらをじっと窺うような様子があって気になり、薄暗がりではあったが人相の悪い奴だなと感じた。通り過ぎて二分もせぬうちに、後からゆっくり来る馬の足音がするので何となく気味が悪い。少し歩みをのろくしても先方も速度を落としてついて来るので、やり過ごすために道草をした。私を追い越したところでちらりと見ると、やっぱりあの男だった。彼は速度を速めて町に入り、私もあとに続いて行くと、やがて彼が居酒屋でビールを飲んでいるのに気付いた。といっても、暗いので気付いた時には私は彼のすぐ前にいた。私が彼を無視してそのまま歩き、泊まる宿屋の中庭に入った時、彼は突然やって来て、君はウィリアムズではないかと尋ねた。

それで私の明るい気分は吹き飛んでしまい、不安になった。しかし、心配することはないと思った。私を追う者があるとすればフォークランド氏の手下の筈で、見知らぬ男に追われることはないと決めてかかっていたのだ。暗いので気のゆるみもあったのだろう。とにかく宿に入って宿泊や馬車のことなどを調べるのが先だと思っていたのだ。

中庭に入ってこの男から話しかけられた途端に、不安が現実となってしまったと私は思い、恐怖にとらわれた。今の恐ろしい状況に関わることはすべて私に深い不安を与えずにはおかなかった。まず考えたのは、外へ出てただ逃げるということだったが、これは不可能に近い。相手はひとりだから、一対一なら攻勢に出るか、うまい策を使うかしてやっつけることもできそうだ。

こう決心すると、居直ってその通りだと私は答え、お前の用件は見当がつくが無駄だぞ、と言ってやった。私をフォークランド邸へ連れ戻すつもりだろうが、死んでも帰る気はない。一度決心した以上は相手が誰だろうと言うことは聞かぬ。これでも私はイングランドの生まれ、自分のことは自分で決めるのがイングランド人というものだ。

なかなか勘のいい男だな、しかしそう慌てるなと相手は言った。なるほどお察しの通りだが、私の用件がその程度ですんだのを有難く思うがよい。確かにフォークランド様はお前を連れ戻したいのだが、実はここに手紙がある。これを読めば少しはおとなしくなるだろう。これが効かぬとなれば、次の手を考えることにするがな。

相手はこう言って私に手紙を渡す。それはフォークランド邸に来ているフォリスター氏からのもので、中は次のように書かれていた。

ウィリアムズへ

弟フォークランドがこの手紙をお前に手渡すようにこの使いの者に命じた。弟はもしお前が見付かれば、この者と一緒に屋敷へ帰って来るよう願っており、私もそう望んでいる。それはお前の今後の名誉に関わる大切なことである。この手紙を読んでなお逃げ続けるなら、それこそお前は大悪人という証拠になる。良心に問うて自分が無実だと思うなら、必ず戻ってくれると私は信じている。私はお前に騙されていたとは思えない。嘘つきのもっともらしい言葉でうまうまと騙されていたとは思いたくないのだ。そうではないという証拠を見せてもらいたい。お前が屋敷に帰って立派に身の証《あかし》を立てることができたなら、あとはどこであろうと望む所へ行ってよし、できるだけの援助もすることをはっきり約束しよう。責任を持ってこれだけは実行する。

ヴァレンタイン・フォリスター

この手紙はいったい何だろうか？　私のように心から美徳を愛する者にとってこの呼びかけはまことに力強いものであり、読めば地の果てからでも帰りたくなるような気がした。しかし私には自信と活気がある。無実を確信し、立派にそれを主張する覚悟だ。たとえ追放され御尋ね者になろうとも望むところだ。進んで逃亡し、この身ひとつで世間に出たのだから、これから先頼れるのは自分だけだということもよく分っていた。

フォークランドよ、今まではお前の思うままだった。この世の利害についてなら、私を好き勝手にすることができた。だが、私の自由を奪ったり、潔白を汚したりすることは許さないぞ。こうして、彼の屋敷にいる間に私にふりかかった主な事件をひとつひとつ私はふり返ってみた。特に思い出すことといえばあの不思議な櫃《ひつ》の事件だけで、強いて言えばあの時にとがめられるような行為をしたのかもしれない。あの瞬間だけは私も大いに非難されても仕方ないし、思い出しても後悔しまた自らを責めるのだが、だからといって法律的にとやかく言われるような行為だとも思えない。まして、露見しはせぬかと脅え、私に弱みを握られたと思っているフォークランド氏が、彼の心の苦痛と深く結びつく問題を公の場に持ち出すとは考えられぬことだった。要するに、フォリスター氏の手紙の言葉をよくよく考えるうちに、それを序曲として、続いてどんな出来事が生じるものやら、ますます判らなくなってきたのである。

手紙が何を言いたいのかは一向に判らないが、それで私の勇気がくじけてしまうことはなかった。私の心はその時に大転換を経験していたようだ。フォークランド氏を裏のある油断のできない敵だと見ていた時は、私は臆病で弱気になっていたのだが、今では立場はすっかり変ったと思うようになった。堂々と正面から攻めてこい。我々が戦う運命にあるのなら太陽の下で戦おう。力では比べものにならなくとも私は恐れはしない。潔白と悪といえば、世の中にこれほど相反するものはあるまい。潔白な人から先に進んで悪に屈服し、それで世間から非難されるというのなら話は別だが、潔白が悪に敗北するなどとても考えられない。美徳があらゆる汚名に勝ち、ごまかしのない真実そのものによって悪徳の策略を打ち破り、相手がねらっていた打撃をそのままお返しして勝利を得る——子供の頃に私はよくそんな夢を抱いていた。私はフォークランド氏の破滅を願うものではない。これははっきりしていたが、同時にまた自分の身の証をどうあっても立てようと決意していた。

この自信と希望がどういう結果になったかについては、このあとすぐに語るつもりだが、心にゆとりを持ち、疑うこともなく、私の方から取り返しもつかぬ破局へと突進してしまったのだ。

私はしばらく黙っていたが、やがて手紙を持参した男にこう言った。あなたの言う通り、こんな手紙をよこすのは只事ではないが話は分った。とにかく一緒に行きましょう。身の証を立てることができる限りは、私はちっとも恐いことはない、と。フォリスター氏の手紙を読んでからは、戻る気になったばかりか、一刻も早く戻りたいとはやる気持さえ湧いてきた。そこで馬をもう一頭求め、ふたりとも黙ったまま帰途についた。私は再び彼の手紙の意味を測りはじめた。フォークランド氏は一度何か決心したら、絶対にそれを曲げずに厳しく追求し実現する人だが、生まれつき立派な心の広い性格を持っていることもまた確かだ、と私は思っていた。

屋敷についたのはもう真夜中過ぎで、召使を起して家へ入れてもらった。我々が遅く着くのを見越してフォリスター氏が伝言を残していて、すぐに寝て翌日の用事に疲れの残らぬようにせよとのことだった。彼の言う通りにしようと思うが、眠りは浅く疲れはとれない。とはいえ、私の勇気は衰えることはなかった。予想もしなかった今の立場や行く末を思えば、じっとしていることなどとてもできなかった。

翌朝に最初に会ったのはフォリスター氏で、彼はフォークランド氏が私をどう責めたてるつもりかは知らない、何故ならそんな話は聞きたくないと言っておいたからだ、と私に告げた。彼は用事があって、その前の日に約束しておいて弟の家に着いたところであり、用件が済んだらすぐに去るつもりで、その方がフォークランド氏にとっても好都合だろうと思っていた。ところが、彼が到着する二、三時間前に私の逃亡の知らせが入って、家中が大騒ぎになっていた。フォークランド氏は私を捜索するため使用人を四方八方に走らせていたのだが、その一人がフォリスター氏の到着と同時に市場町《マーケットタウン》から戻って来て、私の人相に合う男がそこでロンドン行き駅馬車のことを尋ねていたとの情報をもたらした。

フォークランド氏はこれを聞いてひどく立腹し、何という恩知らずの悪党かと私のことを激しくののしった。

そこでフォリスター氏が答えて言った。まあ落ち着きなさい。悪党とは酷《きび》しい言葉で、そう軽々しく使ってはいけない。英国民は本来自由なのだから、ただ生計の道を変えたというだけで悪党呼ばわりをするのは間違っている。

フォークランド氏は横に首を振り、激しい感情を見せながらもにっこりして、兄さん、あなたはあの男の策略にうまく乗せられています。私は彼を信用したことはなく、悪人に違いないと常々思っていましたが、今度こそあいつの尻尾を押えたからには——

止《や》めなさい、とフォリスター氏はさえぎって言った。腹に据えかねてつい酷しい言葉が出たのだろうと思っていたが、君が本気であの男を非難するつもりなら、あの青年が弁明の機会を与えられるまでは私は何も聞きたくはない。私は世間の評判なんか気にしない。あんなものは世間が考えなしに出したり引っこめたりするもので、私は無視することにしている。しかし、だからと言って軽々しく他人のことを悪く思っていいというものでもあるまい。極悪人の実例になるような奴にでもせめて弁明の機会だけは与えてやらねば、と私は思う。裁判官が法廷に入る前には、彼が裁く訴訟の曲直については一切知っていてはならぬ、というのは実に賢明な原則だ。一個人としても私はこの原則に従いたいと思っている。法を破る者には常に厳しい態度で臨むべきだが、その前にまず公平無私で慎重にしなければならぬ、と。

フォリスター氏がこの話をしている間にも、私は言いたいことを今にも口走りそうになり、彼も私の様子に気付いてはいたが発言は許さなかった。フォリスター氏は言う。私はフォークランドがお前を責める言い分を聞く気はさらさらないし、お前の弁明も今は聞くことはできない。今は私の言いたいことを言っておくだけで、話を聞きに来たのではない。お前に危険が迫っていることを知らせておきたいだけだ。しかるべき時期までは言いたいことは胸にしまっておくがよい。自分にいちばん有利な申し立てを用意しておくことだ。もし、そうありたいものだが、本当のことを述べるのが有利なら、ありのままを話せばよいが、そうでなければ、お前にできる限り本当らしく上手な話を考えるのがよかろう。これが自衛の策というもので、裁判の場合必ずそうなるものだが、世間全体を相手にしてただひとり立ち向かう時には、どうしてもこの自衛の策が必要になる。私の言いたいのはこれだけで、あとはお前に神の加護があるよう祈っている。もしフォークランドの訴えの根拠が十分でなければ、私がちゃんと反論してやるから心配することはない。もし彼の言い分が正当なら、これが私のお前に対する最後の好意だと思ってもらいたい、とフォリスター氏は言った。

この奇妙で重々しく、かつ威嚇ともとれる言葉は私にとってはあまり慰めにはならなかった。私は、先方がどういう罪を私に着せようとするのかまったく知らなかったし、それに、こちらこそフォークランド氏を激しく追及できる立場にあるのに、物の道理が逆転し、真犯人を思うままに責めたてる筈の私、無実だが事情をよく知る人間が非難され苦しむ立場に追い込まれているのに気付き、少なからずびっくりしてしまった。それにもまして驚いたのは、自分がやっつけようと決めた相手をこうして再びその支配下に連れ戻したフォークランド氏の超人的な力である。これを思うと、どんなことがあっても恐れず戦うぞという私の決意もいささか弱くなってきた。

しかし今は考えにふけっている時ではない。虐《しいた》げられる者は事態を思うように動かすことはできず、抵抗し難い力に激しい勢いで押し流されるばかりで、その力を阻止することなどできるものではない。尋問の前にどうやら落ちつく時間が与えられただけで、私は楽しい想いにふけった思い出のある図書室へと導かれた。そこにはフォリスター氏をはじめ三、四人の使用人が私と私を告訴する者を待ちかまえている。判決は双方の申し立てが正当か否かによるのであって慈悲の入る余地はない、ということを彼らは態度によって示そうとしている。私が入室するのとほとんど同時に、フォークランド氏がもう一方の入口から入ってきた。

第十章

彼は語り始める。何であれ生きた物には危害を加えないのが私の主義であるから、他人の罪を暴《あば》く結果となって残念に思っている。私の受けた被害を見逃すことができたらいいのだが、悪人の正体を暴露して、もっともらしい外見に私のように騙される人が二度と出ぬようにするのが社会への義務だと考えた。

そこまで言った時にフォリスター氏がさえぎって発言する。すぐに要点に入った方がよかろう。相手にとっては告訴されたことだけでも不利になるのだから、今のように自分の立場を弁明するとますます相手に不利になると思う、と。

そこでフォークランド氏は続けた。私が特に目をかけてやったこの若い男が私から多額の盗みを働いた疑いが強いのです。

その嫌疑の根拠は？　とフォリスター氏。

まず第一に私は紙幣、宝石や金銀食器類を盗まれた。九百ポンドの紙幣、高価な金時計を三つ、母の形見のダイアモンド一組その他の品物がなくなりました。

この時、私の裁定者たるフォリスター氏の顔と声に、驚き、悲しみとそれらを抑えたいという気持とが相争うかのような様子が見えた。それで、一体どういうわけでこの青年が犯人だと思うのか？ と彼は問うた。

火事で大騒ぎになった日に家に帰ったら、この男が盗まれた物の置いてあった部屋から出るところを見付けたのです。私を見てびっくりして、急いでその場から逃げました。

相手が慌てたのを見て、君は彼に一言《ひとこと》も声をかけなかったのか？

そこで何をしているのか、と言いました。はじめ彼は脅えてしまって返事もできないようでした。それから彼は、しどろもどろに、使用人たちは貴重品の持出しに努力していて、自分もそのためにここに来たが、まだ何も運び出してはいない、と言いました。

その時すぐにそのあたりに異常はないか調べてみたのか？　とフォリスター氏。

いいえ、私はこの男を信用していたし、ちょうどその時、火が拡がったからすぐ来てほしい、と言われたのです。部屋のドアに鍵をかけ、鍵を抜いてポケットに入れ、急いで火の方へ行きました。

いつ物が盗まれたのに気が付いたのか？

その晩です。あの騒動ですっかり忘れていたのに、たまたま部屋のあたりを通りかかって、ウィリアムズの奇妙で曖昧な様子などあの時のことを突然思い出しました。すぐに入って櫃を調べてみたら、何と錠は壊れていて、中のものはなくなっているではありませんか。

そこでどんな処置をしたのかね？

ウィリアムズを呼んで問いただしました。ところが、彼はもうすっかり落ち着きを取り戻していて、平然として一切知らぬと申します。これは大変な罪だぞと重ねて言っても平気な顔をしています。無実の人間なら当然表わす筈の驚きや怒りの様子もないし、犯人なら見せる筈の不安の表情もない。ただ黙りこくっているのです。そこで彼に言ってやりました、お前には予想外のことだろうが、私には今から家捜《やさが》しをする気はない。多くの罪もない人を苦しめ不安にするくらいなら、財産をなくした方がましだと思うからだ、と。今はお前を疑わしいと思わざるを得ないが、ただ怪しいというだけで追及することはできない。無実なのに罪人扱いをしてお前を破滅させるのは望まないし、もしもお前が犯人だとしたら、ほうっておいてお前の悪事の被害者がふえるのを傍観してもいられない。そこで、今のままここで奉公を続けよ、とだけ言っておく。だが今後は十分な監視を付けるから覚悟しておくことだ。やがて真相が判るにちがいない。今正直に白状する気がないのなら、果してそんなことで切り抜けられるものかどうか、よく考えてみるがいい。逃亡を図ったりしたらそれこそ罪の証拠として、しかるべき処置を取る、とも言っておきました。

それから今までどうなったか話してみなさい。

罪の証拠となるものは見付かっていませんが、嫌疑を深める状況はいくつかあります。あの時からウィリアムズはいつも落ち着きがなく、逃げ出そう逃げ出そうという態度が見えましたが、しかるべき準備もなしに逃亡するのも不安だったのでしょう。そうこうするうちに、兄さん、あなたが我が家へ来られたわけです。彼は口先だけでごまかす男だから、あなたをうまく騙すだろうと思うと、兄さんと彼とが親しくなるのを眺めて私は不満だったのですよ。そこで私が彼をうんと嚇《おど》したものだから、彼のあなたに対する態度が変った、これはお気付きだったと思います。

その通り、私もあの時どうも変だ、様子がおかしいと思っていた。

それから間もなく、偶然か彼が意図したものかは知りませんが、兄さんとあの男とが会って語り合い、あの男は原因を隠しておいて、心配事だけを兄さんに打ち明けたのでしたね。そして、大っぴらに逃亡の援助を頼み、いざという場合には私の怒りを和らげとりなすことまで兄さんに求めたわけです。兄さんは彼を雇ってやるとまでおっしゃったようですが、本人も認めているように、私から完全に身を隠す手段を得るまでは、あいつは絶対に満足しませんよ。

それにしても、とフォリスター氏は言った。私が君から、あの男は救ってやる値打ちのない奴だと聞かされるかもしれないのに、どうして彼は私に保護を求めてうまくゆくと思ったのだろうか？　変だとは思わないか？

彼の隠れた場所を私が発見できず、従って告訴しても効果はあまりない、少なくともそういう状況の続く間は、私が兄さんにウィリアムズのことについて詳しく説明することは多分あるまい、とそうあいつは思ったのでしょう。あなたに対してはいい第一印象を与えたものだから、もっともらしい話をこしらえて信用させることができるという自信を持ったのですよ、なにしろ口のうまい男ですからね。結局、兄さんからの保護は、他のあらゆる手段が失敗した時のための用心に取っておいただけのことです。うまく法網をくぐり抜けるのに失敗した場合、孤立無援になるよりは、あなたに護ってもらう約束を取り付けておく方が賢明ですからね。

フォークランド氏はこう述べて証言を終り、身のまわりの世話をさせている使用人のロバートに火事の日に関する彼の証言について確認を求めた。

ロバートの証言によれば、あの日、火事だというのでフォークランド氏が急ぎ帰宅して数分後に、彼ロバートが図書室を通りかかったところ、私ウィリアムズが狼狽と恐怖の色を見せてそこに立っていた。彼は私の様子に驚いて立ち止まり、二、三度声をかけたが返事がなく、やっと私が言ったことは、こんな辛い目にあった人があるだろうか、この私ほどに、というのであった。

ロバートの証言は続く。同じ日の晩に、フォークランド氏は彼を図書室の隣にある小部屋に呼び、ハンマーと釘を持ってこいと命じた。彼はそこにある錠も留め具も壊れた櫃を見せて、これをよく見て、憶えておけ、ただし他言無用だと言った。その言い方はかつてないほど重々しく意味深長に聞えたが、主人がどういうつもりでこう言ったのか、ロバートにはその時は分らなかった。ただ、留め具はのみのような道具で壊されており、櫃をこじあけようとした形跡ははっきりしていた、と。

火事の日に関するロバートの証言を聞くと、成る程いろいろ怪しいことがあったことが判明した、とフォリスター氏は言った。それ以後に生じた様々の事情も奇妙に一致してその嫌疑を強めるものだ。さて、万遺漏なきを期して尋ねるが、ウィリアムズ、お前は自分の所有品を持って逃亡したのか。お前に帰された罪の証拠が残っているかどうか、お前の所持品の箱《ボックス》を検査してみたいがどうか、と。フォークランド氏はこの案には冷淡で、彼が犯人だったら、そんな誰でも思いつくような考えに対して十分に手を打っている筈です、と言う。フォリスター氏はその発言に対して、どんなに前もって計画していてもいざとなればなかなか実行しにくいものだ、と答えただけで、ウィリアムズの箱《ボックス》や櫃が見付かったらすぐ図書室へ運べと命じた。私はフォリスター氏の考えを歓迎した。あらゆる状況が私に不利なので困惑し心配でもあったが、彼の言う通りにすれば私に有利な証拠も出るに違いないと信じたからだ。私は進んで自分の物の置いてある場所を言ったので、間もなく召使がそれを運んで来た。

最初に箱《ボックス》が二つ開けられたが、私に対する告訴の証拠になるものは出ない。ところが、三つ目の箱から時計と宝石類が見付かって、即座にフォークランド氏の物と確認された。決定的とも見える証拠品が出たので一同はびっくりし、どうなることかと不安の様子だったが、なかでも特に驚いた様子を見せたのがフォークランド氏である。盗んだ品物を私がそこに入れたままにしておいたことからして、とても信じられない話だが、箱の中こそかえって絶好の隠し場だと私が考えたのだろうということになって、何となく人々は納得してしまった。その上に、慌てて逃亡する時に持ち出すよりも、ここに隠しておいた方があとで取り出しやすいと私が思ったと考えられぬこともない、とフォリスター氏まで言い出した。

しかし、ここで反論すべきだと私は思い、公平かつ正当な判断をしてもらう権利がある、と強く主張した。もし私がこれらの品物を盗んだのなら、少なくとも逃げる時に持って出た筈だ。また、盗品が私の所持品の中から発見されそうだと思っていたら、その所持品のある場所を私の方から言うでしょうか？　フォリスター様よくお考え下さい、と私は発言したのである。

フォリスター氏が不公平だと私が暗に言ったので、彼の顔が怒りで一瞬さっと赤くなる。

不公平だと言うのか。とんでもない、公平な扱いをきっとしてやる。よく分ったからもうよい。やがてお前の反論は十分に聞いてやるから待て。

あの品物は持ち出さなかったのだから自分は無実だ、とお前は主張するのだな、とフォリスター氏は発言を続ける。金はなくなっているが、その金はどこに行ったのか。誰であれ、筋の通らぬことや間違ったことを言うのは許されない。特に、犯した罪に脅えて落ち着かぬ様子の者は厳しく扱うつもりだ。ここにある箱《ボックス》や櫃のある場所を進んで申し出た、とお前は言ったな。成る程これは異例のことだ。いや、どうかしていたとしか思えない。議論の余地もない事実を前にして、こうも考えられるなどと臆測を持ち出して何になる。ここに箱《ボックス》がある。そのありかを知っていたのはお前だけだった。鍵を持っていたのもお前だけ。それではどうしてこの時計と宝石が箱の中に入ったのか？　言いなさい。

私は黙っていた。

居合わせた人たちにとっては、私は単なる取調べの対象にすぎないだろうが、当の私は調べが進むにつれて事態がどうなるか皆目判らず、ただ驚きあきれて話を聞いているばかりであった。しかし、その驚きが憤りとなり、次に恐怖に変ることもあった。最初は他人の証言の中に割って入り、発言の機会を求めたことが何度もあったが、そのたびにフォリスター氏に制止され、やがて、あらゆる精神力を結集して嫌疑に反駁し、無実を主張しなければ自分の将来はないのだと感じた。

私の有罪を主張する証言が出尽すと、フォリスター氏は懸念と憐れみの表情を見せて私を見やり、反論することがあれば今発言するようにと命じる。それに応じて、私はほぼ次のようなことを述べた。

私は無実です。不利な状況がいくらあろうとそれは無意味だ。私がこんな罪を犯すことができるなんて、そんな馬鹿なことがあるでしょうか。私の情《こころ》、私のこの顔を見て下さい。私の訴えを聞いて下さい、と。

私の発言の熱意がそこにいるひとりひとりをいくらか動かしたことが判った。しかし、彼らの眼はすぐに目前の品物に向けられて、その表情もまた元にかえる。私はさらに発言を続けた。

もうひとつ言っておきたいことがあります。フォークランド様は騙されてはいません。私の無実をよく御存知の筈です。

私がそう言った途端に皆の口から思わず憤激の叫びが洩れた。フォリスター氏もこの上なく厳しい色を見せて言う。

ウィリアムズ、よく考えて言うのだぞ。被告は弁明の発言をする権利があり、その権利が十分に護られるよう私も配慮している。だが、今のように無礼きわまる発言をして相手に罪を着せるような態度をとって、いくらかでも有利になると思っているのか？

御注意に心から感謝します、と私は答えた。よくよく考えた上で申しました。そう言ったのも、誓って本当だからだけでなく、私の弁明と切り離せないことだからです。私は訴えられたのですから、何とか弁明しようと信じてはもらえないでしょう。私の無実を証言する人は他にありません。だからフォークランド様に証人になって頂きます。旦那様にお尋ねいたします。

いつかふたりだけの時に、お前を生かすも殺すも自分の考え次第だ、とおっしゃいましたね。もし自分の機嫌を損じようものなら、お前の生きる道はない、ともおっしゃいましたね。お前がどんなもっともらしい話、本当の話を述べようとも、世間の人から嘘つきだと非難されるようにしてやる、ともおっしゃいましたね。本当にそうおっしゃったではありませんか。無実だと言って何の役に立とうか、反論にもなるまいとお嗤《わら》いになったではありませんか。もうひとつお尋ねします。私がお屋敷を出た日の朝、去ることのお許しを求める私の手紙をお受け取りにはなりませんでしたか？　私が盗みをして逃げたのだったら、そんなことをしたでしょうか？　さっきこの場で言われたような理由で逃亡したのだったら、逃げる前にお屋敷を出たいなんて言ったでしょうか？　また、どういうわけでいつまでもこう苦しめられるのですか、などと尋ねていたでしょうか？

こう言って、私はあの手紙の写しを取り出してテーブルの上に展《ひろ》げた。

フォークランド氏はすぐには返答しない。そこでフォリスター氏が彼に向かって、君の使用人がこう反論しているが、どう返答するのかね、と促《うなが》した。

フォークランド氏が答える。あのような弁明には返答する必要はないが、こう答えておきましょう。そんな対話をした憶えはない。そんな言葉は使っていない。手紙も記憶にない。犯人が告訴されて、その罪を弁舌巧みに激しく否定したとしても、それだけで無罪ということにはならぬ、と。

彼はここで私に向かって次のように言った。もっともらしい話をこしらえて弁明にしようとする気なら、筋の通るまとまった話を考えるがよい。ロバートに見付かった時になぜどぎまぎしたのか、なぜあんなに慌てて屋敷を出たがったのか、このフォークランドの品物がどうしてお前の持物の中にあったのか、まだ答えてはいないようだな。

その通りです、と私は答える。まだお話ししていないことが残っています。それを申し上げても私の不利にはなりませんし、私に帰されている罪がますます不当なものだと判ってくるでしょう。でも、少なくとも今は言う気持にはなれません。別の所で働きたいと思うようになった訳を一部始終ここで言わないといけませんか？　フォークランド様のお心がお気の毒にあんなになってしまったことは、皆さん御承知の筈です。あの厳しくて口数も少なく冷たい態度のことです。他に理由がなくても、あれだけで勤めを変りたいと思ったとしても当り前でしょう。

旦那様の物がどうして私の持物の中にあったか、この方が重大問題です。これが私にはどうしても判りません。この場の方々にもそうでしょうが、私にとっては予想だにしなかったことです。ただ言えるのは、フォークランド様こそ私の無実をよく御存知の筈、皆さんよく聞いて下さい、これは絶対に間違いないから何度でも申します。ですから、品物のことはフォークランド様の計略に違いないと私は信じている、これだけははっきり言えます。

ここまで言うと聴衆すべてが思わず叫び声をあげたので、私は話をまた途中で止めねばならなかった。彼らは切り刻んでやりたいと言わんばかりに私に憤りの眼を向ける。その中を私は続けて言った。

これで告訴に対して私の言いたいことは全部申しました。

フォリスター様、あなたは正義の味方です。どうか私の場合にも正義を通して下さい。何でもお見通しの方ですから、どうか私をよく御覧下さい。私に罪を犯したしるしが見えますか？　これまで御覧になったことと一切を思い出してみて下さい。それが、今ここで言われているようなことのできる人間の態度に見えるでしょうか？　真犯人だったら、今の私のようにこうして脅えずに落ち着きはらっていられるものでしょうか？

使用人の皆さん。フォークランド様は地位も財産もあるお方だ。皆の御主人だ。私は味方もなく金もない田舎者だ。これでは比べものにならんと言ってもよいが、だからと言って正義が踏みにじられてよいものだろうか。私が大変な立場に追い込まれていることをよく考えてもらいたい。私が無実を訴えているこの事件で有罪の判決が下ったら、私は名誉も心の平和も永久に奪われて、世間の非難を受け自由も生命もなくなるだろう。私の無実を信じてくれるなら、無実を知っているのなら、私のために弁護してもらえないだろうか。弱気や臆病は捨てて、他人に憎まれるようなことをした憶えもない仲間の私を破滅から救ってくれ。我々に口があるのは、考えを述べるためじゃないか？　自分は無実だと確信していれば、必ず他人にも私がそう信じていることを分ってもらえると思う。さっき言われたような罪を私は絶対に犯していないと断言できる。皆もそう感じているんじゃないのか？

フォークランド様、あなたにはもう申し上げることはありません。私はあなた様を知っています、何を言っても無駄だと判っています。私にこんな汚名を着せていながら、心の中では私の覚悟とがんばりに感心していらっしゃる。でも、私は何の期待も持ってはいません。旦那様、あなたは私の破滅を冷たい眼で見ておられる方です。そんな人を相手にせねばならないなんて、私も運の悪いことだ。こんなに悪口を言わねばならないのもあなたのせいだ。でも、私の言い方が言い過ぎかそれとも復讐なのか、あなたの心に聞いてみたいものです。

双方の発言がすべて終ったところで、フォリスター氏の総括が始まる。ウィリアムズ、お前に対する告訴は重く、直接の証拠も強力で状況証拠も多数かつ有力だ、と彼は言った。一方、お前もかなり巧みに反論したことは認めよう。しかし巧妙というのも場合によっては有効だが、動かぬ真実を相手にしては役に立たぬものだ。お前もそのうちにこれが判って痛い目にあうだろう。人の才能には幸いに限界があって、いかに人が工夫を凝らしても正邪の区別を乱すことはできぬものだ。この訴訟の理非は明らかであって詭弁で左右されるものではなく、正義が勝ち悪意は敗れる、これは間違いない。

フォークランド君、この忌まわしい事件の真相を明らかにしてくれたことは、社会に対する大きな恩恵であると思う。犯人の悪意に満ちた誹謗《ひぼう》を恐れることはない。我々はそれを一切無視する。これらの誹謗を聞いた人々の間で君の評判はますます高くなるに違いない。君にかくも迷惑をかけた男が君を罪人呼ばわりをするとは気の毒だ、と我々は大いに同情している。この点で、君は公共のための殉教者だと言うべきだと思う。君の動機や心情の純粋さについては疑う者はない。真理と公平とは、君を中傷する者には不名誉を、そして君には人々の愛と称賛とを必ずや与えるだろう。

　さてウィリアムズ、私はこの訴訟についての私の考えを述べた。だが、私がお前について最終的な判決を下す権利がある、などと言うつもりはないのだ。無駄だとは思うが、お前に雇われた弁護士のつもりでひとつ助言をしておこう。フォークランド氏に不利な発言はするな。自分の立場を弁護するのはいくらしてもよいが、主人を攻撃してはいけない。聞いている人たちの心に有利な心証を作ること、これがお前のなすべきことなのだ。ところが、お前がこれまでやっていたように罪を主人にかぶせるのは、反感と怒りを買うばかりだ。嘘をつくのには同情の余地もあるが、お前のようにわざと罪をなすりつけるのは比べものにならぬほどに悪いことだぞ。そうなれば、罪を犯した人間というよりも、人でなし、悪魔だ。二度とそんなことをすれば、たとえ証拠がどんなに不十分であっても、それだけで有罪だと皆に思われるだろう。お前は自分が有利になることばかり考えているようだが、もしそうなら、今すぐにこれまで言ったことを撤回しなければならぬ。信用されたいなら、まず相手の言い分も正当に認めていることを示さねばならぬ。主人の赦《ゆる》しを乞い、たとえ敵方であれその正しさと価値には敬意を表すること、これがお前にとって一番有利になるのだ。

　このフォリスター氏の裁定を聞くや、私がひどいショックを受けたことは容易にお分りかと思う。しかし、前言を取り消して私を責める者に屈服せよとの言葉を聞いて、私は憤激に突き刺される思いであった。私はこう反論した。

申し上げた通り、私は無実です。そうでなくても、一見もっともらしい弁明をでっち上げるなんてとても我慢ができません。たった今あなた様は、人がどんなに工夫を凝らしても正邪の区別を乱すことはできないとおっしゃいました。しかし、まさにあの時にその区別が乱されてしまったことを私は知ったのです。たった今私は恐ろしいことを知りました。私は世間知らずで、世の中については噂で聞くか本で読むだけです。怖いもの知らずと言われるかもしれないが、若輩ですから仕方ありません。誰でも自分の味方だと思っていました。世の中の手練手管や不正は知らず、他人に憎まれることをした憶えはありませんが、この場の様子から見ると、私はこれからは公正で名誉ある扱いはしてもらえないように思います。親しかった人には見捨てられ、新しい友達を得ることも許されないでしょう。今の私に残された道はただひとり生きてゆくこと、ただそれだけですが、その一歩を不名誉な譲歩で踏み出すことは絶対にできません。他人の好意が得られないのなら、せめて自分の独立心だけは守ってゆきます。フォークランド様は私にとっては執念深い敵です。ほかの点では立派な方かもしれないが、私にはただ情《なさけ》も容赦もない人でなしとしか言えない。そんな仕打ちをしてきた悪魔のような人に屈服してひれ伏し、私の血に染まったその手に接吻するなんて、どうしてできるでしょうか?

その点については好きなようにするがよい、とフォリスター氏は答えた。お前のねばりと頑固さにはただ驚くばかりで、人間の能力についての私のこれまでの考えを変えねばならんとさえ思う。多分お前はいろいろ考えた末にこれが一番有利だと思って今のような出方をしたのだろうが、もっと穏やかにした方がよかった。無実だと見せかけることによって、お前の運命を左右するかもしれぬ人たちを動揺させることはできても、動かし難く明白な事実に打ち勝つことはできないだろう。しかし、お前についてはもうこれで終りだ。折角の才能を悪用し、何も分らぬ世間が感心するのに付け込む奴がよくいるものだが、お前もそのひとりだろう。本当に恐ろしい男だ。あとは、極悪人のお前を国法による処分に委せるだけ、それで私の義務は終りということになる。

いや、それには同意するわけには参りません、とフォークランド氏が反対した。証言と審理が滞《とどこお》りなく済むまでと思って、これまで遠慮しておりました。偽善はやがて暴かれると思って、私は自分の気持や意見を差し控えておりました。しかし、このような無法にはもう黙っていることはできません。今日まで、苦しむ人を保護することはあっても、威圧したことはありませんでした。今後も人助けはするつもりです。彼が私の名誉を傷つけようとしてもびくともしないし、腹も立ちません。悪意の中傷は笑って見逃し、これまで通り温かく扱ってやります。言いたいことは言わせておきます、私は一向にこたえないのですから。これ以上人を騙すことのないように、皆の前で彼を懲らしめておくのは結構ですが、それだけで十分だと思います。自由放免にしてどこへなりと行かせるという処分を私は主張いたします。彼の将来にとっては決して有難い決定ではないでしょうが、それも社会のためには止むを得ません。

フォークランド君、その意見で君の温かい気持はよく分り敬意も表するが、賛成はできない。かえってこの陰険なへびの毒液と背信をいっそうはっきり見せただけだ。恩人の物を盗んでおいて悪態をつくとは何という恩知らずだろう。こう言われて何ともないのか、悪かったとは思わないのか？　そんなお前に対する主人の慈悲を有難いとは思わないのか？　人を傷つける憎まれ者、人類の恥、お前のような奴はこの世から抹殺するしかない。そうすれば世の中がさっぱりするだろう。いいかフォークランド君、君がこの男をあれだけ我慢してやっているその時に、無実と知っていながら罪を着せたとか、盗まれたと称する品物を持物の中にこっそり入れて彼の破滅を図ったとか、とんでもない言いがかりをつけている。こんな聞いたこともない悪人だから、世間からこの害虫を除くのが君の義務であり、この際彼を徹底的に糾明するのが君のためだと思う。さもないと君の温情が仇《あだ》となって、彼の中傷を人は信じるようになる。

結果はどうでもいいのです、とフォークランド氏が答えて言う。私はただ心の命じるところに従うまでです。罪人を処刑して人類の教化に役立ちたいという気は私にはありません。人が法律ではなくて道義の心によって行動する、そして悪人が、冷たくて形式だけの法令よりも生得の品位が持つ抵抗し難い力を畏れる。こうなるまでは世の中はよくなりません。私を誹謗する者が私の怒りに値するのなら、判事には委せずに私が自分の剣を取って懲らしめてやります。しかし今度のことについては、彼の悪事は笑って見逃すことにいたします。森の王者ライオンがその眠りを妨げる虫けらなど相手にしないようなもの、とお考え下さい。

今の発言はよく考えた理性の言葉ではない、夢物語《ロマンス》だ、とフォリスター氏は言い返した。しかしながら、君の心の広さと、悔い改めもせぬ頑《かたく》なな悪人の勝手な言い分とは大変な違いだ。君の心には善意が溢れているのに、悪で固まったこの男の心は何を言ってもこたえない。奴の策略にうまく騙された自分が恥かしいと思っている。しかし今は紳士道か法律かをあれこれ言っている時ではあるまい。この犯罪について証拠調べも終了したから、私は判事としての権利と義務に基づいて法律上の手続きを取り、被告を州拘置所に送ることにする。

フォークランド氏はしばらく反対していたが、フォリスター氏の決意が堅くてそれ以上言っても無駄と知ったらしく、反対を撤回した。そこで隣の村から役人が呼ばれ、収監令状が出る、フォークランド氏の馬車のひとつが私を拘置所に運ぶということになった。この運命の急変が私には大きな苦痛であったことは言うまでもない。私は傍聴者である使用人たちを見まわしたが、苦境に立つ私に言葉か、せめて態度にでも同情の気持を表わしてくれる者は誰ひとりいない。私に帰された泥棒行為は彼らには大胆不敵で大それた犯罪に思えて、普通なら純朴で未熟な彼らの心に浮かぶ筈の同情も、立派な主人を犯人呼ばわりするとは何という悪者かという激しい怒りのため、跡形もなく消え去った。私の運命も決まって、使用人のひとりが役人を呼びに行き、フォリスター氏とフォークランド氏が退出すると、私を見張る使用人ふたりがあとに残された。

そのうちの一人はそう遠くない所の農民の息子で、私の亡父が古くから親しくしていた人である。取調べの場を目撃し、かつ私の性格やこれまでの生き方をいくらかは知っている人たちの本当の気持を知りたいと私は思っていた。それで、私は何とかして彼と話をしてみようとした。ねえトマス、と私は嘆くような調子でおずおずと言ってみる。私を可哀そうだとは思わないか?

何も言わないでくれ、ウィリアムズ。私には大へんなショックで今は物も言えないくらいだよ。立派な親を持っているのに何ということだろう。ウィリアムズさんが亡くなっていてよかった。もし生きていたら、こんなひどい息子を持って死んでも死にきれなかっただろうよ。

トマス、私は犯人じゃない、絶対に違う。神かけて誓う、神様だけが御存知だ。

頼むからそう神様、神様と言わないでくれ。あんたはもうとっくに神様に見捨てられているんだから。私は人の言うことは一切信用しないことにした、天使の言うことでもだ。それに、見かけも当てにはしない。口先だけで他人《ひと》を丸めこんで、自分は生まれたばかりの赤児《あかご》のように罪も汚《けが》れもないように言うじゃないか。でもこれからはそううまくは行かんだろう。黒を白と言いくるめようとしたって人は騙されない。もうあんたとは付き合いはしない。昨日《きのう》までは実の弟のように思っていたが、今日は可愛さ余って憎さが百倍、あんたが絞首刑になるところが見られるのだったら、十マイル歩いても見物に行く。何とトマス、お前には思いやりというものはないのか？　何という変りようだ。こんな仕打ちを受けるいわれはまったくないのに。世間とはこんなに冷たいものか。

黙れ、ウィリアムズ。聞いているとむかむかする。同じ屋根の下で暮すのはまっぴらだ。今に家が壊れて、お前のような悪党は下敷きになって死んでしまうだろう。地面が口を開けてお前を生きたまま飲み込まないのが不思議なくらいだ。お前を見るだけでこっちは毒に当って死んでしまうだろう。このままなら、お前が口をきいた相手はお前を八つ裂きにするに違いないから、絞首台に行かずにすむだろうよ。本当に可哀そうな奴だよ、お前は。ひきがえるのような奴だ、あたりに毒を振り撒《ま》いて、這《は》いまわったあとにはねばねばの粘液を残してゆくあれだ。

トマスはこの調子で何を言っても通じないし、仮に説得したところで得るものは少ないと判断したので、私は彼の言う通りに黙った。そのうちに用意もできて、ついこの間気の毒にも罪もないホーキンズ親子が入っていたのと同じ拘置所に私も連行された。彼らもフォークランド氏の犠牲者だった。フォークランド氏は、権力行使の手段のひとつとして牢獄を利用する専制君主そっくりそのままで、ただスケールがいくらか小さいだけであった。

第十一章

私はそれまで拘置所を見たことはなく、誰でもそうだが、社会に対して罪を犯したり嫌疑を受けたりした者が獄中でどんな暮しをしているかにはほとんど無関心だった。壁で囲まれた牢獄に比べれば、労働者の住む今にも倒れそうなあばら家の方がどれだけ有難いことか。

重々しい扉、がちゃんと締まる錠、陰気な廊下、鉄格子付きの窓や特有の表情をした看守たち、彼らは囚人の陳情は一切受け付けず、同情や憐れみの心を圧し殺している。これらすべてが私には新しい経験だった。知らぬことばかりであり自分の身の上を心得てもいたので、看守たちの表情をそっと窺ってみたが、すぐに胸が悪くなって我慢ができずに視線を逸《そ》らした。この種の建物に特有の不潔さ醜悪さは言いようもない。昼間の汚ない雑居房では汚ない顔を見かけたが、彼らは思いのほか元気そうで、暗さはあまりなくて気楽にふざけている。だが、拘置所の不潔さは人の心を暗くするもので、もう既に汚染と腐敗が始まっているかのようであった。

私は一時間以上も主任看守の部屋で待たされたが、その間にも番人が入れ代り立ち代り現われては私の様子をじろじろ眺める。高価な物品を盗んだ犯人ということにされているので、私は厳重に所持品検査を受け、ペンナイフ、鋏《はさみ》、それに有り金のうちの金貨を取り上げられた。放免の時に私に返すことにして、これらの品物をまとめて封印をしておくべきかどうかがそこで問題になった。私は彼らも予想しなかったほど強硬に反論したが、もしそうでなかったら品物は没収され、封印保管ということになっていただろう。こうして手続きが終ると、盗みで拘置されている者たち十一人がいる雑居房へ入れられた。彼らはそれぞれ物思いにふけっていて、私を見向きもしない。この連中のうち、二人は馬泥棒、三人は羊泥棒、一人は万引き、一人は贋金作り、二人は追剝ぎ、残りの二人は押込み強盗だった。

馬泥棒の二人がトランプに熱中しているうちに、やがて口論が始まってどなり合いになった。他の連中はこの両人に早く決着をつけろとしきりに言うが無駄であった。ひとりは呼ばれても知らぬ顔だし、他方は仲間の言うことをろくに聞きもせず行ってしまう。彼は雑居房のこの茶番劇のさなかに自分のことが不安になって堪えられなくなったのだ。

盗人たちの間では、仲間内で一種の模擬裁判を開いて各人に無罪放免、執行猶予、赦免などの判決を出し、結果を当人に知らせると同時に、どうすれば法廷でうまく弁明できるかを教えてやる、という慣習がある。押込み強盗のひとりがこの模擬裁判を既にすませて空威張り《から》で房内をのし歩き、仲間に、俺はベッドフォード公爵にも負けない金持だぞと自慢した。五ギニー半あるからこれで一カ月は持つ、あとは有名な首切り役人ジャック・ケッチ様（十七世紀の死刑執行人の名前）が面倒を見てくださる筈だから、俺の知ったことじゃない、と。こう言うと彼は突然そばのベンチに倒れるように横になり、そのまま眠ったように見えた。だがその眠りは浅くて長続きせず、呼吸もけわしくて時には唸《うな》り声に似ている。房の向こう側から若い男がナイフを手にそっと近づいて、眠っている男の首にその峰《みね》をぐいと押し付ける。首はベンチから下に垂れ下っているので、何度か力を入れて抵抗してやっと男は体を起すことができた。おっと首切りジャックの役目を俺がやってしまうとこだったよ、とナイフで悪ふざけをした男が叫ぶ。起き上った男の方は腹を立てる様子もなく、ただ不機嫌な口調で、馬鹿野郎、峰じゃなくて刃の方でやってくれりゃ助かったのに。有難く御礼申し上げるところだったぜ、と言った。

追剝ぎで入っている男のひとりも大いに変っていた。彼は兵隊あがりの愛敬《あいきょう》のある男で二十二歳だった。原告は或る晩遅く飲み屋から帰る途中に三シリングを強奪されたのだが、犯人はこの男に間違いないとの証言をしたという。この若者は滅多にないほどに評判のいい人物で、学問と教養を熱心に求めていた。ウェルギリウスやホラティウスを読むのが何よりの楽しみだった。身分は低いが文学好きで、それが彼を実に興味深い性格の若者にしていた。率直で気取りがなく、偉そうにすることもない。いざという場合には断固として譲らないが、日頃の行動では堅苦しくなくて穏やかだ。本人が策を弄することがないので、他人を疑うこともない。その誠実さは折り紙付きであった。以前に彼は或る婦人に頼まれて一千ポンドの金を数マイル離れた所に住む人に届けたことがある。また、或る紳士の依頼で、その不在中に彼の家と時価五千ポンドはするという家具の管理を委されたこともあった。彼は独自の考え方を持っていて、公正にして素朴かつ知恵にすぐれている。時には上官の将校の武器の手入れをして金をもらうこともあったが、軍曹か伍長にしてやろうと言われても、私は金は欲しくないし昇進すれば勉強の時間が減ると言って断わった。彼に感心して贈物をしようとする人があっても絶対に受けなかったが、それも変に遠慮をするとかプライドがあるからではなくて、受ける気がない、そんな物を持っていなくても差し支えない、というのだった。この男は私が拘置所にいる間に死んだ。彼が死ぬ時は私が看取《みと》ってやった。

私は毎日こういう人たちと一緒に暮した。告発されている犯罪を実際に犯した連中もいたが、中には運が悪くて嫌疑者にされてしまった者もいた。我々のいた場所はひどいもので、その有様は実際に見た者しか分るまい。大声を出してあばれ、虚勢を張って今のみじめさを忘れようとする者、それさえもできずに、周囲の止む間もない喧噪にますますふさぎこむ者などがある。しっかりしているように見える者の顔にさえ不安と悩みの深いしわがあり、空騒《からさわ》ぎの中にも時々恐ろしい予感が入りこんで、彼らの顔をひきつらせ、抑えられぬ苦痛がしわとなって表情に現われていた。そんな人たちにとって、朝の太陽は何の喜びももたらすことはない。彼らの暮しは来る日も来る日も同じことだ。生きるとは彼らにとっては絶えることのない憂鬱の日々なのだ。一刻一刻が苦痛の瞬間であるのに、行く手により辛《つら》い運命が待ちかまえていると思うと不安になって、むしろ今の苦痛を引き延ばす方を願っている。また彼らは激しい悔恨をもって過去を思い出し、愚かにも罪と引き替えに捨てた平和と自由を取り戻すためなら、右手を与えてもよいとさえ思っている。我々は責め道具のことを語り、イギリスはそんな道具の使用を一切止めてしまったと自慢する。そんなことがあるものか。牢獄の秘密を見たことのある人なら、耐え難い無言の一刻一刻の中でゆっくり死んでゆく罪人の生活の方が、鞭や拷問台で体に加えられる苦痛よりもずっと残酷な責め道具であることを知っている筈だ。

そのようにして私たちは暮していた。日没と共に看守が来て、ひとりひとりを呼び出して土牢に監禁する。こんな看守どもの思うままに支配されるとますますひどいことになった。彼らには他人の悲しみを思いやる気持はない。もともと人間らしい感情のない連中であった。意地悪い命令を出し、拘留された人たちが暗い顔つきでのろのろとそれに従う様子を眺めて楽しむという野蛮でひねくれた連中であった。その命令に抗弁しても無駄で、逆に足枷《あしかせ》をはめられ、食物はパンと水だけという仕返しを受ける。彼らの思うままの暴虐について、不幸な罪人は誰に向かって訴えたらいいのだろうか？　訴えても信じてもらえないとしたら、何のために訴えるのだろうか？　囚人の反乱に備えて警戒が必要だというのが主任看守のいつもの逃げ口上で、これがいつも救済に対する障害となっていた。

土牢というのは地下にある縦二メートル半、横二メートルの独房のことで、窓なしで湿気が多く、光や空気はドアにそのために空《あ》けられたいくつかの穴から入って来るだけ。中には、一室に三人が押し込められることもある。私は運よく独房をあてがわれた。冬も近い頃のことだった。日没と共にろうそくもなく押し込められて翌朝まで出してもらえない。こうして二十四時間のうち十四、五時間は監禁されるというのが我々の暮しであった。私のそれまでの睡眠時間は六時間かせいぜい七時間だったが、獄中ではそんなに眠れなくなっていた。それで、目覚めている時間の半分はこのひどい部屋の真暗闇の中で過ごす破目となったが、これも私にはひどくこたえることだった。

暗い想いにふける中で私は無理に記憶を呼び覚ましては、今の有様と自由とをへだてるドア、錠前、かんぬき、鎖、厚い壁や鉄格子付きの窓の数を数えてみた。これらこそ冷酷きわまる暴政が考えた末に作り出した機構なのだ、と私は叫ぶ。これこそ人が人に対して及ぼす暴力の支配なのだ。こうして、もともと自由に活動し仲よく生活を楽しむべく作られた人間が、拘束され活力を奪われてしまっている。健康、明るさ、静穏を土牢の中の蒼白い顔色、苦しみと絶望の深いしわに変えてしまうような機構を擁護する者はもはや人間ではない、悪魔だ。

有難いことに我が国にはバスティーユ監獄はない、とイギリス人は言う。我が国では罪なくして罰せられることはない、とも彼らは言う。馬鹿者め。何千という人々が土牢で足枷をかけられ日毎に衰えてゆく、そんな国が自由の国と言えようか？　何も知らぬ愚か者は我が国の牢獄に行って見よ。肉体を蝕《むしば》む不潔さ、所長どもの横暴、囚人の悲惨な生活をとくと眺めてみるがよい。眺めたあとでもイギリスにはバスティーユがないと自慢する奴がいたらお目にかかりたい。どんな微罪でもこの恐るべき牢獄へ送りこむ口実になる。そのためなら、判事や検事はどんな悪事でもするではないか。だが諸君は、それに対しては損害補償という道がある、と聞かされたことがあろう。たしかにあるが、そんなものは口にするさえ腹立たしい侮辱だ。絶望の極に追いつめられて、死の直前にやっと放免される人があったとしても、その気の毒な人が弁護士や役人と相談し、それから時間と金ばかりかかる法の救済を買う暇と費用をどうして得ることができようか？　できる筈がない。土牢を出てその苦しみを忘れられさえしたら有難いというもので、あとに続いて入れられる者がまた同じ暴力と無慈悲な迫害に苦しむだけだ。

私は周囲の壁を見まわし、やがて来るにちがいない獄中での死のことを心に描いてみた。どう考えてみても、お前は無実だと心がささやく。これが社会なのだ、と私は言った。これが社会正義の目標と実践の結果、即ち人間理性の目的なのだ。賢者が寝る間も惜しんで努力を続けた結果がこれなのだ、まさしくこれなのだ、と。

話の主題からそれて脇道に入ってしまったが、読者にはお赦し頂けることと思う。こんな事柄は一般論にすぎぬと言われるならば、それは辛い経験から得た高価な結論だということを思い出して頂きたいのである。こうして非難攻撃の筆を取るのも私の心が張り裂けんばかりになっているからだ。雄弁を誇りたいばかりに論じたてているのではないのである。私は隷属の鉄鎖が心をかきむしるという経験を持っているのだ。

この私がじっと耐えていたあれほどの悲惨な生活を経験した者があるだろうか。裁きを受けて無実を証明してもらおうとひたすら願っていた私は何と幼稚だったことかと思った。とんでもない愚かな考えだったと、私はやりきれぬ思いであった。たまらない気持で私は叫んだ、世間の評判なんて何になるのか、と。そんなものは、体裁だけよければ満足する人間が宝石のように後生大事にするものにすぎぬ。評判を気にしなかったら、私は心静かに仕事を楽しみ、平和と自由を得ていただろう。何故私は自分の幸福を他人の裁定に委《ゆだ》ねてしまったのか？　だが、世間の評判というものがそんなに大切だとしても、それを取り戻す仕事を他人に委せてしまってよいものだろうか？　不幸な人に対してこの国の法律制度はこういう風に語りかける。さあここへ来て陽の当らぬ場所に閉じ込められるのだ、社会の嫌われ者の仲間入りをして看守の奴隷となり、足枷をはめられるがよい。そうすれば世間の中傷もなくなり、評判と名誉を取り戻すことができるのだ、と。悪意、愚かさ、私怨や自惚《うぬぼれ》によって何の根拠もなしに中傷された人たちに与えられる慰めとは、こんな言葉でしかないのだ。私自身は自分の無実を信じていたが、やがてよく聞いてみると、私のような扱いを受けている者の四分の三は、あの傲慢で軽率な我が国の法廷で有罪とするに足る証拠もなしに投獄された人たちだと判明した。とすれば、自分の名誉と幸福を進んで法廷の保護に委せるような者は、よほど無知で何も分っていない人間にちがいない。

ところが私の場合はそれよりももっと悪かったのである。次の裁判も、これまでイギリスの法律制度の下で行なわれているようなものだとすれば、最初の裁判の焼直しにすぎないだろうと私は信じていた。

今の苦難のあとで最終的には無罪放免となる見込みがあるとでもいうのか。次の裁判があるといっても、せいぜいフォークランド邸で受けた程度の公正な裁判ではないだろうか？　そうだ、結局私は有罪にされるにきまっているのだと思った。

こうして私は生きる意味のすべて、即ちかねて懐《いだ》いていた様々の大きな望み、心に想い描いた理想を絶ち切られて、悲惨な牢獄で数週間を過ごし、それから死刑執行人の手にかかって殺されるということになってしまった。そう思った時の腹立たしく胸も悪くなる不快感は、とても言葉に表わすことはできない。憤激は私を告発した者にとどまらず、社会の機構全部に向かって行った。大衆の幸福を護るべき制度がこのような状況をもたらすとは、私には信じられなかったのだ。人類のひとりひとりが絞首刑執行人、拷問役人に見えた。彼らは一団となって私を八つ裂きにしようとねらっている。恐るべき迫害の有様が大写しとなって私に迫り、耐え難い苦痛を与えた。私はあたりをあちこちと見まわした。私は無実だ、誰か救いの手をさし伸べてくれてもよい筈なのに、誰もが鉄のように冷たく私を敵視する。誰もが私を抹殺するのに進んで手を貸そうとしている。正義、永遠の真理と不変の公正が味方だとすれば、敵方には暴力、動かすべからざる頑迷と冷酷な傲慢がある。この有様を深く感じとった人でなければ、その時の私の気持を想像することはできないだろう。背信が勝ち誇って王座につくのを私は見た。無実の力が万能の悪に捕えられ粉砕されるのを私は見た。

こんな気持の私を慰めてくれるものがあっただろうか？　世を呪いつつ自暴自棄のうちに日を送ること、囚人たちの顔が私のには及ばなくともそれぞれの苦悩を反映しているのを見ること、それが慰めとでもいうのであろうか。地獄とはどんな所か本当に知りたいと望むなら、私が幾月も閉じ込められていたあの場所を六時間も見れば十分だ。私は様々の恐怖がひしめくこの場から一時間たりとも離れることはできず、静かな瞑想に逃避することもまた不可能であった。肉体を元気づける新しい空気、運動、きまりきった生活の中での変化は、私を支配する暴虐のもとでは永遠に奪われていた。夜の土牢での孤独もまた苦しくてたまらない。寝具に使う藁《わら》があるだけで、狭苦しくて湿気が多く体によい筈はない。やりきれぬ単調さに倦《う》み疲れ、辛い時間を紛らす楽しみも仕事もない私にとって、眠りは浅くて短かく、あとに疲れが残る。眠っている時も目覚めている時以上に惑《まど》いや奇怪な混乱に満ちていた。睡眠時間のあとは、規則によって目覚めていても暗い中でひとり陰気にじっとしていなければならない。書物もペンも、心を紛らす品物は何ひとつない空白の場所だ。私のようにもともと活発で疲れを知らぬ者が、どうしてこの苦痛を我慢することができようか？　無気力になって何も感じなくなればいいが、それもできないことだ。苦悩を忘れることはとてもできず、苦悩は絶え間なく私を苦しめようと悪魔のようにつきまとう。人をこのような責め苦にあわせ、それを是認しておいて、その是認に従ってどんなひどいことが行なわれているかも知らず、横着《おうちゃく》かつ冷酷にも些細なことは知らぬと言い、しかもこれが無実の者が受ける試練、自由の保護者だと呼ぶとは何という残酷で無情な扱い方だろうか。牢屋の壁に頭をぶつけてやろうかと私は何度思ったことか。死によってこの苦しみの結末をつけたいとどんなに願ったことか。自殺を思い、生きる重荷から逃れる方法をあれこれ考えてどんなに苦しんだことか。生きるとは一体何だろうか？　こんな目にあったからにはもう生きてゆくのは御免だと思った。長びく専制的な法の手続きの間じっと待って、我が命を絶つのにも法の顔色を窺うなんて、そんな馬鹿なことはない。そうは思ったものの、何か不思議な暗示が私の手を抑える。こうして私はこの生とも呼べぬ生に、その不可解な魅力とはかない前途に絶望しながらも、愚かにもしがみついていたのだ。

第十二章

拘置されて間もない頃はこういう思いが私の脳裏を去ることがなく、そのために私は絶え間のない苦悶の中に毎日を過ごしていた。しかし、そのうちに苦痛にさえ倦んだのであろうか、私は次第に心の重荷に屈することもなくなって、絶えず動揺していた心にも以前とはまったく違った考えが浮かぶようになった。私の不屈の精神が復活したのだ。私はもともと快活で明るく穏やかな性質《たち》で、それが土牢の奥にまで私を求めて帰って来たのであった。こうして気分が変ってくるとすぐに、落ち着いて静かにしているのがよい、またそうできると私は気付き、みじめな境遇にあってもどんな迫害者にも屈服することはないという気概を示すのがよいと密かに思った。潔白で何の恥じるところもない立場とは有難いものだ。この信念が太陽の光のように私の独房の壁をつき抜けて射し込み、悪徳の奴隷どもが自然と人工の贅《ぜい》を尽して得る喜びの千倍万倍の喜びを私の心に与えてくれた。

私はどう考えて生きてゆくかの秘訣を発見した。私はこう言った。一日の半分は真暗闇の中に閉じ込められて、外からは何の楽しみも得られず、あとの半分は騒音、動揺と混乱の中で過ごす。だが、それが何だ？　我が心に貯えたものから楽しみを得ることはできないだろうか？　そこには多種多様な知識がある筈ではないか？　私は幼い頃から抑え難い好奇心を満足させようと努めてきた。今でなくていつこの有利な点を生かすことができようか、と。こう思って、私は記憶に貯えられたものと新しく考え出す力とを大いに活用した。自分のこれまでの出来事を思い出して楽しむうち、次第にこんなことでもなければすっかり忘れてしまいそうな些細な事柄をたくさん思い出すようになった。昔の対話をそっくり心で繰り返し、話題とその順序、それらに関わりのある事柄や、またその時の言葉までも思い出すことができた。こうして回想するうちにやがてそれにすっかり没頭してしまう。何度も考えていると熱中して胸が熱くなる。こうして夜ひとりでいる時にふさわしい別の仕事を得て、思うままにそれに浸《ひた》ったが、それは周囲の乱雑ぶりを無視するのが私の最大の目的になるあの昼間の喧噪に対抗するのにも役立った。

　やがて私は次第に自分のことから離れて想像上の冒険談へと移って行った。自分が置かれそうな状況をいろいろ想像し、その場合どう行動したらよいかを考えてみる。こうして侮辱、危険、恋や圧制の場面が目前にあるような気がしてきた。何もかもが壊れるような恐ろしい経験を空想の中で何度もした。空想にふけるうちに、憤激のあまり爆発しそうになったり、恐るべき対決に備えて静かに精神集中を試みていることもあった。様々の状況にふさわしい雄弁の術を錬磨したので、人の集まる場所で学ぶよりも土牢の中でひとり学んだ方がより効果があったと言えよう。最後には、書斎で勉強する人が一日の計画を立てて、数学から文学、文学から法学へと規則正しく学ぶように、私もきちんと日課を定め、それを破ることは滅多になかった。学ぶ課目の数も書斎の人に劣ることはない。記憶の助けだけで拘置期間のうちにユークリッド幾何学の大部分を復習し、有名な歴史家の著作に見える事実や事件を日毎に系統的に思い出して記憶を新たにした。自分で詩を作るようにもなった。自然の事物から得る感懐を描いたり、人の性格や激情を記録し、彼らの志の気高さに触れて感激したりする間に、私は土牢の不潔と孤独を忘れ、心の中で人間社会の諸相を訪ね歩くことができた。その成果を時々記録する手段を人はいつも必要とするようで、自由の身ならノートやペンが提供するのだが、それらの手段をも私は容易に発見したのだ。

こうしていると、人が運命というものにいかに一喜一憂しているかを思って嬉しくなった。今より下に落ちることはないのだから運命を恐れることはない。普通の人には私は衣食にも事欠く哀れな男に見えても、実は足りぬ物はひとつもないのだ。食物は粗末でも私は元気だ。土牢は辛いが不便はない。通常の運動や空気は奪われていても、牢内で汗をかくほど体を動かす方法を見付けた。一日のもっとも楽しく大切であるべき時を不愉快な連中と共に過ごさねばならないが、それでもやがて心だけは彼らから切り離す術を完全に会得《えとく》し、彼らは見えず声も聞えないと言ってよいほどになった。

人間とは本来その性質は素朴、欲求も少ないのに、彼が社会をこしらえるとまったく別人になってしまうのだ。彼を住まわせるために宮殿が建ち、活動のために数多《あまた》の乗物が作られる。彼の食欲の満足のために領地が略奪され、衣類や調度品のために至る所で領土争いが起る。かくて彼は莫大な支出をし、物を買うために奴隷となる。平静と健康を保つのに彼は無数の偶然事に依存し、彼の抑え難い欲望を満たしてくれる者に相手かまわず身も心も捧げるのだ。

現在の苦境に加えて不名誉な死が私を待ちかまえているが、それがどうしたと言うのか。人は誰でも一度は死ぬ。それがいつになるか誰にも判らない。病気に苦しみ弱って死を迎えるよりは、健康で心もしっかりしている時に恐怖の王たる死に立ち向かう方がましだ。少なくとも命のあるうちは毎日を力強く生きたいと決心していたが、最期の日まで健康を保つ者にこそそれが可能なのである。無益の後悔に悩み苦しむことがあろうか？　私の方が強いのだというか、独立独歩、正義はこちらのものだという気持に勇気を得て、私を迫害する者に言ってやった、お前は私の命は奪えても心の静穏を乱すことはできない、と。

第十三章

こんなことを考えているうちに、それまで思いもしなかった別の考えが浮かんだ。前にも言ったように、私を迫害する者が無力なのに私は大いに喜んだのだが、それは理由のないことではなかった。彼は思いのほか無力ではないか？　お前は私の命は奪えても心の静穏を乱すことはできない、と私は言った。まさにその通りだ。私の精神、曇りのない心、確固とした信念には彼も手をつけられぬ。私がその気になれば、私の命をもどうすることもできないのではあるまいか？　何人《なんぴと》も克服できぬような大きな障害が果して存在するだろうか？　これまで何人たりとも達成したことのないほど困難な企てがあっただろうか？　他人に達成できたのなら私にできぬ筈はない。他人の方により強い動機があったとでも言うのか？　彼らの生活の方が私よりもいろいろと楽しいことが多かったとか、生き甲斐が多かったとでも言うのか？　最大の忍耐と大胆ぶりを発揮した人々の多くは、明らかにその点では私より恵まれていなかった。とすれば、私も彼らに負けぬくらい大胆になれるにちがいないのだ。大胆でしかも細心であれば、金剛石や鋼《はがね》でも水のように思うままに形を変えられる。人の精神は自らの主人であり、暴君の厳重な警戒さえ破る力を備えている。こういう考えを頭の中で何度も検討しているうちに体が熱くなって私は叫んだ、死ぬものか、絶対に死ぬものか、と。

若い頃に私は大へん雑多な読書をしていた。その中に押込み強盗に関する話があって、彼は錠前やかんぬきなどは笑い草だと言って自分の腕前を自慢し、近隣で一番の強固な防備のある邸宅に、門の掛金を外すように静かに難なく忍び込んでみせたということであった。子供にはこんなびっくりするような話が何よりも面白くて、自分も人をあっと言わせることをして見せて、周囲の人を驚かせたいと思うものだ。考えが未熟であった私には、人間の精神とは漠として捉え難く自由に動きまわって物事の道理を敏感に見抜くものであり、権力の奴隷であってはならぬものと思われた。私を襲撃して力づくで拘束することは誰にもできない筈だ。私が一歩退《しりぞ》いて精神の中に入ってしまえば、どんな厳重な捜索だろうと逃れられないことはない。この手足、身体を引きずっていては思考力の邪魔であり重荷になる。だが、思考力とはその重荷を軽くし、ついには重荷と感じられないようにする、そういう力ではないか？　若い頃のこういう考え方は獄中の私が企てていた事柄と無関係ではなかったのである。

父の家の隣に大工が住んでいた。さきに言ったような本を読んだばかりの頃で、私は彼の大工道具、その用途と使い方を調べてみたいと思った。彼は頭もよく熱心な男であって、能力はその職業の事柄に限られていたが、その仕事について様々の実験を試みたり工夫をこらしたりしていた。私は彼からいろいろなことを習い、自分でも考えて彼の教えに工夫を重ねてみることもあった。彼と付き合うのはとても気持よく、最初は楽しみで一緒に仕事をしていたのが、そのうち、ほんの少しの間だが、彼の職人のような仕事もするようになった。私は生まれつき働くのが好きで、こうして得た経験のおかげで、本来の素質に加えてその気になれば上手にそれを実際面に応用する技術も身につけた。

前もって或る技術を身につけておいたのに、それが絶対必要という大事な時に一向に思いつかぬということが、奇妙ながら実はよくあるものである。そんなわけで大工の技術という脱出の手段を思いつくまでに、私の精神は獄中でふたつの別々の段階を通り抜けねばならなかった。最初の段階では私の能力は働かなくなっていたが、それが次の段階では高まって興奮状態になっていた。そのいずれの場合でも、黙って迫害する者の思うままになるしかないと私は諦めていた。

こうして気持もはっきりせぬままに拘留一カ月目が過ぎた頃、この町で年に二度開かれる巡回裁判の日が来た。が、この時には私の事件は審理されず、もう半年待たされることになった。私はどうせ有罪判決を受けると思っていたが、たとえ無罪放免が予想されていたとしても、同じように半年延期になっていただろう。裸同然の乞食を裁判にかけるにも足りぬほどの些細な理由で私がつかまっていたとしても、無実を明らかにしてもらうのにはやはり二百十七日ばかり待たされたにちがいないのである。国会議員が一年に四カ月から六カ月にもわたって議会を開き国法を審議するという国の御自慢の法律が、こんなにいい加減に運用されているのだ。この法の遅延が私を起訴した者の妨害によるものか、我が国の司法そのものがあまりに冷たく威張っていて、名もない庶民の権利や利益を考えないので、その運用上で必然的に生じるものなのか、私にはよく判らなかった。

拘留中に十分に納得がいかなかった出来事といえばこれだけではない。主任看守の態度が変りはじめたのも大体この頃のことだった。或る朝彼は私を自分の公舎に呼び、やや口ごもりながら、お前への待遇が十分でなくてすまなかった、よかったら私の家の一室を提供しようかと言った。意外な話なのでびっくりして、私は誰かに頼まれてそう申し出たのかと彼に尋ねてみた。いや、そういうわけではない、と彼は答えた。巡回裁判も終って留置人も減ったので、お前のことを考えてやる余裕もできた。お前はいい男のようだから何となく好きになったのだ、と彼は言う。私はそういう相手の顔をじっと見つめたが、特に私に好意を感じている様子はない。無理をして言っているらしく、ぎこちないところがある。にもかかわらず彼は言葉を続け、何なら私の所で食事を共にしても一向にかまわないし、食事代は払わなくても結構だ。家の手伝いに誰か一人欲しいと思っていたこともあるが、お前のような学のある人物の話が聞けたら家内と娘のペギーも大喜びだろうし、お前にとっても都合がいいのではないか、とこう言った。

この提案をよく考えてみると、主任看守は否定したがこれは彼の自発的な気持によるものではなく、彼らの言い方を使えば何らかの十分な理由があっての発言にちがいないと私は思った。私のことに気を付けてこんなに寛大な扱いをしようとするとは一体誰の差し金であろうかと、私はあれこれ臆測した。第一に考えられるのはフォークランド氏とフォリスター氏だ。後者は厳格で、悪い奴だと思えば容赦はしない。義務の遂行を妨げるだけのやさしい気持には動かされぬと自慢している。フォークランド氏はそれと反対に鋭敏な感受性を持った人で、彼の喜びと苦しみ、美徳と悪徳はそこから生じたものだ。彼は私の対し得る最大の敵であり、人情によって本来の性格を左右されるような人ではない。けれども、私のいる土牢の有様を思い、その苦しさを何とか和らげてやりたい気持になりそうな人物はどちらかと言えば、それはフォークランド氏であろうと私は思った。

　こんな推測をしたところで私の気持が慰められるものではない。心は私を迫害する者への怒りで一杯だった。自分の最大の欲望のためなら私の名誉も命も無視するような男に、どうして好意が持てようか？　彼が平気で私の名誉を踏みにじり、命を危険に陥れるのを私は見てきたし、今思い出してもぞっとする。彼が私をどうしようと思っているかは判らない。不当にも私の将来を葬り去ってしまったくせに、わざわざ命を救ってやろうと無駄な努力をしているのか、それも判らなかった。私はこれまで彼にどう仕返しするかという大問題については触れなかった。もちろんこの冷酷な男の策略の犠牲になり、黙って死んでいく気はちっともない。私は彼のどう見ても不法な行為に胸も煮えくりかえる思いであったし、復讐のため容赦なく私を打ちひしごうとしている相手からけちな温情を示されても、はねつけてやりたいと思った。

　従って私の看守への返事にもこういう気持がこめられていて、思う存分その気持を相手にぶつけた時には密かな快感を感じたのだった。私は彼に向かって皮肉な微笑を浮かべて言ってやった。急に情《なさけ》深くおなりのようで有難いことです。しかし、看守の情については私もいささか分ってきましたし、どういう事情でそうおっしゃるのか推測もつきます。だが、そういう御心配は無駄だと御主人に伝えて下さい。私の首に絞首索をつけた人のお情を受ける気はまったくなく、今もこれから先もどんなに苦しくても耐え抜く覚悟で、それくらいの勇気は私にもあります。――彼は驚いて私を見つめ、くるりと後向きになって、偉い奴だお前は、と叫んだ。学のある人は違ったもんだ。ただでは死なんというんだな。だがいずれはそうなるに決まっている。その時は勇気が要るから、その時まで大事にしまっておくんだな。

巡回裁判は私の頭の上を素通りしてしまったが、私の囚人仲間には大変動をもたらした。私はここに長くいたので囚人が全部入れ代った。強盗のひとり（ベッドフォード公爵にも負けない金持だと言っていた男）と贋金造りは絞首刑になり、二名が植民地送り、あとは放免になった。植民地送りの両名は船待ちで残っていたので、結局九人減ったことになるが、次の巡回裁判の時には我々三人を含めると私が入った時と同じ数が裁判を待っていた。

以前話した兵士は判事が着いたその日に拘留生活がもとで病気になって死んだ。彼はいつの時代に生まれてもその時代に光彩を添える人物、私の知る最も心やさしくて人情厚い青年、気さくで人に好かれ、申し分のない生き方をした人だと私は思うが、その彼に対して我が国の司法はこんな仕打ちをしておいて自分は公正だと称しているのである。この青年の名前はブライトウエルと言う。もし私のペンで彼の名誉を後世に伝えることができるなら、喜んでその仕事を引き受けたいものだ。彼の判断力は鋭く男性的で乱れることがない。一方、彼の表情には穏やかで素直なところがあって、一見すると口のうまい悪い奴にころりと騙されたに相違ないと思いたくなるほどだ。彼のことを私はなつかしく思い出す。彼は私に尽してくれた最後の友達だった。友情については私も彼には負けない。気が合うというのはこのことだろうか。ただし、私は彼の独創的なところや積極的な考え方にはとても及ばないと思うし、彼の類を見ない正しく立派で純粋な生き方には頭を下げるばかりである。差し支えないと思った限り私は彼に身の上話をし、彼は熱心に聞いて公平な立場から検討してくれた。最初はいくらか疑いが彼の心に残っていたとしても、何でもない時に私をよく観察するうちに間もなく彼は私の潔白を全面的に信じるようになった。

彼は私たちふたりともがその犠牲となった法の不正を冷静に語り、こんな耐え難い圧制が根絶される時がきっと来ると信じていた。だがこれは我々の世代では実現しそうにない、とも彼は言った。我々がその恩恵に与《あず》かるにはもう遅い。自分が今考えてみても後悔の残るような生き方をした憶えはなく、それがいくらか慰めになる、義務を尽すことでは自分は誰にも劣ることはなかった、しかし、生きてここを出ることはあるまい、と彼は私に語った。まだ元気だった頃に彼はそう予言していた。或る意味では彼はもう絶望していたと言ってもよい。ただ、絶望と形容できるとしても、これほど冷静で諦めと静穏に満ちた絶望はなかった。

私の変転きわまりない生活の中で、彼が死んだ時ほどショックを受けたことはない。彼の一生はこの世の様々な不正の犠牲の典型だと私は思った。彼のことや彼の悲劇をもたらした政治への憎悪から一転して、私は自分自身のことを考えた。私には彼の最期がかえって羨ましくさえ思われる。冷たい屍《しかばね》になったのが彼ではなく私だったらいいのにとさえ思う。生きているとはいえ、私を待つのは言いようもない苦痛のみだ。ほんの二、三日過ぎれば彼は放免になり、自由と名誉を再び手にしていただろうし、人々は彼が受けた不当な扱いを知って驚き、何とかその不幸の償《つぐな》いをし、汚名を消そうと努力したにちがいない。だが、その彼が死んで私が生き残るとは。彼同様にひどい扱いを受けたのに名誉回復の望みもないこの私は、死ぬまで極悪人と呼ばれた上に、死ねば万人の軽蔑と嫌悪の的になるだろう。

この不運な犠牲者の死に当ってすぐ私が思ったのは以上のようなことであった。だが、振り返ってみると彼との交際で私の慰めになったこともあった。この男は私が受けた汚名の真相を見抜いていた、と私は前に言った。つまり、彼は私を理解し愛してもいたのだ。絶望することはない、彼のように率直で私のことを正しく分って、その不幸に同情してくれる人にこれから出会うこともあろう。それを頼りに生きよう。友情にすがってこの世の意地の悪さを忘れよう。これからは誰にも知られずひっそりと暮し、情操と知恵を磨きつつ、身近の人々だけでもいい、温かく他人を助けることにつとめよう。そう思うとかねて私の胸にあった計画の実行を急ぐ気持が強まっていった。

脱出を考えるようになるとすぐ次のような準備の方法を思いついた。まず主任看守に取り入ることである。世の中には、私の経歴の概略を知って憎しみと嫌悪の眼で眺め、私がペスト患者でもあるかのように避けたがる人がいる。主人の品物を盗んでおいて、その上に主人に偽証の罪を着せて自分の方は無罪放免をねらう奴ということで、私は普通の罪人とは別の極悪人にされていたのである。ところが、この主任看守は自分の職業に徹した男と言うべきか、そんなことで相手を特に忌み嫌うというような性格ではなかった。彼は拘留されている人間をただの員数《いんずう》と見て、求められた時に揃うようにしておけば責任は果せると考えていたから、無実か有罪かはどうでもよかった。それで、他の点では大へん頑固な男だったが、彼に取り入るのはそう難しくはなかった。それに加えて、どういう動機かは知らぬが少し前にいろいろ私に親切な言葉をかけていた彼は、今度の場合にも同じような出方をした。

私は指物師《さしもの》の腕があるから、その道具を入手する便宜を図ってくれたら、いい椅子の五つや六つなら作って進呈しようと彼に申し出た。これについて前もって彼の許可を取っておかねば、たとえ私が生きるか死ぬかの大仕事であっても、この脱出計画をこっそり推進するのは到底無理だと考えたからだ。この珍しい提案を聞いて、彼は一体どういう意味だと言わんばかりに私を見つめたが、やがてその表情も和《やわ》らいで、高邁《こうまい》な考えや堅苦しい態度を少しは改めたようで結構だ、考えてみようと答えた。二日後に彼は承知したと伝えてきた。申し出については異存はない、好きなようにするがよい。なるべく望み通りにしてやるが、こちらが穏やかに出ている時に二度と口答えをしたり、急に口をさしはさんだりするな、と彼は言った。

第一段階に成功すると、私は次第にきりやのみなど様々な大工道具を集め、それからすぐに仕事にとりかかった。夜は長く、主任看守はいかにも寛大そうな様子はするが実は強欲な男である。そこで夜に土牢に入れられても楽しみのつもりで一、二時間仕事をさせてもらいたいと言って、蠟燭《ろうそく》の支給を求め許された。しかし絶えず仕事に精を出していたわけではなく、主任看守は大いに苛《いら》立っている様子だった。仕事を終える前に処刑の日が来るのではあるまいかと彼は心配したらしい。しかし、私は自分のペースで仕事をすると言い、彼もあえて反対はしなかった。こうして様々の便宜を得た上に、私は主任看守の娘ミス・ペギーから鉄のバールをこっそり手に入れた。彼女は時々囚人の動静をさぐりに来るうちにどうやら私に好意を持つようになったらしい。

このようなやり口を見れば、法の不正から悪と虚偽が生じてくる道筋を容易にたどることができる。主任看守が理由は判らないが私の求めに応じてくれ、私がそれを不当に利用したことを読者の方々が赦してくださるかどうかは私には判らない。ただ、この点では私にも悪いところがあったことは認めねばならぬ。私は自分の冒険談をしているのであって、弁解をするつもりはない。今の状態から一刻も早く脱け出すためなら、場合によっては他人を騙してもいいと私は思っていたのだ。

脱出計画はもうでき上っていた。バールを使えば大して音も立てずに楽に土牢の戸を蝶番《ちょうつがい》から外せるだろう。それが駄目なら場合によっては錠を切り取ることも可能だ。戸を出れば狭い廊下があり、一方には土牢の独房が並び他方は看守や番人の部屋がある。ここを進めば街路に通じる入口に達する。だが、そのためには看守の部屋の前を通ることになり、彼らは物音ですぐ気付くだろう。そう思って私はこの出口を使うのは止めにした。この廊下の反対側の端には別の戸口があって厳重に戸締まりがしてあるが、そこから主任看守専用の庭へ出られる。ここから脱出しようと私は決めた。この庭に入ったことはないが、土牢のすぐ上にある、罪人を昼間入れておく部屋の窓から眺めたことはあった。周囲にはかなりの高さの塀があって、仲間の話ではこれが拘置所と外部との境界になっており、その向こう側の路地は町外れまで通じているということだった。よくよく観察し考えた末に、庭に出さえすればきりなどを適当な間隔で押し込んで梯子にして塀を越え、夢に見た自由を再び得ることができると気付いた。土牢に近い塀はその向こう側に人通りの多い街路があるから、裏塀を越える方がいいと私は思ったのだ。

　計画を十分に練って二日後の真夜中にいよいよ決行することにした。第一の戸には相当手こずったが、結局うまくいった。第二のは内側から戸締まりがしてあり、楽々とかんぬきを外すことができた。しかし、戸締まりの要《かなめ》で頑丈な錠は二重になっていて、鍵は抜き取られていた。そこで私はのみを使って錠の舌を押し戻そうと苦心したが動かない。そこで今度は錠を含んだ外側の部分をねじ開けて動かすと、とうとう錠も取れて戸は開いた。

　ここまではうまくいったが、すぐ外に大きなマスティフ犬の小屋があることを私はちっとも知らなかった。そっと外に出たのだが、この犬がすぐに感付いて吠えだした。これには私もびっくりしたが、何とかうまくなだめることができた。それから私はそっと廊下を引き返し、犬の鳴き声に気付いた者がいるかどうか様子を窺ってみた。もし気付いた者がいるようなら、牢に戻って万事もと通りにしておこう

ケイレブの脱獄

と思ったからだ。ところがあたりはしんと静まりかえっているので、それに勇気を得て仕事を続けた。

塀まで来て半分ばかり登った時、庭への入口から、おい、誰か？　戸を開けたのは誰か？　と呼ぶ声がした。返事はなし、暗くて離れたものは見えないので、彼は私が思った通り明りを取りに建物の中に戻った。犬も彼の声の調子にただならぬ気配を感じて前よりも激しく吠えだした。こうなっては引き返すことはできないが、塀を乗り越える可能性はまだ残されている。最初の男が手さげランプを取りに行った間に別の男が出て来て、塀のてっぺんにいる私の姿を見付けた。彼はすぐに声をあげて大きな石を投げつけ、それが私をかすめて飛んだ。これは危ないと慌てた私は大急ぎで向こう側に飛び降りねばならなくなり、その時に足首を脱臼しそうになった。

塀には私の気付かなかった戸口があって、これが開くとすぐにランプを持った男がふたり飛び出して、私が降りた所へ向かって路地を走って来る。私は足首の痛みですぐには立ち上れず、二、三歩よろよろと歩いて坐り込んでしまう。どうにも仕方がなくなってもうこれまでと覚悟を決めた。

第十四章

その晩私は主任看守室へ連行され、あのふたりの看守がずっと私を見張った。いろいろ尋問されたが、私は殆んど答えずに足の痛みを訴えた。それに対して彼らは、この野郎め、そんなに痛けりゃ膏薬を塗ってやるぜ、冷たい鉄の膏薬をな、と言うだけだった。眠っているところを起されこんな面倒なことになったので、彼らは私にひどく腹を立てていたのだ。夜が明けると、彼らは前の晩言った通りに腫《は》れあがった足首にはおかまいなしに私に足枷をはめ、土牢の床の金具に南京錠で固定してしまった。私は彼らに強く抗議し、法律によって有罪とされたのではない、私は法律上は無罪だと言った。しかし彼らは、俺たちを見損なうな、何もかも分った上でこうしているのだから、法廷でもちゃんと弁明できる、と言った。

足枷の痛みは耐え難く、私は何とかそれを和らげようとし、こっそり外そうと試みもしたが、痛みはひどくなるばかりで到底無理と判り、じっと我慢するしかない。時がたつにつれて痛みは激しくなる。二日二晩たって私はとうとう番人に拘置所の医者を呼んでくれと頼んだ。このままにしておいたら足が腐りそうだ、と。しかし彼は私をじろりと睨んで、それもよかろう、お前のような奴は腐って死んだら有難いと思え、と言った。彼がこう言った時、私は痛くて辛抱できなくなっていたので、愚かにも彼の無礼な応答にかっとなった。いいか、番人であろうと言っていいことといけないことがある。我々が逃げないように見張るのはたしかにお前の仕事だが、そんな悪口雑言を言っていいのか。もしこうして床につながれていなければ、そこまで言われて黙ってはいないぞ。言っておくが、あとで後悔しても手おくれだぞ。

私がそう言うと、彼はびっくりして私を見つめた。こんな風に言い返されたことはなかったので、彼ははじめ耳を疑った。私の態度が毅然としていたので、私が拘留の身であることを彼は一瞬忘れていた。しかし冷静を取り戻した彼は怒るどころか私を馬鹿にしてあざ笑い、私の鼻先で指をぱちんと鳴らしてくるりと廻り、偉そうなことを言うじゃないか旦那、何とでも言え、とどなった。あとで吠え面かくなよ、と捨てぜりふを残して彼は去った。

彼のこの言葉に一瞬私は我に返り、私が何と怒っても無駄だと悟った。私はこうして黙りこんだが、足の痛みは相変らずひどい。そこで戦術を変更することにした。間もなく同じ番人が私の食事を運んで来たので、近付いた時に手にそっと一シリングを握らせ、頼むから医者を呼んでくれ、まさか私を見殺しにするつもりじゃなかろう、と言ってやった。彼はその金をポケットに入れて私をじっと見てうなずくと、何も言わずに去って行った。やがて医者が来たが、足首がひどく腫れているのを見て何か塗り薬を持って来るように命じ、腫れがひくまでは足枷を外しておくように厳重に命令した。足が完全に治り、もう一方の足同様に強くしなやかになるまで丸一月かかった。

私の取り扱いは脱走を企てる前と全く変った。一日中土牢に鎖で厳重につながれ、戸はきまった時刻に二、三時間開けられるだけで、その間に仲間の囚人が時々やって来て私に話しかける。その中に、私が好きだったブライトウエルにはとても及ばぬが、なかなか見所のありそうなのがひとりいた。これが実はフォークランド氏が二、三カ月前に殺人罪の訴えを棄却した男だったのである。彼はもう元気はなくて衣服も汚れ、昔の美しくて明るい顔つきも消えてなくなっていた。彼は潔白で立派な、雄々しくて情ある男だった。彼はのちに放免になったものの、世間にほうり出されて幽霊さながらに哀れな姿でさまよい歩いているにちがいない。私の大工仕事はもう許されず、毎晩土牢内部の検査があって道具類は一切手に入らないことになった。それまで与えられていた藁《わら》も、物を隠すのに使うからということで取り上げられて、残ったのは椅子と毛布だけになった。

この状況が少しはよくなりそうな気配がやがて訪れたが、それも私のいつもの不運のために実現せずに終った。主任看守が前のようにその意図をはかりかねるような親切な態度を見せて再び現われた。彼は土牢に何の便宜も備えられていないのに驚いた様子をした。そして、私が脱走を図ったのを厳しく叱りつけ、丁寧に扱っていたのにそれが分らないのなら、立場上これからは扱いを改めなければならぬ、とも言った。こんな場合は法律の命じる通りにするのが大切だ、正式の裁判で厳しい判決が出たとしても、文句を言ったりしたら世間の物笑いになる。私はお前にいいようにといつも思っているのに、お前の方が私の好意を無にするのじゃないか、と。こうして回りくどい言い方で切り出した時に、用事ができて彼は話の途中で去った。その間に私は彼の提案のような言葉をいろいろと考えてみた。この話の出所と思われる人物を私は憎み嫌ってはいても、この提案の中に脱出の道を発見できないだろうかと思案しないではいられない。だが、この時の思案は無駄に終った。この日には主任看守は戻らず、翌日には、彼の好意ありげな態度から私が抱いた期待に終止符を打つ或る事件が起った。

いろいろなことを思い付く性質《たち》の人は、一度或ることを考え始めると見込みはないと判ってもすぐには断念できないものだ。私は捻挫した足首を足枷が圧迫して痛くてたまらないのを我慢しながら、私をしばる鎖をよく調べていた。腫れて痛むので鎖をゆるめるのは不可能と判ったが、冷静に調べたおかげでもっと見込みのありそうな方法を発見した。夜中には私の土牢は真暗闇だが、土牢へ降りる戸が開いている場合は事情がいくらか違ってくる。戸の前の通路はとても狭くて向かい側の壁が鼻の先にある。だから満月の夜に戸が十分に開いている時でも、土牢に入って来るのは微《かす》かな薄明りだ。ところが、二、三週間いるうちに私の眼が暗い場所に慣れたのだろうか、どんな小さい物でも識別できるようになった。

或る日、考え込んだりあたりの物を調べたりするうちに、私は近くの地面の泥の中に半ば埋まっている釘に気が付いた。すぐに拾おうと思ったが、絶えず人が通るので感付かれてはいけないと思い直し、その時は暗闇の中でも摑めるように位置を正確に憶えておくだけにした。それで、戸が閉まるとすぐにこの宝物のような釘を拾って形を変えると、床の金具に私をしばりつけた南京錠を外すことができた。私の主な目的のために使えるということは別にしても、これは大成功だと思った。鎖につながれていれば、動けるのは左右にそれぞれ五十センチ足らず。こんな有様で数週間過ごしたのだから、鶏小屋のように狭苦しい場所でも拘束なしに動けるので、僅かの慰めとはいえ飛び上るほどに嬉しかった。それが主任看守がこの前土牢にやって来た日の数日前のことであった。

　この時から私は夜中に南京錠を外して自由に動き、翌朝目覚めて番人が来る直前までそのままの姿でいることにしていた。大丈夫だと思えばつい油断をするものだ。看守と話をした翌朝のこと、寝過ぎたのか番人がいつもより早く巡回に来たのか、彼が隣の独房を開ける音で私はやっと目を覚ました。必死に努力したものの、暗がりのなかを手探りでしなければならないので、私が鎖を金具に結びつけるよりも先に、彼がいつものようにランプを手にして入って来た。彼は私が自由になっているのを見て大いに驚いて主任看守を呼び、私はそこでどうして鎖を外したかと尋問される。隠そうとすればするほど厳しく追及され、監視もさらに厳重になるだけと思い、私はすぐにありのままを白状した。獄舎の住人を監督する役目の主任看守殿は私の行動にかんかんになって怒った。宥《なだ》めすかすような態度は一切なくなった。怒りで目を光らせて彼はどなりつける。お前のような人間の屑《くず》、悪党にやさしくして本当に俺は馬鹿だった、今やっと分った。相手が誰だろうともうこんなことはしないぞ。お前のおかげでやっと分った。看守を騙そうとした泥棒に思い知らせてやる法律がないなんてとんでもないことだ、と。

散々どなったあと、彼は腹は立つし慌ててもいたので、部下に命令を下して私の部屋換えをした。連れて行かれたのは、並んだ地下独房の真中の房と戸口で通じている特別房《ストロング・ルーム》と称する部屋である。ここも地下にあって、すぐ上には前に書いたような昼間用の雑居房がある。だだっ広くて寒々とした所だった。何年も戸を開けたことがないので空気は悪く、壁には湿気による汚れやかびが一面に付いている。足枷、南京錠に金具は以前と同じだが、今度は手錠までかけられた。主任看守がよこした最初の食物はかび臭い黒パン一切れとこれもまた臭くて汚ない水である。これは看守が勝手に計《はか》らってしたことかもしれない。場合によっては囚人に与える水は最寄りの溝乃至《ないし》は拘置所に近い池から採取すべきこと、という法律の規定があるからだ。その上に、私の部屋のいわば控えの間に相当する小部屋に、番人がひとり寝るよう命じられた。彼が監視する罪人である私などよりもずっと身分の高い重要人物を収容する設備がこの部屋にはあったのだが、彼はこの命令には大いに不満だった。しかし、命令とあれば仕方がない。

こうして私が移された場所は不愉快この上ないものだが、私は決して落胆はしなかった。その頃私は物事は外見だけで判断すべきではないと知っていたのだ。たしかに部屋はじめじめして体によくないが、その状況に対抗する方法を私は発見していた。戸はいつも閉じられていて、他の囚人は私に近付くことはできないことになっている。もし人々との交際に楽しみがあるとすれば、孤独にもそれなりのいい点がないわけではない。独りでいれば何の邪魔もなく自らの考えを追求し、望むままに心を慰めることができる。その上に、今の私の心にある計画について思案するには、独りでいることが特に好都合だった。

いよいよ自分独りになるとすぐに、手錠をはめられているうちに思いついたことを試みて、歯を用いるだけで手錠を外した。看守が巡回に来る時間は決まっていて、その時にはちゃんと気をつけておくように心掛けた。部屋には縦二十センチ、横五十センチ足らずの狭い格子窓があって、ここから入る光線は以前の部屋に比べるとずっと明るい。従ってここは全くの暗闇というのではないから、看守の不意打ちをくらう心配も前よりは少ない。ここに移って私はそんなことを考えていた。

そのうちに思いがけずトマス、以前に私が言ったことのあるフォークランド氏の召使のトマスが面会に来た。数週間前、私が足を痛めていた頃に、フォリスター氏の使用人のひとりが町へ来たついでに私に面会に来たことがあった。彼から私の様子を聞いてトマスは大へん心配していたという。フォリスター家の男は単なる好奇心で来たのだが、トマスはいい男で、私を見てかなりショックを受けたようだ。私は気持も落ち着き体の調子も大分よくなってはいたが、以前のような血色は失《う》せ、苦労に耐えていたせいか顔つきがけわしく、昔の色つやをなくしていた。トマスは私の顔と手足をかわるがわる眺めて溜息をついた。それから、同情の気持を表わしてこう言う。

これはいったいどういうことだろう、お前さんはケイレブか！

その通りだよ、トマス。私が拘置所送りになったのは知ってるだろう？

拘置所に入るとこんなに手枷足枷をはめられるのか、それに晩はどこに寝るのか？

ここだ。

ここといっても、ベッドはどこにある？

ないのだ、トマス、ベッドはない。前は藁があったが取り上げられたよ。

藁まで持って行くのか、奴らは？

その通り。このままで眠れということだ。

そのままで？　ここはキリスト教国の筈だが、犬にもこんなひどい扱いはしない。

そんなことを言ってはいけないよ、トマス。政府の偉い人がこうしろと言ったのだから。

ひどい、俺はすっかり騙されていたよ。イギリス人に生まれて有難いと思えとか、自由だ私有財産権だとかいろいろ聞かされたもんだ。何もかも嘘じゃないか。本当に俺たちは馬鹿だったよ。目の前でこんなことが起っているのにちっとも気付かないで。もっともらしい顔をした連中は、フランスかどこかなら別だが我が国ではこんなことは絶対にないと平気で言うんだからな。ところでお前さん、裁判はまだすんでいないんだろう？

その通り。

初めから絞首刑よりひどいことをしていて、裁判も何もないじゃないか。ウィリアムズさんよ、たしかにお前は悪いことをしたし、絞首刑になればいいと俺も思ったことはある。だが、どういうわけか、あとで落ち着いてみれば気持も変って気の毒だと思うようになる。そんなことじゃいけないと分っているのだが。でも、死刑になればいいと思った時は、俺はお前さんがおまけにこんなひどい目にあっているなんて知らなかったのだ。

こういう対話のあとしばらくしてトマスは去った。我々の家族の古くからの関係を思い、彼は私の苦難に大いに同情したのであろう、午後にまたやって来て私を驚かせた。彼はどうしても私のことが気になって、改めて別れを言いに来させてもらったと言った。何か考えていることがあるがどう切り出したらいいものかと思案する様子だった。二度の面会の間ずっと番人のひとりが付き添っていて離れない。ただ一度、通路で何か物音がしたようで、その時番人が戸口まで様子を見に行ったことがあり、機会を待っていたトマスがこの時に急いでのみ、やすりにのこぎりを私に手渡し、悲しげな口調で、こんなことをしてはいけないとは分っているが、仕方がなかったのだ。たとえ死刑になろうと、こうしないではおれなかったのだ。頼む、ここから逃げてくれ、ここは思っただけでもぞっとする、と彼は言った。私は喜んで道具を受け取り、胸のあたりにしまい込む。彼としては来訪の目的を達したわけで、やがて別れを告げて去る。去った途端に私は例の品物を椅子のイグサ製クッションの下に隠した。

　翌日のこと、看守たちは理由は言わずにただ部屋に何か道具を隠しているにちがいないと言って、念入りにあたりを調べてまわった。しかし彼らは椅子には気付かなかった。

　それから一週間近く私は満月の夜を待った。夜しか行動できない。しかも、看守の最後の巡回と翌朝の最初のそれとの間に、つまり晩の九時と朝の七時の間に実行せねばならぬ。土牢では、前に言ったように二十四時間のうち十四、五時間は誰にも邪魔されず過ごすことができる。ところが、手先が器用だとの評判を取ってからは、私にだけはこの規則と違う扱いが適用されていた。いよいよ仕事にかかったのは十時である。私が収容された部屋には二重の戸があった。私を監禁するのにそこまで厳重にする必要はちっともない、というのは外側に番人が配置されていたからだ。ところがそれがかえって私には好都合だった。二重の戸があって音が通りにくく、少し気をつけて仕事をすれば番人に気付かれる心配はまずない。最初に手錠を外し、それからやすりで足枷を切断する。続いて窓の格子の桟《さん》を三本切り、椅子と壁のくぼみに足をかけて窓に登る。これだけで二時間あまりかかった。桟を切断した時、私は水平になっているのを少しばかり曲げて、壁に十センチ近く埋めこまれているのを一本一本力まかせにまっすぐに引っ張って外した。だが、これだけの隙間では体を通すのは無理だ。そこでのみと鉄の桟を一本使って壁の煉瓦を取り外すことにした。五つばかり取ったところで床に降りて、そこに煉瓦を積み上げる。この作業を四、五回繰り返した。ようやく通れるほどになったので、くぐり抜けて外側の小屋のようなものの上に渡った。降りるとそこは東端に窓のある昼間雑居房の南に面する塀と、拘置所そのものの塀との間にある荒れ果てた土地だった。しかし前の場合と違って、かなりの高さの塀によじ登るための道具がない。塀の下の方に何とか通れる穴をあけるしかないが、その塀が外側は石、内側は煉瓦を張りつけてあるのでなかなかの難物だ。債務が払えないで拘置されている人々のいる房が、私が脱出したばかりの建物と直角をなして並んでいて、月夜ではあるし私のいるあたりが見通せる窓もいくつかあって、一時は発見される危険もあった。特に少しでも音を立てようものなら大変だ。そんな状況なので、小屋に隠れることに決めた。小屋には錠がかかっていたが、何かの役に立つだろうと持っていた足枷の切断した環を使って簡単にこじ開けて入った。ここに隠れて作業を続けることができたが、ただひとつ困るのは暗いので押し入った戸を少し開けておかねばならぬことであった。しばらくして塀の表にある煉瓦はかなり取り除いたが、石に達すると仕事は比べものにならぬほど難しくなった。石を接合するモルタルが長年の間に石のように固まっていて、仕事にとりかかった時は強固な岩のように思えた。私は六時間も休みなくこの大仕事に取り組んだ。のみはこの新たな障害にぶつかってすぐに壊れ、それまでの疲労と目前の大敵との間でもう先へは進めないと諦め、これ以上やっても無駄だと断念した。この時私の仕事の大きな助けになっていた月が沈み、あたりは暗闇になった。しかし、十分間休んでから私は再び気を取り直して作業を再開した。二時間あまりたってやっと最初の石を外し、次の一時間で通り抜けられるだけの穴を遂に空けることができた。独房に残した煉瓦の山も相当なものだが、この塀に穴を空けてできた残骸に比べればもぐらの山のようなものだ。この仕事は十分な道具を持った労働者でも二、三日はかかる量だと私は確信している。

しかし、困難は終ったのではなく始まったばかりのようであった。穴を空けてしまわぬうちに夜が明けて、十分もたてば看守が来て私の脱走に気が付くだろう。建物の私が通って来た側と隣接する田園地帯とを結ぶ路地の両側には戸口も何もない塀が続き、それから馬小屋、倉庫が二、三と身分の低い人々が住む粗末な家が何軒かあちこちにある。一番安全なのはできるだけ早く町を出て田舎に隠れることだ。無理な作業で腕がひどく腫れて傷だらけになり、疲れて身動きもできぬほどだ。急ごうとしても長くは続かず、追手が迫れば急いだとて何の役にも立たないだろう。結局はこの五、六週間前の状態と殆んど同じで、外に出ることは出たものの、結局追手に抵抗もできぬままつかまって元通りになりそうな気がした。だが、よく考えれば以前よりはましだ。どこまでやれるか自信はないが頑張ってみることはできる。失敗すればそれだけ次の計画の実行が困難になる。脱走に当ってこういうことを私は考えていた。それに、もし最初の目的は達成しても、そのあとやってゆく手段はなく一シリングの金もない。これが大問題であった。

第三巻

第一章

私はその路地を誰にも会わず見付かりもせずに進んだ。家の戸口は閉まっており、窓のよろい戸も下りて夜中のように静まりかえっている。路地の端まで無事に行きついた。もし追手がすぐに追跡を始めたとしたら、私が路地の途中のどこかに潜んでいる可能性はまずなく、路地の端までためらうことなく走ると彼らは思うだろう。実際私もそうせざるを得なかったのだ。私が行きついた場所は町はずれの荒れ果てた未開地で、そだやはりえにしだが生い茂っている。地面はゆるい砂地で、表面がでこぼこしている。少し高い所に登って眺めると、あまり遠くないあたりにぽつんぽつんと小さい農家が二、三戸見える。これは困ったな、と私は思った。今のところはなるべく他人《ひと》に見られぬようにするのが大事だと考えていたからだ。

それで私はもとの低い場所に戻ってよく調べてみると、深さは色々の洞穴があたり一面にあったが、いずれも人ひとり身を隠すには浅すぎる。また逆に、誰か隠れていはしないかと思うほどの深さもない。やがて東の方が明るくなる。曇って小雨がちの朝だった。土地の人ならこれらの洞穴の深さをよく知っていただろう。しかし、入口のあたりが暗い陰になって奥はよく見えないものだから、私のような初めての者はつい、ここを利用したら何とかなるのではと期待を持つようになった。ここもあまり安全ではなさそうだが、今の緊急の場合にはこの場所しかないと私は考えた。生きるか死ぬかの場合である。生命の危険が大きくなればなるだけ、生命というものが大事に思われてくる。一番安全だろうと思って私が選んだ穴は路地の端にある町はずれの家から百メートルと離れてはいなかった。

それから二分もたたぬうちに足音がして、番人がふたり、私の隠れた穴のすぐ前を通った。全くすぐそばで、私がそのままで手を伸ばせば彼らの体にさわれるほどだった。私は穴の中にいたのだが、入口は視線をさえぎるほど狭くもないので、私には彼らの全身が見えるのに、こちらは陰になっていて先方には見えない。あの野郎め、どっちへ逃げたんだろう、と荒々しく言う声が聞える。するともうひとりの方が、畜生、きっとつかまえてやるぞ、と答える。すると相手は、心配するな、一キロも行ったらきっと追いつくに決まっている、と応じる。彼らの声はすぐに聞えなくなった。別の方向から来る追手に見つかりでもしたら大へんだと思ってじっと動かずにいたので、彼らがどこへ行ったかは判らない。私の脱走から彼らが現われるまでの時間から見て、連中は私と同じ道を通ってやって来たのだろうと判断した。正門から出て町を大廻りして来たのならもっと時間がかかる筈だ。

彼らの素早い行動に驚いて、私はしばらくは隠れた穴から一歩も動かず、姿勢を変えることさえしなかった。朝は小雨で寒々としていたが、それから一日中大雨が降り続いた。あたりは陰気で拘置所はすぐ近く、食物は全くなしで、どうしようもなく気が滅入った。しかし静かな孤独感をもたらしたこの悪天候のために、私は次第に、今の場所から、同じような所でもさらに安全な別の隠れ処《が》へ移ろうという気になってきた。太陽が沈むまではそれでも同じ場所にいてあまり動かなかった。

夕方になると雲が散って、前の晩のように月が煌々《こうこう》と照りわたる。昼間はふたりの番人のほかに人影を見ることはなかった。恐らく天気のせいであろう。それにしてもこんな明るい晩に穴から出るのは危ない。そう思って月が沈む午前三時近くまで私は待っていた。とても立ったままではいられないので、穴の奥に坐りこむのが待つ間の唯一の休養である。苦しい夜と辛くて暗い昼間のせいか、そのまま私は時々眠りこんだが、気分はちっともよくならない。寒い季節でもあるし、眠ればかえって体によくないと思って、なるべく眠らないように努めてはいたのだが。

遠くへ移動するために利用できる時間は三時間もなかった。いよいよ立ち上ると空腹と疲労でふらふらし、さらに困ったことに、前の日の湿気と夜中の身にしみて冷たい霜のために、手足の自由が利かなくなったようであった。立ち上って体を揺り動かしてみた。斜面に寄りかかって体の隅々の筋肉をあちこち動かして、ようやくいくらか感覚を取り戻した。これには大変な苦痛が伴ない、何としても実行するという強い決意が必要だった。隠れ処の洞穴を出ると私はよろめくように歩いたが、歩くにつれて次第に速くなる。町まで続くヒースの茂る荒れ地には少なくともこのあたりでは道らしいものはないが、幸い星が光っているのでそれを頼りに、長い間拘禁されていたあの憎むべき場所に近寄らぬように進んで行った。進む方向の土地はでこぼこで、けわしい上りになったり下りになったり、暗くて見通しも利かぬ谷間に入ったりした。途中で危険になって、かなり廻り道をせねばならぬことも度々あった。そのうち、このような邪魔物がある場所にしてはこれ以上速くは進めないほど、ぐんぐん歩けるようになっていた。速度が速まり空気も澄んでいるので、私は元気を回復した。歩きにくさも忘れ、気分はさわやかで力が湧いてきた。

荒れ地が尽きて、森林と呼ばれるような地帯に入る。飢えで倒れそうになり今後はどうなるかも判らず、恐るべき危険の数々に取り囲まれているのに、森へ入ったらしいと思った途端に心が熱くなり、元気が出て明るい気持になった。そう言うと変に聞えるかもしれぬが本当だ。私の仕事の最大の危険は乗り越えた、とその時に私は思った。ここまで来たからにはあとは怖いものはない、と信じた。監禁されていたことや私の頭上に迫っていた運命を思い出すとぞっとした。自由の有難さをあの時の私のように切実に感じた者はなかろう。見かけだけは華やかでも実は奴隷という生活よりも、貧乏でも独立独歩という生活の方がどんなにいいものか、私のようにしみじみ思った者もまたないだろう。私は歓喜のあまり腕を伸ばして手を打ち、私は今こそ本当に人間になったのだ、と叫んだ。この手はこれまで手枷にしばられ、立っても坐っても鎖の音がひびいた。野獣のようにつながれてぐるぐる動きまわるだけだった。だが今は猟犬のように自由に走り、鹿のように野山を駆けることができるのだ。おお神よ！（私の胸の奥の鼓動を知ってくださる神があるものならば）土牢から逃れてやっと手に入れた自由を抱きしめている私の喜びをあなたは分ってくださるだろう。自分の権利を取り戻せたこの時の有難さよ。だがつい昨日《きのう》までは、嘘と知りながら破廉恥にもそれを押し通した男のために、私は危うく命を失うところだった。私が心からの確信をもって言うことと虚偽との見分けさえつかぬ愚かな人々のために、私は若くして無残な死を遂げるところだったのだ。長年にわたり人は他人に生殺与奪の権利を握られても黙っていたが、それはいつか今度は自分が権力を得て、法によってと称し他人を思うままに支配したいと願っていたからだ。これは何という奇妙なことだろうか！　おお神よ、私から何もかも奪ってください、どんな苦痛でもよい、与えてください。喜んでお受けします。私を砂漠の野獣の餌食にしてくださっても結構です。ただ、権力という血のしたたる法服《ローブ》を着た者の犠牲にだけは二度となりたくはありません。自由に生き、自分の選んだ仕事を追求すること、これだけはどうかさせてください。自然の暴威、腹を空かせた猛獣、野蛮人の復讐にさらされても結構です。ただ、権力者や王の血も涙もない悪意だけはもう御免です。私はこう叫んだのであった。飢えて無一物、他人《ひと》に見捨てられた私にかくも力を与える熱情とは何と有難いものだろう！

私は少なくとも十キロは歩いていた。私を追跡する者に手がかりを与えてはならぬと思い、途中の民家を避け住人に見られないように気を配った。進むにつれて少しは警戒をゆるめてもよかろうと思い始めたが、ちょうどその時にすぐそばの茂みから数人の男が現われた。私はその瞬間に、これはかえって好都合だと思った。このあたりの町や村に入るのは危険だが、何か食べる物を入手しなくてはならぬ。この連中が何とかしてくれるのではあるまいか。私の立場からすれば、彼らが何をしているのか、どんな職業なのかはどうでもよかった。盗賊を恐れる必要はないし、たとえ盗賊だったとしても私のような立場の者にはきっと同情してくれるだろう。私はそう思って、避けるよりも進んで彼らの方へ向かって行った。

彼らは果して盗賊の一味であった。ひとりが、誰だ、止まれ、と叫んだので、私は彼らに呼びかけた。私はただの旅人で、持物といっても――と言いかけると、彼らは私を取り巻いて、私に声をかけた男が、この野郎つべこべ言うな、そんなせりふはたくさんだ、さっさと金を出せ、有金全部ここへ出せ、と言う。そこで、実は一文なしで、腹がへってふらふらです、と私が答える。何だと、一文なしだと？　それなら、金はなくても着物はあるようだから、着ているものをもらおうか、と相手は言う。

着物だと、と私はかっとして言い返した。何を言うのか。一文なしと判ればもうよかろう？　私は一晩中この荒野を歩いて来た。もう二日目だが何も食べていない。こんな人気《ひとけ》もない森で私を裸にしてほうり出す気か？　お前たちも人間だろう。圧制を憎んで金持の横暴に立ち向かったのなら、私のように死にかかっている人間を救うのが当り前じゃないか。頼む、食べ物をくれ、着物まで剥ぎ取ることはなかろう。

思いもかけぬほどすらすらと私が訴えると、彼らの様子から二、三の者が私に同情したらしいのが、まだ夜明け前の薄闇の中でも見て取れた。先程の男は仲間の気持を察したようで、気性が荒いせいか威張りたがるのか、負けまいとして急いで攻撃を仕掛けた。彼はぶつかって来て私を力いっぱい突き飛ばした。その勢いで私は別の男にぶつかったが、彼は私の訴えを無視していた奴で、最初の男と同様に激しく私を突き飛ばす。そうされると私はますますかっとなり、二、三度前後に振りまわされたあと彼らの腕をかいくぐって逃れ、ふり向いて身を護るため抵抗する姿勢を見せる。私に向かって来たのは最初の男だった。その時はただ興奮していたので私は彼を殴り倒してしまった。すぐに彼らは四方から棒や棍棒で私に襲いかかり、今度は私の方が打ちのめされ気が遠くなった。倒れていた男がその時には再び立ち上っていて、よろめく私に短剣で切りつけ、私は頸《くび》と肩に深い傷を負って倒れる。彼は私に止どめを刺そうとした。はじめ私をやっつけるのをためらう様子を見せたふたりも、本能的な仲間意識のせいか他の連中と一緒になって私に殴りかかっていた。が、あとで知ったのだが、そのうちのひとりが止どめを刺そうと短剣を振り上げた男の腕を押えたということだ。そうでなかったら私の命はなかっただろう。止めろ、もうそれでいい、いいじゃないか、ジャインズ、という声が私に聞えた。何だと？　と別の声がした。苦しんだ挙句こんな所でじわじわ死んでいくだけだ。いっそ一息《ひといき》に殺してやる方が慈悲というもんだ、と。私としてはこんなやりとりを黙って聞いているわけにはいかぬ。必死にひとこと言おうとするが声が出ない。助けてくれという気持で手を差し伸べるのがやっとであった。殺しちゃいけない、絶対に、という声がした。我々は人殺しじゃない、と。冷静な連中の言い分が結局通ったのだった。そこで彼らは私の上衣とチョッキを剝ぎ取って、私を水のない溝の中にほうり込む。私の苦痛や傷からの大出血にはおかまいなしに、彼らはどこかに行ってしまった。

第二章

そんな有様で私は息も絶え絶えだったが、それでも意識は失っていなかった。裸同然の体からシャツを引き裂き、それを傷口にあてがって出血をいくらか食い止める。それから必死に溝から這い上ろうとする。どうやら上った時に、あまり遠くない所で足音がする。驚きかつ嬉しくて声をふりしぼって助けを求めた。やって来た男は私を見つけ、これは大へんだと同情してくれ、私も彼の同情を誘うような身振りをして見せた。帽子はなくて頭髪《かみ》はざんばら、その端《はし》には血がべっとりと付いている。頸と肩のあたりには破れシャツ、しかも大量の血で赤く染まっている。腰までむき出しの体は血まみれで、白かったズボンにも血が飛び散る、という有様だった。

気の毒に、どうしてこんなことになったのですか、とその男は心から同情するように言って私を抱き起した。私を立たせて、立てるかなと心配そうに言う。立てます、と私が答える。すると、彼は私を離して自分の上衣を脱ぎ、冷えた私の体にそれを着せようとした。私は立てると言ったものの、彼が離れるとふらふらして倒れた。しかし、傷ついていない方の腕を伸ばして体を持ち上げ、やっとのことで地面に坐りこんだ。その私に彼は上衣を着せて立たせ、手当ができる場所へ連れて行くから私に寄りかかりなさいと言った。勇気というのは気まぐれなものだと私はつくづく思う。自分自身しか頼れるものはないと感じていた頃はいくらでも頑張れるという気持でいたのに、他人に思いがけずやさしくしてもらった途端に私の堅い決意は消え失せて、私は気が遠くなりそうだった。私を支えるこの親切な人は私の有様に気が付いて、時々声をかけ元気づけてくれた。その言い方は陽気で暖かく、親切である。退屈な説教調は少しもなく、といってただやさしいばかりでもない。この人は人間ではない、天使だ、と思えるほどであった。彼の態度には粗野なところがちっともなくて、本当に心やさしく丁寧な人という感じがした。森の外へ出るのではなくて、奥の方の人気《ひとけ》のない所に向かって一キロばかり歩いた。以前は濠《ほり》だったが今は水が乾き、一部に汚れてよどんだ水が少し残っている所を越えた。この濠に囲まれた所は廃墟で、基礎の弱った塀があってその上部は今にも倒れそうだ。アーチになった門を通り、真っ暗な曲がりくねった通路を抜けると我々は立ち止まった。

　通路の突き当りにドアがあったが、私は気付かなかった。私をここまで連れて来た男がノックすると中から返事があった。声の大きさや力からして男らしいが、女性的なかん高い鋭さもあって、誰かね、と問う。こちらが返事をするとすぐに二重のかんぬきを外す音がしてドアが開き、我々は中へ入った。

内部は連れて来てくれた男の外見には少しも似合わず、掃除もせぬままに汚れて住みにくそうである。そこにいたのは相当の年配の女で、よくは判らぬがひどくいやな感じがする。目は赤く血ばしっており、頭髪《かみ》はもつれてもじゃもじゃになって肩にかかっている。顔は浅黒くて、皮膚はひからび羊皮紙のようだ。やせ型のようで、全身、特に腕は肉が引き締まって強そうに見える。人間らしいやさしさはなく、それどころか野蛮で残忍な血が激しく流れているらしい。体中に抑えがたい精力が溢れ悪意に満ちている感じがする。恐ろしいアマゾンの女王サレストリスにも似たこの女は、我々と見るや否や、不機嫌な声で、これはどういうこと？　仲間じゃないようだね、と言う。男はそれにかまわず、隅にある安楽椅子を暖炉の前に出すように女に命じた。彼女はしぶしぶ言われた通りにし、またいつもの癖が出たね、私たちには慈悲の心は要らないのに。他人にやさしくしたおかげで、こっちは身の破滅ということにきっとなるよ、とつぶやく。黙ればばあ、と男は厳しく言う。私の一番いいシャツをひとつ、チョッキ、それに何か繃帯になるものを持って来い。そう言って彼は女に鍵束を渡した。要するに、彼は私に父親のようにやさしくしてくれた。傷口を調べ、洗滌して繃帯をしてくれた。それと同時に、彼は私の衰弱した体によいと思う食物を女に急ぎ命じて用意させた。

　手当と食事が終ると私の命の恩人は体を休めるように勧め、その用意をさせているちょうどその時に足音が聞え、続いてノックする音がした。我々が入った時と同様に老婆が用心深くドアを開けると、六、七人がどやどやと入って来た。彼らの外見はいろいろで、全くの田舎者らしいのや紳士くずれのようなのもいる。しかし、どの男も荒々しく、落ち着かずばらばらで、私はこんな集団は見たことがなかった。さらにまたびっくりすることがあった。彼らのうちの数名、特にそのひとりの様子をよく見ると、これ

ケイレブ、盗賊団の隠れ家に案内される

は私が先刻やっと逃げることのできたあの盗賊の一味だと判った。目立った男というのは私を今にも殺そうとした奴である。彼らはこの離れ家を襲うべくやって来たのであって、私を救ってくれた人は持物一切を奪われ、私は遂に殺されるのか、と私は思い込んだ。

これが私の誤解であることはすぐに判明した。彼らは私の恩人に向かって丁寧にキャップと呼びかけたからだ。何か言ったり叫んだりする時は騒がしいが、それでもキャップの意見や権威には相当の敬意を示す。私を傷つけた男は、私に気付いて間の悪いような風でどう応対するか迷っていたが、それを振り払うようにして、こいつは誰だ、と叫んだ。その口調に何かを感じたものか、私の恩人は彼を鋭い目でじっと見つめてから言った。おいジャインズ、お前知っているのか、この男を前に見たことがあるのか？　すると、もうひとりが、ちえっ、ジャインズ、お前も運の悪い奴だな。死人が歩く、という話があるがどうやら本当らしいぜ、と言う。生意気なことを言うな、ジェコルズ、と私の保護者が答えた。今は冗談を言っている時じゃない。おい、ジャインズ、朝寒いのにこの若い男を刺した上に、裸で森の中にほうり出したのはお前なのか？

そうらしいな。それがどうした？

こんなひどいことをして、一体相手がどんなことをしたというのか？

こいつが一文無しとあれば、腹も立つじゃないか。

何だと？　向こうが抵抗もしないのにやったのか？

いや、抵抗した。こっちはただ押しただけなのに、やつが生意気に殴りかかってきたのだ。

ジャインズ、お前は仕様がない男だな。

へっ、俺がどうだろうとちっともかまわん。お情深くおやさしいあんたのおかげで、我々みんな絞首台行き間違いなしさ。

お前にはもう言うことはない。お前のことは諦めた。同志の諸君、この男の行動をどう処置したらいいか各自で考えてもらいたい。彼が何度も罪を重ねたこと、私が彼の行ないを改めさせようと苦労したことは皆も知っている。我々の仕事は正義を行なうことだ。（このように、先入観を持つ者は自分が従おうと決意した主義を、それがどんなにひどいものであろうと、都合のいいように潤色するものだ。）我々は盗賊、無鑑札の盗賊だ。その我々が天下御免の合法的盗賊仲間と正面きって対決している。我々盗賊は同等の仲間の集まりだから、私だけが偉くて権威があるとは言わない。諸君は思った通りに行動するがよい。ただ、私の意見はと問われれば、ジャインズは仲間の面汚しだから追放処分にすると答えるだろう。

この提案はもっともと思われた。皆の意見がリーダーのそれに合致していることは容易に判った。にもかかわらず、二、三の者はどう処置したらいいかためらっていた。ジャインズは、この俺がそんな扱いをされて黙っているかどうか、皆よく考えてみるがいい、というようなことを不機嫌な様子でぶつぶつ言っていた。彼のこの態度を見て、私の恩人はとうとう決意を固め、軽蔑の気持をあらわに目を光らせて言った。

何を言うのか、我々を脅迫するのか。我々がお前の言いなりになるとでも思っているのか。とんでもない。治安判事のところへ行って我々を告訴するか？　やってみるがいい。お前ならできるだろう。この集団を結成した時、我々も馬鹿ではないから危険は覚悟の上だった。その危険のひとつはお前のような奴の裏切りだ。だが、今になってびくびくするようではこんな仕事はできない。いつもお前を怖がって脅迫に震え、何を言われてもこっちがぺこぺこする、とそう思っているのか。もしそうならお前には結構なことだろう、が、その前にこの私をばらばらにして殺してみよ。さあ、やれ。やってみるがいい。お前にはとてもできまい。世間に向かってこう言えるか？　私は腹立ちまぎれに立派な同志を殺した悪者です、裏切り者です、と！　言えるものなら言ってみろ、痛い目にあうのはお前の方だ。出て行け。

リーダーの大胆さが居合わせた人々に伝わって、ジャインズにも皆を味方につけるのは無理だとすぐ判ったようだ。ちょっと考えて、何も俺は——くそっ、俺は泣き言は言わん。俺はいつも自分の主義を守って皆と仲良くしてきた。だが、あんたがどうしても俺を追い出すと言うのなら、判ったよ、みんな元気でな。

彼の追放で集団全体の様子がずっとよくなった。これまでもいくらか穏やかにやっていこうと願っていた連中は、そういう空気が高まりそうだと見て活気づく。彼らは反対派の荒々しくて横柄な態度に圧倒されていたのだが、今では別の行き方を取ることができるようになった。ジャインズが威張るのを見て羨ましく思い、彼の行動を真似ていた者はそれを控えるようになる。彼が人間や動物に対して残酷で野蛮な扱いをした話は、これまでリーダーの耳には達しなかったが、それが次第に判ってくる。そういう話は数々あるが、ここでは重ねて語るのは止める。話せばただ嫌悪、不快感を読者に与えるし、なかには人間とはかくも堕落するものかと多くの人に思わせるような実例もあるからだ。とはいえ、彼にも長所はあった。なかなか積極的で辛抱強く、忠実な男ではあった。

彼が追放されて私は大いに助かった。あのような状態で、負傷までしていた私がもしすぐに集団からほうり出されていたら、大変な苦労をしただろう。だが、彼と同じ屋根の下で暮す勇気はとてもなかっただろうと私は思う。あの男にとっては、私がいることはいわば良心に刺さった棘《とげ》のようなもので、彼の犯した行為とリーダーの叱責を絶えず思い出させる。彼は盗賊なので、あとはどうなろうと知るものかというわけで、一時の感情でかっとなって行動しても特に悪いこととは思っていない。私は身を護るのに衰えきった体しかないという状態でいたのだから、私を侮辱したり傷つけたりしようと思えば、彼にはいくらでもその機会はあったのだ。

その危険がなくなったのだから、私としては運がいい方だと思ったのである。それに、あの場合では最上の隠れ処を手に入れたことにもなり、また、他人の好意や親切によって得られる様々の利益も決してないわけではなかった。私が拘置所で見かけた盗賊と今度の盗賊との間には大へんな違いがあった。私が新しく出会った連中は陽気で楽しげにしている。必要とあれば自由に議論し、計画を立てて実行する。仲間の気持を尊重する。人間社会でよくあるような、自分に最も苦痛を与えるものを黙って辛抱するふりをしてみせる、そんなことは絶対にない。自分が受ける苦しみは当然だと無理に思い込もうなどとは決してしない。彼らは自分を力で圧えつける者に正面から対抗し戦う。これに反し、私が見た獄中の盗賊は野獣か何かのように檻《おり》に閉じ込められて行動の自由はなく、何もしないので体は麻痺している。かつての活動的な生活が僅かながら残っているのを時々証明するのは、病んだ体がぴくぴく動いたり痙攣したりするその様《さま》であり、健全な精神の理性的活動はもうない。彼らには希望も計画も、明るい生き生きした夢もなく、ただ暗い見通しがあるだけで、それ以外の事は考えることさえ許されない。私が描く明暗ふたつの情景は確かにひとつの全体像の部分をなしていて、一方は他方の完成図、今にも現われるかもしれぬ続篇である。しかし、今私が共に暮している盗賊たちはそのことに全く気付かず、その点では理性的反省とは無縁であった。

前にも言ったように、或る意味では私は今の住居《すまい》に感謝しなければならない。それが隠れ処として申し分ないからだ。ここにはいつも陽気さと楽しさがある、が、この家の陽気さに私の心も応じて明るくなるかといえばそうではなかった。この集団を構成する人々は一切の社会の掟を捨てて顧《かえり》みなかった。彼らの商売は人に恐怖を与えること、いつも考えるのは社会の警戒をどうして出し抜くかである。こんな生き方が彼らの性格に見てとれる。彼らには確かに憐れみの心、やさしさがあるにはある。寛大なところも大いにある。しかし、彼らの境遇が極めて不安定であるから、気分もそれだけ変りやすい。人に嫌われても平気なので、すぐかっと興奮する。いつも略奪の相手に乱暴を働いていると、見境がつかなくなって相手かまわずひどいことをする場合もある。相手が手強《てごわ》いと見れば、すぐに傷つけたり棍棒やナイフを振りまわす。世間一般の暮しの中に埋没している人々と違って、公平に見て感心するような気力を発揮することも少なくない。人の性質のうちでは気力《エナジー》が最も大切である。公正な政治組織ならば、たとえ盗賊の持つ気力であっても、それを今のような見境なしの破壊行動へ向かわせることなく、そこから良い面を引き出す術《すべ》を知っているだろう。現状では、我々は品質最高の鉱石を捨てて、最低の目的にすぐ役立つ悪質の鉱石ばかりを選んで使う化学者のようなものである。私の見るところでは、これら盗賊の気力は自由な偏見のない考え方に教えられることがないので、最も誤った狭くて情《なさけ》ない目的にのみ用いられている。

私が盗賊と共に暮した家はひどく不便な所だという印象を持つ読者も多いかもしれない。ところが、いろいろ考えさせられる場所としての利点を除いても、私が脱走して来たあの拘置所に比べれば極楽のように思えた。不愉快な連中、勝手の悪い部屋、不潔で騒がしいことも、彼らと同席しないですむ時は何でもない。いつ死刑になるかと脅えていた頃を思えばどんな苦労でも辛抱できる。私と同じ人間の暴虐、冷淡で警戒的な眼や残酷な復讐心による苦しみは別だが、それ以外のものなら些細なこととして無視できるようになった。

私はめきめき快方へ向かった。リーダーはいつもやさしく気を付けてくれて、他の仲間も彼にならってよくしてくれた。ただ、家事を引き受けているあの老婆だけはまだ私を嫌っていた。彼女はジャインズが追放されたのは私のせいだと思っていた。彼女はジャインズびいきだったし、仲間全体のためを思えば老練の賊の代りが未熟な見習いでは大損だと考えたのだ。それに加えて彼女はむっつりして陰気な性格でもあったが、この種の人間はあり余る不機嫌の胆汁をぶちまける相手がなくては生きられないものである。彼女は些細な理由を見つけては私に当りちらし、時には狂犬のように私を嚙み殺さんばかりに睨みつける。私をやっつける機会がなかなかやって来ないのが、彼女には何よりも腹立たしいのだ。抑えられぬほどの激しい怒りをぶつけようにも、女中の意地悪程度のことしかできないのが癪にさわって仕方がない。私の方は強敵同士の戦いや恐るべき危険に出会うのには慣れていたから、彼女がふくれ面をしても気にしなかった。

体がよくなると、私はフォークランド氏の重大秘密を知ったあの事件を除くこれまでの身の上話をリーダーにした。あの事件ばかりは今のような立場になっても話したくなかった。今言ってしまえば、フォークランド氏に打撃を与えるために利用する可能性を捨てることになると思ったからだ。リーダーはフォリスター氏とは正反対の考え方をして、重大秘密の部分を隠したがために私の話が曖昧になっても、私に不利になるような解釈はしなかった。彼の洞察力は大したもので、騙そうとして作り話をこしらえても利き目はなく、彼もその点では自信を持っていた。私も彼を信じて率直に本当のことを話したので、彼は私を信用し、好意と親しみを持ってくれたようだ。

彼は熱心に私の話に耳を傾け、時には意見を述べることもあった。これこそ社会の権力者が弱者に対して行使する暴虐と裏切りの実例だ、と彼は言った。彼らが一般大衆を、卑しむべき利益やとんでもない気まぐれの犠牲にするのを何とも思わぬ立派な証拠だ。事態を正しく見抜いた人なら、権力者が我々の絶滅を命じるまで黙って待っているだろうか？　まだ抵抗ができる間にきっと武器を取って自衛のために立ち上るだろう。奴隷になって唯々諾々として服従するのと、自己の権利を果敢に主張するのとどちらが立派か？　法律の不公平な運用のために、潔白な人々が権力に圧迫されて罪人とされるような時には、本当に勇気ある人ならば必ずや法律に戦いを挑むだろう。また、彼が法律の不正のため害を被《こうむ》る破目になっても、少なくとも彼は法律の軛《くびき》何するものぞという気概を見せるに違いない。私自身も、今言ったような正当で強い理由がなければ、現在の仕事を選ぶことはなかっただろう。君も経験によって私と同じ強い信念を得たものと思うから、今日から我々の同志になってくれると有難い、と彼は語った。彼のこの希望がどんな結果をもたらしたか、それはあとで話すことにしよう。

正義の味方と称する者どもの追及を避けて私が加わった盗賊集団は、様々な自衛手段を決めていた。そのルールのひとつに、本拠から相当離れた場所でなければ行動しないというのがあって、ジャインズが私に暴行を加え、その結果私はここに隠れ住むことになったのだが、あの暴力事件で彼はこのルールを破ったことになる。物品を強奪したあと、被害者の見ている前で根拠地となるべく正反対の方角へ逃走するふりをするよう彼らは心掛けていた。彼らの住み処とその周辺は荒れ果てて人気もなく、その近辺には幽霊が出るという噂があった。私を嫌うあの老婆が古くからここに住んでいて、住人は彼女だけと土地の人々は思い込んでいる。その上に、彼女の風采《ふうさい》が土地の人々が想像する魔女の姿にぴったり合っていた。盗賊たちは十分に注意して出入りし、それも普通は夜間だけだった。時々家のあちこちから見える明りを土地の人は怖がってお化けの明りだと言っている。飲んで騒ぐ声が彼らの耳にまで聞えると、あれは悪魔のカーニバルだと人々は思った。何かと都合のいい住居だったが、盗賊たちは続けて長くいるのを避けた。何カ月も留守をし、別の場所に移動することも多い。老婆は彼らに時に同行し時に留守番をするが、同行といっても出入りには仲間と一緒にならぬようにしたから、目敏《めざと》い村人でも彼女の留守と強盗騒ぎとを結びつけて怪しむことはない。怖がる村人には、悪魔のお祭りは彼女のいるいないとは無関係に行なわれるように見えた。

第三章

こうして暮すうち、或る日私の関心を惹く事件があった。仲間のふたりが少し離れた町まで買物に出かけた。買って帰った品物を主婦役の老婆に渡して、彼らは部屋の一角でくつろぐ。そのうちひとりがポケットから何か印刷物を一枚取り出し、ふたりで熱心に読み始めた。まだ衰弱してはいたが大分よくなっていた私は、暖炉のそばの安楽椅子に坐っていた。かなり長く読んだあと、彼らは私を眺め、再び紙面に戻ってまたこっちを見る。それから彼らは揃って部屋から出て行ったが、どうも印刷物の内容についてふたりだけで相談したいらしい。しばらくして彼らは戻って来たが、今度は前にはいなかったリーダーも一緒である。

キャップ！　とひとりの方が嬉しそうに言った。とうとう見つけた、まあ見て御覧なさい。百ギニーのお札《さつ》だ。

レイモンド氏（というのがキャップの名前である）は印刷物を彼から取って読み、一瞬黙っていた。それから彼は印刷物を手で押しもみ、手下に向かって、きっと相手が言うことを聞いてくれると信じている様子でこう言った。

百ギニーを何に使うつもりだ？　何か欲しい物でもあるのか？　困っているとでも言うのか？　客をもてなす道に反し、彼を裏切ってまで金が欲しいか？

キャップ、私には分らん。道に外れることならいくらもして来た。今さら古い人の道や格言を気にすることはない。ここでは我々が法律、我々が人の道なのだから何も怖いものはない。それに、これはいいことなんだ、盗《ぬす》っ人《と》がひとり死んでもちっともかまわん。

何、盗っ人だと！　お前が他人《ひと》を盗っ人呼ばわりする——

まあ落ち着いて、キャップ。私は盗賊商売一切をひっくるめて悪く言ってるのじゃありません。盗みにもいろいろあるからね。私は街道に出て赤の他人から、奪《と》られてもまあ困らんようなものを奪い取る。

これは別に悪いこととは思っていない。しかし、私でも人並の良心はある。巡回裁判やお偉い判事たち、絞首台が何だと私は思っているし、法学者先生からいけないと言われて小さくなるような人間でもない。だからといって、こそ泥とか主人を騙す召使とかいった主義も正義もない連中にすぐ同情するというもんでもないよ。絶対に違う。私は盗賊稼業に誇りを持っているから、それだけに仕事の邪魔をする奴には腹が立つ。まして世間で私と同じ盗賊という名でまかり通る奴らは憎らしくて我慢ができない。

ラーキンズ、それは考え違いだ。お前が憎む気持はもっともだとしても、その憎む相手にお前が現に無視している法律を適用してはいけない。それでは筋が通らない。法律に味方するか敵になるかのどちらかだ。この世に法律というものがある限り、お前や私のような人間を罰する法律もきっとある。だから、我々みんなが法律の制裁を受けても仕方のない悪者か、それとも法律の方が人間の悪行を正す道具として適当でないかのどちらかだ。私がお前にこう言うについては理由があるのだ。それは、密告者、仲間を売る者、つまり誰かに信用されたのをいいことにその人を裏切る者、金を目当てに隣人の命を売る者、自分ではできないかする勇気のないことを口実を見つけて法律にさせる卑怯者は悪人でも最低だ、ということをお前に知ってもらいたいからだ。さて、お前がさっき言った理由に申し分のない根拠があるとしても、今の場合に適用するわけにはいかぬ。

レイモンド氏がこう言っていると他の人々も部屋に入って来た。そこで彼は皆に向かって言う。

諸君、今ラーキンズが新しい知らせを持って来たので、彼にも異存はないと思うから皆にも披露しよう。

そう言いながらあの紙片を展《ひろ》げて続けた。これが百ギニーの懸賞金付き犯人の人相書で、ラーキンズが町で拾ったものだ。日時その他や犯人の人相についての特に詳しい説明からすれば、犯人とは私がついこの間救って連れ帰ったこの若者のことにちがいない。この刷り物によると、彼はその保護者で恩人たる人から信用されたのに付け込んで高価な物品を盗んだという。その罪で彼は州拘置所送りになったが、裁判を恐れて約二週間前に脱走した。これは自分の罪を白状したも同然の行動だとここに書いてある。

諸君、私はこの話の詳細を少し前に聞いて知っていた。彼が身の上話を私にした時は、前もって話しておいた方が得だと気付いてそうしたとは思われない。彼は無実の罪を着せられたのだ。脱走したのが罪を犯した証拠だなどと思う無知な者はこの中にはいないだろうな。つかまって裁判にかけられる時、自分が無実かそうでないかが判決を左右すると信じる者があるだろうか。裁判では、判事は被告が真犯人であるか否かよりも当の犯罪の恐ろしさばかりを考える。動機調べは、賢明な人ならとても信用できないと思うような証人たちによって行なわれる。たとえ些細な事柄についてもそんな証人がまともな発言をするとは思えない。裁判とはこんなものだから、誰が進んで裁きを受ける気になどなるものか。

この気の毒な若者の物語は長いから、今それを皆に伝えようとは思わない。ただ、彼の話から明らかになったことは、彼が主人のもとから暇を取りたいと申し出たために、主人のことについて少しばかり好奇心を持ち過ぎたために、また恐らく彼が何か重要な秘密を知っていたがために、主人は彼に敵意を持つに至った、ということである。この敵意が次第に高まって、主人はかくもひどい罪を彼になすり付ける気になったのだ。この若者が自由に行動して主人の支配の及ばぬ所へ行ってしまうのを許さず、絞首刑によって邪魔者を始末したいと願ったようだ。ウィリアムズは隠すことなく話をしてくれたから、彼は言われるような罪は犯していないと私は確信する。しかるに、告発の場に呼び出された召使一同、主人の親戚で収監令状を出した治安判事、この男は自分が公平に裁いたと思い込んだ馬鹿な奴だが、こんなのがみんなで主人の味方をして、ウィリアムズがその後受ける不当な取扱いの模範を示してくれたというわけだ。

ラーキンズはこの人相書を手に入れた時には詳しいことを知らなかったものだから、これで百ギニーを獲得できると思ったのだ。さて詳しい事情を知った今でもその気かね、ラーキンズ？ 僅かな金のために小羊を狼の餌食にするつもりか？ ウィリアムズの主人は血に飢えた悪党で、元の召使を家から追い出すだけではまだ足りず、彼の名誉も生きる道も奪い、雨露をしのぐ場所もない有様にしておいて、その上に命もよこせと言っているのだ。お前はそんな奴の手伝いまでするつもりか？ 裁判所の横暴を押える勇気を持った者がいないなら、我々が先に立ってやろうではないか。大胆不敵の魂で生きる我々が、憎むべき密告者になり下って一ペニーでも稼ごうとするとは情ないではないか。社会全体から敵視されている我々が、我々よりひどくて不当な迫害を受けている者に保護を求められて拒否できるか？

キャップの話を聞いて皆はすぐに納得し、裏切るものか、彼を護れ、と叫ぶ。命をかけても護るぞ。もし盗賊が信義と名誉をなくしたら、安心して住める場所はどこを探してもないぞ、と。特にラーキンズはキャップの忠告に感謝して、こんな立派な若者を苦しめたり大悪人の手伝いをするくらいなら右手を切り落としてもいいとさえ言った。そう言いながら彼は私の手を取って、もう心配するなとも言った。ここにいる限り大丈夫だ。たとえ木っ端役人がこの隠れ家を発見しても、我々が皆で命に代えても保護してやるぞ、と。私は彼に心から礼を言ったが、リーダーの熱意には特に深い感銘を受けた。私は彼らにこう言った。私の敵は執念深くて、私の血を見るまでは満足しないだろう。しかし、こんな目にあうような悪いことは絶対にしていない、これだけは誓ってもいい、と。

レイモンド氏は活気と気力に満ちていて、この思わぬ危険を追い払うのに私の出番がないほどであった。それでも、このことは私の心に深い感銘を残した。私はかねてフォークランド氏がいつかは公正さを取り戻すだろうとの希望を持っていた。彼は私を激しく追及したが、それは意に反してのことであって、いつまでも続くものではないと信じていた。もともとあのように正直で名誉を重んじる人だから、いつかは自らの行動が不当だったと気付いて、あの厳しさを和らげてくれるに相違ないと私は思った。この考えがいつも私の胸の内にあって、少なからず私の励《はげ》みとなっていた。先方は私を生かしておくと危険だから殺すというつもりらしいが、私は役に立つ人間だということをフォークランド氏に判らせてやろう、というつもりだったのだ。私を拘置した件やその後生じたいろいろな事柄に際してのフォークランド氏の行動を見るにつけ、私はますますその気になっていたのである。

しかし、この新しい事件があってからは事態が私には全く違って見えるようになった。彼は私の名誉に泥を塗り、私をしばらくは拘置所に閉じ込め、さらには家もない放浪者になるまで追及しておきながら、それでも満足せずに、無一物のみじめな私を前にも増して冷酷に追いつめようとしている。そう思うと今までにない強い怒りがこみ上げて来る。私には彼のみじめさと苦しみがよく分る。その原因もよく知っており、彼ばかりが悪いのではないことも十分承知している。だからこそ、私自身ひどく苦しみながらも私を迫害する彼を憎むというより憐れみ続けてきたのだ。だが、今度のことで私の気持が少し変ってきた。彼は遂に私にかなりの打撃を与えたから、今度こそは私をほうっておいてもよかろう、と思っているのかもしれない。少なくとも、村人の私に対する憎悪と不信感を煽《あお》るのは止め、私を脱走犯人という危険で不安な状態にしておくことで満足すべきではないか？　フォリスター氏の酷しい扱いに対して私のためにとりなしてくれ、その後も何かと好意を示してくれたのも、私を宥《なだ》めて黙らせるための彼の芝居だったのか？　私からたっぷりと仕返しを受けはしないかと絶えず不安で、密かにあらゆる手段を用いて私の破滅を図るまさにその時に、彼はいかにも後悔したふりをしていたのだろうか？　こんなことを思い始めると私はただ恐ろしいばかりで、体中が急にすっと冷たくなるような気がした。

　この頃には傷はすっかり治り、そろそろ将来の身の振り方を何とか決めねばならぬ時期が来ていた。私の気持としては、盗賊の仲間に身を投じることはぞっとするくらいに厭だった。私は彼らを世間一般の人が感じるほどには嫌いではなく、反感も持ってはいなかった。彼らのいい性質や長所は知っており尊敬もしていた。彼らを見下し非難攻撃する世間の人々よりも彼らの方がずっと悪い人間だとか、社会に対してより激しい反感を持っているとか、そんなことを信じているのではない。とは言っても、個人としての彼らはいい連中だと思いながら、私はその欠点や誤りはちゃんと見ていた。普通の人だったら彼らの欠点が見えなかったかもしれないが、今の威勢のいい盗賊仲間を知る前に幸いにも私は拘置所で哀れな罪人たちをよく観察していて、これが毒に対する解毒剤の役を立派に果していた。盗賊仲間には他所《よそ》には見られぬ気力、工夫の才や不屈の精神があって、これが大きな人間社会の舞台で利用されたら、どんなに役立つだろうかと思わないではいられなかった。それが、現状では社会の重大な利益と真っ向から対立する形で浪費されている。彼らのやり方は大衆の幸福と対立するのみならず、彼ら自身の利益にもならない。社会のために危険を冒し命をも捨てるような人は、良心の満足という報酬を受ける。これに反し、政府が私有財産保護のために取るあのひどく苛酷な、しかし必要でもある警戒手段、即ち法律を勝手気儘に無視して、一般大衆に恐怖を与える敵対行為をする、そんな人は自らの利益を忘れた愚か者で、小銃隊の隊列の前に立ってさあ撃てというような自殺行為をしているのだ。

私はこう考えていたので盗賊の集団に参加する気は少しもなく、彼らから受けた恩恵にせめて報いるために、最大の被害者は彼ら自身というこの仕事を止めるように説得する決意をした。私の説得に対する応答は様々だった。私が話をした相手はすべて盗賊業はべつに悪いことではないと信じているようだった。いくらか心に疑念が残っていても、それは圧し殺すか、いわば無理に忘れるように努めているらしい。なかには私の議論を馬鹿げていると嘲《あざけ》り、お前は宣教師かと言う者もいた。また、自説の正しさを確信して私の説得を一蹴する者があり、特にキャップがそうだった。しかし、この気楽な自己満足の気分は長くは続かなかった。彼らは宗教に基づく説得や、法は神聖なりというような論法には慣れていて、そんなものは迷信だと相手にしない。ところが私の意見は彼らも反論できぬ原理に訴えるもので、我々が耳にたこができるまで聞かされて何の共感も呼ばなくなったおきまりの説教とは違う。思いがけず筋の通った反論をつきつけられて機嫌を悪くし、余計なお世話だと腹を立てる者もでてきた。しかしレイモンド氏はそうではない。彼には滅多に見られぬ率直さがある。あらゆる面から検討し尽したと信じている説に対する、かくも強力な反論を聞いて彼は驚いた。彼は私の説を慎重かつ公平に考えてみた。初めはゆっくりと、しかし最後には全面的に彼は私の言い分を認めた。彼にはただひとつ反論すべき点が残されていた。

ああ、ウィリアムズ、と彼は言う。私が今の仕事を始める前に君の考えを聞かせてもらっていたらよかったなあ。今じゃもう遅い。法の不当に気付いたがため今のような生活に入ったのだが、その法が私がもとの道に戻るのを阻止している。神が罪人に審判を下す場合、裁きの場に立った時のその人に基づいて判決をすると私は聞いた。罪状が何であれ、誤りに気付き二度と犯さぬと誓えば神はその人を赦すということだ。しかし、神を信じると称する国々の制度はこのような区別を認めていない。改心の余地を認めず、罪の区別をぶち壊して嬉しがっているように見える。裁判の時の被告の人格は何の意味もないわけだ。彼がどんなによくなり、他人《ひと》のために役立つ立派な人物になったかは全く考慮されない。死刑に相当する犯罪行為が十四年、いや四十年後になって発覚したような場合、その間彼が聖者の如く清く愛国者の如く献身的な生活を送ってきたとしても、法は一顧だにしない。とすれば、私は一体どうしたらいいのだ？　一度この道に入ったら、いつまでもこの愚行を続けねばならないのか？

第四章

私は彼の訴えに深い感動を覚えた。どうしたらよいかはあなたが一番よくお分りの筈です、事態はそんなに絶望的だとは思えません、としか私には言えなかった。話はこれで終りとなり、続いて異常な出来事があったので、私も半ばこの話題は忘れた形になった。この一軒家の門番の老婆が私に敵意を持っていることは前に述べた通りである。仲間から追放されたジャインズが彼女のお気に入りであった。レイモンド氏の気力とすぐれた才知に圧倒された彼女は、ジャインズ追放に反対は唱えなかったが、陰ではぶつぶつ言って不満だった。表立ってリーダーに反対できないので、彼女はその腹立たしさを私に集中するようになった。彼女にしてみれば、私は既に犯した赦せぬ罪に加えて、盗賊業をあだこうだと非難したことになる。盗みはこの白髪の老婆の信仰箇条の中でも第一条であり、私の盗み反対論を驚きと恐怖を隠しもせずに聞いていた。その表情は、この世の創り主《つくぬし》の苦悶と死とか、神に選ばれて義とされる者の魂を包む聖衣、とかいったものへの信仰が攻撃されるのを聞く信者の老婆の顔に見える表情に似ていた。狂信的な人によくあることだが、彼女も自分が信じ込んだことが批判されると、信仰の武器ではなくて本物の武器を使ってでも復讐したい気持になった。私はそれに慌てるというよりも、彼女の憎悪を馬鹿にして心配無用と思っていた。向こうも私が馬鹿にしているのに気付いていたようで、それだけ一層腹立たしく思っていたのだろう。

或る日、家に私とこの浅黒い魔女だけが居残っていた。盗賊一味は前の晩、日が暮れて二時間ばかりして遠征に出発しており、いつもと違ってその日は夜が明けても帰っていなかった。こんなことは以前にも時々あったので、私は格別心配もしなかった。獲物の匂いを嗅ぎ付けていつもの行動範囲を越えることもあれば、お尋ね者の身の上を忘れて追いかけることもある。盗賊暮しにきまりはないのだ。老婆は仲間が帰り着いた時にすぐ食べさせようと食事を用意していた。

私は彼らと暮すうちに時間の観念をなくし、昼間と夜とを取り違えることさえあった。ここに来てからもう五、六週間になり、時候も変りかけていた。その晩は自分の身の上を思ううちに二、三時間たっていた。一緒に住む連中の性格や日常の行動が私には不愉快でたまらない。彼らのひどい無知、粗野な気質、乱暴な行動にはそのうち慣れるだろうと思っていたのに、はじめ感じた不快感が日毎につのってゆく。悪事をして堕落してはいるが、その悪を行なう時の頭の働きが抜群でいろいろ工夫をする抜け目のなさも私には我慢ができない。哲学の教養のない者にとっては、道徳的に許せないという気持は動揺と不安を生むものだと私は知った。レイモンド氏と話し合っても私のこの苦患は消えない。たしかに彼だけは悪徳にふける他の連中とは別人のようである。それでもやっぱり私は、彼がこんな所にいるのはおかしい、仲間が悪すぎる、こんな悪事をするなんて、と痛感する。それまでにも彼とその一党の誤りを悟らせようとしたが、私にはとても無理と判った。

私はどうしたらいいのか？　私の宣教活動の成果を待つか、それとも今すぐここを去るべきか？　もし去るとしたら、こっそり去るか、それとも自分の意図をはっきり告げて、説得力の足りないところは模範を示すことで補うべきか？　私は彼らの仕事に参加するのを一切断わって、それに伴なう危険の分担も引き受けていない。それに、彼らとは全く気が合わないのだから、傷が治ったあといつまでもここに住むのはよくない。早く考えを決めねばならぬ事情がここで生じた。彼らは二、三日後に今の家を引き払って、遠く離れた州にある隠れ家へ移ることにしていた。もし今後も一緒に暮すと言っておかないと、私が今度の移動に同行するのはおかしいことになるだろう。執念深いフォークランド氏が私を苦しめ追いつめた結果、盗賊の巣でも住む家が見つかったのは私には幸運だったと言わねばならぬ。しかし、あれから時間もたったことだし、追跡の手も以前ほど厳しくはあるまい。私が脱獄する時に望んだ、人に知られず独り住む所、ままならぬ世間と人の噂から離れた隠れ家を今や私は求めていたのだ。

私の念頭にあったのはこのような考えであった。長く考え続けたので疲れて、気分を変えようと私は親友ブライトウエルの遺品たる小型ホラティウス作品集をポケットから出した。そして、ホラティウスが文法学者のファスカスにあてて静かな田園の誰にも遠慮せぬ生活の楽しさを書き送った書簡を私は読みふけった。その頃には東の丘の後から太陽が昇り、私は窓を押し開けて眺めた。その日の日の出はいつもよりも美しく、いわゆる自然詩人が好んで描く魅力をすべてそなえていた。特に、いろいろ考え続けたあとでは心を落ち着かせるものがその光景の中にあった。私の気付かぬうちにとりとめのない幻想のようなものが頭の中に入り込んで来て、私は窓から離れてベッドに身を投げ眠ってしまった。

どんな夢を見たか私ははっきりとは憶えていない。ただ、最後にフォークランド氏の手先が近づいて私を密かに殺そうとしたことは憶えている。彼の復讐を受けるかもしれぬ世間へ思い切って戻って行こうかと考えたこともあるので、それが夢になって現われたのだろう。夢の中の人殺しは私の不意を襲うつもりだったようで、私もそれに気付いてはいるのだが、体がどうしても動かず逃げられない。彼が用心深く近寄るその気配さえ感じられ、息を殺しているがその呼吸も聞えるようだった。彼は私のベッドのある片隅まで来て、そこで立ち止まる。あまりの恐ろしさに私は飛び起きて目を開けると、あのいやな鬼婆が肉切り包丁を持って私にのしかかるように立っていた。私は自分でもびっくりするほど素早く身をかわしたので、私の頭をねらって振り下ろした包丁は空《むな》しくベッドを打つ。彼女が体を立て直す暇も与えず、私は相手に飛びかかって、包丁を摑んで奪い取る寸前に、老婆は力を取り戻し猛烈に抵抗する。彼女はウィリアムズが憎いの一心で、私は必死で戦い、ふたりはしばらく互いに揉《も》み合った。彼女の力は女戦士アマゾンのように強く、私もこれほど手強い敵に会ったことがない。殴りかかるその打撃は私の不意をついて正確で、時々体全体でぶつかって来るその衝撃も強烈であった。最後には私が相手を圧倒して恐るべき包丁を奪い、女を床に投げつけた。それまでは戦いに熱中し憤激を抑えていた老婆は、今や歯を食いしばり目玉も飛び出すかに見え、怒り狂って体を起そうとする。

畜生、この悪党め！　この私をどうするつもりさ？　と彼女は叫び声を上げる。

この時まではお互いに一言《ひとこと》も口を利かなかったのだ。

何もしない。とっとと出て行け、鬼婆、と私は答えた。

出て行けって！　行くもんか。お前の横っ腹にこの指で穴を開けて血を吸ってやる！　殺す気か？　え、そうかい。殺すなら殺せ。お前の上に乗って地獄まで連れて行ってやる。地獄の硫黄で火あぶりにして、はらわたをお前の目に突っ込んでやるぞ、へっ！

こう言って女はさっと立ち上り、前よりも激しく私に飛びかかろうと身がまえた。私はその手を摑んで力まかせにベッドに坐らせた。押えつけられても、彼女は歯をむき、頭を激しく振り、時には私を振り払おうとしたりして腹立たしさを爆発させる。顔を歪《ゆが》め体を急に動かす様子を見ると、何かの発作に襲われた病人のようで、三、四人がかりでやっと押えつけられるかとも思われる。しかし、私は経験からこの状態なら私ひとりで十分だと見てとった。彼女の逆上ぶりは見たところ大へんなようだったが、彼女も最後には力尽きてこれ以上の抵抗は無駄と諦めた。

離せ、離さんか！　と彼女は言った。お前の指図は受けん。

指図をする気ははじめからない、と私は答えた。今すぐここから出て行くか？

その通り。誰がこんな所にいるものか。

それを聞いてすぐ私が手を離すと、老婆は急ぎドアへ走って、ドアに手をかけて、殺してやる、明日はもう命はないと思え、と叫び、外から閉めて錠をかけた。これには私もびっくりした。彼女はどこへ行ったのか？　何をするつもりだろう？　こんな鬼婆の策略にかかってむざむざ死ぬなんて堪えられない。心の準備もない時に突然襲いかかる死は、それがどんな形を取って来ようと恐ろしいものだ。息もできぬほどの恐怖にどうすればよいのか判らなくなって私は気も狂わんばかり。ドアを破ろうとしても無駄だった。何か破る道具はないかと部屋中を探しまわる。最後の手段として全身の力をこめてドアにぶつかって行くと、やっと開いて私は危うく階段の下までころげ落ちるところであった。

私は慎重に気を配りながら階段を降りた。台所として使っている部屋に入るが、そこには誰もいない。家中を捜したが人影は全くない。外の廃墟も歩きまわったが老婆の姿は見えぬ。これはおかしい。どこへ逃げたのか？　彼女の失踪をどう考えたらいいのか。私は女が走り去る時の捨てぜりふを思い出した。たしか「明日はもう命はないと思え」と言った。これが分らない。暗殺の脅《おど》しをかけているようにも見えない。

その時に、ラーキンズが持って来たビラのことを急に私は思い出した。老婆はこのことを言っていたのか？　彼女は独断で密告に行ったのか？　考えなしに役人をここへ連れて来たら集団全体に危険を及ぼしはしないか？　まさかそんな無茶はしないだろう。だが、逆上していたから何をしでかすか判らない。ここで待って、私の自由を事の成行きに委せていいものだろうか？

それはいけない、と私は即座に否定した。そのすぐあと、ここを去ろうと私は決心していた。そう決めれば、その実行の多少の早い遅いは大した問題ではない。あんなに激しい敵意を見せた女とこのまま同じ家で暮すのは不愉快だし賢明なことでもない。だが、私が最も気にしていたのは投獄、裁判と死刑というこの三つである。それを思えば思うだけ何とかして避けねばという気持が強くなる。私は既にそのための計画を実行していたのだ。私はもう多くの犠牲を払ってきた。自分の落度で失敗するようなことがあってはならない、と思った。私を苦しめる者どもがこれからどう出るか、考えただけでもぞっとする。彼らの不当な圧制を知るにつれて、私は彼らが行使する権力をますます憎むようになった。

　こういう理由から、別れも告げず、与えられた格別の好意の数々にお礼も言わずに、六週間にわたって私を裁判、有罪判決、不名誉な死から護ってくれた家から私は慌ただしく去ったのである。皆が盗みの分け前をもらうのだから君も受け取るようにとレイモンド氏が強く言って、私にも何がしかの金をくれていたので、ここを去る時に私は数ギニーの金を持っていた。あれから時もたったから私を追及する熱も少しは冷《さ》めるだろうとは思うものの、事によっては大きな災いが降りかかることも考えられるので、できる限り警戒を怠らぬようにしようと決心をした。今の心配のきっかけになったあのビラから考えて、目下の最大の危険は私を知っている人または未知の人に見破られることだと私は思った。従って、できるだけうまく変装するのがいいようだ。幸い今の家の誰も行かない片隅にぼろ着の包みがあって、これを利用して乞食の変装をしようと私は考えた。それで、着ているシャツを脱ぐ。頭にネッカチーフをかぶって片方の目が隠れるようにする。その上に古いナイトキャップをかぶる。一番悪い服を選んであちこち引き裂き、さらにひどい有様にする。これを着て私は自分の姿を鏡に映してみた。変装ぶりは上々で、これなら誰でも乞食と思うにちがいない。こんな姿をして追手を避けねばならぬようにしたのは他ならぬ暴虐と不正だ、と私は思った。だが、お偉方のお情にすがるよりはこうして人間の屑から軽蔑される方がずっと、何千倍もましだ、と。

第五章

森を通り過ぎる時にたったひとつ決めた方針は、あの拘置所とはなるべく反対の方向へ進むことであった。約二時間歩くと森を出て、囲い込まれた耕地に来た。そこで小川のほとりに腰を下ろして休み、持って来た僅かばかりのパンを出して食べながら、これからの計画を思案した。前からそう思っていたが、首府ロンドンが他の利点もさることながら身を潜めるのには一番安全なような気がする。その時に少し離れた所を農民がふたり通りかかったので、ロンドン街道はどう行けばよいか尋ねた。彼らの話から、近道をしようと思えば引き返して森の一部を通り、今よりもかなり州都に近寄らねばならぬことが判った。これはそう心配しなくてもよかろうと思った。うまく変装しているから、少々の危険なら大丈夫だ。そこで、少し廻り道をしながら言われた方向へ歩き始める。

その日の出来事のうち、二、三について触れておかねばならない。三、四キロ進むと、向こうから馬車が来るのが見えた。黙ってやり過ごすか、この機会を利用して乞食らしい身振りや言葉ができるかどうか試してみようか、と一瞬私は迷った。しかし、やって来たのがフォークランド氏の馬車だと気付いて、その迷いも吹き飛んでしまった。落ち着いて考えてみれば特に危険があったわけでもないのだが、急なことなので私は恐怖を感じた。私は道端の垣根に隠れて馬車が通り過ぎるのを待った。脅えていたので、私の憎む敵フォークランド氏が乗っているかどうかを見極める余裕はない。彼は馬車の中にいたのだ、と私は信じた。走り去る車を見送って私は叫ぶ。お前は贅《ぜい》を尽した車に乗っているがそれはすべて罪から生まれたものばかり、そしてこの私はぼろをまとっていても心に曇りはない、と。こんな境遇に立たされたのは私だけだ、とその時思ったのは私の間違いだったのだ。今それを言うのは、苦境にある人間にとってはほんの些細なことが彼の気持を暗くする、と言いたかっただけのことである。しかし、そんな想いも一時のことであった。私は不満を楽しむという贅沢に陥ってはならぬという教訓を逆境から学んでいた。落ち着きを取り戻すにつれて、さっきの出会いは私の運命に何か関わりがあるのだろうかと考え始めた。私は極度に好奇心が強くていろいろ思いめぐらすのだが、この時はどう判断したらいいか分らなかった。

日が暮れて私は村はずれの小さな居酒屋に入り、台所の隅に坐ってパンとチーズをもらった。私が食べていると、仕事を終えた労働者が三、四人軽い食事をするために入って来た。身分の違いという観念は社会のあらゆる層に行きわたっている。私の身なりは彼らよりもむさくるしいから、これら村の居酒屋の紳士たちに場所を空けてもっと隅の方に移った方がよかろうと私は思った。驚いて飛び上りそうになったのだが、彼らは坐った途端に私の話を始め、それぞれの話に多少の違いはあったが、私のことを悪名高い押込み強盗キット・ウィリアムズと呼んでいた。

その中のひとりが、ひどい奴だ、そいつの話ばかりだ、このあたりのどこへ行ってもその噂だぜ、と言う。

そうだ、そうだ、と別のが言う。今日は主人の代りに町の市《いち》に麦を売りに行ったらその話ばっかりで、つかまったという噂もあったが何かの間違いらしい。

百ギニーとは大したもんだ、と最初の男が言う。百ギニーもありゃ嬉しいがね。

そりゃ俺も百ギニーは欲しいよ、とふたり目の労働者が言った。だが、俺はお前とは考えが違う。その金のためにキリスト教徒がひとり絞首刑になるとなりゃ、俺は御免だよ。

そんなことがあるもんか。偉いお方がうまくやっていくには絞首台が要るんだよ。それに、ほかの盗みはいいとしても、主人の家の物にまで手をかけるようになっちゃおしまいだ、俺は赦せない。

お前は何も知らないな！　俺が町で聞いた話はこうだ。俺はそいつが本当に主人の物を盗んだのか尋ねてみた。ところがよく聞けよ、地主のフォークランドは前に裁判にかけられたという話だぜ、人殺しで――

うん、それは聞いている。

それで、結果は無罪潔白となった。思うにその地主はおとなしいのかな、このキット・ウィリアムズが――これがまた悪がしこい奴で、五回も牢破りをしたというからな――奴が巡回裁判でやり直し裁判をさせるぞと主人を脅したというんだな。脅しておいて何度も金を捲き上げたというわけだ。そこでとうとう主人の親戚のフォリスターさんというのが何もかも見破った。それで大騒ぎになって、それからすぐにキットは牢屋入りさ。そのままなら死刑だ、地主がふたり頭を寄せて相談すりゃ、法律なんかあってもないようなもんだよなあ。それがうまくいかなけりゃ法律をねじ曲げて自分たちのいいようにするか、ふたつにひとつ。しかし、殺される方にすりゃどっちでも同じだがね。

　この話はとても詳しくて、語り手はかなり細《こま》かいことまで触れたが、聞く方はそのまま全部を信用したわけではなかった。双方共に自分の話の方が正しいと言い張って、議論は延々と続いた。しかし、遂に話し手もそれに意見を述べた者も皆一緒に立ち去る。この話し合いが始まった時、私は恐ろしくてじっとしていられなくなった。誰か私を見ている者がありはしないかとあちらこちらを盗み見る。おこりにかかったようにぶるぶる震える。はじめはここを出て走って逃げようと思った。隅に身を寄せて顔をそむけたり、苦しまぎれのありとあらゆる恰好をした。

　そのうち私の考えも変ってきた。誰も私を怪しんではいないし、変装しているから大丈夫だと思うと、そこにいる人々の前に出て行く勇気はないが内心得意になった。やがて彼らの話があまり馬鹿げていて、よくもまあこんな嘘を並べたてたものだと笑いだしたくさえなる。気が大きくなって、こんなに落ち着いて暢気《のんき》に話を聞いてられるとは我ながら偉いものだという気になってきた。それから、この楽しみをとっくり味わってみようと考えた。そこで労働者たちが去ったあと、大きな胸をして、ぶっきらぼうだが明るい後家《ごけ》の女主人に話しかけて、そのキット・ウィリアムズとはどんな奴でしょうかね、と尋ねてみた。女主人が言うには、私が聞いた話じゃあんないい男は滅多にない、少年《こども》にしか見えないそうだよ。頭がよくて、看守をみんな出し抜いた上に石の塀をくもの巣のように易々と破ったというから偉いもんだね。だけど州全体にお触れが出てるから結局逃げられないだろうよ、と。これが彼女には腹が立って仕方がないらしく、続けて、今頃ずっと遠くまで逃げのびているといいんだがね。もしつかまりでもしたら、そんな立派な男を役人に売ってむざむざ殺すような奴こそ死んでしまえと言いたいね。その本人が目の前にいるとも知らずに彼女はこう言ったのだが、私のためにかくも熱心に同情して弁じてくれたので、私はとても嬉しかった。その喜びで一日の疲れも今の苦境も軽くなって、台所から近くの納屋に行き、藁の上に横になってぐっすり眠った。

翌日の昼頃のこと旅を続けていると、後から馬に乗ったふたり連れが来て、途中で人に会わなかったかと尋ねた。その人の人相を聞くうち、それが私のことだと気付いてびっくり仰天した。彼らはかなり正確に私の様々な特徴を知っていた。また、前の日にその州の或る所でその男を見かけた者がいるとも彼らは言う。そのうちに、遅れていたもうひとりが追いついて、見ればそれはフォリスター氏の使用人なので、私はますます恐ろしくなった。この男は私が脱走する二週間ばかり前に、私に面会するために拘置所に来ていたのだ。この危機には落ち着いて素知らぬ顔をするのが一番いい。幸いに私の変装がよくできていて、フォークランド氏でも見破れないほどだった。結局は上手な変装が逃亡のための決め手だと知って、私は前もってその方法を十分に研究していたのだった。小さい頃から私は物真似が上手で、レイモンド氏の隠れ家を出た時から、乞食の服装のほかに、少しでも他人に見られそうな場合は体を前にかがめて田舎者らしい歩き方をした。それに、拘置所で憶えたアイルランドなまりを使うようにしていた。人間と言えるのは顔を上げて独り世間に立ち向かうところだけ、という私が同じ人間の容赦ない憎悪と冷酷きわまる暴力を逃れるために取らねばならぬのが、このような情ない便法であり、苦心の末の術策だったのである。一々そこまで書く必要もないだろうから詳細は略すが、私が村の居酒屋での会話で使ったのはこのアイルランドなまりであった。フォリスター氏の家で働くこの男は仲間が私と話をしているのを見て、その話題を察して何か判ったかと尋ねる。私が既に最初のふたりから聞いたことに加えて、男は草の根を分けても奴を発見して捕えよとの命令が出ており、この国にいる限り奴は逃げられまい、と言った。

こうして事あるごとに私は身の危険を痛切に感じた。世間の目が私だけに集まっていて、寄ってたかって私を殺そうと身構えているとさえ感じられる。そう思えば体中がうずくようだ。しかし、恐ろしくはあるが新しい気力が湧いて来るような気もする。私を苦しめる者どもは強敵ではあるが、このまま黙って諦めるものか、黙って首切り役人に首を差し出してやるものか、と思った。次々と身にふりかかる出来事で弱気になることはなかったが、私は目的達成のための手段を再検討する気になった。その結果、方向を変えて西海岸の一番近い港町へ行ってアイルランドに渡ることを考えた。元の計画を捨ててアイルランド行きを決めたその理由は今となっては思い出せない。後者の考えが少し前から頭の中にあったので、両方を比べた時にこちらを選んだのだろう。また、深く考えたわけではないが、この方が実行しやすいと思ったのも事実だ。

途中何事もなく目的の港町に着くと、数時間後に出帆する船があって船長と船賃の相談がまとまる。アイルランドがイギリス政府の支配下にあるのは私にとって都合が悪く、海をへだてたどこか別の国の方が安全である。何とか私を捕えようとする人々の様子から見て、アイルランド海を渡っても私を追及する可能性は十分にある。しかし、心に重くのしかかる危険から一歩遠ざかることになると思えば、気持もそれだけ明るくなる。

船が錨《いかり》を上げてイングランドの岸を離れるまでの短かい間に何か危険はないだろうか？　まずあるまい。この港町へ行く決心をしてからここへ到着するまでの間には大して時間はたっていない。もし私を追う者へ私の動きについての新たな情報が行っているとすれば、数日前にあの老婆が知らせたのだ。それよりも私が先手を取っていればいいのだが。町を歩いて思わぬことに出会ったりしてはいけない、十分に警戒せねばと思い私はすぐに乗船した。生まれた国イングランドを離れたのはこれが最初であった。

第六章

出港時刻が来て今にも錨上げの命令が出るかと待っていると、漕ぎ手とふたりの男を乗せたボートが岸から来て船を大声で呼んだ。すぐに乗り込んで来たのは警官だった。私を含めて五人の乗客が取調べのため甲板に集められる。大事な時にこうなって私は大いに心配した。彼らが探しているのは私に決まっていると思ったからだ。何か思いがけぬことがあって私の変装がばれたとも考えられる。これまでは、追跡する者に出会っても私は目立たない服装をしていたが、こんな狭苦しい場所で目立つ様子をして彼らに対しなくてはならない。前とは比較にならぬ苦しい立場だ。しかし冷静さは失っていなかった。念入りに変装しているし、アイルランドなまりを使えばどんなことになっても大丈夫だと私は信じた。

甲板に出るとすぐに、彼らの視線が自分に集中しているのを知って私はぎょっとした。彼らは近くにいる乗客に二、三の大したこともない質問をしてから私に向かい、名前は何というのか、どこから来たのか、用件は何か、などを尋ねた。私が一言《ひとこと》答えた瞬間に彼らは一度に飛びかかって私を逮捕し、こいつが犯人だ、なまりや人相だけでイングランドの裁判所ならどこでも有罪に持ち込める、と言った。私は船から急ぎボートに移され、海中に飛び込んで逃亡するのを防ぐためか彼らの間に坐らされた。

またフォークランドの支配下に連れ戻されたと思って私は何とも口惜しく、暗澹たる気持になった。彼の追跡から逃れること、彼の権力から自由になることが私の必死の願いであったのに。どんなに苦心し努力しても、人間である限りはこの望みは実現できないのか？　その怒りを買えば山に隠れても谷に隠れても逃げきれぬという、そんな怪物がいると聞くが、それがフォークランド氏なのだろうか？　この思いほどに私を打ちのめすものはなかった。しかし、それは私にとっては理屈でも信仰でもない。人は信仰上の問題について信じられないと断言することもあれば、その考えは現実離れして理解できないと思うこともある。そう断言し、そう思えば安心するだろうが、今の私にはそれは不可能だ。この恐ろしさは感覚的なものだ。私は虎の牙が私の心臓に噛みついたと感じたのである。

最初はそう思い込んでがっかりし抵抗する気もなくしていたが、やがて自動的に気分が変って、この港町からあの州拘置所までは遠いから、途中いろいろな脱走の機会があるだろうと思い始めた。まず気を付けねばならぬことは、彼らがすでに知っていると思われる事柄とは別に、こちらから隠したことをうっかり洩らさぬようにすることだった。私は既に逮捕されているが、それは些細な理由によるものかもしれないし、抜け目なくやれば逮捕の時と同様に突然に釈放になる可能性もある。また、これが誤認逮捕であって、フォークランド氏のこととは無関係だとも考えられぬことはない。とにかく事情を知るのが先決問題だ。船から陸に移る間私は黙っていた。付添いの警官は私がむっつりしているのを見て、ふくれっ面《つら》をしても何にもならん、間違いなく絞首刑だ。郵便物強盗で裁判を受ければ死刑に決まっている、と言った。これを聞いて私は気分がすっかり明るくなったが、それでも前と同様に黙り続けた。彼らのおしゃべりを聞くと、エディンバラからロンドンに向かう郵便馬車が十日ばかり前に二人組のアイルランド人に襲われて、そのひとりはもう逮捕され、私は残りの犯人として捕えられたものと判った。私は彼らの持つ人相書といくつかの重要な点で食い違っているのに、この時彼らはぴったり合うと思い込んでいたのだ。これはあとになって判明したことである。この事件一切は誤解によるものだと知った時、私の心の重荷はすっと軽くなった。相手がどんな判事でもすぐに無実を証明できるだろう。計画に邪魔が入って、船に乗り込んでいたのにうまくいかなくなったが、恐れていた最悪の事態に比べれば小さいことだと私は思っていた。

岸に着くと私はすぐに治安判事の家に連行された。この人は以前に石炭船の船長をしていたが、財産もできたので数年前に船乗り暮しをやめて、それ以来この地方の治安判事という名誉ある職についていた。我々は控えの間のような所で判事から呼ばれるのを待った。警官たちはその道では古株だったらしく、待つ間を利用して判事の使用人ふたりがいる前で私の持物を調べると言いだした。そこで十五ギニーと銀貨少々が見つかる。紙幣を隠している疑いがあるから、着たものを全部脱いで裸になれと命じられる。彼らは私が脱ぎ捨てたみすぼらしい衣類を一々さわり、紙幣がどこかに縫い込まれてはいないかと調べた。私は黙ってされるままになっていた。何をしても結果は同じだろう。即決裁判をしてくれれば有難い、私を拘留している立派な方々の手からできるだけ早く脱け出るのが第一だ、と私は思っていた。

調べが終った途端に我々は判事の部屋へ入れと命じられる。警官から口を切って、エディンバラ発の郵便馬車を襲った犯人のひとりが当地にいるとのことで派遣されたこと、今頃はアイルランドに向けて航行中の船上で私を逮捕したこと、を判事に告げる。さて、と判事は言った。君の話は分ったが、次にこの男の話を聞くことにしよう。おい、お前の名前は何というのか、ティッペラリー（アイルランド中南部の地方）あたりから来たらしいが、どの辺の生まれか？　出身地を問われた場合にどう答えるか、私は既に決めていた。それで、私が何の罪で連行されたかの詳細が判ってくると、少なくとも今はアイルランドなまりは止めて普通の言葉を使うことにした。警官たちと控えの間で待たされていた間に二、三語ほど普通の言葉遣いに戻って話しただけだったので、彼らは私の変化に目を見張った。けれども、判事の前でいまさらそれまでの容疑を全面撤回するというわけにはいかなくなっていた。判事に向かって私はアイルランド人ではなく彼《か》の地に行ったこともない、私はイングランド生まれだ、と述べた。それを聞いた判事は警官たちが参照のため持って来た証人供述書を調べた。そこには犯人の人相も記されていて、彼はアイルランド人に相違ないとある筈だった。

　判事が躊躇《ちゅうちょ》するのを見てもう一押しする時だと思ったので、書類にある人相は身長、顔の色のどちらについても私に合わないと判事に説明した。しかし年齢と髪の色についてはぴったり合う。この判事殿は本人の言うところでは、些細なことにこせこせする性質《たち》ではなく、身長が六、七センチ人相書と異なると言われて処刑寸前で延期にしようという人物でもない。もし身長が足りなければ少し首を吊って伸ばすのが一番よい、と宣《のたも》うた。私の場合は身長が高すぎたのだが、この判事閣下は自分のしゃれが得意なので撤回しない。要するに彼はこの件をどう処理してよいか判らなかったのだ。

　この様子を見た警官たちは、二時間前には手中にしたも同然と思っていた報奨金が逃げて行きはしないかと心配になったようだ。私をとりあえず拘留しておくのがいいと彼らは判断した。誤認だったとあとで判ったとしても、私のようなぼろをまとった人間が誤認逮捕されたと訴える心配はまずないと踏んだのである。そこで彼らは判事も同意するよう説得した。確かにこの男が犯人だとする証拠は望み通りに十分とは言えないが、状況証拠は多い。この男が船の甲板に出て来た時は間違いなくアイルランドなまりがあったのに、それが今になって突然消えてなくなった。所持品検査をしたら十五ギニー持っている。こんな若い乞食がまともな方法で十五ギニーも手に入れるなんて考えられない。その上に、裸にしてみたら、着ているものはみすぼらしいのに肌はすべすべして紳士のようだ。要するに、アイルランドに行ったこともない乞食が何の目的で海を渡ろうとするのか？　こう考えると、この男は犯人に相違ない、と。この説得と、判事と警官たちの間で交された意味ありげな目くばせや身振りの結果、判事もついに彼らに同意する。ウォリックに行け。あそこにはもうひとりの犯人がつかまっているから対決するがよい。その上で潔白と判れば釈放してやる、と彼は言った。

　これを私は一番心配していたのである。国中どこへ行っても敵ばかり、決して逃しはしないと迫る追手に囲まれたこの私が、身を護る術《すべ》もなく警官に捕えられてこの国の中心部のウォリックの町へ引き立てられるとは！　それは私に対する死刑宣告のように聞える。それは不当だと私は強く反論した。私はその人相書にある人物では絶対にない。アイルランド人とあるが、私はそうではない。身長も私の方が高い、それが何よりの証拠だ。私が拘留される理由は全くない。ここにいる人たちが余計なことをしたおかげで、船には乗れず既に払い込んだ船賃は損になってしまった。私のような境遇の者は少しでも遅れると大へんなことになる。予定の船に乗るのを許されずにこの国の中心へと護送するなんて、そんなひどい話はない、と私は判事に言った。

　反論しても無駄であった。ぼろをまとった男がこのように反論しても、判事には聴く気は毛頭ない。

私の発言の途中で無礼者とばかりに制しようとしたが、私の語気の激しさに黙ってしまった。私が言い終ると、何と言っても無駄だ、おとなしくしていた方が身のためだったのにな、と彼は言った。確かに私は浮浪者で胡散《うさん》臭い人間だ。私が抵抗すればするだけ彼は私を拘束しようとする。結局私はこの事件の犯人にされるだろう。そうでなければ、判事は私を、もっと悪い奴だと信じている、密猟者か或いは人殺しと思っているらしい。彼は何となくそんな犯罪事件に関して私を見たことがあると思っているらしい。ずっと前から悪事をしている奴、と思い込んでいる。服装がおかしいとか発言に矛盾があるという理由で私を浮浪者として強制労働に送るのも、ウォリックにやるのも彼の自由であったのだ。この判事は気のやさしい人物だったので、どちらかといえば穏やかな方の道を選んだわけだ。いずれにしても彼は私を逃しはしなかった。この国の乞食どものことを案じてやるよりも、判事が怪しいと思った人間を絞首刑にする方が国王陛下の政府にとって有利だったのである。

彼の地位と偉さがよく分り、彼を動かすのはとても無理と見て、取り上げた金だけは返してくれと私は主張し、それは認められた。判事閣下はこれまでのことで行きすぎがあったと思ったらしく、あまり大事でないことでは少し温情を示す気になったようだ。あとで判るような理由で、警官もこれには反対しなかった。しかし判事はこの扱いに現われた自分の温情について長々と述べた。お前の要求に応じると判事の任務を逸脱することになりはしないかと思う。お前がそんな大金をまともな手段で手に入れたとは思えないからだ。だが、差し支えのない範囲で法律の厳しい条文を和らげてやるのが私の性質《たち》なのだ、と。

私を船で捕えた紳士たちが、取調べの終ったあとも拘留を解かなかったのにはもっともな理由があった。誰でもそれなりの面目というものがある。もし私が無罪となったら彼らは面目を失うことになるが、それは困ると彼らは考えた。連中にしてみれば、私が何か有利な扱いを受ける場合、それは当然の理由からではなくて彼らの慈悲と温情によるものだ、ということにしておきたかったのである。しかし、彼らが求めていたのは名のみの名誉や実効のない権力ではなかった。いや、彼らの目的はもっと深い所にあったのだ。簡単に言えば、彼らは判事の決定のあとでも私を犯人扱いしたが、取調べの成行きを見ているうちに、彼らの期待に反して私が彼らの言うような罪は犯していないらしいと思わざるを得なくなった。強盗を逮捕したら与えられる百ギニーは今の場合は絶望だが、より小さい目標で辛抱する気になっていた。私を宿屋まで連れて行ってウォリック行き馬車の手配をしてから、彼らは私を呼び寄せ、ひとりがこう切り出した。

事情がどうなっているか判っているだろう？　ウォリック行き出発！　ということだ。あそこに着いたらどうなるか、俺にもよく判らん。お前が無実かどうかは俺の知ったことじゃない。無実だとしても必ず助かるとは決まっちゃいない、それくらいは分っているだろう。お前は用事がある、それも急ぎの用事だと言っていたな？　俺は他人《ひと》の仕事の邪魔はなるべくしたくない。そこで物は相談だがその十五ギニーを黙って俺にくれないか？　そんな金を持っていても何にもならんだろう。乞食暮しはどこへ行っても住めば都と言うじゃないか。こっちがその気になれば判事の家で職権を使って没収することもできたんだぞ。しかし俺は筋を通す人間だ。何でも公明正大にやるのが好きだから、一シリングでも無理に取り上げるようなことはしない。

道徳感の強い者は時々にその感情に我を忘れ、自分の利害をも忘れてしまうものである。警官からこう持ち掛けられた時すぐに私はかっとなった。先のことは考えず感情の赴くままに、そんな卑劣なやり方にふさわしい激しい調子で私は言い返してやった。先方は私の反論に驚いた様子だったが、私が述べた考え方について議論するほどのことはないと思ったらしい。この提案をした男は、ふんそうか、好きなようにしろ。僅かの金を惜しんで絞首刑になったのはお前が初めてじゃないもんな、と言っただけである。彼の言う意味はよく分った。彼の言葉は私の立場にぴったり当てはまる。よく憶えておこう、と私は思った。

この点についてこれ以上交渉するのは彼らのプライドが許さなかった。宿の主人の父親だという老人に私の見張りをさせて、彼らは急にどこかへ行ってしまった。その前に彼らは老人にドアをロックして鍵をポケットに入れておくように言いつけ、階下では二階の様子に気を付けて逃げないように警戒を頼んでから出かけた。一体あの連中は何を企《たくら》んでいるのだろうかと思うが、私にはよく判らない。恐らくこれは彼らのプライドと貪欲との間の妥協の結果であり、何かの理由で私となるべく早い機会に手を切りたいと思って、あの提案に対する私の出方を窺っているのだろう。私はそう思った。

第七章

彼らがいなくなるとすぐに私はその老人を眺めたが、彼がとても立派で興味ある姿をしているのに気付いた。体格は普通より上で、かつては相当の体力があり、今もその体力がいくらか残っているらしい。髪はまだ豊かで雪のように白い。顔は血色がよくて元気そうだが深いしわがある。目は生き生きして、顔全体がやさしい人だという印象を与える。思いやりと慈悲の気持を持つよう心掛けたためか、彼の身分に特有の粗野なところはなくなっている。

彼の姿を見るとすぐに、こんな人に出会ったのを幸い、このチャンスを利用して何とかならないものか、と私はあれこれ打つべき手を考えた。彼が同意せぬ限りどうにもならぬ、というのは、私が彼をうまくやっつけたとしても、彼は近くにいる人々を大声を出して呼ぶに決まっている。それに最初に会った時から好意と尊敬を感じたこの老人に、こちらから手を出す気にはなれない。実は私の考え方が別の方向へ向かったのである。私はこの老人に今の苦境から救ってもらいたい、この人を恩人と呼べるようになりたい、と願う気持になっていたのだ。立派な人物の自発的な善意によって自由を得ることの方が、社会の屑のような連中の利己心やさもしい心のおかげによって自由の身になるよりもずっとましだ、と私は思った。身の破滅を目前にしながら、私はこのような細かな思弁、甘い気持に溺れていたのである。

こんな気持に動かされて、今のような境遇に追い込まれた事情を聞いてもらいたいと私は彼に言った。彼はすぐに承知し、言いたいことがあったら何でも言いなさい、喜んで聞こう、と答える。そこで私は彼に話した。さっき私をあなたに委せて出て行った人たちは、郵便馬車を襲った犯人を逮捕するためにこの町へ来たのです。彼らはその逮捕令状を使って私を逮捕し、治安判事のところへ連行しました。真犯人はアイルランド人で身長も私とは違うので、彼らは間もなく自分の間違いに気付きました。しかし、判事となれ合いで彼らは私をそのまま拘留する許可を得て、私をウォリックに連行し、共犯者と対決させると称しています。判事の家で私の所持品検査をしてお金を発見してから彼らは欲を出し、つい先刻、その金を渡すなら釈放してやると私に言いました。そういう事情を知って、それでもあなたは彼らのゆすりに一役買うつもりかどうか、よく考えてみて下さい。誓って申しますが、今言ったことはすべて事実です。もしあなたが私の脱出を助けて下さるなら、それは私を連れて来たあの悪い奴らの計画をくじくことではありませんか。決して御迷惑はかけません。あなたは慈悲の心で人助けをなさるのですから、人を助けたあとでも同じ慈悲の心でその行為が正しかったと主張できると私は信じています。あの人たちも、獲物に逃げられたと知ったら慌てふためくばかりで、それ以上のことはしないでしょう、と私は彼に言った。

老人は私の話を熱心に聞いてくれた。私も前からあんな人間は大嫌いだったから彼らのために見張り役をしたくないのだが、娘とその主人のためにはいやな役目も辛抱せねばならん。君の顔や態度を見れば、さっきの話は本当だと思う。それにしても思い切ったことを言ったな、君は。どうしてそこまで私を信用する気になったのか私には判らない、と彼は言った。しかし実はこの老人は変った考え方をする人で、私の頼みを聞き入れる気持になりかけていたのだ。彼が求めるただひとつの条件は、助けを求めている当人の私について或る程度は本当のことを教えてもらいたいというのであった。君の名前は何というのか？

これは思いがけぬ質問だった。しかし、質問をした人やその事情を思えば結局のところがどうなろうと嘘をつく気にはなれない。私は嘘ばかりついて暮すのには堪えられなくなっていた。私は、名前はウイリアムズです、と答えた。

老人は黙ってしばらく私を見つめる。私が名前を繰り返して言うと彼の顔色が変った。彼は不安の表情を見せながら続ける。

姓は判ったが、名前は？

ケイレブ。

えっ！　まさか！――もうひとつ尋ねたいことがある、正直に答えてくれ、と彼は言った。君はひょっとしたら――いやそんなことは考えられん――フォークランド氏の家で働いていた――？

どういうつもりで問われるのか判りませんが、本当のことを申します。たしかにあなたのおっしゃる通りです、と私は答えた。

これを聞くと老人は立ち上った。お前のような人間に会うなんて何ということだ！　お前は人間じゃない、人でなしだ！

それも誤解だから説明させてくださいと私は頼んだ。話せば、今度も分ってもらえる自信があった。

厭だ、断わる。お前の説明など聞けば耳の穢《けが》れだ。今のことは前とは話が違う。お前が言い立てた罪状をあれほどに寛大な主人になすりつけるような憎むべき奴があろうか、人殺しよりもたちが悪い！

――老人はその話を思い出して憤激の様子であった。

やがて気分も落ち着いたものか、たとえほんのしばらくではあってもお前と話し合いをしたのが残念だ、と彼は言った。法に照らしてどう処置すればよいのか私には判らん。だが、お前の自供によってお前の素姓を知ったのだから、それを利用してお前に不利なことをするのは私の気持が許さない。私とお前との関係はこれで終りだ。お前は人間じゃないのだから何を言っても無駄だ。お前の邪魔はしないが、だからといって援助や後押《あとお》しをする気も一切ない。

　このやさしい人にこうまで言われて私はひどいショックを受けた。黙ってはいられず、話を聞いてもらいたいと訴えるが、彼の決心は変らない。押し問答がしばらく続いて、ついに老人はベルを鳴らして下から給仕を呼ぶ。そのうちに警官たちも帰って来て他の人々が出て行った。

　様々の不安や苦難が次々に襲いかかって応接にいとまがない、というのが私の運命の特色のひとつだと言える。今にして思えば、私が堪え忍んできた数多《あまた》の不幸の半分でも、私を破滅に追いやるには十分だったのではあるまいか。しかし実状はと言えば、降りかかる不幸をじっと考えてみる余裕もなく、次に私を踏みつぶさんものと待ちかまえる危険に備えるために今の不幸は忘れねばならぬ、という有様だった。このとても人の好い老人の言葉は私の心を深く傷つけ、これからのことについて暗い予感を私に与えた。しかし、先に言ったように警官が戻って来たので、私は慌てて別のことを考えねばならなかった。その時深く傷ついた私は、ひとりになって誰にも会わずに苦しみをじっと噛み締めていたい心境になってもおかしくなかった。だが、一時の悲しみに圧倒されておとなしく絞首台へ引かれて行くような私ではない。生きたいという気持、それよりもむしろ圧制を憎む心が私を鉄のように堅くし、そんな弱気の生まれる余地を許さなかったのだ。前にも言ったように、先程はあの老人を前にして私は細かい思弁や甘い気持に溺れていたが、今やそんなものは捨てねばならぬ。運命の別れ道に立ってぐずぐずしていては危険だ。脱走計画にまた失敗してがっかりしてはいたが、私はうろうろして時を浪費する気はなかった。つまり、私は警官たちが願っていた通りの心境にあったのである。そこで私はすぐに彼らと取引きを始め、いくらか値切ったりした末に十一ギニーで釈放という話になった。しかし、体裁をつくろうために、彼らは私を駅馬車の車外席に乗せて五、六キロ行くことにしようと言った。しばらく行ったところで彼らは街道を離れて別の方向へ行かねばならぬと称して馬車を降り、馬車が見えなくなるとすぐに私を放して、好きなようにせよと言った。ついでに言っておいた方がいいと思うが、彼らはこの取引きで失敗していたのである。初めに彼らは百ギニーの報奨金を目当てに私を逮捕し、十一ギニーで妥協をして喜んでいた。しかし、もし私をもうしばらく捕えておいたら、最初にねらっていた百ギニーを別の理由で手に入れる可能性もあったのだ。

海を渡って逃亡する計画が失敗したので、もう一度それを試みる気にはなれない。そこで、少なくとも当分の間は大都会ロンドンの群衆の中に身を潜めるというもとの計画を実行しようと思った。ロンドンへ直行するのは危険だし、別れた警官たちと出会うかもしれないから尚更いけない。そこで私はウェールズとの境界に沿った道を選んだ。途中、セヴァン川を渡る時に起った或る出来事だけは記しておかねばなるまい。私が渡ろうとする場所には渡し場があるが、ついうっかりして道に迷ってその晩渡し場が判らず、泊まる予定の町に行けなくなった。

私の頭を占める大きな問題に比べれば、それくらいでがっかりすることはないと思われるかもしれない。しかし、足止めを食って私はじっとしていられない気持になった。その日は特に疲れていた。道を間違える、いや間違いに気が付く前に空が暗くなって雲行きがおかしくなり、やがてどっと雨が降りだした。その時私は荒野の真ん中を歩いていて、雨を避ける木も何もないので、すぐにびしょ濡れになった。どうにでもなれと私は歩き続ける。やがて雨が激しい雹《ひょう》になった。無数の大きな雹が降りしきり、粗末なものしか着ていない私を四方八方に切り裂くかのようだった。雹の勢いが静まると今度は大雨になる。そのうちに私は道もないような所を歩いていた。あたりには人影も人家も、犬一匹もいない。歩き続けて、どの方向へ行ったらいいかあたりを見まわしても見当が付かず、不安と暗い気持でいっぱいになった。えいくそっ、と思わずつぶやいたりぶつぶつ言いながら進む。生きていくことや人生のあらゆることが厭で憎らしくなってくる。あてどもなく歩いて二時間ばかり過ぎると日が暮れた。そこは道らしい道はなくて、進むこともできなくなった。

夜露をしのぐ場所も食物もないというところまで私は追いつめられていた。着ているものはたった今大海から引き上げたようにずぶ濡れになっている。歯はがたがたと鳴る。手足が震える。あらゆるものに対して怒りがこみ上げてきて、胸は燃えんばかりに熱くなる。目に見えぬ障害物に躓《つまず》いてその上に転んだり、邪魔になる物を越えられないで仰むけに倒れたりもした。

こうして出会う様々の苦難と私を苦しめる迫害との間には、厳密に言えば関係がないのかもしれないが、頭がおかしくなって私はこの両者を混同してしまった。私は人間存在のあり方すべてを呪った。私は浮浪者となり飢えと寒さに死ぬ運命だ。私は世間に見捨てられ憎悪の的になっている。恐ろしい脅迫を受けて、生きる楽しみばかりか生存そのものも奪われるだろう。世間とは何と冷酷なものか！　護ってやっていい筈の罪もない者を苦しめて破滅に追いやるとは！　世間とは何と冷酷なものか！　力強い同情の気持はひとかけらもなく、あるものは氷の眼と鉄の心臓だけ！　生きのびて何になる？　人間の姿をした狼の間で生き続けて何になる？

この激情もやがて燃え尽きて、しばらく行くと淋しい所に小屋があったので、そこで一夜を過ごすことにした。隅に新しい藁がある。私はぼろぼろの衣服を脱いで乾きやすい場所に置き、暖かい藁の中にもぐり込む。やがて私をさいなむ苦痛を次第に忘れていった。一夜の宿りとなる小屋と新しい藁など大した慰めにもならぬようだが、思いがけない時に出会ったので私は明るい気持になった。いつもはなかなか眠れないのに、その晩は心身ともに疲れていて翌日の正午近くまで眠った。起きてみると渡し場までそう遠くはなくて、川を渡って前の晩泊まる筈の町に入った。

その日は市《いち》の日だった。市の真ん中の建物の近くを通りかかると、ふたりの男が私をじっと見て、その一方が、あの男にちがいない、さっき馬車で出発した人たちが探していたのは！　と叫んだ。私はこう言われて大いに慌て、急ぎ足で狭い路地へ逃げ込んだ。彼らの目の届かぬ所へ来ると一散に走り、十キロばかり離れてやっと一息ついた。馬車で去った人たちというのはアイルランド行きの船の上で私を逮捕した連中で、フォークランド氏が出した私の人相書をたまたま見て、あれこれ考え合わせた末にこれこそさっきまで捕えていた男にちがいないと思ったのであろう。彼らにも私が何か特別の事情のある人間であることは判っていたらしい。それは彼らの様子からも推測できた。それなのに私が以前のままの変装を続けていたのは実に迂闊《うかつ》なことで、今でもどうしてそんなことをしたのか自分でも分らない。今度の場合、うまく逃げおおせたのは本当に運がよかった。もし前の晩の雹の嵐の中で道に迷わなかったら、もし今朝あんなに寝過ごすことがなかったら、私はきっとあの地獄の犬どもの手に落ちていただろう。

あの警官たちの次の目的地を私はあの市場で耳にしたが、その町は私もまた行こうとしていた町だった。事情が変ったので、私はできるだけその町に近づかぬようにして進もうと思った。ここなら大丈夫と思う最初の店で外套《オーバー》を買って乞食の衣服の上に着込み、新しい帽子も買った。帽子はまぶかにかぶり、一方の目は緑色のシルクのつばで見えないようにした。頭にかぶっていたネッカチーフを取り、今度は顔の下の方、特に口を覆うようにした。段々とそれまでの服装を脱ぎ捨てて、上衣としては馬車の御者が着る仕事着《フロック》のようなものをまとったが、これは割に上等の品物だったので、下層とはいえれっきとした農家の息子という感じになる。こうして私は旅を続け、何度もぎょっとしたり警戒をしたり、廻り道をしたりしながらやっとロンドンにたどり着いた。

第八章

ここで数々の苦労は一応終ったのだが、ふり返って見ればよくぞここまで来たものと思い、一方では前途には絶望が待っているという感じがする。牢獄の石壁を破って脱走した苦労や、あれから現在に至るまでに出会った危険と不安の数々を思えば、この休息の場所を得るために私は測り知れない犠牲を払っていたのだ。

だが、私は何故今たどり着いたロンドンを休息の場所と呼ぶのか？　ああ、実はその反対の場所だったのだ。すぐにしなくてはならぬことと言えば、これまでに思い付いた変装の計画を見直し、これまでの経験から手直しすべきところは手直しし、もっと見破りにくい変装法を工夫することであった。それは、これで絶対に安全だということのない仕事である。普通だったら、犯人とされる者を追いまわすのは一時的なことであるが、フォークランド氏の測り知れぬ知恵を相手にする時には普通の例は基準にならない。同じ理由で、普通ならば絶好の隠れ場であるロンドンにいても私は安心してはいられない。そんなにまでして生きていかねばならぬものかどうか、私には判らない。それでも私が知恵をしぼったのは、自分の考え出した事柄に対して、親が子に抱く愛情のようなものを感じたからである。その生まれた考えを一人前の大人まで育てようと苦労すればするだけ愛情が増して、捨てる気にはなれないものだ。私が考え続けたもうひとつの同じくらいに強力な動機は、不法と専制に対する反感で、これが日毎に強くなっていった。

ロンドンでの最初の夜を私はサザック区(テムズ河の南岸)にあるみすぼらしい宿屋で過ごした。この場所を選んだのはロンドンでも私の郷里から一番離れていたからだ。私は暗くなってから農夫の仕事着《フロック》を着て宿屋に入り、宿賃を前払いして泊まった。翌朝は持ち合わせの衣類でなるべく前の晩と違う服装をし、夜が明ける前に宿を出た。仕事着は丸めて持ち、この辺でよかろうと思う所まで来て、路地の人目につかぬ場所に捨てた。次の仕事はこれまで着たのとは全く違った衣類を入手することである。今度はユダヤ人に変装しようと思った。あの森で一緒に暮した盗賊のひとりがユダヤ人で、前にも言った通り私は物真似が上手だから、ユダヤ人の英語の発音をうまく真似れば何とかやっていける自信はあった。そこでまずユダヤ人街に行って彼らの顔の色や表情をよく観察した。念のためにこういう準備をしておいて、その夜はマイル・エンドとウォッピング(いずれもロンドンの町名)の中間あたりの宿屋に泊まった。ここでは新しい変装をして、前の宿と同様になるべく人に見られない時を選んで宿を出た。新しい変装を詳しく説明する必要はなかろう。気を付けたのは顔の色を変えてユダヤ人の顔の特徴である黄ばんだ茶色にすることだった。そして、私の変貌が完成した時、この姿をしたケイレブ・ウィリアムズをよもや見破る者はあるまいと思った。これだけ言っておけば十分だろう。

計画の実行がここまで来れば、どこか部屋を借りてこれまでの放浪生活を清算するのがよいと私は思った。こうして見つけた部屋に朝から晩まで引き籠《こも》り、運動や外の空気に当る時間を殆んどなくし、それも夜間に限った。私が居たのは屋根裏部屋だが用心して窓にも近づかぬようにしていた。どんなに小さな危険でも、必要もないのにうかうかと危険に身をさらすようなことは絶対にしない、というのが私の決めた方針である。

ここでしばらく話を中断して、私の感じるままに私が置かれた立場の本質を読者の方々にお話ししておきたい。私は生まれた時は自由であった。健康で生き生きと活気に満ち、体の外形も手足も完全であった。成る程大きな世襲財産のある家に生まれたわけではない。しかし、富よりもすぐれた遺産、つまり積極的な心、好奇心、大きな野心を持っていた。要するに、私は自分の運命を進んで、また満足して受け容れたのだ。人生という競争の場できっと私の目的を実現できると信じていた。小さい目標から出発しようと思っていた。最初は小さい賭けをすることで満足し、それから次第に偉くなっていく方が、はじめ大きく出て先細りになるよりもいいと考えていたのだ。

はじめの自由な精神と確固とした心はたったひとつの事情で粉砕されてしまった。社会制度は特定の人物に他の多くの人々を支配する権力を与える、ということを私は知らなかったのだ。私を抑圧し破滅させたいとただそればかりを望む者の手に、私は不当にも捕えられてしまった。

罪状明白な者にさえ課するのを躊躇するような苦痛を私は与えられたが、私にしてみればそれは不当きわまるものだ。それ以来、誰を見ても敵に見えた。私は他人に見られるのを避けた。人の気持の温かさに対し心を開くことも怖くてできなくなった。人間の間にいながら、私は見捨てられた者のようにひとり自分の内に閉じこもっていた。友情の慰めを求める勇気もない。他の人々と喜び悲しみを進んで共にすることも、信頼と共感という楽しい贈り物を交換することもなく、ひたすら自分のことだけを考え、警戒するようになっていった。私の生活の一切が虚偽だったのだ。自分のものでない性格を装い、自分のものでない態度を見せた。歩き方、身振りやなまりに至るまで変えた。自然な気持のほとばしりに従うことも許されなかった。このような不自由に束縛されて、常に警戒を解くこともできず何の喜びもない生活を強いられたのだ。

そんな生活でさえ私は堪えていこうと心に決めた。この重荷を肩にかけて、逃げないでしっかりと背負うつもりでいた。ただし、不満も憎悪もなかったというのではない。猟犬に追われて隠れる動物の恐怖、負けるものかと頑強に抵抗する気持、そして敗残者の心を時々畏縮させるかに見える急激な自己嫌悪、これらの間で私は分裂していた。或る時は、運命の冷酷さが何だ！　と思い、また、よくあることだったが、絶望の淵に沈んで我が行く末を思い、苦悩の涙が溢れて心もくじける。そんな時には毎朝戻って来る自分の意識を恨みたくなった。

私はまたこう叫ぶ、何故私は生の重荷に押しつぶされねばならないのか？　と。何故私は様々の敵に苦しめられるのか？　私は人殺しではない、が、人殺しでもこれほどの辛酸を嘗《な》めることはあるまい。何というひどい、汚辱にまみれた所まで私は堕落したものか！　ここは本来私のいるべき所ではない、私の性格や頭にふさわしい所ではない。ここでは、抱負に満ちてじっとしていられない私の心は脅えた鳥も同然で、ただ私の自由を奪う鳥かごにばたばたと翼をぶつけるだけだ。自然よ、野蛮な自然よ、お前は意地の悪い継母《ままはは》だ、私に飽くことを知らぬ欲望を与えておいて地獄に投げ込んだではないか！

生きていくための金があったら私も少しは気が楽だったかもしれない。当然のことだが、人目を忍んで暮すという方針も、生計を得るためにはいくらか曲げねばならなかった。どんな仕事をする、或いはすることができるにせよ、どうすれば職が得られるか、どこへ行ったら職があるかをまず考えねばならない。しばらくは、どうすればよいか判らなかった。逃亡する時に持っていた僅かの金も底をついてしまった。

よくよく考えた末に文筆の仕事を手始めに試みようと決めた。この方面で金が得られること、この商品を扱う商売人がしかるべき作家には金を払うことを何かの本で読んだ憶えがあった。私の文筆の資格は乏しいが、実際に経験を積めばいいものを書けるようにならぬとも限らぬと私は思った。実際の経験は全くないが、ずっと前から私は文学に向いていた。若い頃から知識を求める心が強く、私の境遇からは予想できないほどに書物に親しんでいた。創作の自信はあまりなかったが、それで大金を得ようという気持もまたない。ただ生きていけさえすればよい、私ほど質素に暮せる者も少ないだろうと思っていた。それに、文筆で暮すのも一時の方便で、そのうちに何とかもっと安定した生活ができるようになると思ってもいた。文筆を選んだ主な理由は、他の職に比べて準備が一番少なくてすむこと、恐らくは人に見られないでできること、であった。

私と同じ階に部屋を借りてひとり暮しをする中年の女性がいた。文筆の仕事に決めるとすぐに私は書いたものを売るのにこの女を利用できないものかと目星をつけた。他人との交渉は一切避けていたけれども、この人の良さそうな女性と時々短かい言葉を交すのは楽しいし、相手の年齢《とし》が年齢《とし》なので変な評判の立つ心配はない。彼女は遠方に住む遠縁の者が送ってくれる僅かばかりの仕送りで暮していた。遠縁というのは身分も財産もある婦人で、私と同じ家に住むこの女が何かの職について自活したりすると親戚の顔がつぶれると、そればかり心配していた。さて私が知るようになった女性はいつも明るくて元気よく、財産に伴なう心配事も知らず不運に泣いたこともないようだった。何かに秀《ひい》でているということもなく、また学があるようでもないが、なかなか立派な物の見方をする。人間の欠点や愚かさについて言うのを聞いていると鋭いところがあると感じられるが、性質は穏やかで寛大なので、とてもそんな眼識があるとは思えないくらいだった。生まれながらのやさしさに溢れているという感じがして、人を心から愛し、自分にできることなら何でもしてやる女性だ。

　私は世間から見捨てられたひとりぼっちのユダヤ青年というわけで、こんなやさしい女性でなかったら初めから私を見向きもしなかっただろう。しかし、彼女の何でもない挨拶の仕方から私は彼女は本当にいい人で、卑しい考えによって自分の自然に溢れる好意を加減し抑制するような女性ではないとすぐに気付いた。それに元気づけられて私は彼女を代理人《エイジェント》にしようと決めた。そこで仕事の話を切り出してみると、彼女は熱心に聞いてくれる。誤解を招くといけないと思い、私は最初から彼女に世間から身を隠していることを正直に言った。事情があって今は理由を言えないが、それを聞かれたならきっと納得してもらえると思う、と。それを聞くと彼女はすぐに分ってくれて、あなたがそれ以上言いたくないのならそれで結構と答えた。

　私が最初に試みたのは詩である。二、三の作品を書いて、心の広いこの女性に新聞社に持って行ってもらったが、この社の文芸部長に冷たく突き返された。彼はちらりと見ただけでこんなものは気に入らぬと言ったという。ここで言っておかねばならぬが、マーニー夫人（これが私の全権大使役をしてくれたあの女性の名前である）の顔を見ればどんな場合でも交渉の結果がすぐに判り、彼女から口頭説明を受ける必要はなかったのである。彼女は誠心誠意その仕事に打ち込んでいて、事の成否に私以上に喜びまた失望したからだ。私は自分の才能を信じていたし、もっと身近な苦しい想いにふけっていて、彼女の仕事の結果はどうでもいいと思っていた。

私は冷静に自分の作品を受け取ってそれをテーブルに置いた。作品のひとつを読み返し、推敲して清書すると、それを残りの二作品と合わせて或る雑誌の編集長にとどけてもらった。彼は翌日まで預かっておくと言った。翌日マーニー夫人が行くと、掲載するとの話だ。彼女が原稿料のことを尋ねると、当社では詩には原稿料を出さないことになっている、会社の郵便箱は詩の原稿でいっぱいだ、と編集長が答えた。しかし、この詩の作者が、短かいエッセイか短篇小説など散文のものを書いてみたら何とか考えてみよう、と言われて彼女は帰って来た。

私の文学での指令者とでもいうべきこの人の要求に私は一も二もなく同意して、アディソンの「スペクテイター」（十八世紀初頭にアディソンがスティールと共同で書いた随筆新聞）に似たものを書いてみたらそれが採用された。それから間もなく私は随筆家として知られるようになったが、「スペクテイター」風の教訓的随筆にはあまり自信がなくて、編集長が勧めるもうひとつの方向、つまり短篇小説に転じた。原稿の注文もそのうちに多くなって、仕事を楽にするため翻訳も考えてみた。そのためには本を入手しなければいけないが、その便は殆んどない。しかし記憶力がよかったおかげで、私は数年前に読んだものをもとにして翻訳や翻案をした。何故かは自分でもよく判らないが、有名な盗賊の物語を書いてみたくなって、絞首台や断頭台の露と消えたカルトゥーシュやギュスマン・ダルファラーシュなどの大泥棒の犯罪事件や逸話などを種にして原稿を書いた。

そのうちに、自分の立場を考えてみると文筆の仕事をこのまま続けるのは危ないと思い始めた。絶望感に襲われてペンを投げ出すことも多くなる。時には何もできないで身心が半ば麻痺した状態が何日か続くこともあって、その苦しさは何とも言えない。しかし、若さと健康のおかげで失意から立ち直ることもある。そうすると気分もいくらか明るくなるのだが、それがずっと続いていたら、あの頃の私の生活もなんとか辛抱できたのかもしれない。

第九章

私がこうして働き、追及の厳しさが弱まるまでの間を何とか暮していくうちに、予想もしなかった新しい危険が私に迫って来た。レイモンド氏をキャップとする盗賊集団から追放されたジャインズはこの数年間、法律を犯すこと、法律の執行の手先として働くこと、のふたつの職業の間を行ったり来たりしていた。もともとは前者の仕事をしていたのだが、盗賊商売の秘訣を知ると今度は盗賊を捕える方の専門家、つまり探偵になった。なりたくてそうなったのではなく、ならざるを得なかったのである。この方の道で彼は大へん有名になったが、実力はそれほどでもなかったかもしれない。というのは、人間社会のどこでもそうだが、部下がいくらいい知恵や手段を提供しても、手柄はすべて上司のものになるからだ。彼は盗賊を捕える方で大いに腕をふるっていたが、彼が悪の道から足を洗う以前に犯した罪のひとつふたつがちょっとしたことでばれそうになった。いろいろな筋からその情報を得た彼は、逃亡した方が賢明だと思った。彼があの盗賊仲間に入ったのはちょうどこの頃の話である。

私と彼とが出会う前にはこのようないきさつがあった。我々が出会った時に彼はレイモンド氏の仲間ではもうベテランであった。盗賊というものは長生きしないのでベテランと言われるにはあまり年月を要しない。追放されて彼は合法的な仕事に戻り、昔の仲間に迷った羊が帰ったかのように歓迎された。下層階級の間では一度犯した罪は何年かかっても赦してもらえないが、探偵業という立派な仲間では、できることなら同業者を摘発するのは避けるというのが決まりである。ジャインズのような経歴を経た連中が守るもうひとつの慣例は、悪事を働いていた頃の共犯者をぎりぎりまで保護し、よほどのことがない限り手をつけないことである。ジャインズもこのルールに従ったので、キャップのレイモンドとその手下は、ジャインズの言葉を用いて言うなら復讐を受ける心配はなかった。

ジャインズはその意味ではきちんと名誉を守る男だったが、私の場合は残念ながら彼の言う名誉の規準の範囲には入らなかった。私は不運に見舞われて孤立無援となった。こうして迫害を受けるのも、私が大金を盗んだということになっているからだ。しかしジャインズはこの件では私の共犯者ではない。私が本当に盗みを働いたかどうかの真偽は、彼にとってはどうでもよいことで、私の潔白が全面的に証明されたとしても、彼の私に対する憎悪は変らなかっただろう。あの港町で私を逮捕した残忍な猟犬たちは、彼らがよくやるように仲間内であの事件の一部を話し、あの時捕えた男は百ギニーの報奨金がかかっているケイレブ・ウィリアムズに間違いない、というようなことを言ったのであろう。仲間でも鼻の利く男で有名なジャインズは、事実や日時をよく比べ合わせて、話に出たケイレブ・ウィリアムズこそ森で自分が暴行を加えて負傷させたあの男だと密かに思った。彼はあの時の男、つまり私をひどく憎んでいた。何も私が悪いわけではないが、私は彼の不名誉な追放のきっかけを作ったことになっている。あとで知ったのだが、私のせいで諦めることになったあの自由で男らしい盗賊稼業と、仕方なくまた始めた警察の犬という薄汚なくてつまらない仕事とでは比べものにならぬ、と彼は思っていたのである。仲間の話を聞いてその場で彼は仕返しをすると誓った。他の仕事はすべて中止して、私の住む犬小屋のような隠れ家から私を追い出すことに全精力を集中した。報奨金はもう俺のものだと勝手に決め、これだけもらえれば労力と費用を使ってもおつりが出ると考えた。彼は探偵としていい腕を持っていたが、良心も情も知らぬ心に生じた復讐心によってそれが研《と》ぎ澄まされ刺戟を受けている。そういう相手と私は出会うことになった。

今の場所に居を定めてから間もなく私は自分の置かれた状況を眺めて、不幸な人々がしがちなことだが、愚かにも事態はこれ以上悪化することはあるまいと思っていた。実は私の知らぬ間に悪化していたのであって、しかも想像もつかぬほどにひどくなっていたのだ。森でのジャインズとの運命の出会いはそれ以来私から平安を奪ってしまった。今やっと判ってきたのだが、その出会いは死ぬまで憎しみを忘れぬという類のないほど恐ろしい第二の敵を私が背負い込んだことを意味していたのである。フォークランド氏は飢えたライオンであって、私はその吼え声に恐れおののいているが、ジャインズもそれに劣らぬ毒虫で私の動静をじっと蔭から窺い、いつその毒針が襲いかかるかと私は常に脅えていた。

計画を実行するためまず彼は私が逮捕されたあの港町へ行ってみた。そこから彼はセヴァン川のほとりへと私の来た道をたどり、それからロンドンへ向かった。追われる者が警戒怠りなく、よく考えて計画を立て実行の場合にも幸運に恵まれたというのなら別だが、追う者が強い動機があってやり抜くなら、私をロンドンまで追跡するのはそう難しくはなかった筈だ。追跡の途中でジャインズが無駄足を踏むことも多かったのは事実である。猟犬のように、狙った獲物を見失った時にはその臭いを最後に嗅いだ地点まで戻らねばならない。しかし、今や執念と化した復讐心を満足させるためなら、どんな苦労も時間も厭《いと》わぬという気持に彼はなっていた。

私がロンドンに入ると彼はしばらく手がかりを失っていた。ロンドンは大都会であるからひっそりと隠れ住むことができると人は思うかもしれないが、私の新しい敵はそんなことにひるみはしない。私にはすぐに訪ねて行けるような知り合いはないと思って、彼は宿から宿へと探し歩き、人相を言い、主人の記憶をたどって遂にサザックで私が一泊した宿屋を探し当てた。だがそれから先が判らない。宿屋の人も翌朝私がどこへ行ったかは知らなかった。しかしジャインズはかえって熱心になった。ロンドンに着いた翌日に私は変装の一部を変えたので、彼が人相を言ってもあまり役に立たなくなっていたのだが、彼は遂にその困難を克服したのである。私が二晩目に泊まった宿屋を発見した彼は、ここで多くの情報を得た。この宿屋の使用人たちが暇な時に私のことを噂話の種にしていたらしい。また、向かい側に住む好奇心が強くておしゃべりの老婆が朝早く起きて洗面をしようとした時に、窓から外を眺めると、宿屋の入口にかかった大きなランプの明りで私が出て行くのが見えたという。よくは見えなかったがユダヤ人らしいと彼女は思った。この老婆は毎朝この宿屋の女主人と井戸端会議をするのが常で、給仕や女中も時には仲間入りする。その朝の話の中で老婆は前の晩から泊まっていたユダヤ人のことを二、三尋ねてみた。ユダヤ人は泊まっちゃいないよ、ということで今度は女主人の方が聞きたがる。時間からみて私以外は考えられぬということになる。そりゃ変だ！　私の顔や服装について皆がいろいろ言うが、それぞれの話がちっとも合わない。話題がない時にはこのユダヤ人かキリスト教徒かという話が何度もむし返された。

　ジャインズが得たこの情報は極めて貴重なものに思えた。これによって探索を続けたが、しばらくは思ったほどの成果は上らない。宿屋とは事情が違い、下宿人を置く個人の家に一軒一軒入って行くわけにもいかない。彼はあちこち歩きまわって、私に似た身長のユダヤ人を見かけると、ひとりじっと穴のあくほど見つめたが、私は見つからない。彼はデュークス・プレイス（ロンドンの東部にある町名）あたりにあるユダヤ教会をいくつか訪ねてみた。実はここで私が見つかるとは彼も思ってはいなかったので、仕方なしに最後の手段のつもりで行ったのである。もう諦めよう、と彼は何度も思ったが、何としても仕返ししてやりたいの一心で探し続けた。

　ジャインズが或る印刷所の職工長をしている兄を訪ねたのは、ちょうどこのように考えあぐねて気持が動揺している頃のことである。気質も生活態度も違っているので、この兄弟は殆んど付き合いはなかった。兄はよく働く真面目な人物でメソジスト信者であり、貯蓄に励《はげ》む方である。弟の性格や職業には大いに不満で、何度か意見もしてみたが効果はない。しかし、考え方は違っていても時々この兄弟は会うこともあった。ジャインズは自分がした仕事を言ってもよい範囲でなるべく自慢したがり、彼が話し相手にする同業の仲間のほかに、この兄がその聞き手になってやるのだった。弟の荒っぽいが巧みな独特の話しぶり、そこに出て来る珍しい事件のことを兄は喜んで聞いた。真面目で信心が過ぎるような男だが、彼はこんなに才知があってしっかりした弟がいてよかったと内心では思っていた。

その日もジャインズが大まかに話してくれる珍しい物語をしばらく聞いたあと、印刷工の兄は自分でも弟に面白い話を聞かせてやりたいと思った。そこで有名な大泥棒のカルトゥーシュやギュスマン・ダルファラーシュの話をしてみると、ジャインズは眼を輝かせて聞いた。初め彼は感嘆し、次に羨望と反感を持った。兄貴は一体どこでこんな話を仕入れたのか？　尋ねてみるとすぐに判った。実はこうだ、と兄が言いだす。この話を書いた作者というのが我々にもよく分らんのだ。詩、教訓物、物語と何でもこなす作者でな。俺も印刷や校正をやっているから、この種のものの善《よ》し悪《あ》しはかなり分るつもりだ。彼はなかなかいいものを書くと思うよ、ただのユダヤ人だがね。（それはこの真面目な印刷工にとっては、ミシシッピー川の上流に住むチェロキー族の酋長が詩を書いたというのと同じくらいに珍しい事件だった。）

ユダヤ人だと！　どうして知ったのか？　本人を見たのか？

いや違う。女が原稿をとどけて来る。しかしうちの主人は秘密が嫌いで普通は作者に直接会うことにしている。それで主人はその老婆に何度もやかましく言うが、女はどうしても作者のことを白状しない。ただ或る日ふとその若いお方はユダヤ人だと洩らしただけだ。

ユダヤ人！　若いお方！　いつも代理人を使って自分は隠れて行動する！　ジャインズが考え疑う材料がそこにはたっぷりあった。考えてみるまでもなく、私の苦心の作の題材、つまり死刑執行人の手にかかって死んだ大泥棒たちのことを聞いただけで、作者は私に間違いないと彼は確信したのだ。彼は兄に素知らぬ顔をして、さり気なくその老婆とはどんな女かと尋ねた。その年齢はどれくらいか、こんな原稿をよく持って来るのか、なども聞いて彼は間もなく兄に別れを告げた。

この思わぬ情報を得て彼は大喜びだった。兄からマーニー夫人の顔や外見を聞き、その翌日私からの原稿がとどけられる筈だと知ったジャインズは、絶対に失敗のないようにと早朝から路上で待ちかまえる。何時間か待っているとその甲斐あってマーニー夫人がやって来る。彼は夫人が印刷所に入るのを見た。二十分ばかりして彼女が出て来る。そこで彼は通りから通りへと彼女の跡をつけて、とうとう彼女が一軒の家に入るところを見とどけた。やっと苦労が報われる時が来たぞ、と心の中で彼は歓声をあげた。

実は彼女が入ったのはいつも住んでいる家ではなかったのだ。奇蹟と言ってもよいほどの偶然で、彼女は自分がジャインズにつけられているのを知っていたのである。というのは、帰る途中でひとりの女が気を失って倒れるのをマーニー夫人は見て、いつものやさしい気持からすぐに介抱しようと進み寄った。そのうち周囲に人が集まる。夫人は応急手当をして再び家路についた。まわりに人が集まったのを見てスリがいないかと思い、彼女は両脇に手をやり、同時にあたりの人混みを見まわした。彼女がその場を離れたやり方はやや唐突だった。そこでジャインズは騒ぎの中で夫人を見失うまいとして近寄らねばならず、ちょうどその時は彼女の真向かいに立っていた。彼の顔は一度見れば忘れられない顔である。これまでの生き方が彼の顔のしわの一本一本に腹黒い抜け目のなさと大胆不敵の性格を刻み込んでいたから、彼女は哲学も人相学も知らないがその面相に圧倒されるような気がしたのである。このやさしい女性はまたなかなか考え深い人でもあって、家に帰るのに普通の人とは違った道を使って帰る。というのは、広い通りではなくて、途中から分れたり急に曲がったりする細い道や路地を利用して帰ったのである。路地を通る時に偶然にもう一度彼女のあとを追う男をちらと見た。変った顔つきの男を二度も見かけて彼女はおかしいなと思う。私の跡をつけているのだろうか？　真昼のことだから心配することはなさそうだが、私を狙っているのだろうか？　彼女はそこで私がいつも用心して人目につかぬよう心がけているのを思い出し、それが理由あってのことだと信じた。彼女はまた自分が私についていつも警戒を怠らずにいたことも思い出した。でも、私の用心が足りなかったのだろうか？　もし私のせいであの人に危害が及ぶようなことになったら一生後悔するだろう、と彼女は思った。用心するに越したことはないと考えたマーニー夫人は友達の家に寄り、私に事情を知らせたのである。その友達に十分に言いふくめて、彼女はすぐにそこを出て家とは正反対の方角にある別の人の家に向かい、彼女が出て五分後にその友達が反対の私のところに知らせに行ったのであった。彼女の慎重な配慮のおかげで、私は迫った危地を完全に脱することができた。

私にもたらされた知らせだけでは、それがどの程度の危険かは判らない。いろいろ聞いたが、ひょっとしたら何でもないことで、マーニー夫人の心配はこの情深い婦人が私のことを思うあまりの用心し過ぎによるものかもしれない。しかし、私のような立場ではあれこれ言う余裕はなかった。危険があってもなくても、手に持てるだけの荷物を持って今すぐにでもここを立ち去らねばならない。私を保護してくれた夫人にも会えず、僅かの品物や道具も残したままでどこか淋しい隠れ家を求め、身の振り方を考えて、できることなら相談相手になる友達を探さねばならないのだ。気は重いがようやく決心して私は表へ出た。真昼のことである。私は自分に言いきかせた。今も私を追う人があたりにいるだろう。偶然を頼んで逃げられるなんて思ってはいけない、と。街路を六つばかり横切って貧しい人々を相手のみすぼらしい食堂に入り、ちょっとしたものを食べてから、暗い気分ではあったが次から次にあれこれ考えるうち数時間が過ぎた。結局ここで泊まることにして、日が暮れるとすぐ外に出て（これは絶対に必要だった）新しい変装のための品物を買った。夜中に変装をし、これまでと同様の用心をしながら、私はこの一夜の宿を出たのであった。

第十章

私は新しい下宿を見つけた。心に先入主があって危険を想像して楽しむようになったのかもしれないが、マーニー夫人が危ないと感じたのも何か根拠があってのことだという気がする。しかし、どんなにして危険が迫ったのかは想像もつかないので、行動に当って警戒を厳重にするだけで他に手の打ちようもなかった。それに、身の安全と生活の道との両方を同時に考えねばならなかった。前の仕事に励んだおかげで少しばかり金が残っていたが、雑誌社からまだもらっていない金があって、手許にあるのは本当に僅かだった。その残りを受け取るのはどんな方法を用いるにしても危険なので止めた。頑張ってはみるが心配が重なって体の調子も悪くなってきた。一瞬たりとも油断はできない。やせて昔の面影はなくなり、急に音がすると思わずぎくりとする。いっそ自首してなるようになるがいいと思いつめることもある。しかし、そんな時には恨みと憤激がすぐ心に戻って来て、再び戦い抜く気持になった。

生計の道については、これまでのように間に立って書いた物を金に代えてくれる第三者を探す以外に方法はなかった。私のためにこの役を務めてくれる人があるかもしれないが、マーニー夫人のようないい人はどこに行ったら見つかるだろうか？　私が目を付けたのはスパレル氏という人で、彼は同じ家の三階に住んで時計屋の下請けをしていた。口を利く前に、階段ですれ違う時に二、三度ちらちらと見て彼の様子を窺うと、先方も気が付いていてやがて私を彼の部屋に招いてくれた。

腰を下ろすと、お体が悪いようで、ひとり暮しでもあるしお気の毒だと思っているが、何かお役に立つことはありませんか、と彼が言う。彼は初めから私に好意を持ってくれていたのである。変装しているので私は不恰好で不自然な様子をしていて、その他の点でも他人《ひと》に好かれる筈がなかった。しかし、スパレル氏は半年ばかり前にひとり息子を亡くしたところで、私がその生き写しだと彼は言った。もし私があの見苦しい扮装を解いてさっぱりしたら、彼の好意をつなぎとめることはできなかったと思う。自分でも言っていたが、彼は棺桶に片足を入れた老人で、死んだ息子が唯一の頼りであった。病身の息子を老人はずっと看病していた。生きている間に手がかかっただけに死なれるとそれだけ淋しくなる。彼には今では友達もなく、心配してくれる人もない。よかったら死んだあの子に代って息子になってはくれまいか、そうすれば息子同様に大事にし可愛がってやりたい、とその老人は言った。

私はこの親切な申し出に礼を言ったが、私はあなたの迷惑にはなりたくないとも言った。今はひとりでそっと暮したいのだが、そんな暮しをしながら生計を立てるにはどうすればいいかが大問題なのです。

その解決に手を貸して下さればそれが一番有難い。私は器用で熱心な性質《たち》だから、どんな職でも本気でやれば割に早く上達すると思う。特に手職はないが、あなたから時計屋の技術を教えてもらえたら一緒にやってみたい。食べていけるだけの賃金で結構です、と私は言った。彼の好意に甘え過ぎるとは判っていたが、そんなことをかまってはいられぬ事情もあり、彼がやさしく言ってくれたのに力を得て頼んだのである。

老人は私の困窮の様子にはらはらと涙を落とし、私の頼みをすべて引き受けてくれた。すぐに話し合いがまとまって私は働き始める。この老人は変った人で、金を貯めることと他人《ひと》の世話を熱心にすることが目立った点だと言える。彼は極端に質素な生活をし、楽しむことを知らない。私はすぐにいくらか報酬をもらってもいいくらいの腕前になり、彼もそれを率直に認めて賃金を払うと言ってくれた。しかし、普通の人とは違って全額を払ってはくれず、技術を教えた謝礼と仕事を取って来てやった口銭として二十パーセントを差し引いて残りだけをくれた。それでも彼はよく私の身の上を思って涙を流し、何かの用事で一緒にいない時は私のことを心配したりして心から可愛がってくれる。彼は器用に物を考えて作るのがとても得意で、私は教えられることが多かった。私も様々な方面から知識を得て勉強したので、彼は私がよく働きまた楽しむ様子を見て驚きながら、彼自身も喜んでいた。

こうして私は、マーニー夫人といた時に劣らぬいい仕事を得たかに見えたが、実はさらに一層不幸になっていたのである。憂鬱になることが多くなり、それも段々とひどくなる。体の調子も悪くなって、スパレル氏は息子に続いて私も失うのではないかと心配していた。

この仕事を始めて間もなく、これまで以上の恐怖と不安をもたらす事件が起った。或る晩、うっとうしい気分が長く続いたので、一時間ばかり散歩して外の空気に当るつもりで外出した。歩いていると物売りの売り声がふと聞えてくる。何だろうかと耳を澄ますと、びっくり仰天した。この物売りらしい男は次のようなことを言ったのだ。「さあさあ、不思議な物語、ケイレブ・ウィリアムズの奇蹟と冒険のお話だ。盗みを働いたくせに、居直って主人を告訴した大嘘つき。牢破りを企てること二度三度、遂に奇想天外の脱獄に成功し変装を重ねつつ国中を逃げまわる。次には神出鬼没の盗賊団に入って数々の押入り強盗、続いてロンドンに入り今もその片隅に潜むという。その騒動の一切を余すところなく書いたのがこれだ。印刷と出版は我が国のれっきとしたお役所で、捕えた者には百ギニーの報奨金が出るという話、それがたったの半ペニーだ」

驚くべきこの売り声に体は石のように固くなったが、無鉄砲にも私は彼に歩み寄って一部買い求めた。まず実状を知ってそれからどうすべきか決めようと思ったのだ。それを持って少し歩いたが、家まで我慢することができずに、狭い道の端まで来て街燈の下で大まかな内容を読んでみた。すると、この種の出版物にしては意外なほどのいろいろな事柄が書いてある。塀やドアを破る技にかけては当代随一の押込み強盗、口のうまさ、二枚舌と変装では誰にも負けぬ詐欺師ということに私はなっている。ラーキンズが森で拾って持ち帰ったビラが全文そこに印刷されていた。マーニー夫人が急ぎ危険を知らせてくれたあの時までの私の変装すべてが一々挙げられ、異様な様子をしてひとり隠れて暮している男に警戒せよとも書いてあった。私が前にいた下宿が私が逃亡したその晩に捜索を受け、マーニー夫人が犯人隠匿の罪でニューゲイト刑務所に送られたこともこの新聞で私は知った。マーニー夫人のことでは悪いことをしたと私は心から胸を痛めた。自分の苦労もさることながら、夫人のことを思うとじっとしてはいられない。私が厳しい迫害にあうばかりか、私が人に触れるだけでその人も迫害の対象となる。私を救ってくれる人は誰でも同じ破滅へと追い込まれる。もしそうだとしたら何と残酷で堪えがたいことであろうか。もしあの立派な婦人を恐怖と危険から救い出すことができるのなら、私の敵からどんなひどい目にあってもかまわない、とその時は思った。あとで聞くと、彼女は身分の高い親戚の力で釈放されたという。

しかし、私のマーニー夫人への同情も一時的なもので、それよりも差し迫った重大問題を私は考えねばならなかった。

私がこの記事を読んだ時の気持はどんなものであっただろうか？　一語読むごとに絶望感が迫ってくる。この絶望感に比べれば、私が恐れている逮捕という事態の方がまだましと言ってもよかろう。もし逮捕されてしまえば私をいつも脅かしている恐怖は終る筈だ。ところが今や変装しても何の役にも立たなくなった。ロンドン中のあらゆる階層、あらゆる家の無数の人々が見知らぬ人、特にひとり住む見知らぬ人に出会えば必ずや疑いの目で見つめるようになるだろう。百ギニーの賞金で彼らは貪欲になり目も鋭くなるだろう。もはやボウ通りにある中央警察署の警官ばかりでなく、百万の一般市民が私の敵だ。私の恐怖を鎮め、無遠慮な好奇の目から私を護ってくれる人はもういない。かくも哀れな人間があっただろうか？

私は恐怖のどん底にあった。胸は破れんばかりに動悸を打ち、呼吸も困難になってあえぎ苦しむ。私の迫害者は尽きることはないのか！　と私は言った。私のこの不屈の長い労苦は終りを知らないのか！　終りだと！　とんでもない！　万病を治すといわれる時の経過も、私には冷たくて絶望を深めるばかり！　そこで別の考えが急に浮かんだ。何故こうして戦い続けねばならないのか？　と私は叫ぶ。死ねば少なくとも迫害者から逃れることはできる。自分で自分を埋葬すれば私は跡形もなく消え、敵にも忘れてもらえる。私をあくまで追及しようとした人々に永遠の謎と常に新たな不安を残して私は去るのだ。

恐怖におののきながらもこう思えば快感さえ感じられて、私はすぐにこの考えを実行すべくテムズ河畔へと急いだ。激しい興奮に目もよく見えぬほどだった。意識さえ怪しくて倒れそうだが、それでも熱病にかかったように猛烈な勢いで進んだ。方向も判らぬままに通りから通りへと歩いて行く。どれくらいさまよっていたのか知らないが、ロンドン・ブリッジにたどり着いた。川へ下りる石段に駆け寄ると、川面は船でいっぱいであった。

私が永久に消え去るところを誰にも見られたくない、と私は言った。――しかしこの気持を考え直す必要があった。私が絶望のあまり死を決意してからしばらくの時間がたっていた。分別も次第に戻って来る。船を眺めていると、イングランドを去って別の土地に行こうという考えが再び浮かんだ。

調べてすぐ判ったのだが、船賃の一番安いのはロンドン塔の近くに停泊している船で、二、三日してオランダのミドルバーグへ向けて出港するという。今すぐにでも乗船して船長に頼みこみ、出航まで船に置いてもらいたいところだが、懐中にある金だけでは船賃には足りない。さらに悪いことに、懐中どころかどこに行ってもそれだけの金はない。結局私は半額だけを船長に払い、残りはこれから何とかして来ると約束した。どうしたらあと半分を得られるか見当はつかないが、きっと何とかなるという自信はあった。スパレル氏に言ってみようと思ったのだ。まさか断わられることはあるまい。彼は私を本当の息子のように可愛がってくれたのだから、今はただ彼に頼るだけだと私は思った。

元の下宿に近づくと心は重く悪い予感がした。スパレル氏は留守で私は待たねばならなかった。疲れ果てて失望し、体もよくないので崩れるように椅子に坐る。しかしすぐに私は気を取り直した。その日の朝スパレル氏からもらった仕事を私は自分の大かばんの中に入れていたが、それは今要る金の五倍分に相当する。これを自分の所有として処分していいものかどうかちょっと思案したが、すぐに馬鹿なことだと一蹴する。私は主人のものを盗んだとの非難を浴びているが、それはいわれのない非難である。今ここでそう言われても仕方のないような行為をすることだけは止めよう、と私は決心したのだ。坐っていても呼吸が苦しくなり、不安で何か悪いことが起りそうな気がしてくる。恐怖がひとり歩きし始めたという感じだ。

スパレル氏がこの時刻に外出しているのは変だ。今までになかったことだ。彼の就寝時刻は九時と十時の間である。十時になり十一時を過ぎても帰って来ない。真夜中にやっと彼が表のドアをノックする音が聞えた。家中が寝静まっていた。スパレル氏はいつも早く帰って来るのでドアの鍵を持たず、自分で開けることはできない。開けてやらねばという気持がひらめいて、といっても利己的な気持も働いていたが、私は急ぎ階段を下りてドアを開けた。

手にした小さいろうそくの明りでも、何か大へんなことが起ったことが彼の表情から判った。口を利く間もなしに、彼の後からふたりの男の顔が見えた。それがどういう種類の男たちかはすぐに判ったつもりであったが、よく見るとそのうちのひとりは何とジャインズだった。私は以前に彼が警察の手先になっていると聞いていたので、彼がこの場に再び現われても驚きはしなかった。いずれは警官につかまるに違いないと、いわば三時間かかって覚悟を決めてはいたものの、いざ彼らが入って来ると私は何とも言いようのない苦痛を感じた。それに、彼らがこんな時間にこんな風にして入って来たのにも少なからず驚き、スパレル氏が卑劣にも手引きをしたのではあるまいかと思った。

私の疑問はすぐに消えた。彼はふたりを家の中へ入れるや否や体を震わせて大声をあげた。ほら、これがその男だ！　ほら、これだ！　ジャインズは期待と疑いの眼差《まなざし》で私をじっと見て、成る程、だが本物かどうかは判らん！　かん違いかもしれんな！　しかし彼は思い直して、中へ入ってよく調べてみようと言った。四人は階段を上ってスパレル氏の部屋に入り、私はろうそくをテーブルに置いた。それまで私は一言も口を利かなかったが、ここで諦めてなるものかと思い、かつまたジャインズが自信なさそうなので少し元気を取り戻した。落ち着いてゆっくりと、片言《かたこと》のような話しぶりの作り声を使って、皆さんいったいこれは何事ですかと私は尋ねる。実はケイレブ・ウィリアムズという大悪党を捜している、とジャインズは答える。人相をよくは知らんので私も困っているが、世間の噂では二十面相だというから仕方がない。そこでひとつお面《めん》を取って本当の顔をよく見せてはもらえまいか、それが無理なら着ているものを脱いで背中のこぶに何を入れているのか調べさせてくれないか、と彼は言った。

抗議したがそれも無益だった。変装の一部は見破られ、はじめは半信半疑だったジャインズも次第に疑いを深める。スパレル氏はその場の成行きを貪るように身を乗り出して眺め、嬉しくてたまらぬという表情だ。私の変装が次々に露見すると、彼は、ほら見ろ！　ほら見ろ！　と何度も叫ぶ。とうとう私は芝居を続けるのに疲れ、自分の卑怯で偽善的な姿がつくづく厭になって大声をあげてしまった。えい、私がケイレブ・ウィリアムズだ、どこへなりと連れて行け！　さて、スパレルさん！　こう言われて彼はぎくりとする。私が名を名乗ったちょうどその時に彼は有頂天で狂気のようになっていた。そこを私

スパレル、ケイレブを警察に売り渡す

から突然厳しい口調で呼びかけられ、彼は電気にかかったようにぎょっとしたのだ。密告したのはあんたですか、そんな卑劣なことを？　私があんたに何をしたというのか？　これがあんたの言う親切か、あんたがいつも言っていた愛情がこれか？　私を殺すことじゃないか！

可愛そうなことをしてしまった！　と彼は泣き声で弱々しく訴えた。仕方がなかったのだよ！　せずにすむことなら私もしたくはなかった！　お前が手荒い扱いを受けぬようにと祈るばかりだよ、もしひどいことになったら私は生きてはいられない！

情ない奴だ、と私は終りまで言わせずに強く言った。情も容赦もない法律の手に私を売り渡しておいて、無事でいてくれなんて言うのか？　判決はもう決まったようなもの、私は覚悟している。あんたは私の頸《くび》に絞首刑の綱をつけてくれた。金をもらえばひとり息子でも売るという人だからな。さあ、早くどこかへ行って汚ない賞金を数えるがいい。愛しているとか可愛そうだとか口先だけの空涙《そらなみだ》を流すあんたを頼ったのが間違いだった！

私が病気で死も遠くはない、と彼は思っていた。彼が私を裏切った理由のひとつはそれだ、と私は信じている。彼は私が働けなくなる日がいつ来るか見当を付けていたのだ。自分の息子の病気と葬式にかかった費用で苦労したのを彼は思い出し、とてもそれだけの金を私のために使う余裕はないと思った。しかし、病気の私を見捨てたと非難されるのも心配だ。もともと情深い人である彼にはそれも心配だ。私への愛情が大きくなれば、やがて見捨てるわけにはいかなくなるだろう、と彼は感じたのである。けちだと言われるような行為を避けんがために、彼は最も卑劣で悪魔のような行為へと衝動的に追い込まれていった。この動機に加えて賞金がもらえるというのだから、彼には抵抗できない強力な刺戟になったのである。

第十一章

私が怒りを爆発させると、彼はじっとして物も言えなくなった。ジャインズとその仲間が私を連行した。この男の傲慢ぶりをここでまた詳しく書く必要はあるまい。彼は復讐の成功で大得意になるかと思えば、賞金をあの萎《しな》びたけちんぼじじいに横取りされたと口惜しがり、何としても騙して奪ってやると言った。あの半ペニー新聞の話はすべて自分の思いつきで作ったもので、必ず成功する妙手だったと彼は自慢した。何もしなかったあのけちのスパレルがうまうまと賞金をせしめて、俺の手柄は名誉にも金にもならんとしたら、法も正義もあるものかと彼はいきまいた。

私は彼の言うことを殆んど聞いてはいなかった。その時には気付かなかったが、彼の話は私の感覚に残っていて、あとでやや落ち着いてから思い出したのである。その時は自分の新しい状況とそれにどう対処すればよいかとだけを思いつめていたのだ。それまでに自殺を考えたことが二度あったが、それは絶望のあまりのことで、私がいつも死を思っていたからではない。今は、そしてまた他人の不正から死の恐怖に直面した場合はいつでも、私は最後まで戦う気になった。

私の前途は暗く希望は見えなかった。牢獄から脱出し、続いて執拗な敵の追及を逃れるためにどれだけ苦労したことか、そしてその挙句に最初の出発点に戻ったのだ！　確かに有名にはなった、私の話が物語となって呼び売り商人や辻音楽師が売り歩くまでに有名になった。思い切ったことをやる悪党だと、下男や女中の噂の種になりもした。しかし私は、それと同じような賛辞を受けて満足して死んだエロストレイタスでもアレクサンダーでもないのだ。実際問題として、これまでと同じ努力を新たに試みたとしても何の役に立つだろうか？　私を追うのはこれまでにないほどの悪知恵と悪意を持った敵である。彼らが追及を諦めるとか、私の今後の抵抗がこれまで以上に成功するという見込みは無きに等しい。

　こう考えるうちに私は決意を固めたのであった。私の心は次第にフォークランド氏から離れつつあったが、やがて私の気持は激しい憎悪と化した。彼に対して私はずっと前から尊敬の念を抱いていて、それは彼に憎まれ圧《おさ》えつけられても容易に消えることはなかった。だが、今や私は彼が残忍きわまる性格だと思うようになった。私が潔白であることを、私が悪を憎み、これから向上していく人間であることを知っていながら、私を地の果てまでもと追いまわして私の血を見ずには満足できないフォークランド氏。彼には悪魔のようなものがあると感じた時、私はこれまでの尊敬の念、敬意の思い出までも足下に踏みつぶしたのだ。彼のすぐれた知性への尊敬も彼の魂の苦悶への同情も私は捨て去ったのだ。じっと辛抱するのはもう止めよう、と私は誓った。私とてその気になれば彼に負けぬ恐るべき敵になれることを身をもって示してやる。私をこのぎりぎりの狂気の一歩手前まで追い込んだのは、彼としては失敗ではなかったのか？　彼も自分の秘密と残虐な犯罪に恐れを抱いているのではないか？

　捕えられた夜から翌朝まで私は拘置所で過ごさねばならなかった。その間に私は変装をすべて捨て去り、翌朝はもとの私に返って調べを受けた。もちろんすぐに私の正体が判明する。取調べの判事たちにしてみれば私の正体が判りさえすればいいので、私をもとの州へ送還するための令状を出す手続きを始めた。そこで私はいささか申し述べたいことがあると言って、その手続きを中止させた。こう発言すると刑事事件の判事は必ず関心を示すものである。

これまで誰にも言わず隠してきたあの驚くべき秘密を公にして事態を一挙に有利に導こうと腹を決めて、私は担当の判事の前に立った。罪もない者が罪を着せられて苦しむのは不当だ、今こそ真犯人が裁きを受ける時だ、と私は思った。

これまで無実を主張してきましたが、今もう一度私は無実であると主張します、と私は言った。

それならば、お前の申し述べたいこととは一体何か、と先任判事が言い返した。お前が無実だとしても我々の関知するところではない。我々は規則に従って任務を遂行しておる。

私は犯人ではない、真犯人は私を告訴した当人である、と私は一貫して言っています。彼はこれらの物品を私の持物の間に密かに入れておいて、しかるのちに私が盗んだと告訴したのだ、と。それに加えて今日私が言いたいのは、彼は殺人をも犯している、その犯罪を私が見破ったがために彼は私を抹殺すべく決意した、ということです。判事様、私のこの発言を調査するのは皆様の任務だと思います。まさか私を苦しめる残忍かつ不当な行為に判事が手を貸して、殺人犯を逃すため無実の者を投獄し処刑するようなことはなさるまいと私は信じます。私はこのことを今日まで隠しておりました。他人の不幸や死を招くようなことは絶対したくなかったのです。しかし黙って我慢するにも限度があります。

判事はいかにも温情を示すかのような口ぶりで答えた。それでは二つ質問をさせてもらいたい。まず、お前はこの殺人で幇助、教唆するか手出しをしたのか？

一切していません。

そのフォークランド氏とはどんな人か、お前とその人との関係は？

フォークランド氏は年収六千ポンドの紳士《ジェントルマン》で、私はその秘書でした。

つまり、彼の使用人だったということだな？

その通りです。

よし、それだけ判れば十分だ。判事としてまず言っておくが、私はお前の申し立てをどうすることもできない。お前がその殺人に関係していたのなら話は別だ。しかし、判事が罪人の証言を取り上げるのは、共犯者の罪を証言する場合は別としてどう考えても不可能だ。次に私個人の意見として言うが、お前のような厚顔無恥の悪人は見たことがない。ここでも巡回裁判でもどこでもよい、お前の申し立てる話が通用するとでも思っているのなら、お前は大馬鹿者だ。年収六千ポンドもある紳士が使用人を盗みの罪で告訴した場合、その使用人が先程のような言いがかりをでっち上げて判事や裁判所に聞いてもらえるとしたら、本当に結構な時代と言うべきだろう。お前が訴えられたその罪が死刑に相当するものだったかどうか、私は今は言わぬことにするが、あのような申し立てをすれば絞首台行きは間違いなしだ。身分や地位の区別をそんなにまで踏みにじる奴がどんな理由にせよ罪を免れるなら、秩序もよい政治もあっと言う間になくなってしまうだろう。

それでは判事様、私が申し立てる告訴の詳細は聞くのを拒否するとおっしゃるのですか？

その通りだ。しかし、もし聞いてやると言ったら、その殺人の証人はいるのか？

こう問われて私はよろめく。

ありません。――しかし、第三者でも十分に納得させる状況証拠ならあります。そう言うだろうと思った。――さあ、この男を連れて行け。

私が頼みにしていた最後の手段もこのような結果に終った。それまでは、今の不利な立場は私が我慢して黙っているからいつまでも続くのだと思っていた。そして、フォークランド氏に対する反対告訴という最後の手段を用いるよりは、人間として忍び得る限りは忍ぼうと決心していた。どんな苦しい時もそう思えば密かな心の慰めになった。それは私が進んで払う犠牲であり喜ばしくもあったのだ。私は殉教者や証聖者（迫害の下で信仰を守り通した信者）のひとりになったつもりで、自らの強さと自己否定に拍手を送っていたのだ。私の持つ知恵を惜しみなく発揮すれば苦しみも迫害も一挙に追い払うだけの力はある、ただその力をできれば使いたくない、と思って自己満足していたのだ。そして、人間世界の正義とは結局こんなものなのだ。或る状況の下では、罪を発見しても自分がその共犯者でなければ何を言ってもまともに取り上げてはもらえない！　破廉恥な殺人の話が冷たく聞き流されるのに、罪もない者が野獣のようにどこまでも追跡される。年に六千ポンドの収入があればいくら告訴されても安全だ。それに反し、どんな正当な非難でもそれが使用人の発言だというだけで無視されるのだ！

私はほんの二、三カ月前に脱走したばかりの拘置所へと連れ戻された。私は胸も裂けるような気持であの壁の中へ入り、私の超人的な努力もただ私の責め苦となっただけ、ただそれだけだったと感じないではいられなかった。私は世間をいくらかは知った。社会が数多の鎖で私をしばり、周囲の至るところに専制が多くのわなを仕掛けていることを辛い経験によって学んだ。若い頃には世間とは自分が隠れたり現われたりして思うまま自由にはねまわる舞台だと想像していたが、私はもうそんな見方はできなくなった。人間全部が何らかの形で進んで暴君の手先になったと思われた。希望も死んで心の奥底に沈んだ。その晩は土牢に閉じ込められ、一時的だが狂気に陥ることもあった。あたりの静寂を破って堪えがたい絶望でわめくことも間々あった。しかしこの狂乱状態も長くは続かず、やがて私は自分自身とその苦境を冷静に考えられるようになった。

私の前途は暗く、状況も見たところ以前よりもずっと悪化したようだ。この四方の壁の中でいつも横行する傲慢と暴虐に私はまたもさらされることになったが、それはもうどうでもよい。私が耐え忍んだ苦痛、それはまた不幸にも国法の運用に専念すると称するこれらの人々の支配下に置かれた者すべてが耐え忍んだ苦痛でもあるのだが、そのぞっとするような物語を何故ここでまたも語らねばならないのか？　私が既に経験した苦痛、心配、逃亡、発見されることよりも辛いあの発見されはしないかという絶え間のない不安感。もし私が世間で言われているような重罪犯人だとしても、どんなに冷たい人にせよ私が受けたこれほどまでの苦しみを知れば、自らの良心にてらしてみて、これで十分な刑罰だと思っただろう。しかし現実の法律は目も耳も人情もない。法律はそれを教え込まれた者すべての心を大理石と化するのだ。

しかし、私は再び戦う決意を取り戻した。生きている限りはこの精神を失うまいと私は決心した。抑圧され粉砕されようと死ぬまで抵抗するのだ。意気地なく降服して何になる？　何か得になる、いい気分にでもなれるというのか？　法律の足下にひれ伏して憐れみを乞うても何の役にも立たぬことくらいは誰でも知っている。法廷には改善や改革の見込みはない。

私のこの強さは超人的だと思う人があるかもしれない。しかし、私が私の心臓のヴェールを取ってお目にかけたなら、そんな人々はすぐに自分の誤解を悟ってくれると思う。心臓のあらゆる所から血が流れ出ている。私の決心は哲学や理性の冷静な論理から生まれたものではない。それは暗く絶望的な決意であった。希望から生まれたものではなく、ひたすら目的を追求し、いわば成功するか失敗するかはどうでもよい、ただやり抜くだけ、という精神の産物だったのである。フォークランド氏が私を追い込んだのはこのような哀れな状況であって、どんなに冷たい人でも私に同情したくなるようなものであった。

不思議に見えるかもしれないが、拘置所で死刑判決を待ちながら辛い毎日を送っているのに、私は健康を回復した。それは心境の変化によるものだと私は思う。これまでの休む間もない不安、恐怖と脅《おび》え、それは拘置所生活に付き物だが、私が拘置所に入るとかえってなくなり、破れかぶれの断固とした決意が生じたのである。

裁判の結果はもう判っていた。私は再び脱走の決意を固め、生きのびるためのこの第一歩は少なくとも遂行できる自信を持っていた。巡回裁判が近いことでもあり、私の裁判が終ったのちにその計画を実行するのが有利だと私は考えた。その詳しい理由をここで述べる必要はあるまい。日程によれば私の裁判が最後になっていたので、二日目の午前に変更になって私は大いに驚いた。さらに驚いたことに、検察側の名前が呼ばれて出廷したのはフォークランド氏でもフォリスター氏でもない。いや、私を起訴する者は誰もいなかったのだ！　検察側の起訴状は失効を宣せられ、私は何事もなく退廷させられた。

この信じられない逆転を知った時の気持はとても言い表わすことができない。死刑判決の声が耳に鳴りひびくような思いで入廷した私が、どこへ行こうとおかまいなしと申し渡されたのだから！　私が数々の錠やかんぬき、牢獄の堅固な壁を打ち壊し、不安で眠れぬ夜、悪夢にうなされる夜を幾夜も過ごし、敵の目を逃れ潜むのに知恵をしぼったのはこのためであったのか？　想像もしなかったほどの気力を奮い起し、人間が耐えうるとも思えぬ拷問に日毎夜毎に苦しみながら生き続けたのもこのためであったのか？　ああ神様！　人間とは一体何だろうか？　人はかくも未来に無知で、一寸先にあるものさえ見えないのか？　慈悲深い神は未来の出来事を人の眼から隠すという話を何かの本で読んだことがある。だが、私の経験はこの話と合わぬ。私にとって重大なこの事件の大詰めを予知できていたら、私は耐えがたい労苦と言いようもない苦悩を味わわずにすんだ筈なのに。

第十二章

間もなく私はこの恐るべき悲惨の場に永遠の別れを告げた。その時は思わぬ救いに驚き歓喜していたので、今後のことについての不安は感じていなかった。町を離れた私はのろのろと思いにふけりながら歩き、時には大声で叫んでみたり、また時に訳も分らぬ幻想に深く浸《ひた》ったりした。やがて、以前に脱獄した時に最初の夜を過ごしたあの荒野にいつの間にか来ていた。私はその洞穴や谷間をさ迷い歩く。わびしく荒涼とした孤独の中にどれくらいの時間いたのか憶えがない。いつの間にか日が暮れて、今は離れて来たあの町へ戻ろうと一歩を踏み出した。

すっかり暗くなったその時に背後から見たこともない男が二人私に飛びかかった。彼らは私の両腕を摑んで地面に投げ倒す。あっという間のことで抵抗もできなかったが、辛うじて、そのうちの一人があの悪鬼のごときジャインズだということだけは見て取った。私は目隠しをされ猿轡《さるぐつわ》を嚙まされてどこかへ引っ立てられて行った。黙って進む間に、私はこの乱暴なやり方は一体どういう意味だろうかと考えた。午前中のあの事件で一番厳しくて辛いことは終ったのだ、と私は思い込んでいたので、変だと思われるかもしれないが、こうして不意に襲撃されてもそれほど心配してはいなかったのである。しかし、残忍で容赦せぬジャインズが新しい企《たくら》みを考えついたのかもしれないとは思っていた。

やがて町に着いた様子である。家に入って部屋に落ち着くとすぐ目隠しと猿轡が外《はず》された。ここでジャインズが意地悪くにやりと笑い、痛い目にあわせる気はないからお前もおとなしくした方がいいぞ、と言う。そこは宿屋で、あまり離れていない部屋で人声がするから今のところは乱暴される心配はまずない、ここからまたどこかへ連れて行こうとしても抵抗する機会はある、と私は知った。彼が痛い目にあわせる気はないと言ったのもよく分る。この突然の事件の成行きはどうなるかと私は多少の期待をもって静観していた。

それからすぐにフォークランド氏が入って来た。コリンズが主人フォークランド氏の経歴の詳しいことを初めて私に話してくれた時に、彼は別人のように変ってしまったと言ったのを私は思い出した。あの時はそれが本当かどうか確かめる方法がなかった。私が彼を最後に見た時に既に彼は今と同じ激情の犠牲者で、また今同様に深い悔恨に苦しんでいたとはいえ、私の目の前に現われた彼を見て、コリンズの言葉がそっくりそのまま現在の彼に当てはまることを知った。苦悩という文字があの時もはっきりと彼の表情に刻み込まれていたが、今や彼は人間とも思えぬ姿をしている。顔つきは窶《やつ》れて肉は落ち、飢えた野獣のようだった。顔色は一面の土気色で、彼の胸の内で燃えさかる火に焼け焦げたかのようだ。眼は赤く鋭くて視線が定まらず、不信感と憤怒に満ちている。頭髪は手入れもしないようでもつれ乱れている。体全体が生きた人間というより骸骨を思わせるほどにやせていた。かくも憂《うれ》いに満ちて幽霊同然の体には生命の方で恐れて近寄らぬという有様だ。健全な生命の細いろうそくが燃え尽きて、それに代って激情、獰猛《どうもう》と狂気が彼を支配していた。

私は彼を見てあっと驚き、ショックを受けて口も利けない。――彼は険《けわ》しい声でジャインズとその仲間に部屋から出よと命じた。

さて、今日私は努力を重ねてお前をうまく絞首台から救ってやることができた。二週間前はそのお前が私をあの不名誉な末路へ追いやろうと懸命だった。

お前の命を護るために私は絶えず努力を重ねてきたのに、お前はそれも分らぬほどの馬鹿者だったのか？　拘置所にいたお前を護ってやったのは私、あそこへ入らずにすむように計らったのも私じゃないのか？　頑固で偏屈のフォリスターがお前を捕えた者に百ギニーの報奨金を出すと言い出したのを、お前は私の考えたことと思い違いしているのじゃあるまいな？

お前が放浪を続けている間の動静を私はじっと見ていたのだ。その間のお前の重要な動きで私が知らなかったものはない。お前のためを思ってじっと思案していたのだ。私はティレルの場合を除いて人をあやめたことはない。ティレルの時も激情に駆られてああなったので、あれ以来ずっといつも後悔している。ホーキンズ親子の時は別だが、他人の破滅を見て見ぬふりをしたことはない。ホーキンズを救おうと思えば、私が人を殺したことを認めねばならなかった。これを別とすれば、私はずっと人助けばかりして来たのだ。

お前のためを思って私はじっと思案していた。だからこそ私はお前を試そうと思った。お前は思いやりと寛容をもって私に応対するというふりをした。最後までお前がそれを押し通した場合でも、私はお前に何かの形で報酬を与えたいと思っていた。万事お前の裁量に委せておいたのだ。腹黒いお前が何を企んでも役に立たなかった。お前の置かれた状況では私を傷つけようとしても無理だと私には判っていた。お前の寛容は私がかねて思っていた通り実のないただの背信でしかなかったのだ。お前は私の名誉を台無しにしようと企てた。私の大事な秘密を暴露した。これは赦せない行為だ。私は死ぬまで忘れないぞ。いや、私が死んだあともこの記憶だけは残る。法廷から無罪放免になったからといって、お前は私の力の及ばぬ所へ逃げおおせたとでも思っているのか。

こう言っている間にフォークランド氏の顔に異様な表情が急に現われて、体全体が同時に激しく震え、彼はよろめいて椅子に坐った。三分ばかりすると彼は気を取り直して続けた。

そうだ、私はまだ生きている。これから何日生きるか何年生きるか、それは何者かは知らぬが私を作った或る力が決めることだ。だが、生きている限り私は自分の名誉を護る。これと、今まで誰も知らなかったような苦痛を耐え忍ぶこと、私の生きる目的はこのふたつしかない。しかし、私がいなくなっても私の名声は生きる。このフォークランドの名が地球の果てまで鳴りひびく限り、私の人格は一点の汚れもない立派なものだと後世から尊敬を受けるのだ。

こう言い放って、私の今後の生活や幸福に直接にかかわる話へ彼は移っていった。

お前の苦労を少しは楽にしてやってもよいが、それにはひとつ条件がある。そのためにお前をここに呼んだのだ。私の提案をよく聞いて考えてみるがよい。だが憶えておけ、私がよくよく考えた上で行なった決心を馬鹿にするようなことがもしあれば、それは狂気の沙汰だ。それは、巨大なアペニン山脈から今にも崩れ落ちそうに揺れている山を自分の方へ引っぱるようなものだ。

ついては、この宣誓書にぜひ署名してもらいたい。フォークランド氏は殺人犯ではなく、ロンドン中央署で私が申し立てた同氏の犯罪はすべて悪意による虚偽で根拠なきものである、と書いたものだ。お前は真実を曲げるとして躊躇するだろう。しかし、真実は真実であるというだけで尊重されるものだろうか？　人に幸福をもたらすが故に尊重されるのではないのか？　慈悲心や人類愛、その他人間にとって大事なものを考え合わせて真実には目をつぶらねばならぬことがある。そんな場合に理性ある人は不毛の真実にも生け贄《いにえ》を捧げよと言うだろうか。お前に署名させても、私がその宣誓書を何かに利用することはないだろう。ただ、お前が傷つけた私の名誉を償ってもらうためには、実際問題としてこの方法しかないのだ。これが私の提案だ。答えてもらおう。

お話はよく分りました、と私は答えた。考えるまでもなく、返事はノーです。私がお屋敷に上った頃はまだ未熟で世間知らず、あなたのお望み通りどんなにでもなる子供でした。しかし、ほんの短かい間にあなたはたくさんの経験をさせてくださった。私はもう昔のような優柔不断の言いなりになる子供ではありません。あなたがどれだけ私を自由にできるのかは知りません。私を殺すことはできても、脅すことはできません。あなたが私を苦しめたのは計画的だったのかどうか、あの苦痛はあなたの手によるものか、苦しむ私を傍観しただけなのか、私は知りたいとも思いません。ただ私に言えるのは、私はあなたのおかげで大へんな苦痛を受けたので、その上に進んで犠牲を払えと言われる筋合はない、ということです。

慈悲や人類愛に対する犠牲だとも言われました。とんでもない話です。それはあなたの気違いじみた名誉欲に対する犠牲にすぎない。あなた自身の苦しみ、他の人々の大きな不幸、それに私に降りかかった災難のすべてはこの名誉欲から生じたのです。あなたの名誉欲ばかりはもう我慢ができない。あなたが今だにあの愚かで残忍きわまる欲望を清算しきれないでいるのなら、その欲望のお手伝いだけは御免です。英雄を気取るわけではありませんが、誰にも負けぬ強さをあなたに教えて頂いたことだけは感謝しております。

私にどうしろとおっしゃるのですか？　あなたの名誉を護るために署名して私の名誉を放棄せよ、というのならこんな不公平はありません。私があなたよりもはるか下になって、私のことはどうでもいいということにはなりませんか？　あなたには家柄について幼い時からの偏見がある。私はこの偏見が大嫌いだ。あなたのおかげで私にはもう何も怖いものはなくなった。言いたいことは言わせてもらう。

あなたはこう言いたいのでしょう？　お前には、なくそうにもはじめから名誉なんかなかったのだ。私は完全無欠の紳士として崇《あが》められているが、お前は泥棒で嘘つき、他人《ひと》の悪口を言い触らす奴という世間の評判だ、と。それならそれでいい。その世間の中傷も当然と言われるようなことは私は今後一切しないつもりです。世間から尊敬されなくなれば、それだけ私は自尊心を大切にします。どんなことがあっても自分で恥かしいと思うようなことは絶対にしない。

あなたは永久に私の敵になる決心のようだ。私はそんなにあなたに敵視される筋合はない。あなたをいつも尊敬し、お気の毒だと思っていました。あなたの大事な秘密をばらすくらいならどんな不幸でも

（あなたにはもう怖いものはなくなっていたのです。）ただあなたをお気の毒と思えばこそ黙っていたのです。あなたは私のこの気持を信じていればよかったのに、暴力で脅そうとなさるのです。この上どんな復讐ができるというのですか？　これまでも脅されたから怖くはありません。もう私を脅す元気もなくなったようですね。私のことは好きなようになさって結構です！　あなたのおかげでこうして恐れもせず堂々とお話を聞くことができます。まあ落ち着いてください！　あなたは私の行動を怪しからんとおっしゃるが、それはどうにもならなくなって心ならずもしたことです。私は人間として耐えられるぎりぎりまで辛抱しました。いつもびくびくし用心ばかりして暮しました。二度も自殺寸前のところまで行きました。しかし今となっては、あなたが御不満だというあんな行動をしなければよかったと私は思う。でも、あんな冷酷な仕打ちをされれば誰でもかっとなる。冷静に考える余裕などなかった。今でも私はあなたを恨んではいません。あなたのためになることで、私がもっともだと思えば何でもしてあげたい。だが、道理と正義に反する汚ないことは何と言われてもお断わりです。

フォークランド氏は唖然として、しかも腹立たしげに耳を傾けていた。私がかくも毅然とした態度を取ろうとは予想もしなかったのだ。怒りがこみ上げて何度か彼はぶるぶると震えた。私の話に割って入ろうとするが、私の落ち着いた態度を見て、また恐らく私の心境のすべてを知ろうとしてか、思い直して黙る。話が終ったと見るや、彼は一瞬じっとしていた。感情が次第に高まって、彼はとうとう制しきれなくなった。

よかろう！　と彼は歯嚙みし地団太を踏んで叫んだ。私が和解しようと言うのにお前は拒むのだな！

お前を説得する力は私にはない。お前は公然と私に反抗するんだな！　お前に対し私は少なくとも或る力を持っている。それを行使することに決めた。お前は木っ端微塵になるぞ。こっちから頭を下げて聞いてもらうのはもう止めだ。俺を何だと思っているのか？　お前が何だ？　今に思い知らせてやる！

こう言って彼は出て行った。

以上がこの忘れられない場面の詳細である。その時の印象は私の心に焼き付いて離れない。フォークランド氏の姿や様子、死人のような弱々しさと衰え、人間とも思えぬ気力と激怒、彼の言ったこと、彼の言動の動機、などが一体となって私の心に他に例のない印象を残した。彼の苦悩を思えば私は体中がぞっとする。それに比べれば我々の想像の中で人類の敵たる悪魔が持ち歩くとされる地獄などは問題にならない。

こんなことを考えているうちに、私は彼が出て行く前に残した脅しの言葉を思い出した。彼の言葉は謎めいてはっきりしない。今に思い知らせてやる、と言ったがそれだけでは何のことか判らない。ひどい目にあわせてやるとか言ったが、これもどういうことか彼は一言も言わなかった。

こういうことを考えながら私はしばらくじっと坐っていた。その間フォークランド氏も他の誰も部屋に入って来る者はない。そこで私は宿屋から表の通りへと出たが邪魔する者はない。脅迫しながらもこうして私を全く放任するというのは、一体どういうつもりだろうか？　あの恐るべき敵フォークランド氏の発言はすべて狂気と激情が言わせたもので、彼は遂に理性を喪失したのだと私は思うようになった。理性といっても、彼にとってはそれまで長い間にわたって人を苦しめる手段にすぎなかったではないか。しかし、もしそうだとすれば、彼の手先として私に暴力をふるったジャインズとその仲間を雇うような頭が働くものだろうか？

私は十分に警戒しながら歩いて行った。策略と暴力を用いる敵にまた尾行されるようなことのないように、暗くはあったが私は前後左右に気を配った。前の場合と違ってそこはまだ町中《まちなか》なので、家も多く人も住んでいるからいくらか安心だと私は思っていた。こうして恐る恐る歩いていると、私は前に何度か触れたことのあるフォークランド氏の使用人トマスを見つけた。彼は私の方へつかつかとためらいもせずに歩いて来るので、何か悪いことを企んでいるようにも見えない。それに、彼は田舎者で粗野ではあるが人は好くて、尊敬できる人間だと私はかねて思っていた。

彼が近くまで来た時に私は言った。トマス、喜んでくれ、長い間苦しい思いをしてきたが、やっとあの恐ろしい危険がなくなったよ。

いや、俺は喜ぶ気にはなれん、と彼はぶっきらぼうに答えた。この事件をどう考えたらいいか俺はさっぱり分らん。お前が拘置所で哀れな姿をしていた頃は本当に気の毒だと思ったよ。しかし、今こうして娑婆《しゃば》に出てしたい放題のことをしているのを見ると、俺はひどく癪にさわる。こうして見るとお前は昔のウィリアムズ少年とちっとも変っちゃいない。あの頃はお前を弟のように思ったもんだ。だが、その笑顔の蔭に盗みと嘘、恩知らずの人殺しが隠れているんだからな。それに、ついこの前のお前のしたことはひどいじゃないか。あのティレル様のことを蒸し返すなんて、よくもやれたもんだ！　フォークランド様のためにも二度と言うまいと皆で約束した筈だ。それに、フォークランド様があの事件には何の関係もないことは誰でも知っている。そりゃお前にもいろいろ言い分はあるだろう。そうでもなければお前なんか顔も見たくないと思うだろうよ。

それじゃ今でも私が悪いと思っているのかね？

ますます悪い、前よりずっと悪い！　次には何をしでかすかと思いたくなる。悪魔に取り憑かれりゃ何でもする、という古いことわざがあるが、お前を見ていると本当にそうだと思う。

私の不幸はいつまでも続くのか。世間から悪く言われ憎まれている私を、フォークランドさんはこの上どうしようと企んでいるのだろうか？

フォークランド様が企むだって？　お前はあの方を裏切ったが、あの方こそお前の一番の味方だぞ。お気の毒に、フォークランド様を見ると胸が痛む。まるで悲しみそのものだ。すべてお前のせいだと言えぬこともない。不幸があの方を破滅に追い込もうとしたその時に、お前はその仕上げの手伝いをしたようなもんだ。あれから旦那様とフォリスター様との仲が大へんなことになったのだぞ。フォリスター様はうちの御主人が裁判の件で自分を出し抜いてケイレブの命を救ってやったと大層な御立腹だよ。きっとお前を捕えて次の巡回裁判でやり直し裁判をさせると大へんな御立腹でな。ところがフォークランド様はそうはさせぬというわけで、思い通りになさるだろう。フォリスター地主がそのつもりでも法律が許さん、とおっしゃる。旦那様は万事お前のためになるように取り計らい、お前がどんなに悪いことをしても穏便に扱おうとなさる。その旦那様にひどいことをしたもんだよ、お前は！　頼むからここで悪かったと反省して少しでも償いをしてくれ。このままだとお前は地獄で火あぶりになる。少しは自分の魂のことを考えたらどうだ！

そう言って彼は私の手を取った。変なことをするなと感じたが、私への好意から思わずそうしたのだろうと初めは考えた。すると彼は私に何か握らせ、手を離すと大急ぎで行ってしまった。彼がくれたのは二十ポンドの紙幣である。フォークランド氏に言いつけられてしたのだな、と私は確信した。

一体これはどういうつもりだろう？　フォークランド氏は何を思ってこんなことをしたのか？　彼の私への憎悪は少しも減ってはいない。それは彼の口から確かめたばかりだ。だが、憎悪といっても僅かながら人情のようなものがまだ残っているらしい。彼は憎悪にも或る線を引いてそれを越えないようにし、その中では自分の考えを実行する余地も残されているのだ。しかし、そう気付いてもそれは私の慰めにはならなかった。名誉を失うことを心配し名声をひたすら求める気持がこれで満たされたと彼が思うまでに、私はあとどれだけ苦しまねばならないのか？

もうひとつ問題があった。今もらった金を受け取っていいものだろうか？　彼が私に与えた傷は彼が自分自身に加えた傷に比べれば軽いともいえるが、それでも人が他人に加えうる傷としては最大のものだ。彼は私を世の人の憎まれ者とし、社会から追放したのだ。残酷きわまる嘘をでっち上げて世間に触れまわり、そのため皆がその嘘を信用するようになった。その彼が私を憎み続けると宣言し、永久に苦しめ抜くと誓ってからまだ一時間も経ってはいない。こんな男から金をもらうなんて！　もしこの金を受け取れば、私は卑しむべき腰抜け、暴力に屈服して私の血を流したその手に接吻することになるではないか！

こう思うのが当然だとしても、反対の考えもまた理由がないわけではない。私には金が要る。それも悪事やぜいたくのためではなく、生きていくために要るのだ。人はどんな境遇にあっても生きる道を見つけねばならぬ。しかし、私はこれから新しい生き方を求めて遠い所へ移り、意地悪い世間や恐るべき敵の予期せぬ攻撃に備えねばならぬ立場だ。生きていく手段は万人の財産の筈である。私が本当に必要としているものを受け取ってどこが悪いのか？　まして、それで他人《ひと》から恨みを買うことはなし、他人を傷つけることもないのだから。この金があれば私は助かるし、先方もそれを私に進んで与えたからといって困ることはひとつもない。とすれば、この金を使うのは私の義務と言ってもいいくらいだ。これまでの持主は私に危害を加えてきた男だ。しかし、だからといってその金の値打ちが変るだろうか？　恐らく彼は私に恩恵を施したと勝手に思い込んで得意になるだろう。それがいやだといって当然の権利を行使しないのは無気力か臆病でしかない。

第十三章

こう考えた末に、私は渡された金を受け取っておくことにした。次に、死刑執行人の手からやっと取り戻した命をつないでいくどこかの片隅を私は探さねばならなかった。今度の危機に直面する以前に比べると、私がその仕事で不当な妨害を受ける恐れは或る意味では減ったとも言えそうだ。それに、これまでの生き方がつくづく厭になっていたという事情もある。フォークランド氏がこれからどんな手を用いて復讐を図るか私には判らなかったが、変装をしたり架空の人物になりすまして暮すのはとても我慢ができない気持になっていたので、少なくとも当分はそんな暮しだけは繰り返したくないと思った。悲しみと恐怖の中で素姓を隠して過ごした大都会の生活にも、私は同じような嫌悪を感じていた。そこで私は以前に空想してさぞ楽しかろうと思ったことのある生き方を、今度こそ実行してみようと決めた。それは、遠い田舎の静かで人目に付かぬ所に引っ込んで、少なくとも数年間、多分フォークランド氏が生きている間は世間から隠れて過ごし、彼との運命の出会いで受けた心の傷の癒えるのを待ちながら、これまでの経験をよく整理し反省する。自分に才能があればそれを伸ばすようにし、その合い間には精を出して働き、学識はなくとも正直で善良な田舎の人々と交わること、これが私の計画であった。フォークランド氏の脅迫から見てこの計画には必ず邪魔が入ると予想される。しかし、この脅迫のことは考えないことにした方が賢明だと私は思った。彼の脅迫はいわば我々の死のようなもので、いつかはきっとやって来るがその時期は判らない。大事な仕事や企画を始めようとする人は、死が来年来るか来週来るか、それとも明日にもやって来るか考えてはいけない。

そんなことを考えた上で私は決心したのである。今にも災害がやって来るぞという声が耳に鳴りひびく中で、若い私は遠い将来の計画を思い描いていたのである。私は悪いことが起りそうだという不安に慣れてしまっていたので、近づく嵐の荒れ狂う音で心の平静を失うようなことはもうなくなっていた。しかし、まだ敵の領分にいるなとはっきり感じられる間はできる限り用心をするに越したことはないと思って、夜の闇とひとりになることを避けるように心がけた。町を出る時は、人目があれば向こうも大っぴらに暴力をふるうことはあるまいと考えて駅馬車を利用した。馬車に乗っている間は世間の普通の人々と同様に危害を加えられる心配はまずないと思われる。町が遠くなるにつれて、敵のことがいつも頭にあって用心はしていても、私の警戒はいくらかゆるむ。私はウェールズ地方の小さな市場町《マーケットタウン》を目的地に決めた。どこか住む所を求めて旅するうちにこの町がよさそうに見えたからだ。清潔で明るく、素朴な感じがする。それに人通りの多い公道から離れていて、商業活動らしいものも見当らない。周囲の環境は変化に富み、昔ながらの自然があってロマンティックな感じがあると思えば、耕地になって豊かな作物を産む地域もあるという町だった。

ここで私はふたつの仕事のどちらかで職を得たいと思った。第一は時計作りであって、これは習い始めて日は浅いが、持前の器用さで何とかやっていける。第二は数学とその応用、地理、天文学、測量術と航海術を教える教師の仕事だ。この両方ともにこの田舎の小さい町ではあまり収入にはならないが、収入が少なければ支出も少ない。町では牧師、薬屋、弁護士と、昔から町の上流紳士階級とされる人々と知り合いになった。これらの人々のそれぞれが様々の仕事を兼業として持っている。牧師が牧師らしく見えるのは日曜日だけで、人々を信仰へと導く手で鋤《すき》を取り、牛を牧草地から中庭に曳いて来て乳しぼりもする。薬屋が床屋になることもあれば、弁護士は村の小学校の先生でもある。

そんな人たちが私を親切に迎えてくれた。都会の喧噪からはるかに離れて暮す人々の間には胸を開いて人を信じるという気持があって、そのおかげで土地の人でなくても親切にしてもらえる。私はいろいろな場をくぐり抜けて来たが、生まれた田舎の素朴な生き方をなくしてはいなかった。苦労をしたのでかえって人間が穏やかになっていたのだ。この新しい場では私のライバルになる人はなかった。それまでこの町には時計屋はなかったし、例の学校の先生も私が教えられると称したあの学問の蘊奥《うんのう》をきわめる志はないのだから、住民の未だ洗練されぬ行儀を教化する仕事の片腕として私を進んで迎えてくれた。牧師はと言えば、教化するのは彼の役目ではない。彼の関心は精神生活の事柄にあり、地上の欲望には関係がない、というのだが、実は彼はオートミールと牝牛のことばかり考えていた。

田舎に隠れ住む私にはこれ以外にも友達があった。こんな人々とは違った一家と私は次第に親しく交際するようになった。その主人というのは利口で分別のある人物で、農業に興味がある。妻は本当に立派な婦人で珍しい経歴の人である。彼女の父はナポリの貴族で、ヨーロッパ各国を歴訪してそれぞれの国でかなり知られた名士だったが、最後にこの村で死を迎えるに至った。彼は宗教と政治において異端の嫌疑を受けて母国から追放され、財産は没収になっていた。そこでひとり娘を連れてシェイクスピアの『嵐』のプロスペロ（上記の劇の登場人物。追放されたミラノの公爵で魔法に通じている）のようにウェールズの人目に付かぬ田舎に隠れ住んだが、着いて間もなく悪い熱病にかかってたった三日で死んでしまった。死んだ時の持物といえば二、三の宝石とイングランドの或る銀行の信用状があるだけで、信用状の額も大したことはない。

　こうして幼いローラは世話してくれる人もなく他国にひとり寂しく取り残されてしまった。その直前、彼女の今の夫の父になる人が深く同情して、死に瀕した不幸なイタリア貴族を少しでも慰めようとした。この人は素朴な田舎者で特別の教養も学もなかったが、異国で寂しく病床にあった貴族は彼の表情に何かを感じ取ったのか、彼に後事を託し娘の後見人になってもらおうと決心したのである。このナポリ貴族は付き添ってくれるこの人に願いを伝える程度の英語は知っていた。娘を預かったもののこの人は生活がそう楽ではなく、イタリアからついて来ていた男女ふたりの召使は主人の死後間もなく母国へ帰された。

　その時ローラはまだ八歳で事情は教えられてもよく分らない。成長するにつれて年毎に父の記憶も薄れていく。ただ、父と暮すうちに心に残ったのか、父の教えや日頃の態度から学んだのか、年がたっても彼女が忘れずに憶えていることがあった。彼女の成長と共に、こうして得た教養が次第に豊かになる。

んでいた。

彼女は本を読み、周囲を観察し思索する。教えてくれる人はなくても絵を描き歌も歌い、教養としてのヨーロッパ諸国の言葉も分るようになった。田舎では付き合う相手は百姓ばかりなので、彼女はこういう教養を格別立派なものとも思わず、得意になることもなく、自分だけの趣味として学び、ひとり楽し

やがて彼女と後見人の息子とはお互いに好意を感じるようになった。父は息子に幼い頃から戸外の労働や楽しみを教えていたので、息子が日頃することとローラのそれとの間には一致点はほとんどない。しかし最初のうち彼女はこの難点をあまり意識しなかった。彼女は他の人々と共に好きな趣味を楽しむということには慣れていなかったし、ひとりでそうする方がいっそう楽しめると当時は思っていた。若い息子はとても真面目でかつやさしく、分別も十分にある。血色がよくて体の均整もとれて、人柄がいいので物腰も愛想がよい。父が死んで以来、彼女はこれだけのよくできた男を見たことはなかった。また、実際のところこの両人を比べてみて彼女が損をしているとは考えられない。何故かと言えば、当時の慣習や考え方からして、寄る辺なく貧乏な彼女がいかに教養やたしなみがあったにしても、財産の援助なしではその教養に見合うような結婚ができたとは想像できないからである。

結婚して母親になると、新しい愛情の対象ができる。それまでは思いもしなかったが、少なくとも我が子なら趣味を楽しむ時の仲間や友達になってくれるだろうと彼女は期待を持った。私がここに住むようになった時、彼女は四児の母で、一番上は男の子であった。この子供たちを彼女は熱心に教育したが、これは彼女の知性を働かせるのにちょうどよい仕事だったようである。人生の目新しいものに惹かれることが段々となくなる年齢に達した彼女にとって、この仕事は新しい活動や活気をもたらす。人の洗練

された教養は、社交や愛情の力の助けがないとやがて弱って鈍化することもないではない。

ウェールズの農民とこのすぐれた婦人の間に生まれた息子は、私がそこに定住した頃は十七歳だった。そのすぐ下の妹は十六歳である。彼らは静謐と高潔を愛する人ならぜひ親しくなりたいと願うような一家であった。ひどい扱いを受け人々に見捨てられてこんな田舎に住まねばならぬと感じていた私が、この一家と知り合って心から喜ばしく思ったのは当然であろう。愛想のよいローラは気が利いていて物分りが早いが、他には滅多に見られぬ気立てのやさしさが表情に出ているので、それもあまり目立たない。やがて彼女は私に目をかけて親切にしてくれた。彼女は教養ある人々の著作はよく読んでいるが、教養を体現する人物といえば父親以外には誰も知らない。それで彼女は文学や趣味のことで私と語り合うのを楽しみとし、子供の教育についても私の援助を求めた。息子はまだ若いが、母親から教えを受けているので、友人として親しむに足る立派な性質をそなえていた。こうして私はこの感じのいい家庭を毎日訪ねる約束をしたが、それは同時に私の楽しみでもあった。ローラは私を家族同様に扱い、私もいつかは本当に家族の一員になるかもしれないと密かに想像することも時にある。それまで不幸な目にあうばかりで他人に同情や好意を期待できなくなった私にとって、この一家は羨ましいほどの安らぎの場であったのだ。

私とこの温かい一家の人々との間に生まれた親しみは日毎に深まっていった。毎日会うごとに母親の私に対する信頼が大きくなる。親しさが続くうちに心がより濃《こま》やかに通じ合うようになって、親しみが四方八方へと深く根を張ることにもなる。親しみが深まっていく時にはたくさんの小さな束の間の触れ合いというものがあって、それは単なる知り合いの間では考えられずまた理解されもしない。私はこんな立派なローラを本当の母親のように尊敬していた。年齢の差から見れば母とは呼べないが、彼女は私にとってはいつも母親という感じがする。息子は頭がよくて心が広く、思いやりがあって学識や技芸も持っていた。しかし、若くはあるし滅多にない立派な母親がいるので判断力にやや欠けるところがあり、彼女の意見に追従する。彼にとって母親は神様のようなものだ。長女はローラにそっくりで、私が彼女を好きな理由はそこにある。いつかは彼女自身を愛するようになることもあろう、と思うことも時々あった。ああ、こうして遠い未来のことを楽しく想い描いていたその時に、私は絶壁の縁《ふち》に立っていたのである。

私が自分の身の上話をこの親切な母と私の若き友、つまりその息子に一度も語ったことがなかったと言えば、それは変だと思われるかもしれない。しかし実を言うと私はそれまでのことを思い出したくなかったのだ。それをすっかり忘れてしまいたい、とひたすら願っていたのである。愚かにも私はいつかはきれいに忘れることができると信じていた。思いがけぬ幸福な生活の中で、フォークランド氏の脅迫を忘れかけ、思い出してもなるべく信じたくない気持だった。

或る日のこと、私がローラとふたりでいた時に、彼女がふとあの恐ろしい名前を口にしたので私はびっくりした。いわば世間の片隅でただひとり、誰も知らず上流社会とは全く無縁の生活をしている美しい世捨て人のような彼女が、どういう偶然かは判らないがあの憎むべき名前を知っているので驚いたのである。しかし、ただ驚いただけではない。恐ろしさで私は蒼くなり、立ち上ったかと思うとまた坐ろうとした。よろめくようにして私は部屋を出て、とにかく独りになりたいと思った。予想もせぬことなので用心する余裕もなく、どうしたらよいか判らなくなっていた。ローラは私の様子に気付いていたが、それ以外に特に彼女の注意を惹くようなこともなく、また私の態度からして問い糺《ただ》すと私を苦しめることになると察し、尋ねたいと思いながら私をそっとしておいてくれたのだ。

あとで知ったのだが、ローラの父がフォークランド氏を知っていたのである。彼はマルヴェージ伯爵の話や騎士道精神の華ともいうべきイギリス紳士のことをいろいろ知っていた。彼はこういう話を手紙に詳しく書き記し、フォークランド氏に最高の讃辞を呈していた。ローラは父が遺したものはどんな些細な品でもまるで聖人の遺物のように大事にしている。こういうわけで、フォークランド氏の名前は深い尊敬の念とともにローラの心に刻まれていた。

私の周囲の環境は私と似た程度の教養の人々が感じるよりもいっそう私には有難く思われたのではあるまいか。迫害と苦難に痛めつけられて体中から血を流していた私が、何にもまして欲したのは休息と平和である。私の様々の能力は先程の大へんな努力のため少なくとも今は疲れ果てていて、休養期間が絶対に必要であった。

だがそれも一時の気持であった。私の心はいつも活発であって、再び活気を取り戻したのは、それまで耐えてきた苦労とそれで得た鋭い感受性のおかげだろうと思う。やがて私は何か新しい仕事を精力的に進めていきたいと望むようになった。ちょうどその頃に近所の或る家の人目に付かぬ片隅で、私はたまたま北方四カ国語辞典を見つけ、これが私にひとつの示唆を与えたのである。若い頃の私は言語に無関心ではなかったが、今やここで私は公刊する見込みはないにしても英語の語源学的研究をやってみようと決心した。始めてみると、この仕事が私のような境遇の者に適している点がひとつあること、つまり、少数の書物を語源学的な見地からよく研究すれば相当の時間のかかる仕事になる、ということに私はすぐに気付いた。そのうち他の辞典類も手に入った。書物を読み漁《あさ》りながら私は語の用法を調べ、その結果を私の理論的研究の用例として利用した。私は休むことなく熱心に勉強し、用例もたくさん集まりそうであった。こうして私は仕事と楽しみの両方を得て、過去の苦い記憶もすっかり忘れられそうに見えた。

こういう気持のよい生活が一週また一週と何事もなく過ぎて行く。私の状況は若い頃のそれにどこか似ていて、それに前よりも感じのいい友達と大人《おとな》の判断力が加わったようなものだ。その中間の時期はふり返れば狂気じみた悪夢だったように感じられる。いやそれよりも今は、精神錯乱状態、或いは恐怖、迷妄、脱出、迫害、苦悶と絶望の観念からやっと回復した者の気持、と言った方がいいだろう。それまでの経験を思い起してみると、もうそれは過去の思い出となっているのは有難いことで、一日過ぎるごとにもうあんなことは二度と起ることはないだろうという希望が強まる。フォークランド氏の暗く恐ろしい脅迫も、よくよく考えた上での結論というよりは、腹立ちまぎれの暴言だったのだろうという気もしてくる。あの大へんな苦労のあと、思いがけず危険を免れて人間らしい暮しができればどんなに嬉しいことだろう！

こうして他愛もない想像をして自ら慰めていた頃に、町のいい家があるあたりで借家人が変ったのを機会に建て増しをするところが一軒あって、十キロばかり離れたところから煉瓦職人やその下働きの労働者が数人やって来た。これ自体は取るに足らぬ出来事であるが、ちょうどこの時に私の身の上に変化が起るという偶然の一致があった。その変化というのは、私が知り合ったばかりの人々がひとりまたひとりと私によそよそしい態度を示すことから始まった。彼らは私と口を利きたがらなくなり、私が何か尋ねても返事しにくそうな様子だ。町や田畑で出会っても顔を曇らせ、私を避けようとする。私の生徒は次々に去り、時計の仕事もなくなった。この大きな変化がゆっくりと、しかし休みなく進行する間の私の気持は何とも言いようがなかった。まるで自分が何かの伝染病にかかっていて、誰もが私を見ればびっくりして逃げるので、私は看病する者もなく独りで死んでいかねばならないかのようだ。誰彼なく私はこれはいったいどういう意味かと尋ねてみるが、誰も言を左右にしてはっきり答えてくれない。私が何か誤解をして勝手にそう思い込んでいるのかという気がすることもあったが、何度もこんなことがあると、やっぱり何かあると思わないではいられなかった。他人の行動の中で、自分に大いに関わりがあるのに、何故そうするのか理由がどうも判らないという振舞いほど、私たちに不安を与えるものはあるまい。相手が変ったのではなくて、私の頭がどこかおかしくなってそのために恐ろしい想像をするようになったのではあるまいか、と思いたくなる時もあった。何とかこの夢から覚めて以前の楽しく幸せな生活に戻ろうと努力もした、が、無駄だった。この不幸をもたらす悪魔のよって来たるところも判らぬうちに、事態は刻々と悪化し、その悪魔の性質がまた勝手気儘で予測もできないので、いったいどこまで行くのか、結局どの程度やられるのを覚悟すべきかの見当もつかない。これも私の頭がおかしくなったせいかもしれない。

しかし、不思議で見たところ不可解なこの状況の中で或る考えが急に浮かび、どうしても頭から追い払うことができなくなった。フォークランドだ！　そんなことのあろう筈がない、と打ち消そうとするが駄目だ。賢くて才智にたけたフォークランド氏でも所詮は人間で神じゃない、と言ってみるが力がない。彼は予想もしない方法で突然に襲いかかって来るかもしれないが、いくら彼でも誰か目に見える手先を使わずには大きな成果を収めることはできない。ただ、その手先を雇った者を突き止めるのは難しかろう。目に見えぬ存在が宇宙にあって人間の事柄に手出しをすることがあるというが、まさか彼がつむじ風の中を真っ黒の雲を身にまとって空中を飛び、何処《いずこ》とも知れぬ住居から人間に破滅をあびせかけるというようなことはあり得ない。そこで私は無理やりに今の不幸はフォークランド氏とは別のところから生じたものだと思い込もうとつとめた。そもそもの発端となったあの大きな不幸が起ったこととその記憶に比べれば、以後の災難はすべて些細なことのように私には思われた。いろいろ考えるうち私の頭が支離滅裂となって今のような状態に陥ったのであって、フォークランド氏の策動とは無関係だ、と一方では思いながら、他方では、いつまでも続けばよいと願ったこの何週間もの平穏のあと、また彼の憎しみに出会いはしないかと思うだけで、ぞっとして気も狂わんばかりとなる。私のように苦難の生活を送ってきた者にとっては、こういう不安の時期は一時代のように長く感じられる。しかし、どんなに努力してもあの恐ろしい考えを忘れ去ることはできなかった。フォークランド氏の驚くべき才能とねばり強さを最初に身にしみて感じているので、彼にとっては不可能ということはあり得ないとさえ私は思っていた。外界の諸々の力に対する人智の限界をどう考えたらいいのか私には分らなかったが、フォークランド氏は私にとっては常に驚異の的であり、我々は驚異の念を引き起すようなものを分析し説明することはできない。

村の人々が私によそよそしい態度をとるのは何故かを知りたいと思って、私が最初に訪ねた人のひとりがローラであることは当然予測されるだろう。ところが彼女に冷たく拒絶されて私は大きな打撃を受けた。全く予期しないことだったからである。彼女の率直な性格、飾り気のない態度や私への好意を私は考えていた。村人に尋ねて冷たく素っ気なく拒否され、考え方の違いを知って情ない思いをしたとすれば、それだけ強く敬愛するローラに慰めてもらいたいと私は願うだろう。ローラには村人のような卑しい偏見は決してない、と私は思った。私は彼女の公平さを信じる。彼女なら結論はともかくきっと話を聞いてくれる、彼女がかつて尊敬していた男フォークランド氏の大事が関係する問題でもあるから十分に検討してくれる、と私は信じていたのだ。

こうして自らを励ましつつ、私は彼女の家へ向かった。歩きながら私はこれまでのことすべてを思い出し、できる限りの力を発揮したいと思った。私は苦境に立つかもしれないが全力を尽して事態を打開しよう、と自分に言い聞かせる。落ち着いてはっきりと、分りやすく説明をし、包み隠さずに話をしよう。必要なことは何でも言おう。フォークランド氏とのことはこちらからは言うまい。だが、もし今の苦しい立場が彼女とのことに関連してくれれば、恐れずにそれも正直に打ち明けて困難を乗り切ろう。

ドアをノックすると使用人が出て、奥様は今日は失礼したいと思う、このままお帰りください、とのことですと言った。

私は雷に一撃されたような気持でその場に立ちすくむ。相当の覚悟はして来たのだが、こればかりは予想もしなかった。私は僅かに気を取り直して何も言わずに立ち去った。あまり行かぬうちに使用人のひとりが追いかけて来て、私にメモのようなものを渡した。それにはこう書いてある。

ウィリアムズ様

もう会いたくありません。あなたがこの要求に同意されるものと期待する権利が当方にあると信じます。同意されるならば、私並びに私の家族に対してあなたが行なった無礼な行為と犯罪を赦すことにいたします。

ローラ・デニスン

この数行を読んだ時の私の気持をどう言ったらよいだろうか。四方から私に迫る災難の恐るべき確証をここに見る思いがした。私が特に感じたのはその筆者の情も何もない冷たさである。私を慰め励まし、母代りでもあったローラのこの冷たさ！　容赦なく私を追放し振り捨てるとは！

しかし、こんなに冷たい要求を突き付けられても必ず彼女に事情を説明しよう、と私は決心した。彼女の冷淡な壁を破れぬ筈はない。人の運命を左右する重大問題で、どんな罪かも述べずこちらの弁明も聞かずに一方的に犯人だと決めてしまうやり方、こんな卑怯でローラらしくないやり方をきっと考え直してもらえる、と私は信じていた。

こちらが腹を決めればきっと家で会ってもらえるとは思っていたが、前もって言い合って彼女を興奮させるよりも不意に近づく方がいいと思った。それで、翌朝の、彼女が半時間ばかり散歩をする時刻を見計らって、私は庭の柵を乗り越えて東屋《あずまや》の中に潜《ひそ》んだ。やがて子供たちが現われて庭を通り畑の方へ出て行く。しかし彼らに見つかってはいけない。私は密かに彼らの後姿を見送り、この子供たちの姿を見るのもこれが見納めではあるまいかと深い溜息をついた。

子供たちが見えなくなったあとに母親が現われた。彼女はいつものように穏やかで美しい。胸が破れそうにどきどきする。体中がかっとなって何が何だか分らなくなる。私がそっと東屋を出て彼女に近づくと、足も速くなった。

お願いです、奥様、私の話を聞いてください！　私から逃げないで！

彼女はじっと立ち止まった。いいえ、逃げはしません。こんなことはしてもらいたくなかったけれど、こうなれば——私は悪いことをした憶えはないから、こうして会うのは辛くても、怖いことはありませんわ。

ああ、奥様、尊敬する奥様、かつては私の母と呼ばせて頂いたのに！　私の話は聞きたくないとおっしゃるのですか？　私についてどんな悪口がお耳に入ったか知りませんが、どうか私の弁明も聞いてください。

いいえ聞きません。聞きたくもありません。はっきり言って相手の評判を台無しにするような話ですから、どんなに飾り立てても嘘に決まっています。

何をおっしゃるのです！　一方の話を聞いただけで非難なさるのですか？

その通りだわ。両方の言い分を聞くというのも場合によってはいいでしょう。でも、最初の一言《ひとこと》を聞いただけで疑問の余地なく明らかだという場合だってありますわ。上手に言いくるめて私を感心させるつもりかもしれないけれど、手の内はもう判っていますよ。弁舌には感心してもあなたの人柄は赦せないわ。

奥様！　どんなにひどいことを言われても、私の尊敬の気持は変りません。どうか教えてください、どうして急に私が嫌いになったのですか？

いいや、それは言えません。何も言うことはありません。私はただ黙って聞くだけです。美徳というものは悪徳を前にしてまごついたり慌てたりはしません。今のあなたの行動だけでも非難されてしかるべきだ、とさえ私には思えます。本当の美徳は説明や弁解をしないもの、自分の光を持っているから細工をして引き立てなくとも十分なのですよ。あなたは道徳の基本がまだ分っていないのね。

それでは、立派な行動さえすれば誤解される心配はない、とおっしゃるのでしょうか？

まさにその通り。徳は言葉じゃなくて行動にあるのです。善人と悪人とは正反対の性格で、その間にははっきりした区別があります。大事な問題については神様がちゃんと判断の手がかりを私たちにくださっています。弁舌でごまかそうとしても私は騙されませんよ。私の判断を狂わせようとしても、物事の区別を隠そうとしても無駄です。

奥様、奥様！　もしあなたがこの田舎以外の場所にお住みになったことがあったら、人間の欲望や制度のことを御存知だったら、そんな言い方はなさらないでしょう。

成る程私は田舎者かもしれないわ。たとえそうだとしても、清浄な情《こころ》と正しい判断力とを守ってこられたのは神様のおかげと思って感謝しています。

それでは、無知のみが正しい判断力を守ってくれるなんて、そんなことが信じられるのですか。

初めに言ったことをもう一度申します。いくら言い立てても駄目です。結局はお互いに苦しい思いをするだけですから、黙っていてくだされればよかったのに。しかし、美徳があなたの言うように曖昧ではっきりしないこともあると仮定してみましょう。もしあなたが誠実な人だったら、御自分の身の上を私に言わずに黙っていたでしょうか？　私が他人の口から偶然に耳にするままにしておいたでしょうか？

しかも、そうなればとんでもない尾鰭《おひれ》がいろいろ付くのが判っていたのに。それに、信頼関係の基《もとい》となる友情をあなたは裏切ったのよ！　あなたの言うように本当は誠実かもしれないが、少なくとも世間からは悪人の烙印を押された人間、つまりあなた自身を我が家に入れて子供たちの相手をさせるように私を騙して仕向けたのはいったい誰でしょうか？　さあ出て行きなさい。顔も見たくないわ。あなたは人間じゃありません、けだものです。こんな目にあわされて私がおかしくなっているのかもしれないけれど、あなたが子供たちにしたことが一番いけないと思います。私は母親だからどうしても子供を大事にします。あなたが子供たちを傷つけたことは絶対に忘れられない、どうしても赦せないと思う。私にもひどい傷を負わせたのよ、あなたは。人間がどんなにひどいことをするか、やっと判りました。

奥様、もう黙ってはいられません。あなたはどこかでフォークランド氏の話を聞いたのですよ。

そうです。平気であの方の名前を言うなんて本当にずうずうしいのね。私のなかではずっと以前からその名前はこの世で最も気高い人、とても分別があり心の広いお方をさしているのですよ。

奥様、それは違います、実はフォークランド氏は――

ウィリアムズさん、子供たちが帰って来ました、こちらへ来ましたわ。子供たちの先生だとか言って入り込むなんて、これが一番ひどいと思います。もうあの子たちに会わせません。黙ってここから出て行きなさい。まさかそんなことはないでしょうが、まだ私に言いたいことがあるというのなら、別の日にしてください。

私はもう何も言えなかった。この対話の間に私は失意のどん底にあったのだ。彼女が責めるような罪を私は犯してはいないのだが、この立派な婦人にこれほどの苦しみを与えたのだから、その苦しみをさらに積み重ねることは私にはできなかった。それで私は彼女の厳しい命令に従ってその場から立ち去ったのである。

　何故かは判らないが私はローラの許《もと》から急ぎ足で家へ帰った。帰り着くと家主一家の姿が見えない。妻と子供たちは散歩にでも出たのであろう。主人はいつものように外での仕事をしている。この地方では下層階級の家のドアは昼間は掛金で締めておくだけである。私は中に入って家族の台所に行ってみた。そこであたりを見まわすと、片隅にある新聞のようなものが偶然に目に付いた。どういうわけかこれが不思議に疑惑と好奇心を引き起す。急いで手に取って見ると、それがあのケイレブ・ウィリアムズの不思議な冒険物語であって、ロンドンを去る少し前に私に激しい苦悩をもたらした記事であった。

　最近の私をめぐる出来事を覆い隠していた謎がこれで一時に晴れた。私を悩ましていた疑問に代って堪えがたいほどに恐ろしい確信が生まれたのだ。それが稲妻のような速さで私に強い衝撃を与え、体の隅々から力を奪い吐き気を感じさせた。

　今度こそ希望はなくなったのか？　放免されても何の役にも立たなかったのか？　私の苦しみの休まる時は過去未来とも永遠にないのか？　私を陥れる憎んでもあまりある偽りは、私がどこへ行っても付きまとい、私の信用をなくし、他人の同情や好意を奪い去り、生きていく糧《かて》さえもぎ取ってしまうのか？

　私の静穏はこうして終り、今後はどこへ逃れても憎しみが私を追及するだろうと思うと、半時間ばかりまともに物事を考えられなくなり、まして今後のことを決めるどころではなかった。この目もくらむような気持と恐怖が静まって、私の頭を支配する死の静寂が去るとすぐに、一陣の強風が私をゆり動かして、これまで穏やかに住んでいたこの場所を即刻立ち去れと命じたのである。この家の人々に事情を説明したり弁明したりする気持の余裕は私にはなかった。彼らの好意やこれまでの落ち着きを取り戻そうとしても不可能だと私は思ったのである。私を悪人だとする先入観を取り除くためには、私は様々の気質の人たちを相手にしなければならず、その中の何人かはうまく説得できても、全部はとても無理と思われた。虚偽が我物顔に勢いを得ている様《さま》をたっぷり見てきた私は、私のような性格と年齢の男なら感じるだろう、潔白の力への素朴な信頼感を持てなくなっていた。先程のローラとの対話に見られた実例も、私を落胆させるのに一役買っていたのだろう。悪意が四方八方からてぐすねひいて待ちかまえているのに対決するのは堪えられない。もしどうしても対決せねばならなくなったら、もし追いつめられた野獣のように向きを変えて猟師に飛びかかって行くしかないようになったら、その時には私はこのいわれなき攻撃の仕掛人に飛びかかって反撃しよう。私を罪人呼ばわりする者の陣営に攻撃をかけ、持てる力を振りしぼり、一歩も退くことなく戦い抜いて、フォークランドこそ偽証者、人殺しであるという証拠を世の人々の前に突き付けてやるのだ。

第十四章

さてこの暗い物語の結末へ急ぐことにしよう。前章で語った事件のすぐあとで私はこの物語を書き始めたのである。自分の哀れな状態から脱出する手段を私は探し求めていたが、書くこともその時思い付いたことのひとつであった。

フォークランド氏が私を狙っていることが確実となって、ウェールズの隠れ家から急ぎ立ち去る時に、私は語源学研究の参考書や書きためた原稿をあとに置いたままにしていた。私は再びこの仕事を始める気にはなれなかった。骨の折れる仕事を再開して以前に到達していたところまでたどり着くというのは億劫《おっくう》なものだ。新しい場所に落ち着いてもいつまた急に追い立てられるかも判らない。自分の力ではどうにもならぬ不安定な暮しでは、研究の資料を持ち歩くというわけにはいかない。そんな荷物は敵に追及の手掛りを与え、それでなくとも刻々と重くなる苦労をさらに増すことにもなるからだ。

しかし、最も重大で私の心を痛めたのはローラの一家との別離である。友情と平安が自分にも与えられるなどと思った私が馬鹿だった！　自分が他の人々から全く切り離されていることをこの時はじめてしみじみと悟った。ローラ一家のほかにも知り合った人はあったが、それほど大事な交際とも思わなかったし、疎遠になってもあまり辛いとも感じなかった。私が本当に深い友情を感じたのは二度だけ、つまりコリンズとこのローラの一家の場合だけであった。孤独、別離、追放！　人はよくこんな言葉を口にするが、その真の意味を身にしみて感じた者は私を除いてそう多くはあるまい。誇り高い哲学者は人は個体であると教える。人とはそんなものではない。彼は必然的、本質的に人類から離れることができないのだ。彼はふたつの頭と四本の手を持つ接合した双生児なのだ。もしふたつに切り離せば、彼らは苦しみながら死んでいくしかない。

私の心が次第にフォークランド氏への嫌悪でいっぱいになっていったのは、何よりもこういう事情からであった。彼の名前を思えば物凄い憎悪と不快感が湧いて来る。私が次々に慰めを奪われ、幸せ或いは幸せらしいもの一切を失ったのは彼のためである。

この回想を書くのが数年にわたっての私の気晴らしであった。私は書くことでしばらくは暗い満足を得た。私はこれから先自分に襲いかかるかもしれぬ災難を待ち望むような気分になる悪い傾向があるが、それよりもこれまで私にふりかかった災難を詳しくふり返って眺めてみたい気持になった。私の身の上を丁寧に整理すれば、成る程と人を納得させる物語ができるだろうと考えた。最悪の場合でも、これを残しておけば、私の死後に後世の人々が私のことを正しく判断して、現在の社会の仕組みが人類に与える弊害を私の実例から学び取り、その汚水が流れ出る水源に関心を向けてくれるだろう、と思ったのだ。だが、そういう動機は次第に弱まってきた。私は生きることとそれにまつわるあらゆる事柄にうんざりした。書くことは楽しみではなくて重荷になった。残りの話は手短かに語ることにする。

それから間もなく私はウェールズで出会った不幸の本当の原因を発見したが、その中には以後の私が遭遇することになる事件の原因も含まれていた。フォークランド氏は悪党のジャインズを手下に雇ったのであった。情容赦のない冷酷さ、大胆不敵でしかも策略に巧みであり、私を憎み復讐の機会を狙っているという点で、ジャインズはこの役目に打ってつけの人物である。彼の役目は私の行く先々で私の悪口を流し、私が一定の場所に長く住んで誠実な男という評判を得るのを妨害することであった。もし私がそういう評判を得れば、私がやがて彼を訴えるような場合にその告訴に重みが加わることになる、それをフォークランド氏は恐れたのである。ジャインズは前に言った煉瓦職人とその下働きと一緒に私のいる村へやって来て、私に気付かれないようにして村人の間に私の悪口を広め、私がいかにも大悪人であるかのような印象を与えていたのであった。私があの家を去る直前に見つけた憎むべきあの刷り物も、彼が配って歩いたものにちがいない。こういうことをさせたフォークランド氏は、彼の主義に従って当然の用心をしていただけと言えるだろう。彼の気質からして、力を用いて一挙に私を抹殺するようなことは絶対にしたくなかったのである。といって、私が生きている限りは彼は枕を高くして寝ることはできない。この恐るべき目的のためにジャインズを雇ったことが世間に知れるのをフォークランド氏が望んでいたわけでは決してない。しかし、人に知られるのを恐れていたというのでもない。私が彼を激しく告発したことはもう知れわたっていた。彼が私のことを自分の名誉を傷つける敵として憎んでいたとすれば、我々のいきさつをいくらかでも知っている人々も彼に劣らず私のことを憎んでいたのだ。彼がしつこく私の悪口を広めて私がどんなに苦しんだかを人々が知ったとしても、彼らはそれは当然の報いであって、他の人々がフォークランド氏のように私に騙されるのを前もって防ぐ好意的な配慮だと思うだろう。

　どこへ逃げても人々との交際という利益と慰めを私から奪い取る腹黒くて残酷な策謀に対抗するのに、私はどんな手段を用いたらよいのだろうか？　たったひとつ私がこれだと決めた手段がある、それは変装だ。以前にこの手を使った時には何度も口惜しい思いもし、ひどく窮屈な目にもあったので、私はこればかりは二度としたくない、こんなにまでして生きのびたくはないとしみじみ思っていた。この点では私の気持は変っていなかったが、見方によっては大したことでもないように思えて、状況に応じて適当にやってもいいと考えるようになっていた。これで静かに暮せるものならば、変名という普通なら男らしくない手段を採用してもかまわぬと私は思ったのだ。

　しかし、変名を使っても、次々に急いで住所を変えても、また遠くて人目に付かぬ場所に住んでも、ジャインズの鋭い目を逃れることはできず、フォークランド氏も彼を動かして容赦なく私を追い苦しめるように仕向けた。どこに移ってもすぐに後からこの憎むべきジャインズが追って来る。こうして追われる私の気持をどう形容したらよいか判らない。良心の呵責に苦しむ罪人を追う全知の神の視線とでも言ったらいいだろうか。疲れ果てた罪人が眠って一時にもせよ良心の追及を忘れようとするちょうどその時に彼を目覚めさせ、新たな痛みを与えるあの視線だ。私の目から眠りはどこかへ行ってしまった。どんな城壁もあの憎むべき敵の鋭い目から私を隠すことはできない。私がどこへ行こうと、彼は倦むことを知らず熱心に新たな苦しみを私のために作り出す。私には休息も救いもなく、一瞬の安心も得られない。死んで忘れられることも許されぬ。彼の姿が見えない時も、きっとすぐに現われて災いをもたらすと思えば、何の慰めにもなりはしない。村を出てから最初に潜んだ所では二、三週間はどうやら静かに暮せたが、それ以後は生きる喜びのかけらさえ味わったことはない。数年の間は苦痛をじっと忍びながらこの世の浮沈の中を生きのび、時には気も狂う思いがすることもあった。

その間ずっと私は最初の行動方針を守り続けた。憎むべきジャインズを相手に非難と弁明の泥仕合をするのだけは避けようと私は決心したのである。誰を相手にするにせよ、口論をして何の役に立つだろうか？　私が一部始終を語ろうとしても不完全で辻褄の合わぬところが出て来るだろう。親しく付き合って私に好意を持っている人は私の話を信じてくれたが、知らない人に果して信用してもらえるか？　信じてくれたといっても、それは私が追手からうまく逃れて身を隠していた時のことだった。しかし、隠れることが不可能になり、敵が近所の人々を味方に付けて私に歯向かわせるという手を使って来た今となっては、私はさらに不利な立場に追い込まれた。

私のこのような生き方に伴なう苦労は測り知れないものがある。何故私はいつまでも飢え、放浪と悲惨な生活を続けるのか？　それが私の運命の必然的な結果だからである。人間社会を何度も捨てることによって、私は次第に自分の運命を悟るようになった。悟る時が遅れるとそれだけ苦痛がふえる。私が逃亡生活に入った時から困苦欠乏が私についてまわることになったのだ。だが、これは大したことではない。ただの人間なら生きられないような状況の中で、或る時は憤りが、また或る時は不屈の精神が私を支えてくれたのである。

困難に直面した場合に、私はあらゆる手段を講じてそれを回避し無力化する努力を試みる。黙って辛抱するような性質《たち》ではないことはもうお判りのことと思う。いつものように事態を打開する様々の策を案じているうち、私はふとこう思った。ジャインズに追われて苦しむばかりでいいのか、彼と一対一で対決し、頭を使って彼を圧倒することはできないだろうか？　今は彼が追う者、私が追われる者の立場のようだが、私がそう思い込んでいるだけではあるまいか？　知恵を働かせて彼が困るように仕向け、彼が大慌てするのを嘲るというようにはならないものだろうか？

しかし、ああ、これは気楽な人が考える空論だ。暴君と虐《しいた》げられた人民の違いは、単に迫害するされるというだけではなく、迫害と不可分に結びついた破滅が虐げられた者に襲いかかることにある。肉体的な努力から言えば猟人は追われる哀れな動物と同じであろう。しかし、ジャインズは私には不名誉な罪の噂を広めて真面目な人々の反感をかき立てることで、いつでも意地悪い満足感を得ることができるのに対して、私は自分の平和、名誉と生活手段が奪われることを常に恐れながら暮さねばならない。この相違は実に大きいのである。こんな苦しみの連続が猟人から見れば狩猟《スポート》の楽しみとなるとは、一体どういう理屈なのだろうか？　こんな論理の転換ができる哲学があったら教えてもらいたい。事情が違っていたらそんな変なことを考えたかもしれないが、今は生きていくので精いっぱいであり、人間社会の束縛に苦しむ身でそんな勝手な空論にふけることはできなかった。

哀れにも運命の支配の下に転々と移り住む間に、私は路上で若き日の味方、尊敬するコリンズ氏に再会した。実は、私の不幸の根源となったあの事件の二、三週間前に彼はイギリスを離れていて、これが私の苦労を大きくしていた。イングランドにある広大な領地以外に、フォークランド氏は西インド諸島にも立派な農園を持っていたが、現地の支配人の管理が下手で問題になっていた。支配人はあれこれと約束や言い抜けをしてフォークランド氏を何とか言いくるめてきたが、思うような収益をあげることができない。そこでコリンズ氏自身が現地に赴いて長年にわたるまずい経営を立て直すことになったのである。そこに定住することはなくても、数年は住むことになろうという話も出ていた。それから今日に至るまで、私は彼の噂を少しも聞いたことはなかった。

大事な時に彼がいなかったのが私には大きな痛手だった、と常々思っていた。コリンズ氏は幼い私に見所があると認め、誰よりも熱心に勉強するように勧め援助してくれたのだ。私も彼が好きだったので、父はコリンズ氏に僅かな遺産の管理人になってくれるよう頼んでいた。こういうわけで、私は誰よりも先に彼に保護を求めて然るべきだった。もし彼が私の危急の時にいてくれたらきっと私の無実を信じてくれたと思う。そして、そう信じたからには彼らしい誠意と努力で私を助けてくれて、私はその後の苦労の大半をせずにすんだことだろう。

この点については私にはもうひとつ考えがあって、彼が私への好意からしてくれた筈の実質的な努力よりもこの方が私にとって大切だった。私にとって一番辛いのは同じ仲間である人間から見捨てられていることだ。それに比べれば、貧困、飢餓と終りのない放浪、私の名に付いて離れぬ汚名と災いの一切は大した不幸ではないと言ってもよい。私こそ正しいのだという気持が私の支えであったが、私のこの良心の声に共鳴する声はどこからも聞えなかった。「私は大声で呼んだ、しかし答える者はなく振りかえる者もなかった」私にとって世間は吹き荒れる嵐のように聴く耳を持たず、またぞっとするほど冷たい。人を惹き付ける美徳で、目には見えないが人生になくてはならないものである同情や共感の心は消えてなくなった。知的に生きるためにはなくてはならぬ共感の糧が私の目の前に日々新たに美しい色彩を見せるが、私が手を差し伸べて摑もうとするるりと逃げて私の飢えを嘲るようだ。時に真情を打ち明けたくなっても、私ははねつけられてより大きな苦痛を味わい、実に情ない思いをして退かねばならない。

こういう有様だったので、突然にコリンズ氏に出会った時は本当に嬉しかった。しかし、すぐにはお互いが判らなかった。十年ぶりの再会である。コリンズ氏は昔から見ればずいぶん老《ふ》けていた。その上に彼はやせて蒼白く病人のように見える。これはすべて風土の変化によるもので、年配の人々には特にこたえるものだ。それに加えて、私はその時に彼が西インドにいるものと思い込んでいた。彼ばかりでなく私もこの十年間にすっかり変っていた。先に気付いたのは私の方であった。彼は馬に乗っていて、私は歩いていた。私はうっかり彼をやり過ごし、次の瞬間にあっと気が付いて走って追いかけた。私は大声で彼の名を呼び、激しい興奮を抑えることができなかった。あまりの感動でいつもの声が出ない。そうでなければコリンズ氏は私と気付いたにちがいない。彼の視力はもう悪化していた。彼は馬を止めて私が追いつくのを待ち、どなたですか、お目にかかったことはないが、と言う。

お父さん！　と私は嬉しさのあまり彼の膝にすがりついて叫んだ。あなたの息子のケイレブですよ、昔よく可愛がってもらったあのケイレブです！

思わず私が名前を繰り返すと感動の波が彼の体を走るようであったが、年齢《とし》と彼の目立った特色のひとつである落ち着いたやさしい気持がその感動を抑える。

まさかお前に会おうとは、と彼は答えた。――私は会いたくなかった！

コリンズさん、昔からやさしくしてくださったあなたがそんな！　と私は言い、尊敬と苛立ちをこめて続ける。そんなことは言わないでください！　この広い世間であなたしか味方はないのですよ。あなただけは私に同情し助けてくださると思ったのに！　あなたの留守の間、どんなに会いたいと願ったか！　それを御存知なら、そう冷たくはなさらないでしょうに。

どうしてこんな哀れな有様になったのか、とコリンズ氏は重々しい口調で尋ねた。結局は自業自得ということじゃないのかね？

他人《ひと》のせいです、自分で招いたのじゃありません！　私の潔白が信じられないのですか！

信じられないね。若い頃のお前の様子を見て、並の人間ではないとは思っていた。だが残念なことに、並でない人間必ずしも善人とは限らない。善人になるか否かはくじ引きのようなもので、見たところほんの些細な事情に左右される。

私の弁明を聞いてください。そうすれば私の無実を信じてくださるにちがいない。

どうしてもと言うのなら聞いてやろう。しかし今は駄目だ。本当は断わってしまいたいのだよ。私も年齢《とし》を取って揉め事は御免だし、話の結果についてもお前のように楽観的にはなれない。何を言いたいのかね？　フォークランド様が偽証をした、人殺しもした、と言うのか？

私は返事をしなかった。沈黙は肯定を意味した。

それに、私にそれを証明して見せて何になるのかね？　お前は見込みのある子供だと私はこれまで思っていたが、それも事の成行きによってはどうなるか判らないぞ。私は分別ある年齢《とし》になったフォークランド様をよく知っていて、寛大さとやさしさの鑑《かがみ》だとかねがね感嘆していた。たとえお前が私のこの気持を変えてしまい、悪徳と美徳を見分ける基準はないと証明してくれたとしても、それが何の役に立つだろうか？　そうなれば、私は心の慰めと私が築いてきたもの一切をなくすことになる。それも何のためにだ？　お前の目的はいったい何だ？　フォークランド様を絞首刑にすることか？

いいえ。私の身を護らねばならぬ時は別ですが、フォークランド氏を傷つけるつもりはちっともありません。それに、あなたには私の立場を護ってくださる義務があると思いますが？

義務だと？　お前の無実を世間に知らせる義務か？　それがどういう結果になるかは判っているのだろうな。だが、何と言われてもお前が無実だとは信じられない。お前が私を迷わすことはあっても、成る程と納得させてくれることはあるまい。たとえ無実でも、疑わしい事情が周囲に出て来ると潔白を証明するのが難しくなるし、逆に罪と判っていても悪いとはっきり言いにくいもの、それが人情というものだ。確実でもないお前のその話を信じたら、今の私に残っている生きる楽しみを私はすべて犠牲にせねばならぬ。フォークランド様は立派なお方だとは思うが、あれでひがみも強い。こうしてお前と偶然会って立ち話をしたことがあの方のお耳に入ったら、私は赦してはもらえないだろう。

ああ、結果のことは言わないでください！　と私は黙っていられなくなって答えた。私はあなたに味方になってもらう権利がある、助けてもらう権利がある。

その通りだ。或る程度までその権利がお前にはあるが、どう考えてみても全面的に権利があるとは思えない。私の考え方はお前にも判っているだろう。私はお前を悪人だと思う、が、悪人に腹を立てたり冷笑したりするのはよくないというのが私の考えだ。お前は機械のようなものだと思う。残念ながらあまり人間に役立つようにはできていない。と言って、お前は自分でお前という機械を作ったわけでもない。周囲の事情によって止むを得ずにそうなったのだ。お前の性能が悪いのは残念だと思うが、といって私は憎みはしない、何とかしてやりたいと思うばかりだ。そういうわけで、本当にお前のためになることなら何でもしてやりたい。できることなら、お前を迷わせた過ちを見つけて根本からなくす手伝いをしたい。お前にはがっかりしたが、責める気にはなれない。責め立ててお前をますます苦しめるよりも同情するのが第一だと思う。

こんな人に私は何と答えたらよかったのだろうか？　この時ほど心乱れたことはない。彼への尊敬の念が強くなればなるだけ、どんな犠牲を払っても強引に彼の援助を求めねばならぬという気持がいっそう強くなったのだ。彼が自分のことは一切忘れて断乎として真実を探求すること、そしてその結果が私にとって有利になったら、自分の利益をすべて放棄して、世間に見捨てられた私ではあるがその私と協力して世の中の不正を正す努力をすること。厳しくはあるがこれが彼の義務である、と私は信じていたのである。しかし、年齢《とし》を取って気力も衰えかけている彼にそれを強制してよいものだろうか？　ああ、あの時に間近に迫っていた恐るべき破局を、彼も私も予見することはできなかったのだ！　もし判っていたら、彼は老後の静穏など思わずに私に協力していただろうと私は信じる。また、彼が私に味方することを公言した場合に彼にどんな被害が生じるかが、私に予想できただろうか？　彼の誠実も私のそれと同様に脅しをかけられ、敗北するのではあるまいか？　白髪《しらが》まじりの耄碌《もうろく》した老人があの恐ろしい敵と戦う時に戦力になるだろうか？　フォークランド氏は彼を私同様の哀れな状態に追いつめるのではないか？　要するに、他人を私の苦しみへ引きずり込むのはよくないのだ。いろいろ理由を挙げたが、これもまたひとりで苦痛に耐えていこうと決心した理由である。

こう考えて私は彼の意見に従った。他の誰よりもコリンズ氏に信用してもらいたいと願っていたが、その彼を将来生じるかもしれぬ災難に引き込むよりはましだと思い、私は彼に悪く思われても辛抱した。その時の私の唯一の慰めとも言うべきものを黙って諦めたのだ。これを諦めるのは本当に辛かった。私が素直に気持を述べるのを見てコリンズ氏は深く感動したようである。彼が口には出さずに悩んでいたのは、これが果して偽善だろうか、という疑問である。自分が話しているこの男の言っていることが事実だとすれば、彼こそ本当に立派で正直な人間であろう、と彼は思った。こうして我々はお互いに心を残しながら別れた。コリンズ氏はできるだけ私の身の上をよく見守って、いいことならなるべく援助しようと約束してくれた。こうして、私が彼と別れる時には最後の希望も消えようとしていた。私を待ちかまえている不幸の数々に私は満身創痍の有様でぶつかることになったのだ。

これが私が記録しておかねばならぬ最新の事件ということになる。これからもペンを取ることが必ずあると思う。さらにひどい苦しみが私を待っていることを私はひしひしと感じている。私がこう書いて、しかもぞっとするような不安に打ちひしがれもしないで生きているとは、一体どういうわけであろうか！

第十五章

すべて私が予感した通りになった。感じたことがそっくり起ったのである。私の運命と心の新しい大変動をこれから記すことにしよう。

様々の生き方を試みたが結果はいつも同じなので、できれば自ら母国を離れて迫害を逃れようと私は決心した。静穏と声望、人生の価値ともいうべき名誉を求める道はこれしか残っていなかったからだ。どこか遠い国に行けば仕事に専心するのに必要な安全が得られるだろう、と私は思った。他国に行けば頭をまっすぐあげて堂々と歩き、人々とも対等に交際し、知人もできて仲良くやっていけるだろう。私はそんな生活を想像し憧れていた。

その慰めが冷酷無情なフォークランド氏によって奪われたのである。

この計画を思い付いた時に私はイングランドの東海岸からあまり遠くない所にいて、ハリッジ港から船に乗ってそのままオランダに渡るつもりであった。そこで私はハリッジの町へ行き、着くとすぐ港へ向かった。ところがすぐに出る船はなく、仕方がないので町へ戻って宿を取り、やがて部屋に落ち着いた。入った途端にドアが開いて、あの憎むべきジャインズが入って来たのである。彼はすぐにドアを閉めた。

おい小僧、と彼は言う。ちょっと教えてやりたいことがある。お前の味方として、無駄なあがきは止めるがいいと言っておく。俺の言うことをそのつもりでよく考えるのが身のためだ。お前にも判っているだろうが、俺の今の仕事はお前がとんでもないことをしでかしたりせぬよう見張ることだ、ましな仕事もないからな。誰かに雇われて仕えようが、別の誰かさんのあとをついてまわって機嫌をとろうが、俺にはどうだっていい。が、御存知の通りお前には多少はやさしくしてもらっているから、こっちも親切のお返しをしたい、そこでざっくばらんに話そう。お前にはあっちこっち引きずりまわされたぜ。俺はお前が好きだから、お望みとあればもっと付きあってもいい。だが、海だけは気を付けろよ！　俺のもらった命令には海は入っちゃいない。今お前は囚人だ、一生そうだろう。それもお前のもとの御主人のおやさしいお気持のおかげだ！　俺だったら別のやり方をするがな。お前が望むなら、開放拘留扱いの囚人ということになる。御親切な地主様がお前に認めた居住区域はイングランド、スコットランド、ウェールズの全域だ。だが、お前はここから外へは出てはいけない。手の届かぬ所へは絶対に出さぬ、というのが地主の考えだ。それで、お前が制限区域を出ようとすれば開放拘留扱いから本式の囚人にせよ、という命令が出ている。俺の仲間がたった今お前を港まで尾行して、俺はすぐ後にいたのだ。もしお前が国外に出そうな様子でも見せたら、俺たちがすぐにお前を逮捕することになっていた。そういうことだから、海岸にはあまり近寄らぬ方がいいぞ。お前のためを思って言っているのだ、それは判るだろう。お前が頸《くび》に絞首刑の綱を付けられて地獄の一歩手前のところにいてくれ、見おろせばはるか向こうに絞首台が見える、というのが俺には都合がよいのだ。しかし、俺は命令通りにする、元気でな！

この情報で私の頭と身体《からだ》にすぐに大変化が生まれた。この話を伝えた悪党に返事するのも言葉をかけるのも私は拒否した。それからもう三日になるが、その間ずっと私の血は沸き返っている。私の心に信じられぬほどの速さで次々に恐ろしい考えが現われて一睡もできない。じっとしていることが出来ないのだ。この話をほんの二、三頁書き足すのがやっとである。しかし、次の一時間に何が起るかも判らないが、私はどうなってもこの仕事をやり通す決心である。体の調子もすべてうまくいっているとは言えない。結局どうなるのか、神ぞ知る。頭が狂うのではないかと不安になることがある。

　ああ、暗く無気味で残忍この上ない暴君！　何ということになったのか？　ネロやカリギュラがローマ帝国を支配していた頃は、これらの残忍な君主を怒らせるのは恐ろしいことだった。帝国は国から国、海から海へと版図を拡げていた。暴君の哀れな犠牲者が輝く太陽が大海原から昇る東の果てまで逃れても、暴君の権力は彼の後に迫っていた。彼が西へ逃げて太陽が沈むヘスペリア（西国。ローマから見たスペイン）や未開の北国ツーレ（世界の北の果てとされていた地方）に隠れても、血に飢えた敵から逃れたと安心してはいられなかったという。フォークランドよ、お前はローマの暴君の血と肉をそのまま今に伝える子孫なのか？　様々の国土を持つこの世界には哀れな罪もない犠牲者の住む場所はないのか？

　恐れを知れ！

　親衛隊に護衛されたトルコの暴君《サルタン》でも恐れ震えたことがあるというではないか！　お前とて私の憤激を防ぎきれるものではない。いや、私は短剣なんかは使わない――私は言ってやる――！　私はお前の正体を皆の前に明らかにする、そうすれば彼らはすべて私を信じるであろう！　お前は私を弱々しい虫けら、痛みは感じても怒りは感じないようにできている虫けらとでも思っていたのか？　私なら、どんな痛みを与えどんなひどい目にあわせても抵抗はしないと思っていたのか？　私のことを何もできぬ愚か者、お前を倒す策を立てる頭もそれを実行する気力もない奴だと思っていたのか？

　私は言ってやる――！　国中の判事に聞かせてやる！　国中が大騒ぎになっても止めるものか！　雷よりも恐ろしい声で話してやる！――卑しい動機で言っている、などと思われることは決してない。今の私は誰からも告訴されてはいないのだ。私が罪を免れんがためにそれを告発者になすりつけようとしている、と見られる心配はない！　お前の身に及ぶ筈の破滅をあとになって私が後悔することがあろうか？　私はこれまで穏やかすぎ、辛抱しすぎた！　私は自分の誤った情で少しでも得をしたことがあるか？　慎重なのにもほどがある！　お前は何の慈悲も見せなかった、だからこちらも同じようにしてやる！――私は冷静にしなければならない！　ライオンの如く大胆に、しかし落ち着いて！

　今こそ運命を左右する瞬間だ。私が勝利を得て全能と見える敵を粉砕するのだ――と私は思う。たとえ結果が逆になったとしても、彼の全面的勝利はあり得ない。彼は自分の名声がいつまでも続くと思っているが、そんなことは決してない。私が綴《つづ》ったこの原稿の中に真実がある、いつかこれを出版するのだ。そうすれば世間が私と彼の両者を正しく判定してくれる。そう思えば私が死んでも慰めがないわけではない。虚偽と暴力が永遠に支配するなんてとても我慢はできない。

　学のある人々の間で通用する不変の掟に対しては、どんなに警戒しても無力だ！　このフォークランドは考えられる限りの不当な非難を考え出して私にあびせた。町から町へと彼は私を狩りたてた。私が逃げられないようまわりに囲いを作った。イヌを使って人間という獲物を追わせた。彼は私をこの世から追い出すかもしれない。――いや、それはできない！　この武器、この小さいペンで私は彼の策謀を打ち破ってみせる、彼の最大の弱点を刺し貫くのだ！

　コリンズ！　あなたに言おう。苦しい立場の私を今は助けてはやれないというあなたの言葉を私は認めた。あなたの平穏を乱すよりは死んだ方がましだと私は思っている。——しかし、いいですか——それでもあなたは私の父なのです——！　お願いです、あなたの私に対する愛情、私にくださった数々の好意、今も私の心の奥にあるあなたへの理解と温かい気持にかけて、私の無実にかけて——というのは、これが私の最後の言葉になるとしたら、私は無実を主張しながら死んでいくことになるのですが——これらすべてと、あなたの魂を動かすもっと尊い絆《きずな》にかけて、お願いです、私の最後の願いを聴いてください。どうかこの私が書いたものが破棄されることのないように大事に保存して、フォークランドの手から護ってください。私のお願いはこれだけです。書類が間違いなくあなたの手に渡るよう手配しておきました。これがきっといつか世間の人々に読んでもらえるものと信じて疑いません。

　指が震えてペンが進まない——言い残したことはないか？——私の不幸の始まりとなった運命の櫃《ひつ》の中味については確かめることはできなかった。何か殺しの道具か気の毒なティレル氏の運命に関わる遺品が入っていると私は思ったことがある。しかし今は違う。それはあの事件とそれに関連した事柄についてフォークランドが書いたあるがままの記録であって、思わぬ事情で彼の罪がすべて露顕《ろけん》したという最悪の場合に名誉挽回に役立つかもしれないと思って保存されているものだ、と私は信じている。だが、この推測が当っているか否かはどうでもよい。フォークランドの悪事が世間にばれなければ、そのような記録は日の目を見ることもないだろう。その場合には、私のこの物語が十分に、恐らく痛烈に、その代役を果すだろう。

私は何故こんなに厳粛な気持になるのか自分でも判らない。二度と自由の身にはなれないだろうという予感がする。フォークランドについて私が今考えていることがうまくいけば、この書類の扱いに関する私の用心は要らなくなるだろう。策略や言い抜けをしないですむ。もし失敗したら、この用心は賢明だったと思われるだろう。

あとがき

何もかも終った。私はかねての計画を実行したのだ。今や私の立場は全く変り、こうして事の次第を書いている。この恐るべき事件が終了したあと数週間というものは、気持が高ぶってとてもペンが取れる状態ではなかった。今ではもう書くために考えをまとめることができるようになったと思う。ああ、最後にペンを取った時から今までに何という驚くべき、そして恐るべき事件が起ったことか。私が何か厳粛な気持になり、予感に震えたのも不思議ではなかったのだ。

心を決めると、私はハリッジからフォークランド氏の住む州の中心となる町へ向かった。ジャインズが私のあとをつけているのは判っていたが、それはどうでもよかった。私が町へ向かうのに彼はびっくりしたかもしれないが、私の目的に気付く筈はない。それは私の胸の奥にしまい込んだ秘密だった。私が長く拘置されていた町にいよいよ入る時には恐怖を感じないではなかった。敵に反撃の余裕を与えないために、町へ着くとすぐ私は主任治安判事の家に行った。

私は彼に名前を告げ、元の主人を殺人で告発するのに役立ちたいと思って遠方からやって来たと言った。彼は私の名前を知っていて、お前の証言は取り上げることはできない、お前はこの近辺では忌み嫌われている、お前の悪事の手伝いなど絶対にしない、と彼は答える。

私は彼にそれがどういうことになるかよく考えてもらいたいと言った。私は別に好意を求めているのではありません、判事本来の職務の執行をお願いしているだけです。この複雑な殺人事件を勝手に揉み消す権利があると言うのですか？　私はフォークランド氏を二度にわたる殺人で告訴せねばなりません。犯人は私が真相を摑んだことを知っています。私はそれが判っているので、彼の憎しみと復讐を恐れ、絶えず生命の危険を感じているのです。イングランドの法廷で公正な裁きが得られるものなら、最後まで争ってみようと私は覚悟を決めました。どういう名目で私の証言を拒否なさるのですか？　どこから見ても私には十分な証人の資格がある。宣誓の意味ならこの年齢《とし》ですからよく分っています。判断力もちゃんとあります。陪審で有罪とされたことも前科もありません。あなたが私の評判をどう思おうと勝手ですが、それで国法を曲げることはできません。私はフォークランド氏との対決を要求します、そうすれば万人の納得のいくように犯罪の証拠を挙げてみせます。私の証言だけで彼を逮捕するのは適当でないとお考えなら、彼に告発を通知し出頭命令を出してもらうだけでも私は結構です。

判事は私の決意の強いことを知り、あまり高飛車に出るのはよくないと思ったらしい。彼はもう私の請求を頭からはねつけることはせず、私を説得にかかった。フォークランド氏の健康がこの数年すぐれないこと、この嫌疑では以前に厳重な裁判を受けていること、私の行動は悪意に満ちた動機によるとしか考えられず、その結果は十倍もの災いとなって告訴した本人に降りかかる、というようなことを彼は言った。それに対する私の応答は短かいものだった。決めた通りにやって結果を待つばかりです、というのが私の答えである。

最後に出頭命令が出ることになり、告発の通知がフォークランド氏へ送られた。

次の進展が見られるまで三日あった。その三日が過ぎても私の心は静まることはない。フォークランド氏のような人物を殺人罪で訴えてその死を早める、そう思って心が落ち着く筈がない。或る時は、それが正当な復讐であり（私の情深い性質《たち》がかえって深い遺恨に変っていた）、或いは止むを得ぬ自衛行為であり、公平に人道主義の立場から見ればこれが最も被害の少ないやり方だ、などと私は自分の行動を正当化する。また或る時は様々の疑問に迷う。しかし、このように気持が次々に変っても私は結局初志を貫徹した。抑えられぬ衝動の大波のなすがままになっていたような気がする。予想される結果はどんな強い人でもぞっとするようなものだった。かつてはあんなに尊敬し、今も尊敬すべき点がないではないとさえ時には思う人の不名誉な処刑か、或いは、長い間耐え忍んだ苦痛が動かしがたいものになり、増えさえすること、そのどちらかだ。しかし、不安に苦しむよりこの方がまだましだと私は思う。最悪のところを知りたかったのだ。私を長い間苦しめてきた希望、それは微かなものだったがその希望に終止符を打ちたい、いや何よりも、私に使える限りの手段をすべて尽してやってみたい、と私は願ったのだ。私は興奮して狂気寸前の状態だった。気持が高ぶって体は熱病のように熱い。胸や頭に手を当てると熱気の激しさに手も焦《こ》げんばかりだ。じっと坐っていられない。自ら招いた恐ろしい危機が来て、過ぎ去ることばかりを私はどきどきして祈っていたのである。

三日後に私はあの判事の同席のもとにフォークランド氏と対面した。私と同様にフォークランド氏も速やかに話を進めて結着をつけたいという希望だったので、私が通知を受けて対面するまでたった二時間しかなかった。フォリスター氏は用事で大陸旅行中であること、私が会った時に弱っている様子だったコリンズさんは病気が重くて動けないこと、を私は取調べの前に聞いた。彼の体は西インド行きですっかり駄目になったということだった。非公開では何となく怪しいという印象を与えかねず、不特定の傍聴人に開放するのは不謹慎だというので、その中間を取って数名の地主とその他の人々が集められていた。

フォークランド氏を見た時のショックを私は忘れることができない。最後に会った時はやせて目つきが鋭くて幽霊のように物凄く、身のこなしに力があって顔には狂気の相が現われていた。今度見ればまるで死人だった。立てないので輿《こし》に乗せられて入って来たが、ここまでの旅に疲れ果て半死半生の有様だ。顔には血の気がなく、手足は死んだように動かない。頭を深く垂れ、時々上げて物憂げに目を開けるが、すぐにもと通りの無感動の状態に戻る。あと三時間とは生きられぬという様子だった。彼は数週間にわたって床《とこ》についていたが、判事の出頭命令が彼の枕もとに届けられた。手紙や書類は必ず目を通すと言っていたので、彼に見せないわけにはいかなかったからだ。これを読むなり彼は発作を起して危険な状態になった。しかし、回復すると、どんな手段を用いても指定された場所へ自分を連れて行けと強く命じた。どんなに弱っていようとフォークランドはフォークランドで、断乎として命令すれば彼に逆らう者はない。

何という変りようだろう！　フォークランド氏を見るまでは、私は可哀そうにという気持を一切捨てて氷のように冷たくなっていた。私は事の是非を冷静に検討したつもりだった。（心の底から湧き起る強力な激情は、それに支配される当人には冷静と見えるものだ。）また、偏見なく公正に決定したと自分では思っていた。もしフォークランド氏が彼の計画に固執すれば我々はふたりとも完全な破滅に陥る、と私は信じていた。私が決めた方針によって私自身はこの破滅を免れることができ、彼の立場もこれ以上悪化することはない、とも私は信じていた。従って、みじめな人間がふたり出るよりはひとりの方がよい、義務を果せず社会のため働くことができない人間がふたりいるよりひとりの方がまだまし、というのは当然の考え方で公平な第三者も望むところだろう、と私は思っていた。このことでは私は個人的なことは度外視していて、利己心は一切ないつもりだった。成る程フォークランド氏も生身《なまみ》の人間だ、しかし見たところ衰えていても長生きするかもしれない。私の一生の一番いい時期を今のようなみじめな有様で黙って過ごさねばならないのか？　彼は自分の名誉はどんなことがあっても護ると宣言している。これが彼の執念で、彼の心を狂気まで追いやったのだ。たとえ死に臨んでも、彼は私を苦しめる仕事を遺産としてジャインズや彼に劣らぬ悪党の手に残し、その実行を命じて死ぬだろう。永遠の苦しみから私の将来を救い出す時は今を措《お》いてはない。

　だが、こういう綿密な論理も私の前に現われたものを見るとどこかへ消えてしまった。こんなに見るも哀れな有様になった男を私は踏みつぶそうというのか？　自然が墓場の一歩前まで連れて来た男に恨みをぶつけようとするのか？　フォークランド氏のような人の最期を耐えがたい騒音をもって汚すのか？　それはできない。こんな忌まわしい場面を作り出す気になった私の論法には何か大へんな誤りがあったにちがいない。私を苦しめる災いを正すにはもっとよい穏やかな方法があったにちがいない。

だがもう手遅れだ。私の誤りはもう取り返しがつかない。フォークランド氏は正式に判事の前に呼び出され、殺人の嫌疑に対して答えねばならないのだ。私も告訴した本人として罪状を証拠立てるという宣誓をしてこの場にいる。これが私の立場だ、そしてこの立場からすぐにも行動を始めねばならぬ。体中がぶるぶる震えた。この場で死んでしまいたいと思った。しかし、今の私に課せられた仕事は、私の本当の気持を包み隠すことなくこの場の人々に聞いてもらうことだ、と私は信じた。私は最初にフォークランド氏を見て、それから判事とその部下に視線を移し、それからまたフォークランド氏を見る。苦悩に息もつまって声にならないが、私は陳述を始めた。

この四日間のことが思い出せないのは何故でしょうか。こんな神を恐れぬ目的をかくも熱心かつ執拗に追求することができるのはどうしてでしょうか。私の話を聞いてくださった判事の説得を聴き、私のためを思う判事の権威に黙って服従していたらよかったのに！　これまでの私はただみじめなだけでした。これからは卑劣な人間になります！　これまでは、他人に冷たくされても自分の良心に照らして恥かしい思いをしたことはなかった。私はみじめさを味わい尽したのではなかったのです！

できることなら何も言わずにこの場を去りたいと思います！　結果はどうなってもいい――フォークランド氏の不幸の重荷をこの上重くするくらいなら臆病、嘘つき、悪党と呼ばれてもいいとさえ思います。だが、フォークランド氏の地位と要求を思えばそれはできません。あの姿を見れば同情して自分のことはどうでもいいという気になりますが、訴えざるを得ないようにしたのはあの人です。私が訴えれば彼も自分の弁明ができるでしょうから。――私は自分の気持を全部申します。

私が犯しているこの愚かで残酷な行為は、どんなに悪かったと言ってもどんなに苦しんでも、償えるものではありません。しかしフォークランド氏がよく知っています――彼の前で私は断言します――私は好んでこんな極端な手段を選んだのではありません。私は前から彼を尊敬しています、彼は尊敬するに足る人です。私は彼を愛しています、神様のようなところのある人ですから。

はじめて会った時から私は彼に心から敬服しました。彼は使用人の私を励ましてくれて、私も心から彼を慕っていました。その彼が幸せではなかったのです。若さのせいか好奇心が湧いて、私は彼の不幸の秘密を探ろうと努めました。これが私の不幸の始まりになったのです。

どう言ったらいいだろうか？――彼がティレル殺しの犯人なのです、ホーキンズ父子の処刑を黙認したのも彼です、両人は無実で、殺したのは自分だと知りながら。様々の推測が重なり、私には何かと軽率な行動があり、彼は彼で犯行を思わせる様子を見せましたが、結局彼からこの重大な話を私に全部打ち明けたのです。

フォークランドさん！　お願いします、よく考えてみてください！　私があなたの信頼を裏切ることをしたでしょうか？　あの秘密は私には大へんな重荷でした。その秘密を何とかして知りたいなんて考えた私は大馬鹿でした。とは言っても、命に代えてもこの秘密は守ろうと思っていました。私の行動を監視し、私のどんな些細な行動にもびくびくするようになったのは、あなたの疑心暗鬼のせい、心にかかる重荷のせいなのです。

最初あなたは私を信用した、それがどうして信用できなくなったのですか？　信用さえしていれば、私の最初の軽率な行動から生じた害も大したことはなかったでしょう。あなたは私を脅迫なさった。あの時私が秘密を洩らしでもしましたか？　あの時私が一言でも洩らしていたら、あなたから脅迫される心配は永久になくなっていたのです。かなり長くあなたの脅しを我慢して、とうとう私はお勤めを止めて何も言わずにお屋敷を出ました。どうしてそのままにしてはくださらなかったのですか？　あなたは策略や暴力で私を連れ戻し、大罪を犯したと証拠もなしに追及なさった。あの時私が殺人の秘密を一言でも口外したでしょうか？

私ほどに社会から不当な仕打ちを受けた者はないでしょう。かく言う私が憎むような罪を犯したと告訴され、私は拘置所送りとなりました。拘置所でのひどい扱いを一々挙げるのは控えましょう、一番軽いのでも聞いたらぞっとするようなものですから。絞首刑になりたいと毎日待っておりました！　若くて希望に満ち、生きることを楽しむ私、生まれる前の子供のように罪のない私が絞首台に登る日を待つとは！　主人をただ一言ではっきり訴えさえすれば救われると信じながら、私は何も言わずただ我慢するばかり。主人を訴えるのと死んでしまうのとどちらがいいか判らなかったからでした。これでも私が信頼できない人間に見えますか？

私は牢破りをする決心をした。大へんな苦労と失敗を重ねて最後には目的を果しました。するとすぐに捕えた者には百ギニーの報償金を与えるというお触れが出ました。私は人間の屑である盗賊団の中に身を隠さねばならなくなった。ここへ逃げ込んだ時と出た時に私は生命の危険にさらされ、あわやという目にあいました。それから、貧乏と飢えに苦しみつつ、今にもつかまって罪人として手錠をかけられるのではないかと脅えながら、国中を逃げまわったのです。外国へ逃亡することも考えましたが邪魔されて駄目でした。それからいろいろな変装もしました。私は罪もないのに、極悪人が使うような様々の術策やごまかしに頼らねばならなかった。ロンドンでも田舎の時と同様に責めたてられ、何度か危ない目にもあった。こんな迫害を受けて、私がもう黙ってはいないという気になったでしょうか？　否《いな》、です。私はじっと我慢していました。迫害の張本人に一矢を報いたことさえありません。おしまいに私は人間の血を吸って生きているような悪人の手につかまりました。こうなってはじめて私は訴え出て重荷を逃れたいと思ったのです。私にとって幸いなことにロンドンの治安判事は私の話をまともに取り上げてはくれなかった。

私はすぐに不用意な行動を後悔し、うまく行かなくてよかったと思いました。今でもよかったと思っています。この間にフォークランド氏が私にいろいろと心遣いをしてくれたことは認めます。最初は私が拘置所に行かずにすむようにしてやるつもりだったのでしょう。拘置中には援助してくれました。私が追跡されたことについては彼は関係ありません。裁判の時には私の釈放に尽力してくれました。しかし、彼が辛抱したことについては私は殆んど何も知りませんでした。彼のことを情容赦なく私を苦しめる人とばかり思っていたのです。私をあとでしつこく苦しめたのが誰かは知りませんが、その苦しみは結局すべて彼のでっち上げの告訴から生じたものだということを、私は忘れられなかったのです。

私に対する告発はもう終ったのです。私の苦痛もそれで終り、疲れた頭をどこか人目につかぬ静かな場所で休めることは許されなかったのでしょうか？　私の節操と忠実さは十分に証明されたのではなかったでしょうか？　ところがフォークランド氏の不安と猜疑心は、彼が私をほんの少しでも信用するのを許さなかった。彼が提案した妥協案は、私がこの手で私が犯人ですと書いて署名すること、これだけでした。私はこの提案を拒絶し、それからは平静も名誉も、パンさえも奪われて放浪の身の上です。どんな緊急の場合でも他人を襲うことは絶対にしない、という決心を私は長い間実行していました。魔がさしたのでしょうか、私は恨みともどかしさに負けて憎むべき過ちを犯し、こんなことになってしまいました。

今はその過ちの大きさがよく分ります。もし私がフォークランド氏に気持を打ち明け、今お話ししていることを内々で彼に伝えていたら、彼はきっと私の当然の要求を認めてくれたと思います。警戒しながらも結局は私の自制心を信用してくれたことでしょう。私が遂に知っていること一切を暴露し、力の限りそれを説いてまわるところまで思いつめたとしたら、私の話を信用する者はないと彼は安心していられたでしょうか？　もし彼がいつも私のなすがままになっていなくてはならぬとしたら、彼はどうして自分の安全を図ったらよかったのか、私を懐柔するか容赦なく倒すかのどちらを選んだでしょうか？

フォークランド氏は気高いお方です。ティレルの無残な死、ホーキンズ父子の哀れな最期、それに私の受けた苦しみの数々にもかかわらず、彼は実に立派な資質を持っているといわねばなりません。ですから、心をこめて率直かつ熱心に説けば彼はそれに反対はしなかった筈です。まだその説得をしてみる時間があったのに、私は最初から匙《さじ》を投げていました。それが一番悪いので、真実の尊厳に対する反逆でありました。

私は全くありのままをお話しししました。私はここへ呪いの言葉を言いに来たのですが、これからは賛美の言葉も言わねばなりません。責めるために来ましたが、誉め称えもしなくてはなりません。フォークランド氏は人々の愛情と好意を受けるにふさわしい人であり、かく言う私は卑劣にして憎むべき者である、と私は声を大にして言いたい。今日の自分の不法行為を私は赦せない。生きている限りこの日の記憶は私を離れず、絶えず私を苦しめるだろう。こんなことをした私は人殺しだ、冷静に計画を立てる、血も涙もない人殺しだ。――よく考えもせずとうとう何もかも言ってしまいました。私のことはどうぞいいようになさってください！　お慈悲はお願いしません。こんな気持でいるよりは死刑になる方が有難いと思います！

自責の念から私はこんな発言をした。胸が突き刺されたように痛んで黙って辛抱できず、抑える暇もなく言葉がほとばしり出たのだ。聞いた人はひとり残らず驚きで石のようになった。聞いた人はひとり残らず感動し涙を流した。彼らはフォークランド氏の美点を誉める私の熱意に動かされ、私の後悔の様子に共感を示した。

この不運な人の気持を私はどう言ったらいいのだろうか？　私が話を始める前から、彼は弱々しくうなだれて周囲の様子がよく分っていないようだった。私が殺人のことを口にした時は彼の体が思わず震えるのが判ったが、それも弱った体と意志の強さで目立たなくなった。私の主張は彼も予想していて、それに対する用意もしていた。しかし、私の発言の中には彼の知らないことも多かったようだ。私が心に受けた苦悩について語ると、彼は驚き、私が話を信用してもらうための手ではないかと警戒を深めた。私が彼への恨みを胸に収めておいて、いわば彼の最期の時になって爆発させたことで彼の憤激は高まった。その上に、私が彼への敵意をさらに強調するため、寛大で穏やかな態度をことさらに見せていると彼は思い込んで、その怒りも激しくなった。しかし、私が話を続けると彼はとうとう抵抗できなくなった。私が嘘をついているのではないと気付き、私の悲しみと悔恨の情に打たれたのだ。彼は付き添いの者に助けられて立ち上り――私は本当にびっくりしたのだが――私の腕の中に身を投げかけたのである！

ウィリアムズ、お前の勝ちだ、と彼は言った。お前の偉さ、立派な心がやっと分った。私が破滅を招いたのは私のせいで、お前が悪いのではない。私の胸で燃える不信感が度を越したからだ。私を陥れようとする腹黒い計画ならどこまでも抵抗してみせる。だが、お前の素直で力強い話が聞く人すべてを動かしたのが私にはよく判る。私の前途はもう閉ざされた。私が心から望んだことはすべて挫折した。一瞬の迷いによる行為を隠し、世間の偏見から身を護るため、私は卑劣と残酷の一生を送ったのだ。私の行為のすべては露見したのである。私の名は永遠の不名誉として残り、お前の英雄的行為、忍耐と美徳はこれも永遠に称賛されるだろう。お前の手は私に最大の致命傷を与えたが、私を傷つけたその手を祝福しよう。さて――と彼は治安判事に向かって言う――どうなりとなさってください。法の裁きを喜んで受けます。あなたなら法律の命じるままに判決してくださる筈です。誰よりもこの私が自分を憎んでいます。私こそ悪人中の悪人でしょう。長年にわたって（何年になるか判らなくなりました）私はたまらぬ痛みを堪《こら》えながらみじめな生活をどうやら続けてきました。この苦労と罪の報いとして私は遂に生から追放されたのです、しかも、ただ生きていただけというこの命を自ら断つという最後の望みも空《むな》しく。この最後の敗北を見とどけるちょうどその時まで生きのびる、というのは私のような者の一生にふさわしいことだった。しかし、私を罰するのならどうか速い裁きをお願いしたい。名誉こそ私の生命を支える力であるから、死と汚名とが同時に私を捕えることを願うのみです。

フォークランド氏が私を誉めた言葉をここに記すのは、私がそれに値するからではなくて、私の残酷な行為の卑しさを彼の言葉が強調するからである。彼はこの恐るべき場面の三日後に死んでしまった。私が彼を殺したのだ。命と名誉を私の軽率な行為の犠牲にした彼が私の忍耐を誉めるとは本当にふさわ

フォークランド氏、罪を告白する

しいことではないか！　私が彼の胸に短剣を突き刺した方がまだしも慈悲だったであろう。彼も私の好意に感謝しただろうと思う。だが、私は何という残忍卑劣なことをしたのか？　よく考えもせずに私は死にもまさる苦悶を彼に与えたのである。私は私で自分の罪の罰に耐えねばならぬ。彼の姿が私の前に見える。眠っていても目覚めていても彼が見える。彼は私の情《こころ》ない行為を穏やかに責めるようだ。自分でも悪かったと思っていて、私は絶えずそのことを考えている。どんなひどい目にあおうと私は潔白だ、とつい先程まで誇りにしていたあのケイレブ・ウィリアムズ、ああ今も私はそのウィリアムズなのだ。

長い間の苦難から逃れようとして私が立てた計画の結果がこれである。もしフォークランド氏が死んだら人間らしい生活に戻れるだろうと私は思っていた。彼の罪が立証されれば運命は私の努力に微笑みかけ、世間も分ってくれるとも思った。この両方とも達成されたのに、今や私は本当のみじめさを味わうことになった。

私はどうしていつも自分のことばかり考えているのだろうか？　自分、傲慢にもそればかり思っていたことが私の誤りの根源だった！　フォークランドよ、これからはあなたのことのみを思い、私の悲しみを育てる滋養を毎日そこから得ることにしよう。やさしく私心のない一滴の涙を死んだあなたに捧げよう。あなたの知性はまことに高く、その胸は神にも似た大望に燃えていた。だが、この腐った人間社会では才能や情操は何の役に立つだろうか？　美しい草木も悪臭を放つ腐った土の毒を吸い取って成長する。美しい野原の清浄な空気で立派に大きくなり世の中の役に立つものも、かくて毒草ヒヨスやベラドンナに変る。

フォークランド！　あなたはこの上なく純粋で立派な意図を持って領主となった。しかるに、若くして騎士道の毒杯を傾け、本来の家へと帰る途中のあなたに出会った卑劣で汚ない嫉妬が毒のまわりを速めて狂気を誘った。ああ、この命にかかわる偶然のため花盛りの若いあなたの未来はあっという間もなく吹き散らされた。あなたは死んだ名誉の残骸として生きのびたというだけだ。その瞬間から、あなたの情深い心は絶えずあなたを苦しめる不信の念と休みない用心深さへと化した。来る年も来る年もあなたは世間を騙す策を練って情ない毎日を送ることになる。そして最後に、私の愚かさと取り返しのつかぬ邪魔立てによって、最後の願いも空しくあなたは死とこの上ない不名誉の日を迎えたのだ。

私は自分の潔白を立証せんがためにこの回想記を書き始めたのであるが、今となっては立証すべき潔白はもうない。しかし、あなたの話の一部始終を世間に理解してもらうためにこの回想を終りまで書いておく。もしもあなたがどうしても隠しておきたいと望んだあなたの過ちが人に知られようとも、世間が中途半端の誤った話を聞き、また伝えることだけはなくなるだろう。

付録一　『ケイレブ・ウィリアムズ』の初稿の結末

ゴドウィンは現行の『ケイレブ・ウィリアムズ』とは全く異なる結末を最初は考えていた。日記によれば、一七九四年四月三十日に最初の原稿を完成したのであるが、彼はそれに満足しなかったようで、再考の上で五月四日から八日にかけて今日出版されている版に見られる結末を書いた。もとの結末は原稿で九頁から成り、そのうちの二頁は散逸している。この原稿は最後の取調べの場でフォークランドが入場し、ウィリアムズと対決するところから話が始まる。それはこの本の三一九頁（この訳書では三九八頁）の「どんなに弱っていようとフォークランドはフォークランドで、断乎として命令すれば彼に逆らう者はない。」に続くものである。

何という変りようだろう！　その姿は私の狂った心に似て私の燃える激情に油を注いだ。こんなに哀れな有様になった人を責めて、今にも襲いかかろうとする死を早めていいものだろうか？　かまわぬ。これもあの悪賢い敵の新たな手で、こちらの攻撃をはぐらかして私の苦痛を引き延ばすつもりかもしれない。そうだ、彼は自分の名誉はどんなことがあっても護ると宣言している。だから恐らく私を苦しめる仕事を遺産としてジョウンズ（編者註—初版のあと、ゴドウィンは〝ジョウンズ〟を〝ジャインズ〟に変えた）や彼に劣らぬ悪党の手に残し、あの腹黒さでうまく焚きつけて私に向かわせるだろう。かまうものか、私には選択の自由はない。偽りの訴えをしたといって罰を受けるか、もう始めた告訴を断乎としてやり抜くかのどちらかしかない。

私が入場すると判事は厳めしい声で尋ねた。目の前の姿を見て自分の悪を悔い改める気にはならぬか？　こんな状況の中でもお前は自分の考え出したこのひどい計画を実行する気か？——この場の異様な雰囲気に判事は自制心を全くなくし、怒りを爆発させたのだ。

フォークランド氏は何か言おうとしたが、彼の声は（不明）聴き取りにくかった。彼はこの男の目的を邪魔したり変えさせようとするのは絶対に止めてもらいたいと言った。自分の弁明をするには彼に言いたいことをすべて言わせておかねばならない。意地悪い運命の最後の試練にあうまで長らえることができて有難い、と彼は言った。

私は目前の恐るべき瞬間を体を固くして待っていた。それがどんなに大事な一瞬かと思うと、それまで私の中で争い荒れ狂っていた様々の情念はどこかへ飛び去った。そうするとすぐに私は狂乱寸前の状態から立ち直り、完全に落ち着きを取り戻した。私は心の中で説明すべき事柄を順を追って検討してみる。私は別人のようになって頭もはっきりし、力も湧いてくる。自信が刻々と強まり、これで大丈夫だとの確信を得た。

私はこう述べた。前に私自身が告発を受けた時は、やり返して反対に告訴しようという気持があったので、そのためか、私の証言は一般原則に基づいて筋を通して論じたものだったのに、疑いの目で見られた。私に関しては無理な点があったのは認める、と。万事終った今は、私は任意でここに出頭したのですから、別人として発言する資格があります。

私はフォークランド氏の状態に対し気の毒に思うと言った。私は彼の血を求めているのではないが、この恐ろしい事柄について知っていることをこれ以上胸に収めておくのは苦しくて堪えられません。

それから私は読者がもう知っている様々な詳細を彼らに語った。特に詳しく立ち入って説明した部分もある。話が首尾一貫して成る程そうだろうと思わせるように心がけた。途中で何度かフォークランド氏に名指しで言及したが、その時彼の体が震えるのが判った。しかしそれも意志の強さと、はっきりした感情を持ったり伝えたりすることができなくなった弱々しい体では目立たなかった。また、聴衆の中に私が望んだ通りの反応が起るのに気付くことも何度かあった。その反応に私の今後の名誉、自由と平安がかかっているのだ。これを思って私は力強く熱心に、真実を語る者の自信をもって話し続けた。

私が語り終えると、今度はフォークランドが答弁の許可を求めた。彼は言葉がなかなか出て来ないようだった。彼は残念ながら私の話の細部をうまく理解できないと言った。大へん巧みに、いかにも首尾一貫した話しぶりではある。ティレル氏に関する部分については、宣誓の上で国中に向かって既に答えた筈だ。この告訴に加えて、論理的に私がホーキンズ父子も殺したことになるとこの男は言う。その上に、厚顔無恥の彼は私が自らこれらの事実を彼に白状したと称している。

これらの申し立てに対して、この場ではただ短かくノーと言っておく。原告、被告の評判も少しは知られている筈である。私はこれまでこの国とヨーロッパに住んで未だ他人《ひと》から非難を受けたことはない。それればかりか、常に慈悲を施し申し分ない生き方をしている。生まれはよくないが彼もまた私同様に広く知られた男だ。つまり悪名が高いということだ。初めは泥棒で次は牢破り、最後は変装の名人。当面の問題はその性質からして双方のどちらが本当のことを言っているかにかかっている。彼は私自身が白状するのを聞いたと断言し、私はそんな白状などしたことはないと断言する。犯してもいない罪を白状しようにもできないのだ。どちらを皆さんは信じるか？　宣誓や誓言をあからさまに笑いものにする人間と、非難の余地もない立派な生活を送ってきた者とを比べれば、どちらが信用できるか自ずから明らかであろう。

彼は続けて、別の問題についてあえて問いたいと言った。もしこの男がもっともな理由を述べることができたら、皆さんが彼の証言のすべてを信じても私は仕方がないと思う。自分は私の血を求めているのではない、彼が間違いないと断言する事実が本当だと十分に認められたらすぐにでもこの一件を取り下げる、というのが彼の言い分である。何という馬鹿げた話だろうか？　彼は黙っていては良心が許さないから言ってしまう、と称している。彼の話を信じれば、彼は自分の証言に続いて、訴えられた私が見せしめとして罰を受けることを望むか、或いは、結果はどうでもいい、知っていることを述べるだけで満足だ、ということのようで、これが彼の良心の望むところだと言いたいらしい。とんでもないことだ。明らかに、彼の動機は私が彼に恥をかかせたことへの復讐である、私はその事件に伴なう罰を免除してやったのに。そうでなければ、自分が蒙《こうむ》った不名誉を告訴した者になすりつけて名誉回復をねらうというはかない望み、これが動機だ。

私はじっと我慢してフォークランド氏の攻撃を聞いた。それは興奮しきった私にはあまりこたえないが、それが聴衆に与える影響だけは何としても防がねばならぬと私は思った。彼の発言が終ると、私は発言を求められるまで待っていないで、求められるかどうかも判らぬうちにすぐ立ち上った。

私は公正な裁判を求めます、と私は言った。公正な裁判ほど大切なものはありません。こう言って、私は言葉を尽して彼らに公平かつ真実に基づいて審理するよう懇願し、嘆願した。聞く人がびっくりするくらいに口早に、興奮して激しく陳述した。フォークランド氏が長期間にわたって示した罪の徴候、私が早くから彼に対し罪を責めたこと、彼の休むことを知らぬ不信感のためひどい仕打ちを受けたこと、などについて私は証人を出したいと申請した。

必死になって話して遂に息が苦しくなり、続かなくなったところに判事が厳しく割って入った。黙れ！　いつまでもしゃべり続けてお前は何が言いたいのか？　我々を脅迫しようというつもりか？　証言は許さぬ。もう聞き飽きた。こんなひどい嘘をついて司法の尊厳を汚《けが》した恥知らずはお前がはじめてだ！

ああ、この判事の言葉は私を……（編者註―原稿の二頁分欠落。次の場面ではケイレブは獄中にある）

（あとがき　一）

私がここで受けた苦痛に比べれば、私の運命の浮き沈みは楽しみと名づけてもいいほどだ。支離滅裂の幻覚が入れ代り立ち代り絶えず現われては、私をあちこちに引っ張りまわし、一瞬の休みも許さない。眠ることもできず、昼夜の別なく身心に拷問、責め苦が加えられる。私の脅える想像の前を次々に通り過ぎる数々の幻覚の絵が少しゆっくり動くような時には、何か謎めいた感じが浮かぶ。私の知性は何とかその謎の中へ入りこみたいと思って表や裏からそれを眺めすかし、たくさんの道を探しては入ってみるが、いつも疲れ果て失望して、何の成果もなしに戻って来るばかりであった。狂人にとって看護人とは何とも恐ろしいもの、彼の裏をかき、何を言っても聞かずに全能の権力を行使する存在である。しかし、ジョウンズはただの看護人ではなかった。彼の今の職務に伴なう様々の連想とは別に、私の頭の中の彼は他のぞっとするような連想を呼び起す存在であった。かねて残忍で執念深い彼は、今度こそ私を念入りにたっぷりいじめてやろうと待ちかまえていたのだ。彼は新しい方法を次々に考え出しては何時間も私を苦しめた。気が狂っていた間に彼がどんなひどいことをしたか、私ははっきり憶えていない。しかし、迷信深い人が気が狂って悪魔ベルゼブルを見ると恐れおののくだろうが、私がジョウンズを見て脅えたのに比べれば大したことはないと私は信じる。

　こんな男に折檻されて暮していた私が、いくらかでも正気を取り戻したのはどういうわけか、不思議なことである。今の程度の落ち着いた気持がいつまで続くか、今後私がどんな運命をたどるか、私には一切判らない。こんな状況で生き続けるよりは今すぐ死ねたらその方が有難い。だがまだ希望を捨てきれないのだ。私は逃走できるかもしれない。足枷を壊し、石の壁を破って脱走した私が、この新しい牢獄から抜け出せぬ筈はない。だが、今すぐ脱走する気はない。身心の力が回復してもっと確実な計画が立てられるようになり、あとで思わぬ失敗をする恐れが少なくなるまではじっと待つ、これが現在の私の仕事である。今は私の知性はまだ十分に回復していない。まだ落ち着かず、想像力がひとり歩きして理性の命令に従わない。何事でもじっくりと考え抜くという自信がない。これを書くと、第一に私は生き返った知性の力を試すことができ、また途切れがちで心許《こころもと》ないが、これくらいなら大丈夫だろうという風に体力に合わせて試すこともできる。何より大事なのは、腹黒いジョウンズの計画に対抗するだけの力を温存し、彼の挑発に乗って私がまたおかしくなるようなことにならぬよう気を付けることだ。

ようやく理性を取り戻し始めた私が最初に思ったのは、私が記憶喪失に近い状態になったあとで起った最近の痛ましい出来事を記録することであった。こんな話は絶対に記録して残さねばならない！　これほどの滅多にない恐ろしい話は、我々にとって様々の教訓を与えてくれるにちがいない！　現在の哀れな状況の中でこの記録の計画を実行に移した方法を一々詳しく読者に伝える必要はない。会う人はふたりだけ、ジョウンズと部屋の掃除その他の雑用をする女だけである。女がひとりで来ることは殆んどなかった、というのは、この女と私と二人きりでは話をさせないことになっていたのである。しかし、目を光らせて機会を窺い、何とかして目的を達しようとねらっていれば、そのうちきっと目的を果すことができるものだ。女は全く冷酷無情というのでもなさそうだ。

あんなに衰弱していたフォークランド氏はまだ生きていて、それどころかかなり元気になったと聞く。ああ、何ということか！　私の場合も迫害と圧制は死なずということだ！　今も思い出すたびに分らないのは、――で行なった主任判事の前での私の最後の（？）告訴があんなに惨めな全面的敗北に終った原因である。フォークランド氏は言うべき言葉もなく、私は熱心に力強く、自分の主張の正しさを確信して立派に発言したのに！　聞いた人々は事の是非を判断するよりも感覚に左右されたのだ。彼らは私の敵フォークランドのみじめな失意の様《さま》に騙されたのだ。しかし、破滅の中にあって何というしぶとさであろうか（思ってみてさえ腹立たしく情ない）！

私は敗因をこう分析するが間違っているだろうか。私はぱっくり口を開けた自分の心の傷に勝手に想像で作り上げた薬を塗っているのではないだろうか？　誰もが私の話をあの時の人たちと同じ受け取り方をするだろう。私はただ自分を騙し紛らしているだけかもしれない、自分を偏見のない第三者の立場に置いて、この話が聞き手ひとりひとりにどんな印象を与えるかを考えてみる勇気がないばかりに。とすれば、私の無実は私と共に死ぬ！　これまで苦心してまとめてきたこの物語は私の恥を永久に記録にとどめ、私が極悪人であるとの説をさらに世間に広めるだけである。こういう結末を思ってみるだけでも息がつまるような気がする！　これこそ私の最大の苦痛であり、とても堪えられない！

私は今これまでになかった気分を感じている。こうして拘束されている間、私には眠りはなかった。あっても稀で極めて短かかった。今、私は次第に感覚を失い重苦しい感じがする、何か不自然な感じもまじって。私は何度もこの感じを振り払おうとした。ペンが持てなくなった。まさか、──まさか謀れたのではなかろう！　心配だ。今のうちこの書類を何とかしなければ。

（あとがき　二）

コリンズさん、あなたにはお話ししたいことがたくさんあります──どういうわけか、とても気分が悪い──頭がずきずき痛み、胸もどきどきして、それで重苦しい気分になるのです──今の私を見れば、あなたは私を可哀そうだと思ってくれるでしょう──いつかのように私に味方してくれるでしょうね！──ああ、何か言おうと思ったのに──でも、思い出せない──頭が垂れ下って来ます。

昔、可哀そうな旅人がいた──とてもいい人だった──それに無邪気で──他人《ひと》を苦しめようなんて思ったこともない──それが野獣に出くわして──獣《けもの》は苦しがって哀れなうめき声をあげていた──怪我をしていたのかどうかは忘れました──旅人は近づいて、どうしたのかと尋ね、助けようとした──

獣のうめきは嘘だった！——それは嘘つきワニだった！

どれくらい眠っていたのだろう——長かったようで——ほんのちょっとだったような気がする——食べて飲んでまたすぐ寝入る——何か変だ！

何か思い出したい——私の物語に書き足せる——でも何もない、ブランクだ——昼になったり——夜になったり——皆じっとして何も言わず——妙な物語になりそうだ！

昔、私には敵がいた——ああ、二、三人いた！——私を追いまわして脅し責めたてた！——今はもういない——邪魔する者はない——敵はどこにもいない——が、味方もない！

フォークランド氏が死んだって？——そうだろう——死んでもいい頃だ——そうじゃないか？

フォークランド氏が死んだと何度も聞かされる——それが何だ？——安らかに眠れ！——フォークランド氏って誰だったのか？　誰もかれも彼のことばかり言っている——知っていますか？

もし元気になれたら話したいことがいっぱいあるのに！——話されたら困る人もいる、だから——でも、元気になれない——駄目だ——とてもなれない！——隅の方で椅子に坐ってじっとしているだけだ——犬のようになって——よく判っていて、どうにもならない！——どっちが人間だろうか、私かそれとも椅子か？

私は夢を見る——変な夢だ——何の夢か分らない——初めに何かがあって、それから別のがあって、次に何もかもごっちゃになって、みんな消えて——そこで目が覚めるともと通りだ！——昔の夢は違っていた——寝言も言った——うるさいと言われたこともあった——だから、私を黙らせようと何か私に飲ませたに違いない。

でも、結局は同じことだ――人生にはそう騒ぎたてる値打ちのあるものはない――秘密とか――人殺しとか言っても同じこと――死んでしまえばそれまで！――死人に口なし――この頃は幽霊も出なくなった――ティレル氏のは見なかった――一度だけ！

さて――黙っているのが一番いいようだ――野心のある奴がいる――感情の濃《こま》やかさが大事という話も聞く――しかし、何もかも馬鹿げている！――私はそんなじゃない――そうだったかな？――本当の幸せとは石のようになることだ――誰も文句を言わなくなる――一日中何もしない――私は石――墓石だ！――オベリスクだ、ここにかつて人間たりし者眠ると書いてある！

付録二　『ケイレブ・ウィリアムズ』創作についてのゴドウィンの記録

『フリートウッド』の「スタンダード・ノヴェルズ」版（一八三二年）に付したゴドウィンの序文より

『ケイレブ・ウィリアムズ』は今日まで大好評をもって迎えられた。そのために、本書の構想や執筆過程について知りたいと望む読者もあろうと「スタンダード・ノヴェルズ」の版元では考えたのである。

私は『政治的正義に関する考察』を一七九三年一月上旬に書き上げ、翌二月中旬に出版した。これは私が或る程度まで知的に成熟してのちに書かれ、私の名前で出版された最初の著書である。その当時、私の生活を支えるのはペンしかないと考えざるを得なかったのが幸いとなったのである。私の発売元となったパスタノスター・ロウ通りのジョージ・ロビンソン氏の好意によって約十年以前から当時に至るまで生活費を得ることができ、その他にもあまり知られていない著作もいくつか書いた。後者の作品を恥じる気持はなく、いくらか世間の役にも立ったのだが、今となっては絶版にしたいと思っている。一七九一年の五月に私の好きな作品となった本書の執筆を計画し、その邪魔になるような他の仕事を全部止めた。ロビンソンとの契約は、本書の執筆中は彼が一定額を私の生活費として支払うというのであった。出版の時には手許に殆んど金がなくて、次にどんな仕事をしようかと私は探しまわらねばならなかった。

私はその前から架空の冒険物語を書きたいという使命感のようなものを常々感じていた。先に述べたあまり知られていない著作の中にも二、三この種の作品が含まれていた（編者註―例えば『ディモンとディリア』、『イタリア書簡』、『イモジェン』［全部一七八四年出版］など）。従って、このような作品の執筆を思い付いたのは当然とも言える。

しかし、私は前とは違った立場にあった。私は殆んど子供の頃からカウリーのように、

　後世に名を残すには何をなすべきか、
　来たるべき世を我が世たらしめんためには？（エイブラム・カウリー『雑録集』の「モットウ」Ⅱ、一―二より）

と叫びたい人間であった。しかし、十年間努力しても目標ははるか彼方にあった。書くものすべて死産という有様で、絶望のあまり筆を折ろうかと思ったことも多い。それでも私は時に同じ努力を繰り返さねばならなかった。

そして遂に私は『政治的正義』の着想を得た。単に先人が言ったことを繰り返してほんの少しばかり先へ進むだけでは名を成すことはできない、私はそれを他人よりいくらか巧みにまた品よくやったつもりだが、それでも同じことである、と私は信じていた。新しいものというはっきりした特色が見えなければ世間は注目してくれない、と私は思った。『政治的正義』の原理について長い間考えた末に、この

問題についての論文形で新しく、正しくて重要な考えを世に送ることができるとの確信を私は得たのである。書き進むうち私はますます希望と自信を持つに至った。その間に私は親しい友人たちに私の思想を話したところ、彼らは温かく私を激励してくれた。こうして、出版前から私の本のことが少しは知られるようになり、好意的に歓迎してくれる人もあったのである。出版された時の評判は私の期待を裏切らなかったと言ってもいいだろう。その結果、執筆期間から出版後に至るまで私は意気揚々というような気分で、今後はつまらぬ仕事はしたくないと思うようになった。

強い関心を読者に引き起すという特色を持つ架空の冒険物語の着想を私は得た。この考えを進めて私はまず第三巻、続いて第二巻、最後に第一巻のアイディアを作り上げた。私は逃亡と追跡の冒険物語を考えてみようと思った。それは、追われる者は大きな災難のために圧倒されるのではないかとの絶えざる恐怖に襲われ、追う方は知恵と手段を尽して犠牲者を脅かす、という物語である。これが第三巻の構想であった。

追う者は追われる者を絶えず脅かし苦しめて一瞬の安らぎをも、落ち着きをも許すまいと決心している。この追う者が感じる衝動を説明するに足る劇的迫力を持つ状況を設定するのが私の次の仕事となった。そのためには、殺人事件が起って、追われる側の罪もない人物が異常な好奇心があったばかりにその解明に乗り出す、というのが一番いいと私は考えた。そうすれば、殺した者は、発見者から平和な生活、名誉と信用を奪い、永久に彼を支配下に置くために苦しめる、という動機を十分に得ることができるだろう。これが第二巻のアウトラインである。

そこで第一巻の主題を考えねばならぬことになった。第三巻の恐ろしい事件を説明するためには、追う者はあらゆる幸運に恵まれていて、どんなことがあっても負けたりくじけたりしないという決意を持ち、並々ならぬ知力をもそなえた人物でなければならない。また、この話に迫力と興味を与えるには、この人物がもとは人に好かれる性質や美徳の数々を持ち、それ故に、彼が最初の殺人を犯さねばならぬ破目に陥ったのは本当に残念なことで、いわば彼の美徳がかえってこの悲劇をもたらしたのだ、というように描かねばならない。つまり、彼はロマンスの世界の人物で、読者は彼の気高い資質を尊敬する、というのでなければならない。こう考えれば第一巻の材料は十分にある。

このように物語の構想を結末から数々の冒険の発端まで戻って来ることで、私は大きなプラスを得ることができると感じた。プロット全体の統一がそれである。物語の気分と興味の統一をよく心がけておけば読者の関心をしっかり摑むことができるのであって、こればかりは他の方法ではなかなか実現できないものである。

本格的に書き始める前に、物語の大筋を考えてメモするのに約二、三週間かかった。メモしていくのに、私は第三巻から始めて第二巻に進み、最後に第一巻と取り組んだ。メモ用紙としてデミ用紙（およそ五〇×四〇センチ）を八つ折りにして使い、二、三枚になった。メモの形としては、二行から六行の短かい段落にできるだけ簡潔に、しかし実際に拡大して物語を書く場合にすぐ思い出せるよう分りやすく書いた。

それからいよいよ執筆に取りかかった。一日あたりは短時間しか書かないことが多かった。書きたいという気持の時だけ書いた。十分に書く気になっていない時に書くと最低のものしか出来ない、というのが私の信念であった。いやいやながら頑張るよりも何も書かぬ方がずっとましである。何も書かねば時間の損になるだけで、次の日にはよく書ける見込みがある。カレンダーから一日が消えてなくなるだけだ。しかし、力がなく平凡で、気の乗らぬ書きぶりの文章は次の日の邪魔になり、それを克服するのは不可能に近い。それ故に私はその気になった時だけ書いて、一週間か十日の間一行も書かないことさえあった。しかし、結果は同じことだった。平均すれば、『ケイレブ・ウィリアムズ』の一巻にちょうど四カ月かかったことになる。

しかし、執筆中は二、三の場合を除いてずっと私は高度の興奮状態にあったと言わねばならない。私は何度も思った、「私は読者の心に一時期を画する物語、読んだあとでは前と同一の人間ではあり得ないようなものを書こう」と。私は思った通りのことを包み隠さず書いているのである。こう言えば何と自惚《うぬぼ》れた奴かと思われるのは判っている。しかし、作家が全力を尽して書く時の心境はこういうものだと私は信じる。いずれにしても、私が自分の自惚れの気持について述べたことは四十年近くないことだ。

第一巻の十分の七を書き終えた時に、古くから親しくしていた友人（ゴドウィンの秘書だったジェイムズ・マーシャル）から強く求められて彼に原稿を見せた。次の日に彼は次の意味のメモを添えて原稿を返してくれた。「約束だから原稿は返します。できれば火の中へ投じたい気持です。このまま書けばこの作品はあなたの文学的名声の墓場となるでしょう」と。

私は友人の批評をそのまま受け容れたわけではないが、そのショックから回復するまで二日間というものは非常に不安であった。読者よ、私のその時の気持を想像してみてください。私は友人の批評をそのまま受け容れたわけではないと言ったが、本当に不安だった。偏見のない判定を受けたのはこの時が初めてであった。その判定は私にしてみれば世間が下した判定に相当する。私は他に判断を仰ぐ人もなく、またその気もなかった。別の人に判断を求めたとしても、第二、第三の判断が最初のものよりも私にとって有利になる保証でもあると言うのか？　ない。

自分としては最善を尽したと思って自らを慰めるしかなかったのである。こう腹を決めると私は怖いものなしになった。私は自分の立てた構想を信じ、世間にはまあ出来上りを見るまでお待ちなさいと言って最後まで書き続ける決心をしたのである。

私は普通の書き方に従って三人称で書き始めた。しかし、すぐに不満を覚えるようになった。それで、私は一人称を用い、主人公が自分のことを語るという形式にした。それ以後、小説《フィクション》を書く場合はいつもこの形式を用いることにしている。それは少なくとも私の叙述の特質に一番適している。私の想像力が最も自由に活躍するのは人の心の奥底の働きを分析する場合である。想像力は形而上学の解剖刀を使って複雑に絡《から》んだ動機をたどって明らかにし、次第に積み重なっていく衝動を記録するのであるが、これらの衝動こそ私が描く人物の以後の行動のあり方を第一義的に規定するのである。

この作品の主な目標を定めた時、その題材に関係のありそうな作家の書いたものを集めるよう私は努力した。そうすることで先行作家を模倣するだけになりはしないか、という不安を私は感じなかった。私には独自の考え方があるから剽窃をする心配はないと思っていた。私が他の作家を読むのは彼らがどう書いたかを見るためであり、より適切に言えば、私が自分の心をしっかり把握して独自の考え方をし、私と先行作家たちとが或る意味で同じ目的地へ向かって進みながら、同時に私は私で自分の道を切り開いて行くためである。その際に、彼らがどの方向へ進もうとしているかについては結局私は考えないことにし、また、彼らの進む方向がひょっとしたら私の方向と少しは合致しはしないかを調べてみたりするのを、私はいさぎよしとしないのである。

こういうわけで、『ケイレブ・ウィリアムズ』の場合には、私は『ド・サン・ファール嬢の冒険』（『ド・サン・ファール嬢の物語、フランス貴婦人とその娘の新教への改宗の奇蹟とジェズイット僧の陰謀の失敗』フランス語からの翻訳一六九〇年［九版一七八七年］）と題する小さい本を読んだ。この女性は新教徒《ユグノー》への激烈な迫害の頃のフランスにおけるプロテスタントで、彼女は恐怖に脅え危機一髪という経験をした女性である。私はまた『殺人への神の復讐』（ジョン・レノルズ『憎むべき殺人の罪への神の復讐の勝利』、一六二一―三五年［一七七〇年に別の形で『殺人と姦通への神の復讐』と題して出版］）と題する大部の編著を読んだ。この本では全知の神の視線が罪人を常に追い、彼の秘密を白昼の光へとさらけ出すのである。

『ニューゲイト・カレンダー』（有名な犯罪人の物語の集成）と『海賊伝』（チャールズ・ジョンソン『有名海賊の略奪と殺人の物語』一七二四年）もよく読んだ。当時の私は迫力があればどんな小説《フィクション》でも読んだ。書き方は異なっていても、これらの作家は常に私と同じ題材を扱っていたからである。即ち我々はすべて心と動機の内部を探求し、人間社会の各方面で人と人との間に起る対決や葛藤を見きわめることに熱中していたのである。

恐怖物語の最高の実例たる青ひげ（シャルル・ペローの『昔話集』［一六九七年］で、青ひげの若妻は開けてはならぬ部屋を開け、彼の以前の妻たちの死体を発見する）の物語を読んだ時には、私はそれからヒントを得るというよりも、この話とケイレブ・ウィリアムズの話の間の類似点を発見して面白いと感じた。フォークランドは私の青ひげであって、彼が犯した兇悪犯罪が発覚すれば、彼は世間から復讐を受けねばならない。ケイレブ・ウィリアムズは青ひげの妻と同じで、止めるように警告を受けたにもかかわらず禁じられた秘密を探り出すことを諦めない。そして、秘密を摑んだ時にこそれがもたらす結果から逃れようとするが、それも徒労となる。同様に、青ひげの妻も血に汚れた部屋の鍵を洗うが汚れは落ちず、片側を洗えば裏側にくっきりと血が現われる。

第三巻を書き始めて間もなく私は一歩も先へ進めなくなった。一七九四年一月二日から四月一日までを私は無為に過ごした。多少とも長期にわたる仕事をする場合にはいつもこうなのである。弓はいつも張りつめているわけにはいかないものだ。

仕事が長くなれば眠気がそっと忍び寄る（ホラティウス「詩論」一、三六〇）。

しかし私は自分ひとりで休息を取り、未熟でわけの分らぬ夢を読者に押しつけることのないよう努力した。やがて私が元気を取り戻した時それは本物であって、四月中に私は三巻の終りまで調子を落とすことなく仕上げたのである（ゴドウィンは結末部分の書き直しについては触れていない。付録一参照）。

このつまらぬ大作の構想と執筆過程の実状は以上の通りである。書き上げてから間もなく、これが或る意味では駄作だったと気付いた。単調で退屈なところが多過ぎる！　むらが多過ぎる！　作者が酔っぱらって千鳥足になっているような部分が見える。それに、書き上げたと言ったが、一体何を書き上げたのか？　子供が退屈した時の慰み、よく噛んで滋養にすることもなくこそこそと子供が慌てて飲み込むようなお話を書き上げただけだ。この点では、作家から見れば最もすぐれた読者、批評家のひとりであるあの気の毒なジョウゼフ・ジェラルド氏（政治改革者で普通選挙権と毎年の議会開会を主張。一七九四年反乱罪で起訴されボタニー・ベイへ追放となり三十三歳で死亡）の言葉に私は強い衝撃を受けた。彼が私に言ったところによれば、彼は晩遅く私のこの本を受け取り、寝る前に三巻を読み通したとのことである。十二カ月の休みない心の痛みと努力を要した作品、絶望に陥ったり、元気を取り戻して思わぬ気力に支えられたりして書いた作品を彼はたった二、三時間で読み終えるとさっと閉じて寝につき、翌朝は気分さわやかに目覚めてこう叫んだのである。

明日は行こう、心地よい森へ、新しい牧場へ（ミルトン『リシダス』一九三）。

『ケイレブ・ウィリアムズ』について

岡照雄

ウィリアム・ゴドウィン（一七五六—一八三六）の有名な著書『政治的正義』（初版一七九三）の「正義」の章におよそ次のような一節がある。「我々は同胞をば自分と同じように愛すべきだ」という教訓があるが、これは理論的な正確さに欠けるところがある。私と隣人とは同じ人間で平等だが、実際問題としてそれぞれの価値に違いがある筈だ。人間には動物の持たぬ高度の能力があって、洗練された真の幸福を享受することができる。同じことが人間相互の間にもあって、例えばカンブレーの司教で有名な作家フェヌロンは彼の従者よりも価値が高く、本物の幸福を知っていると考えられる。そこで、もし彼の司教邸宅に火事が起って司教と従者のどちらかひとりだけしか救出できないという事態になったとすれば、司教を救って従者の方はあきらめることになっても人は納得するだろう、と。いや、そればかりではない、とゴドウィンは続ける。司教と従者は社会、国家と人類に所属する存在だから、彼らの社会への貢献度も考えに入れておかねばならない。フェヌロンがこの火事の時に彼の名作『テレマカス物語』の構想を練っていたとすれば、彼を救助することはこの物語を読んで感銘を受けて悪の道から正道へ立ちかえったであろう多くの人々を救助することにもなる。もし私が従者だったら主人のフェヌロンと社会のため死ぬのが正しい選択だと思うに違いない。理性（Understanding）とはこのような事態を見抜き判断をくだす能力であり、正義とはこの能力に従って自分の行動を規制することである。ゴドウィンは、この従者が私の兄弟であり、父であった場合でも結論は同じだ、と断言する。汚れのない正義、公平無私の真理の決定には何人といえども従うべきである、と。

私はゴドウィンの発言を『政治的正義』の第三版（一七九八）から紹介したのであるが、ゴドウィン研究者によればこれでも彼は初版の意見を修正し、極端な合理主義の立場をいくらか弱め、人間の感情や情緒の役割を強調するようになったとされているのである。司教と従者の話に見られるもう一つの特色は、ゴドウィンの功利主義的な考え方である。肉親に対する情愛よりも社会的効用を考慮せよとの主張を額面通りに受け取ることはできないが、すくなくともそれが彼の表明する立場だったことは無視できぬ事実である。『ケイレブ・ウィリアムズ』の地主フォークランドはたしかに人殺しであったが、小作人たちに対しては慈悲深い地主である。この人を追いつめて破滅させるのは社会的効用から考えて賢明な行動だったか、という苦しい反省がケイレブにつきまとうことを読者は思い出すだろう。大著『政治的正義』の思想をひとつの章の、しかもその一部の記述から要約することはできないが、人間だけに与えられた理性をもって人間にふさわしい幸福を最大限に追求するという合理主義と功利主義が彼の立場である、と言ってもよいだろう。それはフランス革命の政治思想や理性への信頼がゴドウィンを通じてイギリス思想にも現われたということである。

『政治的正義』の翌年一七九四年に出版された『ケイレブ・ウィリアムズ』は、主人の地主フォークランドが殺人を犯したことを知ったケイレブが、フォークランドの圧制、監視、策謀と戦って最後に彼を告発し自白へと追い込む話で、支配階級の権力構造の実態を明らかにしようとする政治小説、いわゆるジャコバン小説のジャンルに属する作品である。この意味では『政治的正義』の思想を小説に仕立てたと言ってもよいだろう。もともとこの小説のタイトルは『世の中の現状、別題ケイレブ・ウィリアムズの冒険』（*Things as They Are; or, The Adventures of Caleb Williams*）であって、社会の現状を暴露し告発するという作者の姿勢を強く感じさせる表題であった。その序文として書かれた文章にも、「一国の政治の精神と性格は社会のあらゆる階層の中へ侵入する」ものであるから、ここで、一家の中での専制の実状の物語を通して社会の仕組みを批判したい、との意図がはっきりと表明されている。作者が提供するのは、頭で考えた抽象論ではなくて、道徳の世界で現に起っている事の考察と叙述であるとも言うが、その意味では『ケイレブ・ウィリアムズ』は司教とその従者というような譬《たと》え話ではなく、イングランドの地主屋敷を中心とする農村、野盗の群れ、ロンドンの下層社会、ウェールズの町などに舞台が拡大された。地主ティレルの横暴と頑迷は論外としても、かつては申し分ない立派な紳士フォークランド氏さえ、追いつめられると一変してケイレブを抹殺しようとする。彼は若い頃から騎士道物語を好み、イタリアに滞在するようになるとますます騎士道精神に心酔するのだが、それでもマルヴェージ伯の決闘申し込みには冷静で理性的に応対する余裕があった。これは同じ身分の者同士の間のことだったが、使用人ケイレブに秘密を知られ、意のままに支配されていると思いこんだフォークランドにとっては、地主のプライドと名誉からしてケイレブをそのままにしておくわけにはいかない。彼がこう決心すれば田舎の裁判などは思うままに左右できる。「年に六千ポンドの収入があればいくら告訴されても安全だ。それに反し、どんな正当な非難でもそれが使用人の発言だというだけで無視されるのだ」というケイレブの叫びには『政治的正義』の著者としてのゴドウィンの声がきこえる。フォークランドの異父兄フォリスターも、はじめケイレブの立場を理解するかに見え、厳正な裁定をくだすと口では言うが、結局は一門の名誉を護ることに熱中して正義を無視するのである。こうしてケイレブは不当な裁判の結果、拘置所に入れられた。冷酷きわまる看守たち、独房や雑居房のひどい生活条件、囚人を更生させるどころかますます絶望へと追いやる司法のあり方、などをケイレブが語るあたりでは、作家の説教調が目立ち、小説家の立場からやや逸脱して「世の中の現状」を告発することの方に熱中しているという感じは否《いな》めない。

このように、『ケイレブ・ウィリアムズ』には『政治的正義』と共通する問題がいくつか扱われていることはたしかであるが、一方では後者とは対照的な主題が現れていることに読者はすぐに気付く筈で、小説としてはこの方がいっそう大切なことは言うまでもない。まず、ケイレブの行動原理が並外れた好奇心であったということである。物事の仕組みを知りたがり、原因から結果へとたどっていかねば満足できないという情念がそれである。そこへ冒険物語やロマンスに読みふけるという習慣が彼を支配するようになると、彼の好奇心は強迫観念になってしまった。この点では主人のフォークランドも同じで、騎士道ロマンスに熱中した彼も過度の名誉心に支配されて破局へ向かうことになる。この両者は対立するように見えて実は情念の奥底でしっかりとつながっており、彼らもそれに気付いているかのようである。ティレルもフォークランドの出現によってもたらされた屈辱と、エミリー・メルヴィルが人もあろうにフォークランドを慕《した》っていることへの腹立たしさに逆上して破滅する。ケイレブ、フォークランド、ティレルの三人とも反理性的な激情に支配されていた。ケイレブは主人のフォークランドが殺人犯ではないかと気付き、彼を監視しようとした時に奇妙な喜びを感じた。「禁じられたことをするのにはいつも或る魅力がある」と彼は思う。続けて彼はそれは使用人から見た主人の態度の中に「何か独断的で横暴なものを我々が漠然と感知するからである」と分析する。これはケイレブの気持ばかりでなく『政治的正義』の著者のアナキズム的思想に発する反権威の立場でもある。ところがケイレブは、主人を追いつめる危険な行動には「人を惹きつける刺戟」があると感じている。主人の叱責と厳《いか》めしい表情を思えば「体がうずくような感じさえしたが、そこには或る快感がないでもなかった」とさえ彼は言う。深入りするにつれてこの快感は抵抗しがたいものになっていくのである。この行動の危険とその効用を理性で計量することはもう不可能になっている。ケイレブは自分の選択で行動の方針を決めたつもりだったが、実はそうするように追い込まれたのであった。最後に別人のように痩せ衰えたフォークランドに会った時、ケイレブはそのことを悟る。「私は事の是非を冷静に検討したつもりだった（心の底から湧き起る強力な激情は、それに支配される当人には冷静と見えるものだ）」と。彼は考えた末に定めた方針に従って進めば自分は破滅を免れることができ、主人の立場も悪化せずにすむと計算したつもりであったが、時すでにおそく、奇妙な絆《きずな》で結ばれた主従は愛情、尊敬と憎悪の交錯する中で共倒れの運命に直面する。あとの祭りという言葉があるが、このくだりは「あとがき」の章で語られている。合理主義も功利主義も破産したのである。

このことは第一巻第五章のクレア氏の死をめぐる話から予想される成行きであった。クレア氏は普通の人とも思われぬほどの立派な存在として描かれている。思いやりとやさしさ、機智と知性をそなえた詩人ということになっているクレアはフォークランドに対して、君のような有為の人こそ一度あやまった方向へ向かうと社会に大きな害をなすと、いわば理性の声を残して死ぬが、クレアの存在の影のうすさは作者ゴドウィンが意識的に試みた効果であろうか。この問題もさることながら、今日の読者にとっては、地主階級の支配の実状を告発する政治小説の面よりも、追う者と追われる者の立場の変転をめぐる心理小説の面の方がいっそう面白く感じられるのではあるまいか。フランス革命がイギリスに与えた衝撃が次第に静まるにつれて、作者のゴドウィンもケイレブ、フォークランドの性格を中心とする心理小説として、以前とは異なる見方を自作について持つようになったらしい。一八三一年の第五版では、それまでの『世の中の現状、……』というタイトルを『ケイレブ・ウィリアムズ』に変えたのもそのしるしのひとつであり、一八三二年にこの小説の構想と執筆について書いた彼の文章（この訳書の付録二）にも同じことが感じられる。

イギリスに打ち寄せたフランス革命の波についてふれたので、作者ゴドウィンのことを簡単に書くことにしたい。

ゴドウィンは一七五六年に非国教派の牧師を父として生まれ、やがて彼自身も牧師になったが、フランスの百科全書派の人々の思想にふれてカルヴィン主義信仰を捨て、理神論へ傾いた。二十七歳の時ロンドンに出て政治、宗教問題について評論などを発表していたが、そこでフランス革命の思想にふれ、急進派の集会に出席するようになった。旧体制を打倒し理性の光によって新しい社会を実現するという理想に彼は熱中していた。その興奮の中で書かれたのが『政治的正義』（一七九三）で、この著によって彼は熱狂的な支持者を得た。理性による体制批判がこのような感情の高まりの中で書かれ、迎えられたことはゴドウィンの性格と彼の時代の雰囲気を語るものであるが、『ケイレブ・ウィリアムズ』の合理主義と激情という二面性もこのあたりから発しているのかもしれない。

保守派からの彼に対する反撃は激しく、一七九〇年代に入って革命ムードが後退すると、ゴドウィンの急進思想のみならず、私生活までが非難された。彼が『女権の擁護』の著者メアリー・ウルストーンクラフトと知り合い同棲したのは一七九六年のことであるが、結婚制度を認めぬ彼は娘メアリーが生まれる翌年まで正式の結婚手続きをしなかった。メアリー・ウルストーンクラフトがメアリーを出産して間もなく死んだあと、ゴドウィンは再婚したがうまくいかず、経済的にも困った彼のもとに詩人シェリーが現れる。一時の名声を失ったゴドウィンは、『政治的正義』の思想に共鳴する従男爵家の御曹子の出現をよろこんだが、年収六千ポンドの名門の後継者からの経済的援助をも大いに歓迎していた。若いシェリーにはハリエットという妻がいたが、彼は一八一四年に十六歳のメアリー・ゴドウィンと恋仲になってフランスに渡る。ゴドウィンはメアリー・ウルストーンクラフトとの間では自由恋愛を実践し同棲生活に入ったのだが、実の娘の場合には話は別で激怒したと言われる。その後二年あまり彼は娘とシェリーに会うのを拒否したが、シェリーから金を借りるための文通は続けていた。一八一六年にシェリーの妻ハリエットが自殺し、そのあとシェリーとメアリーは正式に結婚する。ちなみにメアリーは一八一八年にゴシック小説『フランケンシュタイン』を発表している。

こうして見ると、『政治的正義』の理論家ゴドウィンは思想と行動の間でいつも動揺している矛盾の人だったと言えるだろう。ちょうど、異様な表情で体全体を震わせながら双方に有利な実際的解決を提案するフォークランド氏のようなものである。また、ゴドウィンはそのラディカルな思想にもかかわらず、大衆の実際行動に対しては極めて慎重であった。『政治的正義』執筆のきっかけのひとつとされるエドマンド・バークの『フランス革命への省察』（一七九〇）の保守的な立場とゴドウィンのそれとが奇妙な近寄りを見せるのはこの点においてである。政府は社会の秩序と安全を保障する義務を持っているから、煽動者にあやつられる熱狂的な大衆行動には気を付けねばならぬ、と彼はしばしば警告している。政府という建造物はいわば童話の中の建物、積木の塔で、子供がちょっとさわるだけで一挙に瓦解する。それを性急に改造しようとするのは「天使も恐れるところでさえ、馬鹿者は踏みこむ」ことになる、とゴドウィンは言うのである。フォークランドは人殺しではないかと疑いはじめたケイレブは様々の手段で主人に探りを入れるうち、主人の心を動揺させることができるようになったことを悟った。主従関係が逆転したのではないかと思うような時もある。思い切った発言に対して相手の顔から血の気がなくなった時、主従の間に「不思議な心の交流のようなもの」さえ感じられた。一時のことにもせよ主人を思うままに支配できるという快感は抵抗し難い。そこでケイレブがもう一歩進んで決定的証拠を握ろうとしたこと、火事のどさくさにまぎれて主人の私室に踏みこみ、運命の櫃《ひつ》の蓋に手をかけたこと、これが天使も恐れるところに踏みこむという行動だった、と作者は描いているように見える。ケイレブはあの時には「興奮の極に達していた」と告白しているのである。この時を境にして彼は追われる者の立場となり、どこへ隠れてもどう変装してもフォークランドの眼をくらますことはできない。彼がとうとう治安判事に訴え出る決心をしたのは、追いつめられた末の最後の手段だった筈である。ところが、幽霊のように衰えて半死半生のフォークランドを見ると彼は後悔する。こんなことになったのは私の考え方のどこかに大きな誤りがあった、もっと穏やかな方法があった筈だと思い、主人の秘密を知ろうとした私は大馬鹿だった、と陳述したりする。この結末の部分の作者ゴドウィンの処理の仕方は、さきに示唆したような彼の政治思想と関係している。その証拠に、ゴドウィンははじめ付録一にあるような結末を用意していたのである。そこではフォークランドがケイレブと対決して反論し、ケイレブは獄中で毒を盛られて死ぬことになっている。政治小説として見れば、体制の暴力に抵抗する弱者の敗北という形ですっきりするのかもしれないが、追いつ追われつするこの主従の間の屈折した親密さに惹かれながらここまで読んできた読者にとっては、現行の結末の方が心理小説としてのこの作品にふさわしい奥行きを与えると感じられるのではあるまいか。

フォークランドとケイレブの間には政治小説ふうの支配者・被支配者というだけでは説明しきれないものがある。ケイレブが父をなくして葬式を済ませた翌日にフォークランド邸に呼ばれたことは、フォークランドが身寄りのないケイレブの「父親」になったことを暗示するのであって、この時に彼らはひとつの存在になったと解することができる。フォークランドは何かの手段でケイレブを殺す機会があったにもかかわらず、彼を監視し苦しめ時にはひそかな温情を示して、最後の打撃を加えることは慎重に避けていた。ケイレブも追いつめられてフォークランドを訴えたが、法廷での衰えた彼の姿を見ると激しい後悔の気持に襲われる。この両者はひとりの人間の心にあるふたつの面をあらわしているのではあるまいか。ケイレブがフォークランドなしの独立生活を営みはじめるのを待っていたかのように、フォークランドは妨害の手を差し伸べて自分の存在も主張し、ケイレブがローラの母親のような愛情の中で得た田舎の素朴な生活も長くは続かない。切っても切れないこの両面を善と悪と呼んでみてもよいだろうし、超自我《スーパーエゴ》と衝動《リビドー》という名称を考える人もあるかもしれない。また、神の庇護を離れ反逆する人間と、その彼を赦さずに不断の監視のもとに置いて追及する神との対立を読み取ることもできる。小説の中に何かの意味を求め解釈することを嫌う読者も、フォークランドとケイレブのからみ合いの中に自分自身の中にひそむものの原型を感じ取るだろう。また、英文学に親しんだ人は、このような主題がジョン・バニヤン、ダニエル・デフォー、サミュエル・リチャードソンなどのイギリス小説の伝統につながることに気付くだろう。

＊

翻訳に使用したテキストはデヴィド・マックラッケン編のオクスフォード英国小説集のもの（William Godwin, *Caleb Williams*, London, Oxford University Press, 1970）である。この版には、ゴドウィンが最初この小説のために考えていた結末の部分と、執筆後四十年近くたった一八三二年に執筆前後の事情や構想を回顧した文章がそれぞれ付録一、二として再録されている。

この翻訳を公にすることができるのは東京都立大学の小池滋氏の御好意による。この機会をかりて心からの感謝を捧げたいと思う。また、この仕事のあいだ、はじめ国書刊行会の鈴木宏氏、のちに同社の宮崎慶雄氏に大へんお世話になった。訳稿の整理については京都大学大学院に在学中の山本真理さんの援助を受けた。これらの方々にあつく御礼を申し上げたい。

昭和五十七年六月

Uブックス版へのあとがき

岡照雄

英国の十八世紀は「理性と散文の時代」である、と昔の英文学講義で聞いたことがある。半世紀も前の話である。『ケイレブ・ウィリアムズ』をいま読み直して、私はそのことを思いだした。作者のゴドウィンは、ケイレブとその主人フォークランドの情念の葛藤を理性的に納得できるまで説明し尽くそうと試みる。執拗な散文で、ケイレブに成り代わって主人の罪を追及する作者は、散文と理性の人の相貌を見せる。合理性に基づく真相追及と文章の執拗さが一体となっている、とも言える。キリスト教の神秘でさえ人間理性で究明できる、と確信する理神論の時代である。ゴドウィンが強い影響を受けたフランス革命でも、ジャコバン党の一派の理性崇拝が指摘されている。

しかし、使用人ケイレブの抑えようもない好奇心と地主フォークランドの名誉心、誇りは理性を越えて噴出する情念である。理性と散文の調和に反し、『ケイレブ・ウィリアムズ』では理性と情念の葛藤が大きな主題の一つで、これは単なる政治小説ではない。途中から、散文が散文でなくなった、という気がしてくる。

昔の自分の訳文を再読し、改めてこのようなことを考えた。この度の出版では、幾つかの見落とし、誤りを正し、読み易いようにする努力をしてみた。編集に当たられた藤原義也さんのご助言のお蔭で、心から感謝している。

二〇一六年五月二十六日

著者紹介

ウィリアム・ゴドウィン　William Godwin

1756年、イングランド東部のウィズビーチで生まれる。父親に倣ってカルヴァン派牧師となるが、フランス啓蒙思想に触れて信仰を捨て、ロンドンに出て政治評論等を発表、文筆活動に入る。フランス革命直後に上梓した『政治的正義』(1793)は無政府主義的な急進思想を説いて熱狂的な反響を呼び、ロマン派詩人たちにも多大な影響を与えた。その思想や社会批判をゴシック小説の枠組を借りて展開した『ケイレブ・ウィリアムズ』(1794)は、犯罪に端を発する追う者と追われる者の関係を描いてミステリの源流とも位置付けられる。他に賢者の石をめぐる錬金術小説『サン・レオン』(1799)などがある。1797年に結婚した女権論者メアリー・ウルストーンクラフトは、娘メアリー(後に詩人シェリー夫人となる)を出産後まもなく産褥熱で死亡。19世紀に入ると名声も衰え、児童書の出版業に乗り出すが、困窮のうちに1836年死去。

訳者略歴

岡照雄(おか・てるお)

1930年、福岡市生まれ。京都大学文学部卒業。京都大学名誉教授、県立福岡女子大学名誉教授・元学長。著書に『アンガス・ウィルソン』(研究社)、『官僚ピープス氏の生活と意見』(みすず書房)、訳書にミュリエル・スパーク『ミス・ブロウディの青春』(白水社)、『サミュエル・ピープスの日記』(国文社、共訳)、ジョン・ディクスン・カー『エドマンド・ゴドフリー卿殺害事件』(創元推理文庫)などがある。

編集＝藤原編集室

本書は 1982 年に国書刊行会より刊行された。

白水Uブックス　206

ケイレブ・ウィリアムズ

著　者　ウィリアム・ゴドウィン
訳者 ©　岡　照雄
発行者　及川直志
発行所　株式会社 白水社
東京都千代田区神田小川町 3-24
振替　00190-5-33228　〒 101-0052
電話　(03) 3291-7811 (営業部)
　　　(03) 3291-7821 (編集部)
http://www.hakusuisha.co.jp

2016 年 6 月 30 日印刷
2016 年 7 月 20 日発行
本文印刷　株式会社精興社
表紙印刷　三陽クリエイティヴ
製　　本　加瀬製本
Printed in Japan

ISBN978-4-560-07206-6

乱丁・落丁本は送料小社負担にてお取り替えいたします。

白水uブックス

- u160 ウィーラン／代田亜香子訳 家なき鳥（アメリカ）
- u161 ペナック／末松氷海子訳 片目のオオカミ（フランス）
- u162 ペナック／中井珠子訳 カモ少年と謎のペンフレンド（フランス）
- u163 ペロー／ドレ挿画／今野一雄訳 ペローの昔ばなし（フランス）

初版グリム童話集 全5冊
- u164〜u168 吉原高志・吉原素子訳

- u169 バリッコ／鈴木昭裕訳 絹（イタリア）
- u170 バリッコ／草皆伸子訳 海の上のピアニスト（イタリア）
- u171 ミルハウザー／柴田元幸訳 マーティン・ドレスラーの夢（アメリカ）
- u172 ベイカー／岸本佐知子訳 ノリーのおわらない物語（アメリカ）
- u173 ユアグロー／柴田元幸訳 セックスの哀しみ（アメリカ）
- u174 デイヴィス／岸本佐知子訳 ほとんど記憶のない女（アメリカ）
- u175 ウィンターソン／岸本佐知子訳 灯台守の話（イギリス）
- u176 ウィンターソン／岸本佐知子訳 オレンジだけが果物じゃない（イギリス）
- u177 u178 ギンズブルグ／須賀敦子訳 マンゾーニ家の人々 上・下（イタリア）

- u179 ミルハウザー／柴田元幸訳 ナイフ投げ師（アメリカ）
- u180 トマ／飛幡祐規訳 王妃に別れをつげて（フランス）
- u182 マンガレリ／田久保麻理訳 おわりの雪（フランス）
- u183 ベケット／安堂信也、高橋康也訳 ゴドーを待ちながら（フランス）
- u184 ボーヴ／渋谷豊訳 ぼくのともだち（フランス）
- u185 ロッジ／高儀進訳 交換教授―二つのキャンパスの物語（改訳）（イギリス）
- u186 ディネセン／横山貞子訳 ピサへの道 七つのゴシック物語1（デンマーク）
- u187 ディネセン／横山貞子訳 夢みる人びと 七つのゴシック物語2（デンマーク）
- u188 オブライエン／大澤正佳訳 第三の警官（アイルランド）
- u189 クーヴァー／越川芳明訳 ユニヴァーサル野球協会（アメリカ）
- u190 マイリンク／今村孝訳 ゴーレム（オーストリア）
- u193 チャトウィン／池内紀訳 ウッツ男爵―ある蒐集家の物語（イギリス）
- u194 オブライエン／大澤正佳訳 スウィム・トゥー・バーズにて（アイルランド）
- u195 クリストフ／堀茂樹訳 文盲―アゴタ・クリストフ自伝（フランス）
- u196 ウォー／吉田健一訳 ピンフォールドの試練（イギリス）

- u197 モディアノ／野村圭介訳 ある青春（フランス）
- u198 クビーン／吉村博次、土肥美夫訳 裏面―ある幻想的な物語（オーストリア）
- u199 サキ／和爾桃子訳 クローヴィス物語（イギリス）
- u200 マッコイ／常盤新平訳 彼らは廃馬を撃つ（アメリカ）
- u201 ペルッツ／前川道介訳 第三の魔弾（オーストリア）
- u202 スパーク／永川玲二訳 死を忘れるな（イギリス）
- u203 スパーク／岡照雄訳 ミス・ブロウディの青春（イギリス）
- u204 サキ／和爾桃子訳 けだものと超けだもの（イギリス）
- u205 ブリューソフ／草鹿外吉訳 南十字星共和国（ロシア）
- u206 ゴドウィン／岡照雄訳 ケイレブ・ウィリアムズ（イギリス）

白水uブックス